Robert Solé est l'un des meilleurs spécialistes français de l'Égypte, son pays d'origine. Auteur de plusieurs romans à succès (*Le Tarbouche*, *Le Sémaphore d'Alexandrie*, *La Mamelouka*, *Mazag*), il a également publié des essais remarqués, comme *L'Égypte, passion française* et le *Dictionnaire amoureux de l'Égypte*.

Robert Solé

LE TARBOUCHE

ROMAN

Éditions du Seuil

TEXTE INTÉGRAL

ISBN 978-2-7578-1408-6
(ISBN 2-02-013533-7, édition brochée
ISBN 2-02-020510-6, 1re édition poche
ISBN 2-02-025775-0, 2e édition poche)

A Élisabeth

Prologue

Georges bey Batrakani, dans toute sa splendeur, débarqua à l'hôpital français d'Abbassia moins de deux heures après ma naissance. Rasé de près, parfumé, il était plus élégant que jamais, avec l'aimable embonpoint d'un homme de soixante-six ans qui croquait la vie à belles dents. Un tarbouche lie-de-vin, vissé sur son crâne et légèrement incliné de côté, lui donnait beaucoup d'allure.

Arrivé au premier étage de la maternité, Georges bey accéléra la marche, visant la chambre 14. Les couloirs encaustiqués résonnèrent de son pas de conquérant. Le chauffeur le suivait, un peu essoufflé, une monumentale corbeille de roses dans les bras.

– *Mabrouk, mille mabrouks !* lança gaiement l'homme au tarbouche en entrant dans la chambre de sa fille.

Il se pencha vers elle pour l'embrasser et lui glissa dans la main une petite gâterie, commandée trois mois plus tôt à Eliakim, le célèbre bijoutier de la rue Malika-Farida.

Viviane, mollement assise dans un grand lit blanc, était radieuse. Elle venait à peine d'accoucher et déjà voyait le monde avec d'autres yeux. C'était son premier enfant. Un garçon.

Mon grand-père jeta un regard distrait au poupon noiraud emmailloté de bleu lavande qu'on lui tendait. Ce n'était pas moi qu'il venait voir mais l'accouchée, comme pour rattraper un rendez-vous manqué vingt-trois ans plus tôt. Il avait mis un point d'honneur à arriver avant tous les autres membres de la famille, ne se laissant devancer que par son gendre. Un gendre aux anges mais un peu désemparé par la chose vagissante qu'une religieuse à cornette lui avait flanquée d'autorité dans les bras...

Orientée à l'est, la chambre de Viviane recevait le soleil levant de plein fouet. Par la porte-fenêtre qu'il avait fallu entrouvrir pour ne pas étouffer, on entendait la mélopée lointaine d'un marchand de fèves cuites (*foul médammès, foul médammès...*) qui appelait à lui les casseroles du petit déjeuner. En cette fin de septembre 1945, l'été cairote s'étirait, traînassait, sans se décider à tourner la page.

Nos familles syriennes sortaient d'une Deuxième Guerre mondiale assez agréable dont elles n'avaient perçu que de lointaines détonations. Le Caire avait été pendant quatre ou cinq ans la joyeuse cour de récréation de milliers de soldats alliés qui combattaient dans le désert occidental. Beaucoup des nôtres s'étaient bien amusés pendant cet entracte kaki et en avaient même tiré quelque profit. Mais l'avenir leur paraissait désormais plus incertain : cette Égypte fiévreuse ne s'obstinait-elle pas à vouloir devenir égyptienne ?

Voyant approcher des nuages, les Syriens les plus pessimistes cherchaient à se fondre davantage dans le décor. Vieux réflexe de caméléons, vaccinés par plusieurs siècles de brimades sous l'Empire ottoman. Beaucoup de nos familles arabisaient ainsi leurs enfants au berceau, du moins pour la forme. Les André, les Pierre et les Paul cédaient doucement la place aux Adel, aux Nabil ou aux Rafik. Les filles donnaient moins de souci : pour elles, on continuerait à puiser largement dans le stock des saintes occidentales.

– Vous voulez l'appeler Rafik ? s'étonna Georges Batrakani. Quelle idée ! Pourquoi pas Charles, comme mon pauvre fils décédé ? Ça me ferait tant plaisir !

On ne résiste pas à un tel appel, surtout venant de Georges bey. Viviane souriait, l'air ailleurs, ce qui pouvait passer pour une approbation. Mon père, interloqué, ne trouva rien à dire sur-le-champ... On m'appela donc Charles.

Son forfait accompli, l'homme au tarbouche repartit pour un petit déjeuner d'affaires au Shepheard's, le chauffeur sur les talons. Dans le couloir de la maternité, il fit une révérence au professeur Martin-Bérard qui avait ébloui ma mère dès la première consultation et sur lequel elle n'allait pas tarir d'éloges pendant quatre décennies...

*

Monsieur Martin-Bérard, je vous salue au passage. Sans rien enlever à vos mérites obstétricaux, je crois que votre nationalité française n'était pas étrangère à cette montagne de compliments venant d'une Syrienne jeune et jolie, comme d'ailleurs de toutes ses amies. Elles adoraient la France, voyez-vous, sans avoir dans les veines une goutte de sang français. Elles connaissaient Paris par cœur, avant même d'y avoir mis les pieds. Mais sans doute l'aviez-vous deviné en tâtant ces gracieux ventres arrondis...

Et nous, là-dedans, les Rafik, Nabil, Pierre ou Charles ? Songez, monsieur, que vous étiez notre premier contact physique avec le monde extérieur. Dès que nous pointions le nez ou le derrière, c'étaient des mains françaises qui nous tiraient dehors. La France pour nous accueillir ! Autant dire que la notion de *mère patrie* n'a jamais été très claire dans nos esprits.

On nous appelait les Syriens. Appellation ambiguë qui ignorait le Liban et, surtout, laissait croire que nous appartenions à un autre pays. Comme si nos familles, établies en Égypte depuis des lustres, n'avaient pas définitivement coupé les ponts avec Damas, Alep ou Sidon !

Mais n'entretenions-nous pas nous-mêmes cette ambiguïté, par souci d'une étiquette et besoin d'une différence ? Il y avait en Égypte les Anglais, les Grecs, les Italiens, les Arméniens, les juifs... Nous, nous étions syriens, à défaut d'être égyptiens à part entière ou un peu européens.

De nos ancêtres, à vrai dire, nous ne savions pas grand-chose. Les arbres généalogiques ne poussaient guère par chez nous. Rares étaient les Syro-Libanais d'Égypte qui prenaient la peine d'aller consulter les maigres archives disponibles.

Pendant toute mon enfance, j'ai entendu les adultes débattre de nos origines avec un luxe d'imprécision. Chez nous, les faits avaient peu d'importance. Ce qui comptait, c'était la manière de les raconter et de les commenter. Une chose dite valait une chose vraie, pourvu qu'elle le fût avec éclat. Les déjeuners dominicaux étaient le moment privilégié de ces joutes verbales.

– Nous venons de Lombardie, décrétait Georges Batrakani. Je possède un petit calepin sur lequel mon grand-oncle Habib avait inscrit toutes les dépenses de son mariage. Eh bien, ce calepin est entièrement rédigé en italien.

– Ça ne veut rien dire ! répliquait le cousin bijoutier. A l'époque, tout le monde parlait italien. Batrakani vient de l'arabe *batrak*, patriarche. Nous avions certainement un évêque haut placé parmi nos ancêtres. Je crois qu'il avait été élu au siège d'Antioche.

– Un évêque ? Il est fou, parole d'honneur ! Depuis quand les évêques ont-ils une descendance ?

– Vous dites n'importe quoi ! criait la tante Nini du bout de la table. Nous descendons des croisés, c'est prouvé.

– Prouvé par qui, je t'en prie ?

– Tu me prends pour une menteuse ?

– Ni menteuse ni rien, *ya setti*. Tout le monde sait qu'à Damas, dans les registres du patriarcat...

– Tu les as vus, les registres ?

– Non, mais je sais – d'ailleurs, c'est prouvé – que les Batrakani ont quitté la Macédoine au seizième siècle, ou peut-être au dix-septième, pour s'installer en Syrie. Batrakani est un nom grec, comme Sakkakini, Zananiri...

– C'est sans doute pour cette raison qu'on nous appelle grecs-catholiques, concluait la maîtresse de maison en mêlant allégrement l'Église et la géographie. Préparez vos assiettes. La *molokheya* n'attend pas.

*

Dans ce contexte, Michel Batrakani, titulaire d'une licence d'histoire, était un cas. Mon oncle aurait même pu aller jusqu'au doctorat si le ciel l'avait pourvu d'un caractère moins lunatique et d'un peu plus d'ambition... Je lui dois en tout cas une fière chandelle : sans l'aide de ses papiers et de son journal, ce récit n'aurait jamais pu être entrepris. Car s'il avait fallu s'en tenir aux souvenirs, plus ou moins arrangés, plus ou moins embellis, des autres membres de la famille...

Quand Michel fit sa visite à la maternité en fin d'après-midi, la chambre de ma mère était déjà un vrai jardin. Il avait fallu ouvrir entièrement la porte-fenêtre pour ne pas être asphyxié par les parfums de toutes ces fleurs qui encombraient les tables, les chaises et une partie de la salle de bains.

Mon oncle se sentit un peu bête avec ses douze glaïeuls sous cellophane, mais Viviane ne lui laissa pas le temps d'y penser :

– Michel, tu es le parrain idéal. Toi, au moins, tu auras une belle histoire à raconter à mon fils. Songe qu'il est né trente ans après ta rencontre avec le sultan. Mais oui, calcule...

A son grand embarras, Michel se retrouva avec un filleul dans les bras, lui le célibataire quadragénaire, plus à l'aise avec les livres et les souvenirs qu'avec les vivants. Il se serait bien passé de cet honneur, mais comment dire non à une sœur aussi jeune, aussi charmante, qui se référait de surcroît au 13 mai 1916 ? Presque trente ans, en effet. Trente ans déjà.

– Je te signale que mon fils a changé de prénom dans la matinée. Nous voulions l'appeler Rafik, mais papa a insisté pour que ce soit Charles... Remarque, le professeur Martin-Bérard trouve que Charles est un prénom superbe.

– Ces Français sont tous devenus gaullistes, parole d'honneur !

– C'est un accoucheur hors pair, tu sais.

Michel n'avait aucune raison d'en douter. Il hocha vaguement la tête. Il avait déjà regagné son petit nuage.

– Alors, c'est d'accord, *ya Micho*, tu veux bien être le parrain ?

Il acquiesça d'un sourire, le regard perdu au milieu des fleurs. En évoquant le sultan, sa sœur l'avait ramené trente ans en arrière. Et toutes ces roses, tous ces glaïeuls dispersés dans la chambre lui rappelaient le perron exceptionnellement fleuri du collège, un certain matin de mai où le printemps avait rendez-vous avec l'Histoire...

PREMIÈRE PARTIE

Le sultan aimait La Fontaine

1

13 mai 1916

Ce matin, à dix heures et demie et cinq, le sultan est venu au collège. J'ai récité devant lui « Le Laboureur et ses enfants ». Il m'a félicité.

Pas un seul adjectif, pas la moindre fioriture. La plume de Michel Batrakani avait griffé le papier juste ce qu'il fallait, interdisant à cette encre violette, un peu baveuse, de se répandre en pleins et en déliés. Comme si toute émotion épistolaire était proscrite ce soir-là. Comme si l'importance de l'événement exigeait une précision d'entomologiste, un style de greffier.

Heureusement, les jésuites ont de bonnes archives. Et chacun sait combien mon parrain allait se montrer prolixe par la suite, n'omettant aucun détail sur cette fameuse journée qui s'était ouverte par un désastre.

Mlle Guyomard, la gouvernante française, prétendait l'avoir réveillé à six heures tapantes. Une menteuse. C'était le cocher de l'omnibus du collège, donnant plusieurs coups de corne au bas de la maison, qui l'avait tiré de ses rêves, avant de repartir bredouille.

Dix minutes plus tard, à peine lavé, pas même peigné, Michel dévalait l'avenue de Choubra, cartable au vent. Il sauta dans un tramway, presque en marche, pour atterrir dans un wagon harem réservé aux femmes. A la station suivante, il prit de nouveau ses jambes à son cou, les bottines dangereusement délacées, en faisant de grands bonds pour éviter des paquets de crottin sur la chaussée. Il courait à perdre haleine, maudissant cette peste de Guyomard et tous les saints du calendrier. Guyomard, homard, *homara* (ânesse)... Mais ses imprécations sonnaient un peu faux, en français comme en arabe. Quelle colère pouvait vraiment résister à l'enivrante douceur de ce matin de mai au Caire, éclairé par des acacias-lebekhs en fleur ?

Le collège de la Sainte-Famille – ce collège que j'allais connaître à mon tour quarante ans plus tard, quasiment inchangé – était déjà en pleine effervescence. Dans la cour d'entrée, au pied de la statue de la Vierge, trois officiers de la garde sultanienne venus examiner les derniers préparatifs déplaçaient de l'air au milieu de leurs chevaux. Ils faisaient de grands gestes et parlaient haut. Des musiciens du palais, en uniforme bleu et blanc, déballaient leurs cuivres ou accordaient leurs violons. Le Frère portier avait sorti sa bedaine du guichet et les regardait d'un air ahuri, ce qui permit à Michel de passer en trombe, sans donner d'explications.

Pour cette visite historique, on avait accroché aux fenêtres des drapeaux d'Égypte, de France et du Vatican. Des tapis, loués pour la circonstance, recouvraient les froids corridors, et le perron était entièrement fleuri. « Sa Hautesse adore les fleurs », avait précisé aux jésuites le grand chambellan, Zoulfikar pacha.

Vers dix heures trente, l'automobile du sultan, précédée de plusieurs agents en motocyclette, déboucha de la rue Boustan-el-Maksi. Le Père recteur, entouré de ses principaux collaborateurs, attendait au pied du perron, en compagnie d'Albert Defrance, le bien nommé, ministre de France en Égypte. Quand Hussein Kamel sortit de voiture, les Pères s'inclinèrent l'un après l'autre pour lui baiser la main. Il les en dissuada de manière charmante.

La visite commença par la classe de philosophie où le Père Brémond dissertait sur la conscience. Un élève interrogé en présence du souverain cita fort à propos un mot d'Auguste. Les membres du cortège hochèrent la tête en signe d'approbation.

En sortant, le sultan échangea avec le Père recteur une réplique qui allait faire le tour du collège :

– Il y a des cas, dit-il, où la conscience est en conflit avec le devoir.

– Oui, répondit le jésuite, mais le dernier mot doit toujours rester à la conscience.

C'était clair et net, typique de ces soldats en soutane, au regard lumineux et à la barbe en éventail, venus barouder sous nos latitudes un peu molles.

Et le cortège entra en classe de cinquième.

Les élèves s'étaient dressés d'un bond. Debout, presque au garde-à-vous, ils osaient à peine regarder cet homme mince, sanglé dans une *stambouline* noire, dont la tête était surmontée d'un haut tarbouche grenat. Le sultan avait soixante-sept ans et un regard très doux qui flottait au-dessus d'une moustache monumentale.

Le Père Korner – surnommé Pernalty par les footballeurs du collège – était descendu de sa chaire pour accueillir le souverain et l'informer que le cours de français, ce samedi matin, portait sur les fables de La Fontaine.

– La Fontaine ? s'étonna le sultan. Justement, je voulais en parler tout à l'heure.

M. Defrance et le grand chambellan échangèrent des sourires pour saluer cette heureuse coïncidence. Le professeur, lui, s'inclina légèrement, puis se tourna vers la classe en détachant ses mots :

– Michel Batrakani, pouvez-vous réciter à Sa Hautesse *Le Laboureur et ses enfants* ?

Michel se leva, comme dans un rêve. Les yeux plantés dans le tableau noir, il déclama d'une voix forte et chantante, en roulant bien les *r* :

Travaillez, prenez de la peine
C'est le fonds qui manque le moins...

Quand il eut terminé, le sultan fit le geste d'applaudir :

– Bravo, mon enfant.

Et, gracieusement, il se retira, suivi de toutes les autres personnalités.

Michel allait digérer son succès pendant un quart d'heure, ravi et tremblant, sans écouter un seul mot du reste de la leçon. Vingt-quatre paires d'yeux semblaient le transpercer délicieusement. Jusqu'au tintement de la cloche, il ne cessa de se réciter *Le Laboureur* entre ses dents, comme on récite un chapelet...

Dans le bureau du Père préfet, on avait disposé un joli secrétaire en bois d'olivier sur lequel un livre d'or était posé. Cet album en vélin, enluminé par les révérendes Mères réparatrices, portait les armes du sultan et, au verso, les drapeaux français et égyptien unis par la croix de guerre.

– Je les vénère tous les deux, dit le sultan, à qui l'on tendait une plume pour apposer sa signature à côté du sceau de la Compagnie de Jésus.

Il se pencha sur le document, puis se ravisa :

– Quel jour sommes-nous à votre calendrier ?

– Nous sommes le 13 mai, Hautesse.

– Le 13 ! C'est un mauvais chiffre. Je ne veux pas l'inscrire.

Il y eut quelques sourires embarrassés.

Le Père recteur crut devoir dire :

– Nous n'avons pas cette frayeur, Hautesse.

Mais le sultan, lui, avait quelques bonnes raisons de se méfier des coups du sort. Au moment même où il faisait le joli cœur à la Sainte-Famille, un tribunal militaire britannique ne jugeait-il pas les deux hommes qui avaient tenté de l'assassiner l'été précédent à Alexandrie ? Hussein Kamel se rendait ce jour-là à la mosquée Sidi Abdel Rahman pour ses dévotions du vendredi. Une boule de métal, lancée d'un balcon, avait atteint la croupe d'un cheval de l'équipage puis roulé à terre, sans exploser, mèche éteinte. Elle contenait de la nitroglycérine et cent quatre-vingts clous.

C'était la deuxième fois qu'on tentait d'assassiner Hussein Kamel depuis son installation au pouvoir par les Anglais en décembre 1914. Les nationalistes égyptiens ne lui pardonnaient pas d'avoir pris la place de son neveu, le khédive Abbas, destitué au début de la guerre en raison de ses sentiments pro-allemands. Hussein était monté sur ce demi-trône avec le titre de sultan, pour bien montrer que l'Égypte, devenue protectorat britannique, ne faisait plus partie de l'Empire ottoman...

Le sultan était donc superstitieux. Il finit néanmoins par approcher sa plume du livre d'or pour y inscrire simplement « Hussein Kamel, mai 1916 ». M. Defrance et le grand chambellan se regardèrent, soulagés...

Une grande estrade transformée en salon de Damas, avec un trône et des tentures multicolores, avait été installée dans la cour des moyens. Face à cette tribune, tous les élèves du collège étaient alignés en rangs impeccables. Michel, dressé sur la pointe des pieds, cherchait du regard ses deux frères, comme pour leur révéler le séisme qui venait de se produire. Il perdit ainsi tout le début de l'allocution du Père recteur qui maniait admirablement l'encensoir :

– Votre Hautesse donne d'emblée à l'aurore de son règne l'éclat des plus beaux règnes des califes. Prêtres catholiques et français, quel réconfort pour nous d'être animés ainsi à la tâche quotidienne ! Puissions-nous la poursuivre longtemps sous votre égide ! Ce serait pour nous la consolante assurance de travailler à la fois pour l'Égypte, pour la France et pour Dieu.

On applaudit, puis le sultan prit la parole dans un silence religieux :

– Ce n'est pas l'instruction seule qui fait la valeur d'un homme. C'est surtout la formation morale. Tout à l'heure dans une classe, on expliquait La Fontaine...

Le cœur de Michel chavira.

– Moi, poursuivit le sultan, j'ai appris quarante de ses fables et mon professeur était M. Jacolet. Eh bien, voyez La Fontaine comme il donne la formation morale ! Voyez *Le Chêne et le Roseau*... Voyez *La Cigale et la Fourmi*...

Et l'on vit alors cette chose étonnante, inouïe : le souverain d'Égypte, fils d'Ismaïl le Magnifique, arrière-petit-fils du grand Mohammed Ali, déclamer d'une voix grave et sentencieuse :

– *Nuit et jour à tout venant*
Je chantais, ne vous déplaise.
– *Vous chantiez ? J'en suis fort aise.*
Eh bien ! dansez maintenant.

Le Père recteur donna le signal des applaudissements. Michel battit frénétiquement des mains, sans aucune jalousie à l'égard de ce confrère inattendu.

La fin du discours du sultan allait combler les jésuites :

– Ce que j'aime encore en vous, c'est le respect de la croyance : vous avez des élèves de toutes les confessions et vous les respectez. Moi, je suis un croyant et, après tout, c'est le même Dieu que nous vénérons. Votre œuvre est belle et vous l'accomplissez avec dévouement. Je fais des vœux pour qu'elle dure des siècles et des siècles.

Désignant deux des personnalités qui l'accompagnaient, le sultan lança familièrement au corps professoral :

– Tenez, les voilà les fruits de votre œuvre ! Vous voyez bien que vous n'avez pas perdu votre peine.

Les professeurs applaudirent. Les élèves crièrent trois fois *Yaïch el Soltane !* avant que la musique de la garde n'entonne l'hymne égyptien et *La Marseillaise*. Hussein Kamel descendit lentement de la tribune, distribuant au passage force sourires et poignées de main.

Profitant du léger désordre qui s'installait dans les rangs, Michel courut jusqu'à son frère aîné pour lui crier dans un souffle :

– J'ai récité *Le Laboureur et ses enfants* devant le sultan.

André le regarda d'un air amusé :

– Tu aurais pu aussi mettre deux chaussettes pareilles.

Un mollet noir, un mollet bleu foncé – et le rouge au front.

– Allez, ce n'est pas grave, dit André avec sa gentillesse habituelle. Raconte-moi « Le Laboureur et le sultan ».

2

Que de fois n'ai-je entendu parler de la visite du sultan au collège ! Cet événement aura éclairé toute mon enfance, une partie de mon adolescence, et il m'arrive d'en débattre encore aujourd'hui avec tel ou tel membre de la famille.

1916 reste pour moi une balise, un repère, le repère chronologique par excellence. C'est le milieu de la Première Guerre mondiale, c'est Verdun et Douaumont. C'est Michel à onze ans, André à douze ans. C'est l'année où l'idée du tarbouche germe dans la tête de mon grand-père et où Édouard Dhellemmes arrive à la maison. 1916, c'est six ans avant la naissance de ma mère, vingt-neuf ans avant ma propre naissance...

Le jour où j'ai finalement déniché une vieille collection du *Journal du Caire*, je me suis précipité sur le numéro du dimanche 14 mai 1916 avec la même émotion que l'enfant de jadis qui, la veille, avait déclamé devant le sultan. Un gros titre annonçait l'échec d'un nouvel assaut allemand à Douaumont. Pas un mot de la visite au collège. Parcourant les trois autres pages, j'ai fini par découvrir un modeste article sur le sujet, sans aucune allusion à La Fontaine. Mais le journal promettait d'y revenir en détail le lendemain.

Je sais que Michel chercha en vain, les jours suivants, l'article annoncé. *Le Journal du Caire* avait manqué à sa promesse, mais gagné un lecteur qui, chaque soir en rentrant du collège, se précipitait dans le bureau de son père pour déchiffrer cette feuille mal imprimée. N'y trouvant rien sur le collège, il méditait longuement sur la célèbre phrase du khédive Ismaïl, père du sultan, imprimée chaque jour en exergue : « Mon pays n'est plus en Afrique. Nous faisons partie de l'Europe. »

Une Égypte européenne... Pour s'être inspiré de cet audacieux postulat, quelques mois plus tard dans un devoir de géographie, Michel décrocherait le seul zéro de sa scolarité chez les jésuites.

*

Du dimanche 14 mai 1916, c'est Édouard Dhellemmes qui aura gardé le souvenir le plus précis. Un demi-siècle plus tard, il en parlait encore avec une foule de détails, démentant les versions plus fantaisistes de Maguy ou d'Henri Touta. Il faut dire qu'indépendamment de son esprit cartésien et de sa mémoire d'éléphant, ce déjeuner dominical était son premier contact avec la famille et, finalement, avec l'Égypte.

A la sortie du Mouski, le Français n'avait pas eu grand mal à trouver un fiacre. Depuis le début de la guerre, les cochers du Caire, snobant les clients égyptiens, étaient à l'affût des soldats anglais ou australiens à qui ils facturaient allégrement le double ou le triple du tarif habituel. Édouard avait été pris pour un Britannique, ce qui ne lui plaisait qu'à moitié.

Le fiacre quitta la grande avenue de Choubra et tourna à gauche, dans une rue bordée de sycomores et d'acacias.

– *Here, mister !* lança le cocher en freinant des quatre fers devant une maison de style italien.

Édouard descendit de la voiture et tendit un billet que l'autre empocha aussitôt, sans rendre la monnaie, faisant claquer son fouet. Le Français hocha la tête, un peu agacé, avant de tirer la sonnette des Batrakani.

Le *soffragui* endimanché qui lui ouvrit portait un pantalon noir bouffant et une sorte de boléro doré avec des babouches assorties. Sa joue gauche était barrée d'une longue balafre. Le domestique prit le panama de l'invité et ouvrit la porte d'un joli salon ovale donnant sur le jardin.

C'était le conseiller commercial de l'agence de France qui avait demandé à mon grand-père de bien vouloir recevoir Édouard Dhellemmes :

– Vous lui serez certainement de bon conseil. Ce fils d'industriel de Lille, démobilisé pour raison de santé, est intéressé par le marché égyptien. Dans la conjoncture actuelle, nous encourageons vivement de telles initiatives. Il serait criminel, n'est-ce pas, d'abandonner aux Anglais et aux Italiens le terrain laissé vacant par les firmes austro-allemandes ?...

Quand Yolande Batrakani entra dans la pièce, Édouard Dhellemmes s'inclina gracieusement pour lui baiser la main. Ma grand-mère en fut enchantée, se disant une fois de plus que ces jeunes Français avaient un charme fou. Son mari, qui la suivait, lança d'une voix puissante et moelleuse :

– Ravi de vous connaître, monsieur Dhellemmes. Ici, le dimanche, nous avons toujours un déjeuner en famille. Et les amis français, c'est comme la famille !

De taille moyenne, Georges Batrakani portait ses trente-six ans avec élégance. Sa peau brune et son type oriental contrastaient avec un regard miel, venu d'ailleurs. L'imperceptible sourire qui flottait sur ses lèvres gourmandes soulignait un peu plus cet air d'osciller entre deux mondes.

– Étant le concessionnaire de plusieurs marques étrangères, il connaît le marché sur le bout des doigts, avait expliqué le conseiller commercial à Édouard Dhellemmes. Divisez par deux ce qu'il vous dira, mais calquez vos pas sur les siens : ces Levantins sont aussi excessifs en paroles que modérés dans leur comportement.

Entre deux coups de sonnette, le domestique servait du *araki* et des jus de citron doux. Dhellemmes, qui s'attendait à un déjeuner intime, était un peu étonné de voir arriver successivement une sœur de Yolande, un frère de Georges, des cousins... Mais toutes ces personnes le traitaient aussitôt en vieille connaissance, voulant absolument s'enquérir de sa santé, s'assurer qu'il avait fait bon voyage, était bien logé, satisfait.

Édouard se sentit très vite à l'aise. Dans ce cadre agréable, toutes les fatigues et les appréhensions du voyage se trouvaient effacées. En France, on lui avait brossé un portrait épouvantable de l'Égypte : la canicule, la saleté, l'eau polluée, le choléra... Il se retrouvait dans une maison bourgeoise qui n'avait rien à envier aux hôtels particuliers de son boulevard Vauban. Il était entouré de gens chaleureux qui parlaient très bien le français, avec de charmants roucoulements, malgré quelques expressions curieuses.

Dhellemmes raconta sa traversée. Depuis le départ de Marseille, l'équipage du *Lotus* avait été hanté par la crainte d'une attaque sous-marine. Douze jours de guet et de fausses alertes. Dès que sonnait la cloche de bord, chaque passager courait jusqu'aux canots de sauvetage. On ne devait jamais se séparer de sa bouée, même pendant les repas...

Cet *araki* un peu traître lui montait agréablement à la tête. Son verre à la main, Édouard papotait avec les dames qui, pour la plupart, semblaient suivre la dernière mode de Paris, avec leurs tailleurs en jersey, couleur cerise ou vert pomme, leurs longs colliers et leurs fume-cigarette de jais. Elles parlaient des prix qui ne cessaient de monter depuis le début de la guerre et des soldes de fin de saison chez Orosdi Back. Elles protestaient contre la tombola du surlendemain au Grand Continental, fixée par les organisatrices à une heure impossible :

– Trois heures de l'après-midi, en mai ! Elles sont folles, parole d'honneur ! Nous allons cuire, chérie. Je vais le dire à Biba...

A table, Édouard fut placé entre Yolande Batrakani et sa sœur Maguy dont les seins superbes semblaient à tout moment vouloir se libérer d'un audacieux décolleté.

– Vous connaissez la *molokheya*, monsieur Dhellemmes ?

Tandis qu'on le servait, le Français observait du coin de l'œil Ferdinand Batrakani, le frère aîné de mon grand-père, dont les cent kilos étaient posés en bout de table. Le surnommé Nando avait tout un rite pour manger la *molokheya*. La serviette nouée autour du cou, il déposait d'abord le riz en montagne dans son assiette. Puis il creusait le sommet comme un volcan et l'arrosait d'une bonne rasade de vinaigre dans lequel nageaient des oignons finement hachés. Avec ses gros doigts boudinés, Nando ajoutait des morceaux de viande, de poulet et de pain sec. Il noyait enfin l'ensemble sous deux grandes louches de cette soupe vert foncé, au fort goût d'ail, en attendant de recommencer l'opération au prochain service...

– Chérie, ta *molokheya* est très bien sortie, dit Maguy à sa sœur. Rappelle-moi, en partant, d'aller féliciter ton Osta Sami. Tu as une perle, tu sais ?

La conversation courait, très animée. Le Lillois suivait un peu difficilement ce flot de paroles parsemé d'arabe. Mais les autres convives se souvenaient régulièrement de sa présence, traduisaient, expliquaient, devançant parfois ses questions.

On évoquait Kirillos VIII dont les funérailles venaient d'être célébrées en grande pompe au Caire.

– La cathédrale de Faggala était drapée de noir, lui chuchota Maguy de sa voix troublante. Le corps embaumé de notre patriarche, éclairé par des cierges, avait été assis sur un trône doré. Il portait sa tiare sur la tête et la crosse à la main. Les personnes qui s'approchaient de lui croyaient avoir affaire à un vivant. Une dame lui a même parlé, parole d'honneur ! Il y avait là le gouverneur d'Alexandrie, le ministre de France, des consuls, de hauts magistrats, tout le gratin...

– Expliquez-moi, demanda Édouard, pourquoi, vous, les orthodoxes...

Ils s'écrièrent :

– Mais nous ne sommes pas orthodoxes !

– Je pensais qu'un patriarche...

Georges Batrakani se dit en soupirant qu'il faudrait cent ans pour expliquer à ce sympathique Français les subtilités du christianisme oriental.

– Non, cher monsieur, nous sommes grecs-catholiques, Grecs, mais pas orthodoxes. Catholiques, mais pas latins...

– Et vous êtes égyptiens ? demanda Édouard Dhellemmes qui s'y perdait déjà.

– Bien sûr ! fit Yolande.

La réponse étonna son mari :

– Ah bon ? *D'où par où* sommes-nous égyptiens ?

Édouard, perplexe, les regardait alternativement l'un et l'autre.

– C'est un peu difficile à expliquer, finit par dire Georges. Nos familles sont originaires de Syrie. Et, comme vous le savez, la Syrie et l'Égypte faisaient toutes deux partie jusqu'ici de l'Empire ottoman. Il existe une nationalité ottomane pour tout le monde, mais à laquelle est venue s'ajouter, avec les années, une nationalité égyptienne. Nous sommes ottomans, « sujets locaux » comme on dit ici. Mais sommes-nous vraiment égyptiens ? Les textes de loi se contredisent sur ce point. Et que signifie d'ailleurs être ottoman depuis 1914 puisque l'Égypte est devenue un protectorat britannique ? La situation se clarifiera peut-être après la guerre.

– J'en suis sûr, dit poliment Édouard qui avait perdu le fil depuis un moment et ne se lassait pas d'admirer les longues mains brunes de Maguy.

D'un froncement de sourcils, Yolande Batrakani invita le *soffragui* à servir les douceurs, avant de lancer :

– Et cette guerre, monsieur Dhellemmes, quand allez-vous nous la terminer ?

– Ce n'est plus qu'une question de mois, madame ! Nous sommes en train de donner aux boches une sacrée raclée du côté de Douaumont.

– Oh, cette guerre, ne la finissez pas trop vite, lança du bout de la table Ferdinand Batrakani, en éclatant d'un rire gras, interminable.

Chacun savait combien le frère aîné de Georges profitait de la situation. Le gros Nando exerçait ses talents de spéculateur et d'usurier dans les campagnes du Delta. Au début de la guerre, il avait acheté des terres, pour une bouchée de pain, à de petits propriétaires affolés par la brusque fermeture des marchés étrangers. Or, la guerre était depuis lors une véritable bénédiction pour les exploitants agricoles. Les alliés consommaient beaucoup de coton pour habiller leurs soldats et fabriquer des pneus. Non seulement la récolte de 1914 avait été entièrement écoulée mais, après une forte baisse, les prix commençaient à dépasser ceux d'avant guerre. Et Nando voyait son compte en banque s'arrondir en même temps que son visage fessu.

Mon grand-père, lui aussi, avait su stocker des marchandises pour jouer sur la pénurie.

– Voyez-vous, cher monsieur, expliquait-il à Édouard Dhellemmes, tous ces soldats étrangers font marcher le commerce. Pour entretenir leur armée, les Anglais ont dépensé ici, l'année dernière, quelque chose comme cinq millions de livres supplémentaires. C'est joli, non ?

Il faisait trop chaud pour servir le café sur la terrasse. La maîtresse de maison avait seulement fait ouvrir toutes grandes les portes-fenêtres pour se rapprocher des superbes mandariniers Youssef Effendi.

Les enfants Batrakani et leurs cousins vinrent saluer l'invité français.

– Alors, Micho, c'est vrai que tu as récité une poésie devant le sultan ? lança Maguy.

A la demande générale, Michel déclama à nouveau *Le Laboureur et ses enfants*. Les applaudissements crépitèrent, suivis de baisers sonores et parfumés. On questionna mon parrain sur les circonstances de son exploit, sur les habits du sultan, sur les commentaires des jésuites... Puis, les enfants s'éclipsèrent pour se replonger dans la généalogie des rois de France, leur jeu favori.

– Demain soir, nous allons voir *La Très Moutarde* de Max Linder à l'American Cosmograph. Voudriez-vous être des nôtres ? demanda Yolande à Édouard Dhellemmes.

Il accepta avec d'autant plus de plaisir que la troublante Maguy serait de la partie.

– Avant le cinéma, lança Georges, vous pourriez peut-être passer à mon bureau, place de l'Opéra. Nous parlerons de vos projets.

Vers quatre heures de l'après-midi, sous une chaleur accablante et alors que le gros Nando ronflait bruyamment dans son fauteuil, ils le firent raccompagner au Shepheard's par leur cocher.

3

C'était l'hôtel le plus charmant du Moyen-Orient. Créé en 1841 par un Anglais, reconstruit un demi-siècle plus tard pour être agrandi et éclairé à l'électricité, le Shepheard's occupait l'ancien palais où Bonaparte avait installé jadis son quartier général. On y conservait pieusement le sycomore derrière lequel s'était caché l'assassin du général Kléber. Une vingtaine d'antilopes gambadaient dans ce parc magnifique, au milieu des palmiers et des bananiers.

Côté rue, la célèbre terrasse de l'hôtel était gardée par deux petits sphinx de pierre, empruntés à un temple de Memphis. C'était un poste d'observation extraordinaire. Édouard Dhellemmes y passa toute la matinée du lundi, devant des verres de bière glacée, pour voir défiler Le Caire sous ses yeux.

Une petite foule campait en permanence au pied de la terrasse : cochers, *drogmans*, montreurs de singes, mendiants de toutes obédiences... Le corps plié en deux, des porteurs d'eau se traînaient dans la rue avec leur outre en peau de chèvre. Ils étaient rejoints et vite dépassés par des effendis en veste Nizam, très dignes, très droits sur leur âne. De temps en temps, une limousine aux chromes étincelants venait se glisser le long du trottoir, et des chasseurs de l'hôtel se précipitaient d'un air obséquieux pour ouvrir la portière à quelque pacha...

Les clientes anglaises du Shepheard's ne perdaient pas une miette du spectacle. En voyant arriver un cercueil porté à bout de bras, encadré de pleureuses en voile noir, elles se levaient et se signaient. Un peu plus tard, elles étaient de nouveau debout, tout excitées, à l'annonce d'un luxueux landau : des *saïs* pieds nus, flanqués d'un bonnet, couraient au milieu de la chaussée en agitant un bâton et en poussant des cris pour écarter les passants...

Un coup de canon, tiré de la Citadelle, annonça qu'il était midi. Édouard Dhellemmes commanda une dernière bière avant d'aller déjeuner et de faire une sieste. Ce spectacle ininterrompu l'avait épuisé.

A cinq heures de l'après-midi, frais et dispos, il quittait l'hôtel pour son rendez-vous d'affaires.

Le bureau de Georges Batrakani était à quelques minutes du Shepheard's, au troisième étage d'un immeuble de bonne facture donnant sur la place de l'Opéra. Deux employés en manchettes de lustrine s'y affairaient mollement, sous un énorme ventilateur. Mon grand-père occupait une pièce attenante qui sentait le cigare et l'eau de Cologne.

Il éclata de rire quand le Français l'interrogea sur la présence de nombreuses Européennes, apparemment désœuvrées, à la terrasse du Shepheard's :

– Non, cher monsieur, ce n'est pas ce qu'on pourrait croire... Ces dames sont des épouses d'officiers britanniques. Elles avaient été autorisées à venir en Égypte pour passer quelques jours avec leurs conjoints, mais beaucoup de ceux-ci sont bloqués sur le canal de Suez ou dans le désert occidental. Les *ladies* se retrouvent donc seules, en villégiature forcée, et encombrent les hôtels. Les responsables britanniques ont été obligés d'interdire tout nouveau débarquement de femmes non résidentes en Égypte. A propos, je constate qu'ils vous ont accordé un visa d'entrée...

– J'ai bénéficié en effet d'un petit piston, dit Édouard en souriant.

La filature Dhellemmes, à Lille, était en veilleuse depuis le début de la guerre. Édouard y occupait une position marginale, après avoir hérité des parts de son père. Appelé sous les drapeaux en 1915, hospitalisé au bout de quelques semaines en raison d'une grave pneumonie puis démobilisé, il était venu au Caire sur les conseils d'un cousin diplomate, et avec son appui, pour prospecter le marché égyptien.

– Si j'étais à votre place, dit Georges Batrakani d'une voix lente, en suçotant son cigare, je m'intéresserais au tarbouche.

Son interlocuteur le regarda d'un air perplexe.

– Oui, au tarbouche. Le fez, si vous préférez. Jusqu'au début de la guerre, ce secteur était entre les mains d'une quinzaine de maisons autrichiennes qui réalisaient un chiffre d'affaires annuel de plus de trente mille livres. Ce n'est pas vilain, n'est-ce pas ? Or, les Autrichiens n'ont plus le droit de vendre quoi que ce soit ici, et le représentant de leur consortium, Bruder Stross, vient d'être invité à liquider. Il y a donc une place à prendre. Peut-être même au-delà de l'Égypte puisque le Maroc, la Tunisie et la Tripolitaine importent eux aussi des bonnets turcs, quoique de forme différente.

Georges pria le Français de l'excuser un instant. Il se rendit dans l'autre pièce et ouvrit une armoire pour en extraire quatre boîtes volumineuses. L'un des employés se précipita pour l'aider à les transporter.

– Voici le *Watani*, la qualité la plus ordinaire, expliqua Georges en tirant de l'une des boîtes un gros gobelet de feutre rouge avec une crinière de fils noirs qui pendait à l'arrière. Il vaut l'équivalent de deux francs vingt-cinq. Puis vous avez l'*Abassi* à trois francs cinquante. Et nous passons ensuite – voyez la différence ! – à l'*Excelsior*, coté cinq francs... Mais le roi des tarbouches autrichiens, le plus chic, c'est sans conteste l'*Aigle* que voici. Touchez, touchez comme le tissu est souple et soyeux. Vous sentez ? L'*Aigle* vaut bien ses treize francs !

Édouard Dhellemmes eut, pendant quelques minutes, l'impression d'avoir affaire à un marchand des quatre saisons. Commerçant dans l'âme, ce Levantin semblait être capable de vendre n'importe quoi, même la marchandise des autres. Sa voix de velours vous aurait presque fait manger ces tarbouches à la peau soyeuse...

– Voyez-vous, monsieur Dhellemmes, depuis l'arrêt des importations, les prix ont flambé. Il faut multiplier par deux ou trois aujourd'hui les tarifs que je vous indiquais. Le résultat est que certains juifs et certains Syriens du Caire ne portent plus le tarbouche ; ils ont adopté le chapeau occidental qui est sensiblement moins cher.

– Le tarbouche risque donc de disparaître...

– Vous plaisantez ! Cette situation est évidemment provisoire. Les Égyptiens portent le tarbouche depuis plus de cent ans. Ils ne pourront jamais plus s'en passer. Cette coiffure est devenue un attribut national.

Georges Batrakani reparla des Autrichiens, qu'il avait observés de près et pour lesquels il ne cachait pas son admiration.

– Chaque année, des commis voyageurs arrivaient de Vienne. Ils allaient voir la clientèle pour noter les nuances demandées, étudier la mode changeante, parfois même la provoquer. Parce qu'il y a des modes dans le tarbouche, voyez-vous, et des manières différentes de le porter...

Mon grand-père se lança alors dans un brillant exposé sur l'évolution du tarbouche en Égypte. Il retourna à son armoire pour y prendre diverses gravures qu'il étala côte à côte sur la table :

– Voici Mohammed Ali, le fondateur de la dynastie régnante. Regardez son étrange coiffure : on peut à peine parler d'un tarbouche. Avec Abbas et Saïd, que voilà, le fez commence à prendre forme et à se redresser. Mais il n'est pas encore doublé. Observez maintenant le sultan Hussein, le souverain actuel : ce sont les Anglais qui ont introduit ce tarbouche rigide et de grande taille, doublé de paille, qui a le mérite de ne pas se déformer. Plus besoin de le repasser tous les jours, comme l'ancien tarbouche : une fois par semaine suffit.

– Ah bon, parce que le fez se repasse ?

– Bien sûr ! Partout en ville, des tarbouchiers vous remettent votre coiffure en état.

Édouard Dhellemmes, de plus en plus intéressé, multipliait les questions. Il finit par dire :

– Mais qu'est-ce qui vous empêcherait, vous, monsieur Batrakani, qui connaissez si bien le marché égyptien, de fabriquer des tarbouches ?

Georges le regarda avec étonnement :

– Fabriquer ici des tarbouches de cette qualité ? Vous n'y pensez pas ! Il faudrait de l'excellent tissu. Il faudrait des machines et de la main-d'œuvre qualifiée. Il faudrait surtout de la méthode, de l'organisation... Où voulez-vous trouver tout cela au Caire ? N'importe qui vous le dira : l'Égypte n'a ni les moyens ni la vocation d'être un pays industriel. Fabriquez des tarbouches en France, et moi, je vous les vendrai ici.

Ils parlèrent encore une bonne heure, promettant de se revoir un peu plus tard à l'entrée de l'American Cosmograph, en compagnie de Yolande et de Maguy.

La place de l'Opéra avait été rafraîchie par de grands seaux d'eau. Une légère brise chassait les dernières chaleurs de la mi-journée. Le Français, tout guilleret, alla acheter du tabac *stambouli*, de l'autre côté de la place. Il se sentait de plus en plus à l'aise dans cette ville très douce et grouillante de vie. Au risque de s'empoisonner, il tendit une pièce à un marchand ambulant, portant une grande cruche en verre sur la hanche, qui psalmodiait les vertus de ses eaux de caroube et de tamarin en faisant cliqueter des coupelles de cuivre entre ses doigts.

La boisson avalée d'un trait, Édouard se rendit dans une ruelle voisine où Georges lui avait indiqué un tarbouchier. C'était une boutique minuscule, avec un comptoir garni de bols de cuivre de diverses tailles. Les clients entraient, se découvraient et, sans un mot, tendaient leur tarbouche. Le boutiquier soulevait l'un des bols à double fond ; il plaçait la coiffure entre les deux parties du moule et faisait tourner un manche. Une buée s'élevait. Le tarbouche était retiré au bout de quelques minutes, tout fumant et raide comme du bois.

Édouard, ravi, se dirigea ensuite vers le jardin de l'Ezbekeya dont on lui avait vanté les banians géants. Un spectacle insolite l'attendait devant l'entrée : aux balcons de plusieurs maisons, des femmes à moitié nues criaient, chantaient et gesticulaient avec des mimiques obscènes, cherchant visiblement à attirer les soldats étrangers.

Le Français passa son chemin. Tant qu'à faire, il préférait les Anglaises esseulées de la terrasse du Shepheard's... L'idée de retrouver au cinéma la belle Maguy, aux longues mains brunes, le rendit encore plus euphorique.

4

– Alors, vous êtes descendu au Shepheard's...

Édouard Dhellemmes avait cru déceler dans le regard de mon grand-père un mélange d'approbation et d'envie.

– Quand j'étais enfant, nous y allions le dimanche, dit Georges d'un air pensif.

Son père, Élias Batrakani, travaillait à l'époque chez un commerçant syrien du Mouski. Peu doué pour les affaires, il voyait les autres s'enrichir autour de lui. Mais Élias n'était pas un homme d'argent. La fortune, il aimait seulement l'observer de près, la caresser et en parler.

Ainsi, tous les dimanches après-midi, après la *molokheya* aux oignons, mon arrière-grand-père emmenait sa famille se promener devant le Shepheard's puis dans l'allée de Choubra. Une manière de côtoyer le luxe, de se rincer l'œil gratuitement et de former le goût des enfants.

Postés devant l'hôtel, à l'ombre d'un mimosa, les Batrakani scrutaient la terrasse aux deux petits sphinx. Ils essayaient de reconnaître le visage d'un prince autrichien de passage ou d'une soprano italienne en tournée. Et ils imaginaient toutes les merveilles cachées derrière ces murs abricot : les arabesques, les tapis persans, les baignoires dorées où barbotaient de riches Anglaises en écoutant le chant du muezzin...

– Le soleil va bientôt se coucher, disait Linda Batrakani au bout d'un moment. S'il faut encore aller à Choubra...

Élias hélait un fiacre, imposait son prix. Le gros Nando était hissé près du cocher, et l'on trottinait jusqu'au bout de la célèbre allée où les plus riches équipages du Caire se donnaient rendez-vous à la tombée du jour.

C'était un large chemin qui courait le long du Nil, bordé de sycomores séculaires. Leurs branches se rejoignaient, formant une voûte au-dessus des promeneurs. On voyait passer des princes à cheval, coiffés d'une *keffia* de soie blanche brodée d'or, qui faisaient la course dans la plaine. On croisait de grands coupés, entraînés par des juments de parade : un eunuque noir en redingote y veillait sur une couvée de femmes de harem dont les yeux de gazelle étaient retranchés derrière des voiles transparents...

Tout au long de la route, Élias Batrakani racontait, de sa belle voix de baryton, des histoires en franco-arabe avec des exclamations en italien. C'étaient des histoires merveilleuses, ruisselantes d'or et de larmes ; des histoires très troublantes où le sort des héros – princes, princesses ou esclaves – se jouait dans des felouques majestueuses ou derrière des *moucharabeyas* impénétrables. Élias n'avait pas la désinvolture des conteurs ordinaires. Ces histoires encore chaudes, survenues à sa porte quelques années plus tôt, le faisaient lui-même trembler de plaisir ou d'émotion. Et s'il en rajoutait parfois, c'était peut-être simplement par souci de vérité, pour rester fidèle à ses rêves éveillés.

Georges ne se lassait pas d'entendre l'histoire de Ayn el Hayat, la petite orpheline recueillie par le khédive Ismaïl, et qui allait épouser son fils, Hussein, le futur sultan. Il connaissait dans ses moindres détails le récit de leur mariage.

– Le khédive voulait marier quatre de ses enfants en même temps, racontait Élias. Il décréta que les noces dureraient un mois entier. Pendant les semaines qui précédèrent la signature des contrats, on vit arriver dans les quatre palais d'innombrables malles et coffres, remplis de vaisselle, d'argenterie et d'objets précieux : des colliers, des bracelets, des tiares, des chibouks, des encensoirs... Ces merveilles furent exposées sur des coussins de soie et protégées du vol par des mailles d'acier. Puis, pendant quatre jours, on les promena dans les rues du

Caire, sous bonne escorte, pour nous permettre de les admirer. Je ne vous raconte pas le luxe !

Ces histoires, nous en profiterions nous aussi quelques décennies plus tard. Elles se seraient enrichies dans l'intervalle de plusieurs épisodes qui les rendraient encore plus cohérentes, encore plus vraies...

*

Dans les années 1860, après leur arrivée en Égypte, Élias et Linda Batrakani avaient vu la ville moderne naître sous leurs yeux. Bien sûr, Le Caire n'était déjà plus ce gros village moyenâgeux et anarchique dont l'unique voiture attelée semait la panique dans les rues chaque fois qu'elle sortait du palais de Choubra. Mohammed Ali et ses successeurs avaient fait enlever des montagnes de détritus qui pourrissaient en pleine ville. Ils avaient instauré des services de balayage, d'arrosage et d'éclairage, asséché les marais de l'Ezbekeya, édifié plusieurs palais sur le Nil en les entourant de plantations de palmiers, de caroubiers, de mûriers et d'acacias.

Mais Le Caire gardait pour l'essentiel sa structure ancienne. C'est avec le khédive Ismaïl que la capitale allait vraiment changer d'allure, sinon de nature. « Mon pays n'est plus en Afrique. Nous faisons partie de l'Europe... »

– En 1867, racontait Élias à ses enfants, le khédive était revenu emballé de ce qu'il avait vu à l'Exposition universelle de Paris. Je dis le khédive et pas le vice-roi puisque, entretemps, Ismaïl avait acheté ce titre au sultan de Constantinople. Tout s'achète, mes chéris...

Ismaïl avait la ferme intention d'appliquer au Caire les recettes de Haussmann. Il fallait faire vite, très vite, pour offrir l'image d'une ville riche et moderne aux étrangers qui viendraient inaugurer le canal de Suez deux ans plus tard. La capitale devint un immense chantier. On perça des avenues, on dessina des places. On fit même venir de France Barillet-Deschamps, le créateur du Bois de Boulogne, pour transformer l'Ezbekeya en parc à l'anglaise, avec grottes, ponts et petits lacs. Deux ans plus tard, la ville était parsemée de riches façades d'un style bâtard, qui camouflaient des constructions inachevées, des ruelles infâmes et d'innombrables taudis.

– Car l'Histoire n'attendait pas, mes chéris. Toutes les mappemondes de la planète venaient d'être déclarées caduques. Ferdinand de Lesseps avait bien réussi à tracer une ligne bleue entre mer Rouge et Méditerranée.

Élias racontait, pour la centième fois, l'inauguration fastueuse du canal, en présence de l'impératrice Eugénie, de l'empereur François-Joseph et de neuf cents autres invités de marque. Les bals, les concerts, les feux d'artifice, les jeux de cirque, les courses de dromadaires, l'aérostat, les maisons illuminées, les femmes chantant derrière les balcons...

– Verdi n'était pas là ? glissait Georges, pour relancer le conteur.

– Mais non ! *Aïda*, qui devait inaugurer le nouvel opéra du Caire, n'était pas achevé. Ce chef-d'œuvre n'a été joué qu'en décembre 1871. Mais quelle première ! Au marché noir, les fauteuils étaient loués pour leur poids en or. Les dames de la cour se tenaient à l'abri des regards, dans leurs loges grillagées. On ne voyait que le scintillement de leurs bijoux. Ismaïl assista de bout en bout au spectacle qui dura, tenez-vous bien, de sept heures du soir à trois heures et demie du matin ! Lorsque le rideau tomba enfin, toute l'assistance, debout, se mit à crier : « Vive le khédive ! Longue vie au khédive ! »

– Et Verdi, alors ?

– Mais Verdi n'avait pas franchi la Méditerranée ! Il détestait le bateau. A la fin des applaudissements, on courut au télégraphe pour lui annoncer le triomphe de son œuvre...

Élias connaissait de mémoire des passages entiers d'*Aïda*. En présence d'invités, il se faisait à peine prier pour barytonner, le dimanche, après-*molokheya*.

Il faut dire que le canal lui avait un peu tourné la tête. Après avoir prénommé son fils aîné Ferdinand et sa cadette Eugénie, mon arrière-grand-père voulait donner du François-Joseph au troisième. Sa femme alla s'en plaindre au curé de Darb el

Guéneina. Celui-ci convoqua Élias et lui fit remarquer qu'il s'écartait dangereusement de la tradition :

– François et Joseph, c'est bon pour des jumeaux, *habibi.* Chez nous, on ne fait pas comme ça. D'ailleurs, tu aurais déjà dû donner à ton aîné le prénom de ton pauvre père. Il s'appelait Guirguis, n'est-ce pas ?

Autant dire Georges. L'Égypte ne faisait-elle pas désormais « partie de l'Europe » ?

*

– Avec le canal, j'ai failli faire fortune, parole d'honneur ! affirmait Élias Batrakani à qui voulait l'entendre.

La fortune portait le visage de Habib Sakkakini, membre d'une modeste famille grecque-catholique de Damas, émigrée en Égypte. Habib n'avait, comme Élias, ni fortune ni diplôme. Un jour, à l'âge de vingt ans, il prit connaissance dans le journal d'un SOS de Ferdinand de Lesseps : de gros rats mangeaient la nourriture des ouvriers du canal, détérioraient le matériel et propageaient des maladies. Tous les moyens avaient été essayés pour détruire ces empêcheurs de creuser tranquille. En vain. Une belle récompense était offerte à celui qui trouverait la solution.

Le jeune Sakkakini se porta volontaire. Pourquoi, dit-il, ne pas amener des chats qui se feraient un plaisir de manger les rats ? On le regarda avec des yeux ronds. Mais les chefs de chantier n'avaient plus rien à perdre. Des centaines de chats furent donc acheminés sur place dans des cages. Soumis à la diète, puis lâchés dans des endroits stratégiques, ils nettoyèrent en un clin d'œil la zone du canal...

L'inventeur de cette dératisation scientifique fut promu, peu après, responsable de l'assèchement des marais du Caire. Là aussi, il fit merveille. Et c'est encore à lui qu'on pensa, un an plus tard, pour relever un autre défi : faire construire en six mois l'Opéra du Caire.

Le khédive le couvrit de cadeaux. Promu pacha, Habib Sakkakini était désormais connu jusqu'à Constantinople.

Le sultan Abdel Hamid lui offrit un palais à Faggala dans un quartier qui porte encore son nom.

– Les chats, j'y avais pensé moi aussi, expliquait Élias. Mais, ce jour-là, j'étais trop occupé pour répondre à l'annonce.

– Quel dommage ! s'exclamaient immanquablement ses auditeurs, en se demandant pourquoi ce malchanceux ne s'était pas tiré une balle dans la tête.

Le petit Georges, lui, écoutait les adultes et réfléchissait en silence. Il cherchait à comprendre les vraies raisons du succès de Habib Sakkakini. Comment passait-on de chats à pacha ? Comment se faisait-on une place au soleil levant ?

5

Des onze cahiers de Michel, le premier n'est pas celui que je préfère. On y sent un garçon appliqué, sur la réserve, incapable de laisser courir sa plume. L'adolescent sensible et lunatique des années suivantes ne perce pas encore dans ces pages, rédigées comme un devoir du soir. Apprenait-on chez les jésuites à brider ainsi ses sentiments ? Ou faut-il attribuer cette retenue de Michel à la peur de voir son cahier secret, caché sous le matelas, tomber un jour ou l'autre entre les mains fouineuses de Mlle Guyomard ?

15 mai 1916

Le Père recteur et les Pères préfets sont allés hier au palais pour rendre la visite. Le sultan n'a pas pu les recevoir parce qu'il était en conférence avec le ministre des Finances. Mais les Pères ont été accueillis très gentiment par Zoulfikar pacha, le grand chambellan, qui leur a dit : « Sa Hautesse est extrêmement satisfaite de sa visite au collège. Hier soir, au dîner, Elle n'arrêtait pas de répéter : si on veut avoir des enfants bien élevés, c'est à la Sainte-Famille qu'il faut les mettre et pas ailleurs. »

Les jésuites avaient appris à faire fonctionner le téléphone arabe. Ils n'eurent aucun mal à communiquer à la bourgeoisie cairote, par l'intermédiaire de leurs élèves, l'appréciation du sultan sur le collège de la Sainte-Famille.

Quand Michel lui rapporta le propos, Georges Batrakani fit mine d'en être vexé :

– Ce n'est pas très gentil pour les frères des écoles chrétiennes qui m'ont élevé...

Mettre ses enfants chez les jésuites avait été pour mon grand-père un signe d'ascension sociale. Dans la famille de sa femme, tous les garçons fréquentaient ce collège qui était le plus cher du Caire, le plus difficile d'accès et – le sultan avait raison – celui qui assurait la meilleure formation.

Les jésuites étaient revenus en Égypte en 1879, après un siècle d'absence, chargés par le pape Léon XIII de ramener au bercail les coptes schismatiques qui osaient se prévaloir du nom d'orthodoxes. On avait prévu pour cela un séminaire gratuit au Caire et une mission en Haute-Égypte. Le collège de la Sainte-Famille ne figurait pas au programme. Les jésuites l'avaient créé de leur propre initiative, provoquant la colère des frères des écoles chrétiennes qui, jusque-là, détenaient un monopole dans l'enseignement... Mais, finalement, tous les ouvriers du Seigneur avaient trouvé leur place sur les bords du Nil. Une répartition des tâches s'était faite tacitement : si les frères accueillaient le gros des troupes, les jésuites, plus élitistes, étaient les seuls à enseigner le grec et le latin.

*

18 mai 1916

Victor Lévy me déteste. Depuis la visite du sultan au collège, il ne m'adresse plus la parole. Il dit à tout le monde que je suis « le chouchou de Pernalty ». Je suis sûr que c'est lui qui a jeté mon ver à soie.

L'unique juif de la classe n'avait pas digéré *Le Laboureur et ses enfants*. Premier en récitation, il s'estimait volé : n'était-ce pas lui qui aurait dû déclamer devant le sultan ?

Michel, un peu troublé, convenait intérieurement que son 17 sur 20 au deuxième trimestre ne valait pas le 19 obtenu par Victor Lévy. L'affaire le tourmenta de plus en plus, au point de se demander s'il ne devait pas s'en accuser en confession. Mais de quel péché s'agissait-il exactement ? Cette rubrique ne figurait pas au catalogue des horreurs homologuées et tarifées. S'il y avait faute, elle était pour le moins partagée avec le Père Korner. Et comme c'était le Père Korner qui confessait généralement les cinquièmes... Bref, tout plaidait pour ne pas donner une suite pieuse à cette affaire.

Les grandes vacances approchaient. Il ne restait plus qu'à préparer la fête annuelle du Père recteur, avec des dons en nature pour les pauvres. Michel et son frère André fourniraient du riz et des lentilles, mais certains élèves feraient ce jour-là une entrée remarquée au collège, suivis de leur domestique qui porterait dans les bras une oie vivante ou tiendrait en laisse un mouton.

Dès la mi-juin, le Tout-Caire, sultan en tête, partirait se rafraîchir à Alexandrie pour trois mois au moins. Michel rêvait déjà à la plage du casino San Stefano où, comme l'année précédente, il irait se baigner en compagnie de ses frères et de ses cousins. Les plus jeunes porteraient une grosse courge autour de la taille pour pouvoir flotter. De riches musulmanes arriveraient dans la matinée avec leur voiture débordant d'enfants. Près du cocher se tiendrait un eunuque noir, très laid, parlant d'une voix bizarre, qu'on désignerait de l'œil en ayant un peu peur...

*

Les vacances étaient l'occasion de grandes réunions de famille dans la villa des cousins d'Alexandrie.

Maguy troublait tout le monde avec des tenues estivales audacieuses, tandis que le gros Nando, attablé devant des montagnes de crevettes, de dorades et de sardines grillées, se remplissait la panse pendant des heures entières. Mais la véritable vedette de ces repas à rallonge était mon arrière-grand-père, le vieux Élias Batrakani qui, de sa voix à peine éraillée, ramenait l'assistance une trentaine d'années en arrière, racontant sans se lasser les débuts de l'occupation anglaise.

– En 1882, l'insurrection d'Orabi – que Dieu l'emporte

celui-là ! – avait semé la panique parmi les résidents européens. Ils fuyaient en masse, en train ou en bateau. Nous, *ya haram !* nous n'avions même pas le statut de protégés français qui nous aurait permis de monter dans un convoi spécial pour la Palestine...

Pendant tous les événements de 1882, les Batrakani s'étaient terrés chez eux, morts de peur. Le bombardement d'Alexandrie par les Anglais avait provoqué les rumeurs les plus folles.

– « La flotte britannique est détruite, l'amiral Seymour a été capturé », affirmait notre abruti de voisin arménien. Chaque jour, à la gare de Bab el Hadid, une foule surexcitée attendait l'arrivée présumée de l'amiral. Et, chaque jour, un faux Seymour était appréhendé devant la gare et promené en ville sous les quolibets...

Les Anglais n'avaient fait qu'une bouchée de l'armée d'Orabi. Mais les Batrakani ne respirèrent que le 14 septembre lorsque les cavaliers du général Drury Lowe débouchèrent au crépuscule dans l'avenue de Choubra, après une course de cent kilomètres dans le désert.

– Nous étions au balcon, racontait Élias. Les lanciers du Bengale, qui galopaient en tête, s'arrêtèrent brusquement en apercevant un minaret et se mirent à crier *Allah ou Akbar*. Ils étaient musulmans ! Quelle frayeur... Heureusement, nous avons été très vite rassurés. Quelques jours plus tard, j'ai emmené Nando avec moi, place de l'Opéra, pour assister au premier défilé des troupes d'occupation. Tu te souviens, Nando ?

Le mangeur de poisson, la bouche pleine, opinait de la tête. Il gardait un souvenir très précis de ce jour-là : debout près de son père, les bottines couvertes de poussière, il avait reniflé l'odeur des chevaux et s'était rempli les oreilles du fracas de leurs sabots.

– Quel spectacle, mes enfants ! poursuivait Élias. Le défilé des vainqueurs de Tell el Kébir était ouvert par deux drapeaux criblés de balles. Vingt mille hommes suivaient, sans tambour ni clairon. Leur marche silencieuse les rendait plus impressionnants encore. C'était un festival d'uniformes et de couleurs. Entre les vestons écarlates des artilleurs, les pantalons gris perle des fantassins, les jupes plissées des régiments écossais, les costumes bleu indigo et les turbans de la cavalerie indienne, on aurait dit que cinq ou six armées étrangères avaient envahi l'Égypte en même temps !

Ce fameux jour de septembre 1882, Élias Batrakani était venu à l'avance pour installer son matériel photographique. Avec l'aide du petit barbarin, il avait transporté à dos d'âne le trépied, le support à coulisses, les objectifs, la chambre noire et une quinzaine de châssis contenant les plaques sensibles. Comme toujours en pareil cas, les badauds faisaient cercle autour de lui. L'artiste disparaissait sous le voile noir – un voile recouvert d'une cotonnade blanche en raison de la chaleur – et mettait au point pendant une éternité. Puis, brusquement, il fabriquait un éclair qui provoquait des vivats.

Nando était encore trop jeune à cette époque pour comprendre que son père ne se passionnait pas pour la photographie. Car Élias aimait autant être vu que regarder dans son objectif. N'ayant pas les moyens de s'offrir une villa, un tilbury ou même un *soffragui* en livrée, ce faux chasseur d'images se pavanait avec sa boîte noire pour exciter les imaginations. Son appartement de Faggala était plein de photographies banales, mal cadrées, qu'il avait laissé jaunir par négligence. Sans compter les plaques qui n'avaient jamais été développées et qui s'entassaient dans des boîtes à chapeaux...

– Tu te souviens du jésuite, Nando ?

Sur le trottoir d'en face, un jésuite, accompagné de petits séminaristes coptes-catholiques, parlementait avec un soldat britannique pour pouvoir traverser. Il finit par obtenir satisfaction et s'engagea sur la chaussée entre le passage de deux escadrons. Les séminaristes lui emboîtèrent le pas, avec leur soutane noire, leur petit paletot et leur tarbouche grenat. Pour leur première promenade en ville depuis la fin des événements, ces enfants de familles pauvres venaient voir le défilé. Mais c'était surtout l'appareil photographique d'Élias qui les attirait.

Le jésuite français vint se placer d'autorité à côté de l'artiste, obligeant Nando à avancer d'un pas.

– Pauvre France ! lança-t-il à mi-voix. Et dire que nos navires, qui étaient eux aussi en face d'Alexandrie, ont reçu l'ordre de ne pas participer à la bataille et de prendre le large ! Pauvre France ! C'est elle qui aurait dû planter la croix ici. En confiant à d'autres cette tâche, Dieu a sans doute voulu la punir de ses crimes.

Se tournant vers Élias, le religieux avait ajouté d'une voix grave :

– Je ne sais pas, monsieur, si l'Égypte deviendra plus chrétienne, mais je crains qu'elle ne devienne anglaise.

6

Édouard Dhellemmes devait regagner la France le 15 juin 1916. Quelques jours avant son embarquement pour Marseille, mes grands-parents et Maguy l'avaient emmené à l'hôpital français d'Abbassia pour assister à une matinée musicale, offerte par un groupe de Syriens du Caire aux soldats blessés dans les Dardanelles.

Édouard les attendait au pied de la terrasse du Shepheard's. Cette fois, il ne portait pas un canotier, mais un splendide tarbouche.

– *Mabrouk !* lui lança Georges Batrakani pour le féliciter de cette innovation.

Machinalement, Édouard voulut se décoiffer pour saluer Yolande et Maguy qui étaient assises dans la calèche, et son tarbouche roula à terre. Un mendiant unijambiste se précipita pour le ramasser.

– Cher ami, dit Georges avec un sourire, quand on porte un tarbouche, on ne se découvre ni devant les dames ni même devant le sultan. Et, d'ailleurs, vous avez tort de le saisir comme vous le faites. Un tarbouche n'est pas un chapeau : il se tient à deux mains.

Joignant le geste à la parole, Georges prit le tarbouche au mendiant et, de ses deux mains, le vissa légèrement sur la tête du Français.

– Voilà. Cela vous va très bien. Il faut incliner un peu le tarbouche sur le côté, c'est plus élégant... Mais, à votre place, j'aurais choisi une couleur un peu moins foncée. Avec votre teint...

Édouard rougit et en eut des picotements dans les cheveux. Yolande le trouva charmant. Maguy l'aurait croqué.

Dans la plus grande salle de l'hôpital, décorée de fleurs et de drapeaux tricolores, on avait fait asseoir les rescapés des Dardanelles. Face à eux, des Levantins sur leur trente-et-un entouraient le ministre de France qui les remerciait de cette heureuse initiative.

Un avocat syrien entonna puissamment *La Marseillaise*, accompagné par le chœur. Maguy se pencha vers Édouard pour lui chuchoter :

– C'est un bâtonnier des tribunaux mixtes. Une belle voix, n'est-ce-pas ? Je crois qu'il va chanter aussi *La Madelon*... Tout à l'heure, vous entendrez une de mes jeunes cousines, Zouzou, un amour. Elle récite des poèmes de sa composition...

Maguy parlait avec ses belles mains brunes, faisant tinter ses bracelets. Son parfum capiteux enivrait Édouard qui transpirait sous son tarbouche. Il en oublia d'applaudir quand la jeune Zouzou fit son entrée, vêtue d'une robe bleu-blanc-rouge et coiffée d'un bonnet phrygien...

Au retour, dans la calèche, le Lillois avoua son étonnement :

– Je ne m'attendais pas à tant d'amour pour la France !

Georges sourit, en reniflant son cigare :

– Que voulez-vous, cher ami, certains sont français par le sang. D'autres le sont par leur résidence en France. Nous, nous sommes français par le cœur.

Édouard n'était probablement pas la première personne à qui mon grand-père sortait ce couplet. Mais enfin, c'était bien vu et ça sonnait juste.

– Je n'aurais jamais cru, poursuivit le Français, que dans un pays sous occupation anglaise depuis trente-cinq ans...

– Et alors ? Les Anglais ont le pouvoir politique et économique. Nous les respectons. Nous ne les aimons pas.

Yolande intervint :

– Si ton père t'entendait, Georges !

Il mâchonna son cigare éteint, d'un air pensif.

– Oui, c'est vrai dit-il, mon père a toujours aimé les Anglais...

7

Je crois que l'anglophilie d'Élias Batrakani tenait essentiellement à son tempérament de fonctionnaire. Mon arrière-grand-père était fait ainsi : il aimait ses supérieurs. Si l'Égypte avait été occupée par la Russie, il aurait été russophile ; si elle avait été envahie par la Chine, il aurait été pro-Chinois.

Ses fils, Nando et Georges, n'étaient pas faits du même bois, eux qui répétaient volontiers :

– Le commerce, nous l'avons dans le sang.

Il faut croire que le sang avait sauté une génération. Contrairement à ses fils si doués, et à son propre père qui avait fait merveille jadis à Alep dans le taffetas, Élias Batrakani n'avait pas la bosse des affaires. Dès 1883, il quitta son comptoir du Mouski pour enfiler avec enthousiasme des manchettes de lustrine.

Les Anglais embauchaient. Désireux de prendre en main l'administration locale et de la réformer, ils cherchaient des intermédiaires assez sûrs connaissant l'arabe mais aussi d'autres langues, et ayant reçu un minimum de formation générale. Peu de musulmans et de coptes correspondaient à ce profil.

– Nous, les Syriens, nous sommes pour l'Angleterre un don du ciel, constatait Élias à l'époque. Que voulez-vous, nous avons la formation.

Mon arrière-grand-père avait, en effet, un certificat d'études primaires... Mais il connaissait l'arabe et le français, se débrouillait en italien et baragouinait un peu l'anglais. Sa voix en imposait. Et il portait beau, sachant s'habiller au-dessus de ses moyens. On l'engagea au ministère des Travaux publics, à l'échelon numéro quatre, avec le titre de *wakil idara* qui signifiait sous-chef de section.

Élias ne jurait plus que par le capitaine Simpson, son supérieur immédiat. Simpson par-ci, Simpson par-là... Dans toute discussion, fût-elle politique, économique, religieuse ou botanique, le *wakil idara* citait avec gravité cet oracle rose et blond, à la moustache en brosse, qui avait servi dans l'armée des Indes.

– Nous avons occupé l'Égypte pour défendre les Européens qui y résidaient et pour établir l'autorité du khédive, expliquait le capitaine Simpson. Nous ne sommes là qu'à titre provisoire. Nous partirons le jour où ce pays, assaini et réformé, sera en mesure de s'administrer lui-même... Certaines plantes fragiles ont besoin d'un tuteur pour pousser droit.

Mais les années passaient et le tuteur prenait racine. Évacuer l'Égypte ? Il n'en était plus question dans la bouche du capitaine Simpson qui faisait son polo trois fois par semaine au Khedivial Sporting Club. Ce pays fragile apparaissait plus que jamais à la Grande-Bretagne comme une position stratégique essentielle sur la route des Indes. Après avoir tant dénigré le canal de Suez au moment de sa conception, elle en était désormais le principal utilisateur et le premier bénéficiaire.

– Les Anglais sont devenus canalistes, constatait triomphalement Élias Batrakani vers 1890, comme s'il était l'artisan de cette conversion.

Mais le ministère des Travaux publics gérait désormais une autre affaire d'eau, une autre épopée : le domptage du Nil par des ingénieurs britanniques. Le capitaine Simpson prononçait, à ce sujet, des phrases définitives qu'Élias rapportait avec la gravité d'un évangéliste, lors des déjeuners dominicaux à la maison, persuadé d'en mettre plein la vue à son cousin Rizkallah, le journaliste :

– Sans le Nil, dit le capitaine Simpson, l'Égypte ne serait qu'un désert aride. Mais le Nil a toujours piégé l'Égypte, lui donnant trop d'eau en hiver et pas assez en été. Cette eau, il faut en faire bon usage, la répartir avec méthode et équité.

Cela relève autant de la morale que de la science. L'une et l'autre manquaient cruellement avant notre arrivée en 1882.

Élias martelait ces fortes paroles, s'étonnant presque que le journaliste ne prît pas de notes. Le petit Georges, lui, ouvrait toutes grandes ses oreilles. Au collège des frères, on apprenait le Rhône et la Saône, les Pyrénées et le Massif central, les départements français... L'Égypte ne figurait pas au programme.

– Comme dit Simpson, le tracé, la pente et la capacité des canaux d'irrigation avaient été calculés jadis en dépit de tout bon sens. Pour les curer, il fallait continuellement mobiliser des milliers de fellahs, sous les yeux impuissants des ingénieurs français. On mélangeait l'irrigation et le drainage, comme si les veines et les artères d'un organisme pouvaient être confondues ! Des canaux coulaient à ras bord pour l'arrosage alors qu'ils auraient dû servir d'évacuation. Les eaux, saturées de sel, se déversaient sur les terres, et c'était la catastrophe...

Linda, mon arrière-grand-mère, interrompait l'orateur pour servir la *molokheya* ou la *kobeiba labaneya*. Le cousin Rizkallah en profitait pour lancer une vanne contre les Anglais car son journal, *Al Ahram*, était soutenu par la France. Mais, de sa belle voix de baryton, un peu étouffée par les morceaux de viande, Élias reprenait le contrôle de l'auditoire. Il citait avec déférence les noms des nouveaux héros du Nil : Mister Reid, le major Brown, le colonel Ross... Ces champions avaient non seulement ordonné drainage et irrigation, mais mis en route un barrage à la pointe du Delta.

– Depuis que le barrage fonctionne, les deux branches du Nil restent entièrement à sec en mai et juin, objectait le journaliste.

– C'est vrai, répondait Élias avec agacement : le seul reproche qu'on puisse faire au barrage est de trop bien fonctionner. Nos ingénieurs anglo-indiens vont faire en sorte qu'une partie de l'eau puisse s'écouler jusqu'à la mer. Mais je ne supporte pas – et il lançait un regard cinglant à Rizkallah –, je ne supporte pas les ricanements des Français qui, visiblement, prient le ciel pour qu'un accident arrive au barrage !

Puis, sur le ton de la confidence, comme s'il regrettait de devoir le dire en présence de la presse :

– Nos ingénieurs ont beaucoup avancé dans le projet du grand réservoir qui pourrait emmagasiner – tenez-vous bien – quatre milliards de mètres cubes ! Où faut-il construire ce réservoir géant ? A Assouan, à Wadi Halfa ou dans le Fayoum ? Simpson penche pour le Fayoum...

Le petit Georges brûlait de voir en chair et en os ce personnage tout-puissant dont il avait si souvent entendu parler. L'occasion allait lui en être finalement donnée en mars 1891.

– Demain après-midi, pas de promenade à Choubra, avait fièrement annoncé Élias à sa famille. Le capitaine Simpson nous invite à Guézira pour un carrousel militaire.

L'unique robinet de l'étage coula toute la matinée du dimanche. On se savonna furieusement, on se pomponna. Linda voulu absolument garnir sa robe violette de volants, et supplia la voisine arménienne de venir l'aider. Elles piquèrent toute la soirée du samedi, à la lueur d'une bougie. Élias lui-même, malgré ses grands airs, avait un trac fou...

Mme Simpson était une sorte de cheval de cérémonie, aux naseaux dédaigneux. Elle regarda à peine ces Levantins endimanchés et poursuivit sa conversation avec des dames anglaises de son monde. Le capitaine, très chic, arborait une veste blanche, un pantalon noir et un tarbouche grenat. Il n'arrêtait pas de baiser des mains. Sa moustache rousse, dure comme un balai, provoqua un frisson dans tout le corps de Linda.

Les tribunes étaient aussi élégantes que pour une course de chevaux à Ascot. Le khédive Tewfik y faisait de la figuration, à côté de Sir Evelyn Baring, le consul général de Grande-Bretagne. Pauvre Tewfik ! Ni le costume rutilant ni la barbe noire ne parvenaient à lui donner un semblant de personnalité. A sa gauche, le futur lord Cromer l'écrasait de sa large carrure, de son énergie, de son intelligence, de sa culture, de son pouvoir...

Deux orchestres militaires alternaient leurs musiques. On vit parader tour à tour l'infanterie, la cavalerie et l'artillerie. Le clou de la fête était la reconstitution de l'attaque d'un camp anglais au Soudan. Après des années de déboires dans cette colonie égyptienne, les troupes du sirdar Grenfell et du colonel Kitchener ne venaient-elles pas enfin d'infliger une sévère défaite à ces diables de mahdistes ?

Devant les tribunes, des Soudanais noirs comme du charbon se ruèrent sur le camp anglais avec leurs lances et leurs cris barbares. Puis il firent une fantasia assez ridicule pour célébrer leur victoire. Mais, soudain, on entendit des coups de fusil et de canon. Les fantassins anglais, épaulés par la cavalerie, surgirent de toutes parts. En un tournemain, ils taillèrent en pièces les Soudanais et replantèrent leur drapeau. Le public, debout, applaudissait à tout rompre, tandis que les deux orchestres entonnaient *God save the Queen*.

– C'était parfait, il ne manquait pas un bouton de guêtre, commenta Élias sur le chemin du retour.

– Il ne manquait que les soldats égyptiens du Soudan si bien envoyés au feu par les officiers anglais, lança sa femme, avec une conscience politique qu'on ne lui soupçonnait pas.

Linda, si fière de sa robe lilas à festons, s'était sentie terriblement humiliée par le regard dédaigneux de Mme Simpson...

8

La visite du sultan au collège avait été préparée dans les moindres détails par les jésuites, avec l'aide du grand chambellan, Zoulfikar pacha, leur ancien élève. Mais Michel ne devait s'en rendre compte que sept mois plus tard, par une indiscrétion du Père Korner.

20 décembre 1916

J'ai compris aujourd'hui pourquoi Victor Lévy n'a pas récité devant le sultan ! Son 19 sur 20, il l'avait obtenu avec « Le Lac » de Lamartine. Or, ce jour-là, il FALLAIT consacrer la leçon à La Fontaine pour faire plaisir au sultan. Le Père Korner a choisi celui qui avait eu la meilleure note avec le « Laboureur ».

J'ai voulu l'expliquer à Victor Lévy, mais il a détourné la tête. Il ne m'adresse plus la parole et continue à me surnommer « le chouchou de Pernalty ». Je le hais.

Victor Lévy se trompait. Si les jésuites avaient un chouchou parmi les Batrakani, ce n'était pas Michel mais André, son frère aîné. Ce garçon généreux était l'un de ceux qui leur donnaient « les plus grandes consolations ».

André avait été sélectionné avec cinq autres élèves de troisième pour un voyage d'une semaine en Haute-Égypte à l'occasion des congés de Noël 1916. Un voyage destiné à leur montrer la mission de Minia qui était l'une des fiertés de la Compagnie de Jésus.

Mon oncle partait en explorateur : jusque-là, aucun membre de la famille n'avait eu l'idée saugrenue de s'aventurer au sud du Caire. Ces contrées barbares étaient bonnes pour des touristes européens – encore rares à l'époque. Pas pour des Levantins comme nous, naturellement tournés vers le Nord, la Méditerranée, et la modernité...

Les six élèves avaient rendez-vous à la gare de Bab el Hadid. Malgré l'heure matinale, le grand hall était déjà envahi d'une foule criarde et désordonnée. Des portefaix plus ou moins homologués, en *gallabeya* crasseuse, tiraient les passagers par la manche et se disputaient leurs colis. Une locomotive à quai, toute fumante, leur crachait régulièrement au visage.

C'était le premier voyage d'André sans sa famille, et il en était tout émoustillé. Mlle Guyomard ne serait pas là pour le harceler à tout bout de champ, même si elle avait tenu à préparer elle-même sa valise.

Dans le hall de la gare, des vendeurs ambulants débitaient inlassablement leur boniment. Un montreur de singe lançait son animal sur l'assistance, faisant tomber un fellah à la renverse. On riait. Une puissante odeur, fauve et cumin mêlés, montait de cette foule bourdonnante.

De temps en temps, les bruits de la gare étaient couverts par le braiment d'un âne, égaré du côté des guichets. Personne ne semblait s'en soucier, sauf peut-être un policier anglais, le fouet à la main, qui surveillait hommes et bêtes dans ces vapeurs de locomotive.

André fut légèrement bousculé par un eunuque noir, à la mine patibulaire, qui ouvrait la route à une procession de dames voilées. Les voyageuses se rendaient sur le quai numéro un, pour prendre le train d'Alexandrie. Elles montèrent en silence dans le compartiment qui leur était réservé, et l'on ferma la porte à clé.

Où allaient-elles, ces mystérieuses ? A Alexandrie seulement ? Ou en Europe ? On racontait que ces dames de la haute société turque étaient conduites ainsi jusqu'au bateau, mais qu'aussitôt embarquées, elles se précipitaient dans leur cabine pour revêtir un costume à la dernière mode de Paris...

Une demi-heure plus tard, bercé par les dodelinements du train de Minia, André songeait au compartiment sous clé. Il s'imaginait au milieu de ces dames, leur arrachant quelque rire, quelque secret. Visages de lait sous les voiles noirs, cigarettes parfumées à l'eau de rose, longues mains très douces et très audacieuses... Il chassa aussitôt ces mauvaises pensées et regarda par la fenêtre défiler les champs de *bersim* et de coton.

Cette plaine immense, sans le moindre relief, était traversée d'une multitude de petits canaux argentés. Seuls quelques cubes de maisons grises, adossées à des touffes de palmiers, rompaient la monotonie du paysage. On apercevait parfois un fellah tout nu, en train de pisser au bord de la voie ferrée, avec son sexe noir luisant au soleil...

*

En gare de Minia, un membre de la mission, le Père Choquet, attendait les six élèves et le jésuite qui les accompagnait. Il les fit monter dans une voiture découverte tirée par un cheval famélique qui, au bout de cent mètres, dut s'arrêter pour laisser passer une bruyante procession.

– Ce sont encore ces diables de protestants ! grommela le missionnaire. Avec leur grosse caisse et leurs tambourins, ils essaient d'attirer les enfants. Les sectes ouvrent des écoles à grand renfort de réclames.

Quand le premier jésuite français s'était installé à Minia en 1887, en compagnie d'un frère syrien, la ville ne comptait qu'une poignée de coptes-catholiques. Il avait fallu se battre avec acharnement pour développer ce maigre troupeau. Le meilleur moyen de convertir les coptes-orthodoxes était de créer des écoles gratuites, mais les protestants adoptaient désormais la même tactique...

Le lendemain, André et ses camarades devaient être emmenés par le Père Choquet en « reconnaissance apostolique ». Réveillés à l'aube, ils enfourchèrent de petits ânes gris qui les attendaient devant la maison des Sœurs. Ils se laissèrent porter au petit trot jusqu'à la sortie de la ville, le buste tiré en arrière, les jambes traînant presque par terre.

Arrivés le long d'un canal, les ânes ralentirent d'instinct, comme pour se mettre au diapason de cette campagne engourdie depuis des siècles. Ils croisèrent des chameaux à l'air hautain, chargés de cannes à sucre, dont le pas lourd soulevait de petits nuages de poussière. A leur approche, des femmes en noir, bien cambrées, portant une jarre sur la tête, ramenaient leur voile sur le visage et le retenaient avec leurs dents. D'autres, accroupies au bord de l'eau, caquetaient en lavant linge et casseroles, tandis que des nuées d'enfants surgissaient de partout, pieds nus, déguenillés, le visage couvert de mouches.

Vers huit heures du matin, le Père Choquet fit halte devant la maison d'une famille copte récemment convertie au catholicisme. Le fellah, tout crotté, revenu dare-dare des champs pour saluer « *Abouna Chawki* », était maigre comme un fil. Mais le ventre arrondi de sa femme laissait espérer un prochain baptême. Ce serait leur douzième enfant.

La maison en briques crues, enduite de limon du Nil, était flanquée d'un misérable toit de paille sur lequel s'entassaient des galettes de bouse séchée, pétries à la main, qui servaient de combustible. La volaille allait et venait au milieu des visiteurs. Le mobilier se limitait à une grande armoire sans portes et à quelques matelas posés à même la terre battue.

– Beaucoup de paysans schismatiques ne savent même pas se signer, expliqua en français le jésuite. Quand on les interroge sur leur religion, ils se contentent de montrer la croix tatouée sur leur poignet. Ce n'est pas étonnant : les curés schismatiques ne rendent visite aux fellahs qu'une fois par an, au moment de la récolte, uniquement pour réclamer la dîme. Ces prêtres eux-mêmes sont scandaleusement incultes. L'un d'eux, que j'interrogeais sur le moment précis de la sainte messe où Notre Seigneur descend sur l'autel, a osé me répondre : « Mais Il est tout-puissant. Il descend quand Il veut ! »

A la sortie du village, André et ses camarades eurent une grosse émotion. Le Père Choquet, solidement installé sur son âne, ouvrait la marche. Soudain, des enfants musulmans, embusqués derrière un mur de boue séchée, se mirent à lancer des pierres sur le groupe. Le baudet qui précédait celui d'André fut atteint au flanc. Il se cabra dans un cri de douleur, menaçant de renverser son passager. Un autre âne détala après avoir reçu un coup de sabot, tandis que les pierres continuaient à voler... Miraculeusement, la file indienne se reconstitua une cinquantaine de mètres plus loin, comme si rien ne s'était passé. Le Père Choquet se tourna alors vers le groupe pour lancer d'une voix enjouée :

– Il faut s'attendre à tout quand on missionne !

Ce parfum d'aventure enchanta André.

Un peu avant midi, ils firent une pause à l'ombre d'un eucalyptus pour grignoter un pain de sésame :

– Ici, rien n'est jamais joué, expliqua le jésuite. Il ne suffit pas de moissonner après avoir semé. On voit parfois des familles converties, et même des villages entiers, basculer de nouveau dans le schisme. La constance n'est pas la qualité première des Orientaux !

Missionner, moissonner... Ces notions se bousculaient dans la tête d'André, un peu plus tard, tandis que le petit groupe se dirigeait vers un dispensaire tenu par des sœurs. Une religieuse syrienne y accueillait une procession ininterrompue de malades dont beaucoup souffraient d'infections oculaires. De nombreux nourrissons, pendus au sein de leur mère, semblaient à moitié endormis.

– C'est une œuvre très intéressante, expliqua le jésuite. On ne se contente pas de soigner les corps : l'âme aussi en profite. Ce dispensaire permet de cueillir une foule de fleurs pour le bon Dieu. L'an dernier, cette religieuse que vous voyez là a donné à cent vingt-trois enfants leur passeport pour le ciel !

9

De son séjour à Minia, André fit des récits enthousiastes. Il décrivait la mission, donnait des chiffres de conversions, rapportait mot à mot les propos des jésuites...

Georges Batrakani écoutait son fils aîné avec un certain étonnement. Lui n'avait jamais fréquenté les religieux d'aussi près et, pour tout dire, s'en portait très bien. Depuis la fin de ses études au collège des frères, ses rapports avec la religion se limitaient aux messes dominicales, considérées comme une réunion de famille élargie, une sorte d'apéritif obligé avant la sacro-sainte *molokheya*. Avec parfois des conséquences inattendues...

C'était en février 1902, à l'église de Darb el Guéneina. Mon grand-père, qui avait vingt-deux ans, s'ennuyait ferme à l'office de onze heures. Ces messes grecques-catholiques étaient interminables ! Le célébrant, en grande tenue, suivi des enfants de chœur portant d'énormes cierges, n'en finissait pas d'entrer et de sortir par l'une des trois portes de l'iconostase. Il encensait l'autel, encensait les fidèles, tandis que le chantre endimanché, debout sur le côté, poussait ses roucoulades d'une voix nasillarde :

— *Aghios O Theos, Aghios Athanatos...*

Sur les bancs de gauche qui leur étaient réservés, les dames s'éventaient au rythme nonchalant de cette litanie. De temps en temps, elles regardaient le ciel, peint au-dessus de leur tête, dans le creux de la coupole – un ciel bleu pâle, peuplé de colombes et d'angelots. Au fond de l'église, des messieurs bedonnants échangeaient quelques remarques pieuses sur les derniers cours du coton à Minet el Bassal.

Juste avant la communion, le regard de Georges croisa celui d'une très jeune fille en voilette noire qui s'était retournée légèrement. Le visage espiègle de cette inconnue le séduisit aussitôt. Au moment de la communion, elle s'approcha du prêtre pour recevoir de ses mains le pain consacré, trempé dans le vin. Son air penché, faussement recueilli, lorsqu'elle regagna sa place, était irrésistible.

La sortie de la messe dominicale à Darb el Guéneina méritait l'heure et demie de corvée liturgique. C'était un véritable salon à l'air libre, bruissant de rires, de cris et de minauderies.

L'inconnue se tenait à côté d'un quinquagénaire que Georges reconnut aussitôt : Alexandre Touta, le négociant en bois, qui appartenait au prestigieux conseil d'administration de la Société de bienfaisance grecque-catholique.

Après maintes salutations, embrassades et chichis, la famille Touta monta dans un cabriolet à deux chevaux blancs. Georges les regarda s'éloigner en direction de Choubra, avec un pincement au cœur.

*

Des femmes, il ne savait pas grand-chose à l'époque : essentiellement des ragots, entendus en compagnie d'amis, au Café Chicha, près de l'Opéra, où des demoiselles peu farouches faisaient le service au son d'un orchestre viennois. A la table voisine, des jeunes gens racontaient régulièrement leurs exploits érotiques avec des étrangères de passage, cueillies sur les terrasses des grands hôtels. A les en croire, elles étaient insatiables. Ces marathoniens avaient constitué une « Société des terrassiers » qui menaçait à tout moment de se dissoudre, pour cause d'épuisement. On les enviait un peu, en ne les croyant qu'à moitié.

Les terrassiers racontaient qu'un après-midi, au Guezira Hotel, de jeunes Anglaises en mal de neige avaient inventé un nouveau jeu : la luge égyptienne. Ces charmantes avaient pris place sur de grands plateaux d'argent, en haut de l'escalier d'honneur ; puis, devant des *soffraguis* à l'œil allumé, elles s'étaient laissées glisser jusqu'à la dernière marche en poussant de petits cris...

Les terrassiers racontaient aussi que, dans un cabaret du Mouski, de jeunes Nubiennes dansaient presque nues à quelques pas des clients attablés. Faisant semblant d'être piquées par une abeille, elles criaient *Nahla, Nahla*, et se tâtaient le corps à la recherche de la sournoise bête. En désespoir de cause, elles retiraient un vêtement, puis un deuxième... S'approchant l'une de l'autre, se frôlant, les danseuses multipliaient les poses lascives et provocantes, en poussant des halètements de plus en plus profonds. Puis, elles allaient s'asseoir sur les genoux des clients qui collaient des pièces de monnaie sur leurs seins humides...

Toutes ces histoires échauffaient les sens de Georges. Un jour, à vingt ans, il s'était laissé entraîner par des amis au quartier réservé du Caire. Livré à une prostituée grecque très grasse et très sale, qui avait une vilaine blessure à la jambe, il eut l'impression d'être violé. Cette expérience allait lui laisser, pendant des mois, une image effrayante du corps féminin.

*

Le dimanche suivant, à la messe de onze heures, la jeune fille était à la même place. Georges avait pris soin de s'asseoir à sa hauteur, au bord de l'allée centrale. Il guetta en vain son regard. Ce n'est qu'au *Kyrie* que la fille d'Alexandre Touta lui lança un coup d'œil appuyé. Mais, pendant tout le reste de la messe, elle s'obstina à regarder les angelots de la coupole...

Le soir même, Georges alla trouver le curé de Darb el Guéneina pour lui faire part de son projet de mariage. Le prêtre éclata de rire :

– Une fille Touta ! Tu n'y penses pas, *habibi* ! C'est une grande famille qui vise de beaux partis. Je peux te proposer quelqu'un d'autre...

– Non, *abouna*, c'est elle que je veux.

L'ecclésiastique se montra agacé par l'insistance de Georges. Mais, en souvenir de Linda Batrakani qui avait été l'une de ses meilleures paroissiennes, il finit par bougonner :

– Tant pis pour toi. Je vais te débrouiller un rendez-vous avec Alexandre Touta. Il t'expliquera lui-même, à sa façon, ce que tu ne veux pas comprendre.

Rendez-vous fut pris, en effet, pour le samedi suivant. Entre-temps, Georges fit part de son projet à son père qui tomba à la renverse :

– Toi, un greffier à quatre livres par mois, tu veux épouser une fille Touta ! Tu es fou, ou quoi ? Ils vont te mettre à la porte, ils vont nous humilier. Ah, si ta pauvre mère était là...

Le prestige des Touta tenait moins à leur fortune – dispersée entre trop d'héritiers – qu'à leur nom et à leur histoire. Avec les Kahil, les Bahri et quelques autres, ils passaient pour l'une des familles grecques-catholiques les plus anciennement implantées en Égypte. Rien à voir avec tous ces nouveaux riches, accourus au Caire pendant le règne d'Ismaïl et qui avaient amassé des millions en un tournemain.

« Toi, un greffier à quatre livres par mois... » Mais qui l'avait poussé à devenir greffier ? Après avoir décroché son baccalauréat, Georges rêvait d'être avocat aux tribunaux mixtes et donc d'entrer à l'École française de droit qui venait d'ouvrir au Caire. Encore fallait-il pouvoir payer la scolarité et prendre en charge le voyage à Paris pour les examens.

– Je ne suis ni Simpson ni Rothschild ! avait dit Élias Batrakani. Tu es bachelier, le premier bachelier de la famille Que veux-tu de plus ? Si les tribunaux mixtes t'intéressent tellement, va voir au greffe. Il paraît qu'on embauche

*

Le samedi après-midi, Georges fut introduit dans le salon des Touta par un *soffragui* pieds nus. Le négociant reçut son visiteur debout, comme si la demande en mariage ne devait même pas être examinée.

– Quelle est votre situation ? demanda-t-il sans préambule.

– Je vais faire fortune, répliqua Georges d'une voix posée.

Il y eut quelques secondes de silence. Visiblement pris de court, Alexandre Touta l'invita à s'asseoir.

Quelques instants plus tard, bien appuyé sur les accoudoirs d'une bergère Louis XVI, le buste tendu en avant, Georges s'expliquait avec beaucoup de conviction.

– Je suis actuellement greffier aux tribunaux mixtes. Mais j'envisage de faire du commerce. J'ai d'ailleurs un peu commencé...

Quelques semaines plus tôt, en parcourant *Le Bosphore égyptien*, il avait été frappé par le nombre de placards publicitaires consacrés à des produits pharmaceutiques. La réclame pour les graines de fleurs d'oranger du Dr McBride avait retenu son attention. « Ce remède reconnu en Égypte et en Syrie pour son efficacité surprenante contre la stérilité se vend chez Mme Habib Salhani, rue Faggala, immeuble Abdel Malek Sayegh, à 80 piastres tarif la boîte de six graines. Toute boîte qui ne porte pas le cachet de Mme Salhani sera réputée contrefaite. »

Georges s'était rendu rue Faggala avec l'intention d'aller demander conseil à cette dame, apparemment astucieuse. Aucune boutique ne se trouvait à l'adresse indiquée. Mme Salhani, qui opérait chez elle, l'avait reçu en robe de chambre, dans une forte odeur d'aubergine frite. C'était une femme de cinquante ans environ, aux chairs flasques mais à l'œil vif. Elle avait été flattée de voir un jeune homme venir la consulter. Après lui avoir offert un café, elle lui avait raconté sa vie et, au bout d'une heure, confié son intention de se retirer prochainement, en le mettant sur la piste de l'Émulsion Brown, aux effets multiples, qui permettait aux bébés de percer leurs dents sans souffrance et aux adultes de conserver tout l'éclat de leurs yeux...

– J'ai loué, pour une livre par mois, une pièce dans un immeuble qui donne sur la place de l'Opéra, précisa Georges à Alexandre Touta. Le local est minuscule mais c'est une bonne adresse. J'ai écrit à quinze laboratoires français, allemands et austro-hongrois pour leur proposer d'être leur concessionnaire en Égypte. Dix ne m'ont pas répondu. Les cinq autres m'ont donné des réponses négatives, mais je ne désespère pas... En tout cas, l'Émulsion Brown marche assez bien : des clients lui ont trouvé des vertus anti-phtisiques.

Le père Touta, qui s'y connaissait en affaires, regarda ce jeune homme avec une certaine perplexité. Jouant avec sa bague d'un air songeur, il finit par lui lancer :

– Marguerite est la cadette. Je dois d'abord marier Yolande, l'aînée, qui est douce et charmante. Vous pourriez peut-être la rencontrer.

Georges, interloqué, eut du mal à cacher son trouble.

– Cela ne vous engage à rien, poursuivit Alexandre Touta... Nous avons une petite réception dimanche prochain. Je vous invite.

Georges sortit de là furieux et blessé. Il marcha longtemps dans Choubra, sans bien savoir où il allait, déchiré par des sentiments contradictoires.

En un sens, il avait gagné. « Vous pourriez peut-être rencontrer Yolande... » C'était une invitation, un encouragement, presque une sollicitation. Mais quelle gifle aussi ! Demander cette Yolande en mariage alors qu'il voulait l'autre, Marguerite, n'était-ce pas signifier que seule la famille l'intéressait ?

Et, d'abord, comment était-elle, cette Yolande ? Aussi séduisante que sa cadette ? Davantage, peut-être... La simple curiosité incitait Georges à se rendre à la réception. Il s'était trop mis dans la tête, depuis trois semaines, d'épouser une Touta pour y renoncer ainsi. De quoi aurait-il l'air aux yeux de son père, de son frère Nando, des amis du Café Chicha ? Quel plaisir, en revanche, de pouvoir annoncer à la ronde un tel mariage !

*

Le dimanche suivant, à six heures de l'après-midi, Georges sonna chez les Touta. Le *soffragui*, cette fois, portait un gilet et des babouches dorées. De nombreux invités occupaient les trois salons éclairés *a giorno*.

Marguerite, en robe verte, sans voilette, était éblouissante. Yolande, moins jolie et plus réservée, vint vers Georges en mission commandée, avec un plateau de petits fours. Elle fut aussitôt séduite par ce garçon aux yeux miel qui respirait la joie de vivre. Ils échangèrent quelques banalités, sous le regard attentif de l'élégante Mme Touta...

On racontait que cette fille de bijoutier prenait régulièrement des bains de sable près de la grande pyramide. Ses domestiques l'enterraient jusqu'au cou et la laissaient ainsi des heures entières, la tête recouverte d'une calotte sertie de pierres précieuses. Un jour, s'étant éloignés, ils avaient entendu les hurlements de leur maîtresse. Elle était nu-tête : des enfants de bédouins lui avaient volé sa calotte qui ne fut jamais retrouvée...

Alexandre Touta, encadré de deux jeunes gens, s'approcha de Georges :

– Je vous présente mes fils, Henri et Edmond.

Le premier, très élégant, lança d'un air mondain :

– Papa me dit que vous êtes dans la pharmacie.

Son frère Edmond, qui avait l'air un peu bizarre, intervint d'une voix fiévreuse :

– Dans la pharmacie ? Mais alors, vous devez connaître... On m'a parlé d'un médicament qui permet de supporter les bains de foule...

– L'Émulsion Brown, sans doute, dit Georges avec un demi-sourire.

– Ah bon, vous croyez ?

*

Georges Batrakani et Yolande Touta se marièrent le 8 janvier 1903 en l'église de Darb el Guéneina. Comme témoin, la jeune épouse avait choisi sa sœur Maguy. Le parvis était couvert de fleurs. Une très belle corbeille avait été envoyée par l'ex-capitaine Simpson devenu colonel, avec un mot d'excuses : il était pris par une chasse aux vautours, dans les carrières du Mokattam, en l'honneur du prince de Hohenzollern.

– Quelle délicatesse ! répétait Élias Batrakani aux membres de la famille Touta qui n'avaient jamais entendu parler de ce Simpson. Le colonel a pensé à envoyer une corbeille, alors que cette chasse le préoccupait tellement... Il n'y a pas à dire : ces Anglais sont des messieurs.

Au cours du grand dîner de mariage donné à l'hôtel Antoun Youssef de Choubra, mon arrière-grand-père captiva l'assistance en racontant l'assainissement des égouts du Caire qui mobilisait tout le service du colonel Simpson.

– Voyez-vous, expliquait-il, les rues n'ont aucun écoulement. Dans les portions pavées ou macadamisées, les eaux se ramassent aux points bas : on ne peut traverser qu'en voiture ou sur le dos d'un Arabe. Et là où il n'y a ni pavé ni macadam, la terre et les détritus finissent par hausser le sol à plus d'un mètre au-dessus du plancher des habitations...

Au dessert, Élias sortit de son gousset de petites notes, remplies de chiffres, qui ne le quittaient plus.

– Le Caire a 400 000 habitants au bas mot. En comptant 1 litre 25 de déjections par personne et par jour, j'arrive à 500 000 mètres cubes par an. Or, le volume des matières de vidange transportées aux dépotoirs de la ville ne dépasse pas 30 000 mètres cubes, parole d'honneur...

Puis, Élias raconta en détail la visite historique qu'il avait faite à Port Saïd, en compagnie du colonel Simpson, pour l'inauguration de la statue de Ferdinand de Lesseps. Et il enchaîna sur son morceau de bravoure :

– A propos du Canal, savez-vous que j'ai failli faire fortune dans les années soixante, avec une affaire de rats...

10

Finalement, Yolande n'avait pas apporté grand-chose dans sa corbeille de mariage : Alexandre Touta estimait avoir déjà fait un beau cadeau à un jeune homme sans situation en lui donnant sa fille aînée. Georges se retrouva avec tout juste cent livres égyptiennes et des encouragements. Il utilisa l'essentiel de cette somme pour s'installer avec sa femme dans un appartement de Choubra, à peine meublé. Leur personnel domestique se limitait à une bonne saïdienne, parfaitement bornée, qui s'obstinait à confondre cuillères et fourchettes.

Ce n'est que trois années plus tard, après la naissance d'André et de Michel, que le jeune couple put embaucher un *soffragui*, en la personne de Rachid Aboul Fath. Une embauche un peu étrange, décidée inopinément, un soir de novembre 1906.

Ce jour-là, la lanterne du fiacre qui reconduisait mon grand-père à Choubra s'était éteinte à mi-course. Le cocher, imprévoyant comme tous les cochers du Caire, n'avait aucune réserve de bougies dans son coffre. Il héla un jeune marchand en *gallabeya* qui criait *Chamaa, Chamaa* ! à un carrefour en brandissant ses bâtons de cire.

La pièce de monnaie, jetée du fiacre, roula sur le sol et se perdit dans le noir.

– Où est-elle ? demanda le garçon.

– Tu n'as qu'à la chercher, marmonna le cocher.

L'autre protesta.

– Je te dis de la chercher, fils de chien !

Le marchand de bougies saisit alors la bride du cheval,

comme pour l'empêcher d'avancer. Un coup de fouet claqua. Le garçon poussa un cri, le visage en sang.

Tamponnant sa blessure avec un pan de sa *gallabeya*, il s'approcha de la voiture pour prendre Georges à témoin.

– Comment t'appelles-tu ? demanda mon grand-père, après avoir ordonné au cocher d'attendre.

– Rachid.

Georges aima le son de sa voix. Après lui avoir posé deux ou trois questions, il lui lança :

– Si tu veux un vrai travail, *ya Rachid*, j'ai peut-être quelque chose pour toi...

L'inconnu se précipita pour lui baiser les mains.

Le lendemain, à la première heure, un adolescent à la peau très foncée, presque noire, se présentait chez les Batrakani, à Choubra. Sa joue gauche était barrée d'une entaille violacée. Il fut engagé à vingt piastres par mois, logé et nourri.

Georges avait donc un *soffragui*, ce qui le posait un peu plus aux yeux de sa belle-famille. Il franchit un pas supplémentaire, quelques années plus tard, en embauchant une gouvernante française. La manière un peu floue dont il présentait cette embauche laissait croire qu'Henriette Guyomard était venue spécialement de Paris pour s'occuper des enfants Batrakani. En réalité, elle résidait depuis un certain temps chez les Dames du Bon Pasteur de Choubra. On parlait à son propos d'une peine de cœur, sans bien savoir pourquoi cette demoiselle constipée avait échoué au Caire en 1905 et y était restée.

Mais il en fallait davantage pour égaler les Touta. A peine marié, Henri, l'un des frères de Yolande, ne s'était-il pas offert un maître d'hôtel et un cocher ? L'autre, Edmond, bénéficiait des services d'un valet de chambre.

– J'ai deux beaux-frères, disait Georges Batrakani. Un fainéant et un toqué.

Le toqué ne le gênait pas outre mesure : Edmond Touta était un élément plutôt sympathique du décor. Ce garçon au cerveau un peu fêlé, portant une lavallière mauve été comme hiver, amusait tout le monde par ses sorties sur la démographie égyptienne. Une véritable obsession. Par ses manies, Edmond le toqué égayerait l'enfance de mes oncles, puis celle de ma mère, en attendant d'enchanter la nôtre...

Le fainéant, Henri Touta, boursicotait et gérait ses rentes. Marié à une petite-cousine de Sakkakini pacha, il habitait une belle maison à Kasr el Doubbara, le quartier chic du Caire. Henri avait fait ses études chez les jésuites à l'époque où le collège de la Sainte-Famille comptait encore très peu de Syriens. Il ne manquait jamais de le rappeler. Ses citations latines, glissées à tout propos, avaient le don d'agacer Georges Batrakani qui ne saisissait pas un traître mot de ce charabia.

Le fainéant aggrava son cas à partir de 1910 en affichant un titre de comte, obtenu du Liechtenstein dont il était devenu l'agent consulaire au Caire. Cette fonction diplomatique ne semblait pas écrasante. Le consulat portait d'ailleurs l'adresse personnelle du comte Henri Touta à Kasr el Doubbara.

– Comte de mes fesses ! grommelait Georges.

Son beau-frère n'était pourtant pas le seul Syrien du Caire à jouir d'un titre de noblesse. Le comte de Zogheb, par exemple, représentait le Danemark et avait acquis la nationalité de ce pays. On comptait même un prince Loutfallah... Des Eïd étaient belges et des Zananiri britanniques. Depuis toujours, dans nos familles, des grecs-catholiques s'étaient arrangés pour offrir leurs services à un État étranger et obtenir ainsi un titre, un statut de protégé ou une vraie nationalité...

11

– C'est absurde, répétait Mlle Guyomard. Absurde. On ne peut pas laisser cet enfant au milieu d'une foule sale et hystérique. Il va se perdre. Il va se blesser ou attraper Dieu sait quelle maladie...

Michel la laissait dire : du moment que son père était d'accord, l'avis de cette peste ne comptait plus.

– Après tout, si Micho veut aller dans la rue, avait lancé Georges Batrakani, qu'il y aille ! Zaki n'a qu'à l'accompagner.

Le cocher bondit de joie quand on lui demanda de se préparer. Assister aux funérailles du sultan n'était certes pas une punition ! Son enthousiasme finit même par inquiéter Yolande qui obtint que Rachid, plus raisonnable, fût également de la partie. C'est donc encadré du cocher et du *soffragui* balafré que mon parrain, très ému, se rendit sur la place de l'Opéra pour voir passer la dépouille mortelle de Hussein Kamel.

– Et si tu ne vois pas bien, lui avait dit son père, tu pourras toujours nous rejoindre au bureau.

Le bureau de Georges avait une situation exceptionnelle. Plusieurs parents et amis s'y étaient invités pour la circonstance puisque le cortège funèbre, partant du palais d'Abdine à trois heures de l'après-midi, devait passer par l'Opéra avant de se diriger vers la mosquée El Rifaï. On disait que certains balcons bien placés, ayant vue sur le palais, s'étaient loués douze livres pour la demi-journée.

Hussein Kamel était mort le 9 octobre 1917, moins de trois ans après avoir accédé au sultanat. Cet amateur de fables et de fleurs, si mal accueilli à son arrivée, avait gagné peu à peu la sympathie des Égyptiens. Il s'était même arrangé pour faire gracier les deux hommes qui, un jour à Alexandrie, avaient lancé une bombe sur son passage.

Michel avait appris comme un poème le message bien senti du président du Conseil, Rouchdy pacha, annonçant « la disparition du souverain bien-aimé » et évoquant « les pleurs » qui ne manqueraient pas de se répandre « dans les palais comme dans les moindres chaumières ». Un qui ne pleurera pas, se dit Michel, c'est cet envieux de Victor Lévy ! Le juif le détestait toujours autant, mais il n'était guère suivi du reste de la classe qui ne pensait plus à cette affaire.

Une foule immense était massée sur le parcours du cortège. Michel et ses deux cicérones n'avaient pas réussi à atteindre le premier rang et ne pouvaient tenter leur chance de l'autre côté de la place : des soldats anglais, postés le long des trottoirs, n'autorisaient personne à traverser. Quelques malins avaient grimpé sur la statue équestre d'Ibrahim pacha ; d'autres s'accrochaient en grappes aux réverbères.

Un coup de canon fit tressaillir la foule, suivi d'un deuxième, puis d'un troisième... On tirait de la caserne d'Abdine. Michel calcula vingt et une secondes d'intervalle entre chaque explosion. Mais on tirait aussi de la Citadelle : des coups plus lointains et plus espacés.

– Cent un ! dit-il à Zaki qui savait tout juste compter sur les doigts d'une seule main.

Michel tenta à nouveau d'approcher du premier rang, mais fut vivement repoussé en arrière. La mort dans l'âme, il se résolut alors à se replier sur le bureau de son père, après en avoir informé ses gardes du corps. Le *soffragui*, en jouant des coudes, lui fraya un passage jusqu'à l'immeuble.

Une bonne vingtaine de personnes étaient massées sur le balcon du bureau. D'autres avaient pris place aux fenêtres ou attendaient à l'intérieur, un verre de bière à la main, en commentant les bruits qui couraient en ville. Nando avait carré ses cent kilos dans un grand fauteuil de cuir. On entendait de temps en temps son gros rire exploser comme une chasse d'eau. Il avait des raisons d'être gai : cette guerre, qui n'en finissait pas, lui rapportait de plus en plus d'argent.

Le vieux Élias Batrakani n'avait pas voulu manquer les funérailles, malgré ses jambes à moitié paralysées. Le portier de l'immeuble, aidé de deux autres *bawabs*, l'avait porté sur une chaise jusqu'au troisième étage. Assis au milieu du balcon, Élias commentait les événements avec toute l'assurance d'un fonctionnaire retraité des Travaux publics :

– Le sultan souffrait des intestins. Avant-guerre, il faisait régulièrement des cures à Châtel-Guyon.

– Sa première femme s'appelait Ayn el Hayat, n'est-ce pas ?

– Ah, c'est une belle histoire ! Figurez-vous qu'Ayn el Hayat était une petite orpheline, recueillie par le khédive Ismaïl...

Un avocat des tribunaux mixtes, accoudé au balcon, regardait la foule d'un air pensif :

– Que de monde ! Qui aurait dit, au début du règne de Hussein Kamel, que tout Le Caire serait venu pleurer sur sa dépouille ?

– Que de monde, en effet ! s'exclama Edmond Touta qui s'épongeait le front avec un pan de sa lavallière mauve. Il y a bien là plusieurs dizaines de milliers de personnes ! C'est affolant, non ?

Les regards des occupants du balcon furent attirés par un début d'empoignade au pied de l'immeuble. Un badaud qui voulait traverser la place en avait été empêché par un soldat britannique auquel plusieurs de ses collègues étaient venus prêter main-forte. Le resquilleur se démenait comme un beau diable. Il reçut plusieurs coups de canne avant de réapparaître, le visage en sang.

– Mais c'est Zaki ! s'exclama Georges Batrakani.

Il se retourna machinalement pour s'assurer que Michel était bien sur le balcon, puis fulmina contre ce voyou de cocher qu'il mettrait à la porte sur-le-champ. Plus de cocher, plus de voiture : il achèterait une automobile, qui le poserait aux yeux de ses clients et de ses concurrents. Une automobile bleu foncé, par exemple, puisque la couleur rouge était réservée aux véhicules du sultan...

La musique se rapprochait. On brûlait de voir la tête de Fouad, demi-frère du défunt, choisi pour lui succéder.

– Pourquoi Fouad et pas Kamel el Dine, le prince héritier ? demanda Maguy, très élégante dans une robe de satin noir.

– Les Anglais ne veulent pas de Kamel el Dine, expliqua l'avocat des tribunaux mixtes. Pensez donc : un homme qui passe pour turcophile et antibritannique ! Lui-même d'ailleurs a refusé de succéder à son père, en disant : « Je ne veux pas être un sultan d'opérette. »

L'avocat se tut car de la foule montait un bourdonnement grossissant. Le cortège approchait. On aperçut d'abord la garde sultanienne à cheval, avec ses uniformes rutilants. Puis le cercueil, porté par des fusiliers marins.

– *Sic transit gloria mundi !* lança le comte Henri Touta, d'un ton grave.

Derrière le cercueil s'avançait Fouad, très droit, la bedaine corsetée. Quel contraste avec le maigre Hussein Kamel !

– On a changé de régime, plaisanta Georges Batrakani, en mâchonnant son cigare, les mains posées sur le rebord en pierre du balcon.

– Quand je pense qu'il y a trois ans encore, Fouad postulait pour le trône d'Albanie...

– Il est couvert de dettes. Pour lui, le sultanat tombe du ciel.

Arborant une moustache frisée, le successeur de Hussein Kamel était entouré des princes et des ulémas. Le haut-commissaire et le commandant en chef britanniques arrivaient derrière, comme si le protocole devait absolument contredire la réalité du pouvoir.

– Hussein a été loyal avec les Anglais. Il a tout fait pour favoriser le calme en Égypte, lança quelqu'un au balcon.

– Oui, je crois qu'il souhaitait sincèrement la victoire des Alliés, commenta l'avocat des tribunaux mixtes. C'était d'autant plus méritoire qu'une partie de sa famille restait très attachée à la Turquie.

– On raconte que sa propre fille s'est évanouie en apprenant la prise d'Erzeroum par les Russes.

– Hussein a été loyal, mais n'a pas été payé de retour. Le haut-commissaire ne le tenait au courant de rien. En été, lorsqu'il était reçu en audience à Ras el Tine, ce monsieur ne parlait au sultan que de son *sailing*, du vent qui soufflait ou ne soufflait pas dans ses voiles. L'autre se retenait pour ne pas exploser.

– Ces derniers mois, des gens avaient vu Hussein au bord des larmes, avouant qu'il ne savait absolument pas ce que les Anglais voulaient faire de l'Égypte après la guerre.

– Il menaçait même d'abdiquer, parole d'honneur, si on l'humiliait trop ouvertement...

Michel écoutait, les yeux fixés sur le cortège qui était lentement avalé par la rue de la Poste.

Ce soir-là, il se demanda s'il ne devait pas détester les Anglais.

DEUXIÈME PARTIE

Naissances d'après-guerre

1

A la fin de sa vie, Maguy Touta me recevait de temps en temps dans son hôtel de Hélouan, près du Caire. Cette paisible station thermale, à la végétation luxuriante, vivait encore au rythme des jardiniers, des charpentiers, des rempailleurs de chaises et des voitures à cheval.

Le jour tombait. Les lumières de la chambre restaient éteintes. On entendait les cigales chanter dans le parc.

Ma grand-tante, encore belle malgré ses rides, me racontait ses amours de jeunesse d'une voix troublante, avec une parfaite impudeur. L'adolescent que j'étais buvait ces paroles interdites, en essayant tant bien que mal de cacher son émotion.

Je crois qu'elle y trouvait une certaine jouissance. N'étais-je pas suspendu à son récit, à sa merci, comme sous une caresse ? Les yeux mi-clos, cette séductrice à la retraite revivait à travers moi les meilleurs moments de son existence. Parfois, elle s'arrêtait au milieu d'une phrase et portait lentement à ses lèvres un long fume-cigarette noir. La pièce semblait alors envahie par le cri des cigales.

– En 1919, racontait Maguy, je suivais scrupuleusement la mode de Paris grâce aux chroniques du *Journal du Caire*. Depuis la fin de la guerre, je portais des « décolletés de la Victoire » qui descendaient très bas dans le dos. Quand nous étions seuls, Georges posait instinctivement la main dans ce « V » profond. J'en avais un frisson dans tout le corps...

Maguy approchait ses lèvres du visage de son beau-frère qui murmurait, étonné et ravi : « Mais tu es nue sous ta robe. » Le décolleté glissait sur une épaule, puis sur l'autre, libérant des seins à damner tous les moines de Syrie.

Georges tâtait ces merveilles, les cajolait, y enfouissait son visage puis, d'un mouvement brusque, portait Maguy à demi nue jusqu'au lit à impériale. Leurs étreintes avaient la violence des assauts longtemps refrénés. Frémissante, haletante, la jeune femme était écrasée par le corps de son amant. Elle l'enserrait de ses jambes, lui mordait les épaules, lui labourait le dos. Soudain, elle poussait un long gémissement qui enlevait à Georges ses dernières défenses...

– Un peu plus tard, racontait Maguy, je circulais dans la chambre, habillée de mes seuls colliers, à la recherche de ma robe. Georges me disait que j'étais belle comme une naïade. Tu sais ce qu'est une naïade, *habibi* ? Alors que je repassais près du lit, il tendait le bras et m'attirait de nouveau vers lui...

Maguy se taisait, laissant chanter les cigales. Sa cigarette rougeoyait dans la pénombre, donnant de l'éclat à l'une de ses bagues. Je retenais mon souffle, le cœur battant, la tête en feu. Nous étions bien ensemble.

*

Lors du mariage de Georges et de Yolande, en 1903, Maguy Touta n'avait que seize ans. Mais elle était tellement délurée que ses parents, un peu inquiets, avaient commencé à lui chercher un mari. Si les prétendants ne manquaient pas, aucun ne trouvait grâce à ses yeux. Elle s'arrangeait toujours pour gâcher les entrevues organisées à la maison, poussant même la mauvaise volonté jusqu'à renverser les verres de sirop sur la toilette de son éventuelle belle-mère.

Ce fut à un bal, lors des dix-huit ans de Maguy, qu'un Écossais du ministère de la Santé, John McBurroughs, tomba amoureux d'elle et demanda sa main. La jeune fille, qui ne supportait plus la pression familiale, accepta sans réfléchir. On la maria dans l'année.

L'Écossais ne connaissait pas un traître mot de français ou

d'arabe et, dans sa propre langue, avait un accent à couper au couteau. Les Touta ne comprenaient rien à ses chuintements.

– Que dit ton mari ? demandait Alexandre à sa fille lorsque le couple déjeunait à la maison.

– Est-ce que je sais, moi ? répliquait Maguy, en pouffant de rire.

Ses parents étaient consternés.

John McBurroughs montait à cheval toutes les semaines aux pyramides. Un dimanche de février 1906, sa jument le jeta à terre pour une raison inexpliquée. Le grand corps de l'Écossais se brisa sur les cailloux. Quand on le découvrit, il était déjà à moitié mort.

Maguy prit le deuil sans peine excessive, mais refusa de rentrer chez ses parents. Elle se disait trop attachée au souvenir de son éphémère époux pour quitter l'appartement de la rue Kasr-el-Nil où ils s'étaient installés dix-huit mois plus tôt. C'est dans ce coquet trois-pièces, en plein centre ville, qu'elle devait essayer par la suite tant d'amants, de taille, de forme et de nationalité différentes...

*

En 1903, à peine marié, mon grand-père avait décroché la concession de deux petits laboratoires européens, grâce à ses démarches insistantes et à l'excellente adresse de son bureau, place de l'Opéra. Un minuscule bureau sur cour, tout juste doté d'un hublot... Le soir, après être sorti du tribunal, Georges se saisissait d'une grosse valise et allait livrer lui-même des médicaments aux particuliers. Il faisait également du démarchage auprès des pharmaciens. Cela lui rappelait un peu son enfance : vers 1890, tout se marchandait encore, même les préparations. Quand quelqu'un était malade à la maison, Élias Batrakani envoyait son fils à la pharmacie Médawar, deux ou trois fois dans la journée, en lui disant :

– Va demander à ce voleur son dernier prix.

Georges croyait à l'efficacité de la réclame. Contre l'avis de Yolande qui le jugeait follement imprudent, il emprunta vingt livres égyptiennes à son frère Nando et acheta des espaces dans le quotidien francophone *Les Pyramides*. Il y faisait passer de petits placards aguicheurs, vantant les pilules Brown qui « obtenaient des guérisons innombrables dans tous les milieux sociaux » ou les dragées du Dr Machard qui « redonnaient la force virile sans nuire à aucune autre partie du corps ».

La vente démarra lentement. Georges emprunta vingt livres supplémentaires à Nando pour élargir la publicité à deux autres journaux et clamer les mérites de l'Eau purgative François-Joseph « à laquelle aucun obstacle ne résiste ». Au cours de l'automne 1904, jugeant que ses ventes lui permettaient désormais de vivre décemment, il abandonna le greffe des tribunaux mixtes et loua un cagibi contigu à son bureau qui fit doubler celui-ci de surface. Mais son appétit de réussir l'entraînait déjà vers d'autres aventures.

L'accord franco-anglais, qui venait d'être conclu, avait tout à fait rassuré les financiers européens sur l'avenir de l'Égypte : les capitaux affluaient. Des centaines de millions d'obligations furent émises au Caire, tandis que la spéculation immobilière se déchaînait. Cette course à l'argent n'était pas réservée aux riches. On spéculait sur tout, même sur les promesses d'obligation à lots du Crédit foncier égyptien qui étaient vendues dans la rue par des marchands de loterie...

Georges n'avait pas une piastre de côté. Cela ne l'empêcha pas d'acheter à crédit un petit terrain à l'entrée de Boulac, pour le revendre quatre mois plus tard avec un bénéfice de trente pour cent. Il en acquit aussitôt un autre, deux fois plus vaste, aux mêmes conditions. Au début de l'année suivante, il poussa le bouchon plus loin, revendant dans la soirée une parcelle qu'il avait achetée le matin même...

Georges gagnait de l'argent, et sa belle-famille commençait à le savoir. Henri Touta, le frère de Yolande, qui menait déjà à vingt-quatre ans une vie de rentier, vint lui demander conseil. Il n'eut pas à s'en repentir : en six mois, ses investissements lui rapportèrent du cent pour cent.

Alexandre Touta lui-même débarquait à l'improviste chez

son gendre, place de l'Opéra, soi-disant pour lui donner des conseils :

– Attention, *habibi*, pas de bêtises ! Je veux savoir où tu places ton argent. L'argent de ma fille...

Le père Touta repartait avec quelques bons tuyaux qu'il s'efforçait d'exploiter. Mais, n'ayant pas le savoir-faire de Georges, il ratait souvent l'opération entreprise. Une chose était de faire des étincelles dans le négoce du bois, une autre de briller dans la spéculation...

La crise de 1907 s'abattit sur Le Caire comme la foudre. En quelques jours, les banques refusèrent tout crédit et les cours de la Bourse s'effondrèrent. Même le prix des terrains urbains se mit à baisser.

Le père Touta, affolé, se précipita chez son gendre :

– Attention, *habibi*, pas de bêtises...

Mais Georges lui-même ne savait comment en sortir. Il s'était chargé de beaucoup de titres et de terrains, achetés à terme au moyen d'avances bancaires, avec des taux d'intérêt énormes. Pour lui, c'était une véritable catastrophe.

Trois longues années allaient lui être nécessaires pour éponger ses dettes. Concentrant de nouveau ses efforts sur les produits pharmaceutiques, il veillait très tard au bureau, éclairé par une simple ampoule qui se balançait au bout d'un fil.

Un soir de novembre 1908, on frappa à la porte. C'était une jeune femme voilée de noir. Maguy ! Elle venait, disait-elle, lui demander conseil pour le placement d'une petite somme d'argent.

Depuis cinq ans, ils se guettaient, se dévisageaient, se déshabillaient du regard pendant les réunions de famille, s'adressant l'un à l'autre avec la fausse familiarité d'un beau-frère et d'une belle-sœur.

Maguy avait à peine posé son sac sur une caisse que leurs lèvres se rapprochaient. Elle était nue sous sa robe...

Ce fut une étreinte violente et très brève qui les stupéfia tous les deux. La jeune femme remit son voile et repartit, sans un mot.

Ils ne reparlèrent plus de cette fulgurante rencontre. Aux déjeuners familiaux, leurs regards s'évitaient. La pensée d'avoir trahi Yolande obsédait Georges, et Maguy elle-même, très attachée à sa sœur aînée, s'en voulait terriblement. Elle prit le premier amant qui passait, comme pour effacer ce faux pas.

Ayant réussi à rembourser ses créanciers et à doubler ses revenus pharmaceutiques, Georges acheta en 1912 une belle maison à Choubra. Yolande lui avait donné quatre garçons. Mais le souvenir de Maguy, nue sous sa robe, le taraudait. A table, le dimanche, il échangeait avec sa belle-sœur des regards de plus en plus appuyés.

Quelques jours après la déclaration de guerre, Georges frappa à la porte de la jeune femme, rue Kasr-el-Nil.

– Je passais par là, je suis monté...

Cette fois, leur liaison dura plusieurs semaines. Puis Maguy reprit un amant... en attendant de reprendre Georges.

Avec Yolande, ils multipliaient l'un et l'autre les attentions. Mon grand-père avait autant d'affection que de respect pour cette épouse exemplaire qui remplissait ses devoirs conjugaux sans une plainte, les yeux fermés. Il prenait d'infinies précautions pour qu'elle ne sache rien de sa liaison intermittente avec Maguy.

Et il se disait que la vie était tout de même étrange. Douze ans plus tôt, il voulait une fille Touta. Le ciel lui en avait donné deux !

2

– C'est curieux, avait dit Georges à Maguy. Pendant toute la guerre, nous avons eu une paix royale. Et il a suffi que le canon se taise en Europe pour que crépitent ici les fusils.

Un soir de mars 1919, surpris par le couvre-feu, il avait même failli ne pas pouvoir rentrer à Choubra : aucun cocher n'acceptait de passer par Bab el Hadid où des groupes de manifestants armés de gourdins s'étaient attaqués à des vitrines. La police avait tiré dans le tas, provoquant une vraie boucherie.

Ce soir-là, Georges ne revint chez lui qu'à minuit passé, après un long et périlleux détour par Boulac. Yolande, affolée, était en larmes. Elle avait déjà envoyé à trois reprises Rachid, le *soffragui*, en reconnaissance dans les rues désertes. Trois fois, il était revenu bredouille...

*

Rachid savait que son frère Sabri participait activement à la révolte populaire. Il l'avait rencontré à deux reprises depuis le début des événements, essayant de comprendre ce qui l'animait. Les deux hommes n'évoluaient plus tout à fait dans le même univers. Des années plus tard, ayant recueilli divers témoignages, le fils de Sabri écrirait dans son livre *Itinéraire d'un officier* : « Rien ne prédestinait mon père à devenir un révolutionnaire. Rien, sinon la pauvreté, l'injustice qui régnait dans le pays et l'arrogance des Anglais. »

Depuis le début des émeutes, Sabri Aboul Fath courait à

travers tout Le Caire, de Boulac à Ataba, ne ratant aucune manifestation, aucune échauffourée. Un jour, c'était au dépôt de tramways de Guiza pour empêcher les voitures de circuler ; un autre, à Bal el Khalk pour arrêter les omnibus et dételer leurs chevaux... Le soir, il regagnait son cagibi de Sayeda Zeinab, surexcité, épuisé, et s'écroulait sur un matelas en loques.

Sabri n'avait le temps de penser ni à sa femme ni à ses six enfants restés au village avec elle. A peine connaissait-il le visage du dernier, Hassan, âgé de trois mois et pour la naissance duquel il s'était encore endetté. Les dettes, mieux valait ne pas en parler. Toute sa vie lui suffirait-elle pour les rembourser ? L'*oke* de bœuf coûtait seize piastres désormais, contre huit avant la guerre. Le mouton aussi avait doublé, comme l'alcool à brûler... La maigre paie d'ouvrier de Sabri était loin de suivre cette hausse affolante des prix. Elle ne lui serait d'ailleurs pas versée à cause de la grève. Mais, en ces jours de feu, le frère de Rachid et ses camarades vivaient de rien, de ce qu'on voulait bien leur offrir : un peu de fèves le matin, encore du *foul* à midi avec une tomate, dans une galette de pain...

Sabri avait quitté son village du Delta au début de la guerre pour aller travailler à la fabrique de cigarettes Alma. Une prémonition. Quelques semaines plus tard, le secteur était bouclé par des soldats anglais. La plupart des fellahs présents avaient été déclarés volontaires et emmenés de force, comme des prisonniers, pour être enrôlés dans le *Labour Corps*. Plusieurs d'entre eux allaient mourir du typhus après avoir échoué dans des hôpitaux infâmes.

Le *omda* du village avait activement participé au recrutement. Il s'était d'abord arrangé pour désigner les plus riches, ceux qui lui verseraient de l'argent pour échapper à la mobilisation. Puis il avait inscrit d'office les autres... C'est encore à lui que les Anglais allaient faire appel au milieu de la guerre pour réquisitionner des animaux domestiques et organiser la quête obligatoire en faveur de la Croix-Rouge britannique. La croix, au pays du croissant... Le maire avait une vaste maison, peinte en rose, et trois femmes déjà. Plusieurs paysans enrôlés s'étaient juré de lui faire la peau. Un matin, on le retrouva au fond du canal, le crâne fracassé.

Depuis le 23 novembre 1919, Sabri et ses camarades voyaient le monde autrement. Ce jour-là, une délégation *(wafd)* conduite par Saad Zaghloul pacha s'était rendue chez le haut-commissaire britannique pour lui demander l'indépendance de l'Égypte. L'indépendance ! Les ouvriers y avaient vu la solution de toutes leurs misères : il fallait chasser les Anglais.

Ancien ministre, Saad Zaghloul pacha s'était bien gardé de présenter les choses de manière aussi désobligeante à sir Reginald Wingate. On n'était pas des sauvages. « L'Angleterre, avaient expliqué diplomatiquement les wafdistes, est la plus forte des puissances, et la plus libérale. Au nom des principes de liberté qui la guident, nous demandons à être ses amis. » Mais tout le monde avait compris.

La réponse du gouvernement de Sa Majesté parvint en mars de l'année suivante : Saad Zaghloul et trois de ses compagnons étaient déportés à Malte. Le lendemain, l'Égypte s'embrasait.

Sabri descendit dans la rue en compagnie de plusieurs milliers d'étudiants venus manifester dans son quartier. Étonnante rencontre entre ces intellectuels vociférants et cet analphabète muet d'émotion ! Cinq étudiants devaient tomber sur la place de Sayeda Zeinab, après un crépitement de mitrailleuses. Sabri emporta dans ses bras l'un d'eux, grièvement blessé à l'estomac, et le mit à l'abri dans une boutique à la vitrine brisée. Avant de mourir, le jeune homme prit un mouchoir, l'imbiba de son sang, puis murmura d'une voix étouffée :

– Va le donner à Saad Zaghloul !

« Le mouchoir, devenu raide, allait rester au fond de la poche de mon père », raconte l'auteur d'*Itinéraire d'un officier*.

Une semaine plus tard, Sabri se rendait place de l'Opéra, avec plusieurs de ses camarades, pour essayer de convaincre les cochers de se mettre en grève. Sans succès. Les cochers, qui ne voulaient pas manquer la clientèle des courses dominicales à Guezira, leur répondaient par des jurons. Les deux groupes étaient sur le point d'en venir aux mains lorsqu'un étonnant cortège, formé de calèches et d'automobiles, déboucha sur la place : c'étaient des dames égyptiennes, voilées pour la plupart, dont plusieurs épouses de pachas, qui défilaient dans les rues pour réclamer l'indépendance. Les ouvriers leur firent une ovation.

Les événements du Caire n'étaient rien à côté de ce qui se passait en province. A Beni Souef, la foule avait envahi le tribunal pour s'emparer du juge britannique, puis s'était mise à saccager les bureaux du gouvernorat. A Madinet el Fayoum, des bédouins avaient attaqué la garnison anglaise, laissant sur le terrain de nombreux morts. Quatre cents, disait-on...

Le 18 mars, alors que les cochers et les charretiers du Caire se mettaient enfin en grève, Sabri se rendit à Choubra, avec une importante délégation, pour encourager d'autres ouvriers à cesser le travail. Ils allèrent d'abord à l'usine de cigarettes Alma, puis aux ateliers de meubles Sednaoui, enfin à la fabrique de tarbouches Batrakani. A cette troisième station, Sabri monta sur une chaise pour haranguer les ouvriers de manière particulièrement véhémente : « Ces Batrakani, je les connais. Mon frère Rachid travaille chez eux depuis des années. Vous ne voyez pas que ces exploiteurs sucent notre sang ? »

*

Les tarbouches Batrakani avaient finalement vu le jour au début de 1919. D'abord entravé par la guerre, le projet d'Édouard Dhellemmes et de mon grand-père s'était heurté à des coûts de fabrication trop élevés à Lille. Il avait donc fallu se rabattre sur Le Caire. Un local assez vaste était disponible au fond de Choubra, mais il fallait l'équiper, trouver la matière première et recruter des hommes susceptibles de s'adapter à une production industrielle...

La fabrication des tarbouches ne semblait pas particulièrement compliquée. Pour feutrer le tissu de laine, on le battait dans une chaudière contenant de l'eau chaude et du savon en poudre. Puis on le passait à la forme, on redressait ses poils au moyen d'épines de chardon, et on le rasait. Il ne restait plus qu'à le teindre et à lui donner l'aspect désiré. Les premiers essais montrèrent cependant la difficulté de raser le feutre uniformément et de réussir une teinture sans taches. Quant à la solidité du produit, elle ne pourrait se vérifier qu'à l'usage.

– Nous avons pris assez de retard comme cela, avait dit Georges à son associé français. Les Italiens et les Tchécoslovaques sont en train d'occuper la place laissée vacante par les firmes austro-hongroises. Et nous devons nous méfier de la petite fabrique locale de Kaha qui est en train d'améliorer sa production tout en jouant à fond sur les prix.

Les tarbouches Batrakani avaient donc été lancés sur le marché sans plus attendre. Mon grand-père, qui agissait davantage en commerçant qu'en industriel, pensait pouvoir cumuler les avantages de ses divers concurrents. Il ferait un tarbouche bon marché, grâce à la main-d'œuvre indigène, mais en lui donnant un air étranger grâce à une formule ambiguë : « Fabrication à la française. »

Le *Versailles* était vendu quatre cents piastres la douzaine, avec un escompte pouvant atteindre vingt pour cent ; le *Marseille* coûtait trois cent cinquante piastres, et le *Clemenceau* trois cent vingt.

Quand les émeutes avaient éclaté au Caire, la fabrique de Choubra commençait tout juste à fonctionner. Des meneurs faisaient irruption dans les locaux. Le travail s'arrêtait alors et des ouvriers sortaient à l'extérieur pour ne pas revenir de la journée. Le lendemain, ils prétextaient avoir été arrêtés en route... Georges fulminait.

Il n'était pas le seul.

– Cet incendie, je l'éteindrai d'un crachat ! avait annoncé un responsable britannique du Caire.

Mais le feu prenait de l'ampleur et, à Londres, le gouvernement de Sa Gracieuse Majesté commençait à s'impatienter. Finalement, le 24 mars 1919, le général Allenby, l'un des héros de la guerre, fut nommé haut-commissaire pour l'Égypte et le

Soudan, avec mission de rétablir l'ordre. Deux semaines plus tard, il annonçait la libération de Saad Zaghloul.

C'est par un immense brouhaha, secouant tout Sayeda Zeinab, que Sabri apprit la nouvelle. Il dévala quatre à quatre l'escalier en ruine de son immeuble et courut dans la rue, hilare, surexcité, embrassant les passants. Le marchand de *foul* dansait déjà autour de sa charrette. Des taxis passaient à vive allure, remplis de *chaouiches* en uniforme qui agitaient des drapeaux... Le nom de Saad Zaghloul était crié, scandé, chanté, inlassablement.

Le lendemain, un immense cortège partit de Bab el Hadid, avec à sa tête les cadets de l'École militaire et le commandant en chef de la police. Toute l'Égypte défilait : depuis les juges des tribunaux indigènes jusqu'aux ulémas, en passant par les prêtres coptes, les artistes dramatiques et les employés de la société d'arrosage... Le cortège passa devant le palais d'Abdine, faisant une ovation au sultan Fouad. Celui-ci le méritait-il vraiment ? Le matin même, il s'était drapé dans le caftan de son ancêtre, Mohammed Ali, trop grand pour lui, déclarant avec emphase : « Toutes les fois que je sens couler dans mes veines le sang de ce génie, je me sens brûler d'amour pour la chère patrie. » Au passage, la chère patrie était instamment priée de « ne pas continuer les manifestations qui, en certains endroits, ont entraîné des conséquences regrettables ».

Une foule énorme attendait l'arrivée de Saad Zaghloul à la gare de Bal el Hadid. C'était du délire. Sabri et ses camarades attendirent plusieurs heures, marquées par des chants, des cris, des évanouissements et beaucoup de fausses alertes. Puis ils durent se rendre à l'évidence : le héros ne reviendrait pas ce soir-là. Horriblement déçus, les manifestants se déversèrent en grappes dans les rues avoisinantes.

Le frère de Rachid n'était pas très loin du jardin de l'Ezbekeya quand une bousculade éclata. Ses voisins se mirent à courir. Il les suivit machinalement puis entendit deux détonations...

Étendu par terre, la joue collée contre l'asphalte tiède, Sabri regardait grossir une flaque de sang près de lui. Il ne s'était pas senti tomber ; maintenant il se voyait mourir. Au cours de la longue minute qui suivit, dans le flot d'images qui lui traversa l'esprit, émergea celle de son fils Hassan, âgé de trois mois, dont il connaissait à peine le visage...

3

– Évidemment, tu soutiens ces va-nu-pieds ! lança Georges Batrakani. Tu trouves normal qu'ils sèment la pagaille, cassent les vitrines et nous empêchent de travailler...

Les employés avaient quitté le bureau depuis une bonne heure. Georges et Makram étaient restés seuls, l'un en face de l'autre, sans éclairage. Leur discussion aurait lieu comme toujours dans la pénombre, à la lueur du cigare de Georges, tandis que Makram roulerait interminablement une cigarette qu'il ne fumerait pas. C'était ainsi depuis leur première rencontre au collège : en plein jour, ils n'avaient rien à se dire ; la nuit tombée, ils se chamaillaient.

– Tu trouves normal qu'ils nous empêchent de travailler et paralysent l'économie du pays...

Le copte ne répondit pas tout de suite. D'expérience, il savait que mon grand-père avait d'abord besoin de déverser sa bile. Ce qu'il pourrait lui dire maintenant n'aurait aucun effet, ne serait même pas entendu.

Étant l'expert-comptable du bureau, Makram venait sur place une fois par semaine. Ce qui faisait en moyenne quatre disputes par mois.

Depuis l'instauration du protectorat britannique en 1914, l'expert-comptable ne portait plus que des cravates et des costumes noirs : il avait juré de garder le deuil jusqu'au jour où le dernier soldat britannique aurait quitté l'Égypte. Georges s'en était d'abord amusé, prenant cela pour un geste de mauvaise humeur. Mais les années passaient et le copte était toujours en noir, été comme hiver. Son ex-condisciple ne faisait même plus attention à cette anomalie vestimentaire.

– Vous, les Syriens, vous ne pouvez pas comprendre, murmura Makram au bout de deux à trois minutes de silence, le nez plongé dans sa boîte de tabac Matossian.

– Ah bon, parce que vous, les coptes...

– Qui te parle de coptes ? Nous sommes égyptiens. Il n'y a pas plus égyptiens que nous...

– Oui, je sais. Tu vas encore remonter aux pharaons.

– C'est important l'Histoire, Georges !

– Moins important que la géographie, Makram effendi ! Vous êtes un îlot, dans une mer musulmane.

Le copte hocha la tête dans un signe de dénégation :

– Un mouvement national est né, dans lequel il n'y a ni musulmans ni chrétiens. Il y a des Égyptiens, un point c'est tout. N'as-tu pas vu dans les rues, depuis quelques semaines, tous ces drapeaux frappés de la croix et du croissant ? Un prêtre de mon quartier est encore allé prêcher dans une mosquée vendredi dernier...

En cette année 1919, la fête de Pâques tombait le même jour pour les catholiques et les orthodoxes. Cela avait donné encore plus de relief aux tournées de fraternisation effectuées par des délégations musulmanes dans les différents patriarcats. Makram en était ravi :

– Le vicaire arménien ne connaît que le turc et il a fallu traduire son discours. Mais chez les grecs-orthodoxes, Mgr Meletios parlait un excellent arabe. Et chez vous, les grecs-catholiques, c'était mieux encore : il paraît que Khalil Moutran a déchaîné l'enhousiasme des visiteurs en déclamant un poème de sa composition.

– Des enfantillages, tout ça ! lança Georges entre deux ronds de fumée. Des enfantillages dangereux !

La fabrique de Choubra avait repris à peu près normalement son activité début avril, et les tarbouches s'alignaient de nouveau sur les étagères, en attendant d'être livrés aux grands magasins ou à des semi-grossistes. Mais un air de fronde flottait encore – un air que Georges n'aimait pas : il était à l'aise dans l'ambiguïté, non dans le désordre. S'il avait peu de sympathie pour le régime en place, il se méfiait comme de la peste de ceux qui cherchaient à le renverser. Citoyen de seconde zone, il se sentait en première ligne, directement menacé, dès que bougeait le décor et que des coups pleuvaient...

– Malheur à ceux qui sont en dehors du mouvement populaire ! lança Makram d'une voix grave. Ils risquent de rester au bord du chemin.

Georges haussa les épaules :

– Tu plaisantes ou quoi ? Tu t'imagines que je vais courir après la racaille ? Et d'ailleurs, pour quoi faire ? Pour qu'on hausse les salaires ? Merci ! Ou alors, pour « chasser les Anglais », comme vous dites ? Mais l'Égypte serait bien incapable de se gouverner seule ! D'ailleurs, tout ça, c'est de la parlotte, du *kalam*. Les choses ont déjà commencé à rentrer dans l'ordre. La récréation est finie, Makram effendi !

*

La première rencontre de Georges et Makram – leur première collision – avait eu lieu vingt-neuf ans plus tôt, un petit matin d'octobre 1890. En ce temps-là, les ruelles de Khoronfish étaient dépourvues d'éclairage public, et chaque élève venait au collège avec sa propre lanterne, portée à bout de bras.

Georges zigzaguait dans le noir, en faisant attention à l'endroit où il posait les pieds. Un cartable de trois tonnes, calé sur sa hanche, n'arrêtait pas de glisser. De temps en temps, il donnait un grand coup pour le remonter.

Pas un rayon de lune. On devinait à peine, cinquante mètres plus loin, l'imposante façade du collège des frères, étape ultime et obligée de ce parcours du combattant en aveugle.

– Regarde devant toi, espèce d'imbécile !

Georges stoppa net. Il avait failli entrer en collision avec un fantôme de sa taille, surgi d'une voie latérale. Masquant sa frayeur, il cria sur le même ton :

– Imbécile toi-même, *ya fellah* !

Les deux enfants étaient nez à nez. Chacun d'eux avait spontanément haussé sa lanterne pour déchiffrer le visage de l'autre.

– Pousse-toi de mon chemin ou je t'écrabouille, comme les Anglais ont écrabouillé Orabi ! lança en français Georges qui avait repris ses esprits.

– Les Anglais, je leur crache dessus ! répliqua l'inconnu en arabe, avant d'envoyer un jet de salive aux pieds de ce provocateur.

Ils étaient prêts à en venir aux mains. Mais d'autres élèves s'annonçaient au bout de la ruelle, par des lueurs tremblotantes et des éclats de voix. Ce duel ne pouvait avoir lieu devant témoins.

Ajustant leurs cartables, Georges et Makram reprirent leur marche en silence, côte à côte cette fois. Ils régleraient leurs comptes plus tard. De nouveau dans le noir, puisque le collège qui ouvrait ses portes à six heures du matin ne les refermait qu'à sept heures et demie du soir.

Il s'appelait donc Makram.

– Tu es copte ? demanda Georges lorsqu'ils se retrouvèrent le soir, leur lanterne à la main.

– Et alors, c'est défendu ?

– Copte schismatique ? insista-t-il.

– C'est vous, les shismatiques ! Nous, nous sommes orthodoxes.

– Oserais-tu répéter ça devant le Frère Onésime ou le Frère Philotée-Jean ? dit Georges d'un ton ironique.

En réalité, il n'avait nulle envie de poursuivre cette joute théologique. Convertir les coptes était l'affaire des Très Chers Frères, pas la sienne. De temps en temps, au collège, on apprenait qu'un schismatique avait fait son abjuration, pour aller grossir les rangs de la petite Église copte-catholique, portée à bout de bras par les religieux européens. Mais, catholique ou pas, il restait copte, tare indélébile aux yeux de nos familles.

Les deux enfants s'engagèrent dans les ruelles sombres de Khoronfish. Leur dialogue était engagé. Il allait durer soixante-six ans...

4

L'Égypte se remettait doucement des émeutes de 1919. En bon fonctionnaire, Élias Batrakani, mon arrière-grand-père, attendit que tout fût complètement rentré dans l'ordre pour éteindre et s'en aller. Il rendit son dernier soupir le jour même où le sultan Fouad obtenait enfin l'héritier mâle qu'il réclamait au Ciel depuis si longtemps. Dans son journal, Michel ne manque pas de rapprocher les deux événements.

12 février 1920

Nonno Élias est mort hier, quelques heures après la naissance du prince Farouk. « Une génération chasse l'autre », a dit Mlle Guyomard à qui personne n'avait rien demandé.

Nous sommes allés au cimetière en automobile. Le chauffeur conduit un peu mieux, mais maman a quand même fermé les yeux pendant tout le trajet.

L'année dernière, Nonno avait fait construire une très grande dalle en marbre d'Italie. Le caveau est plus beau que celui des Touta. Il ne porte que deux inscriptions : « Linda Batrakani 1847-1894 » et « Élias Batrakani 1841-1920 ».

Le sultan Fouad est tellement content d'avoir eu enfin un garçon qu'il va faire distribuer de la viande aux pauvres dans les mosquées. Il a prénommé son fils Farouk, après avoir appelé sa fille Fawkia parce que la lettre « F » lui porte bonheur.

Il paraît que Farouk a les yeux bleus. Ce n'est pas étonnant, dit papa : la sultane Nazli est l'arrière-petite-fille de Soliman pacha qui n'était autre que le colonel Joseph Sève, un Français.

Guyomard ne veut pas admettre que Farouk a les yeux bleus.

Michel donne l'impression d'avoir été moins touché par la mort de son grand-père que par celle du sultan Hussein trois ans plus tôt. Il est vrai qu'Élias Batrakani déclinait depuis un certain temps et commençait même à perdre la raison.

En été, à Alexandrie, l'ancien fonctionnaire des Travaux publics passait des matinées entières sur une chaise longue du casino San Stefano, les yeux fixés sur la ligne d'horizon.

– Quand il n'y aura plus la mer, disait-il, nos ingénieurs construiront une ligne de chemin de fer pour relier l'Égypte à l'Europe. Faudra-t-il plusieurs gares ? Simpson penche pour une ligne express, sans aucun arrêt...

*

Mon arrière-grand-père laissait le souvenir d'un homme doux et conciliant. Il n'était vraiment sorti de ses gonds qu'une seule fois, en 1890, quand le président du Conseil de l'époque, Riaz pacha, avait voulu réserver les postes de l'administration aux « vrais Égyptiens ». Cette mesure était directement dirigée contre nous, les Syriens, et lord Cromer avait dû intervenir pour la faire annuler.

– Quand je pense que Riaz est turc ! fulminait Élias Batrakani. Et qu'il a succédé à Nubar, un Arménien ! Demain, parole d'honneur, on nommera un président du Conseil perse ou austro-hongrois qui viendra nous donner des leçons d'égyptianité !

Toujours est-il qu'à sa mort, en 1920, cinquante-neuf ans après être arrivé sur les bords du Nil, Élias ne pouvait toujours pas se prévaloir formellement du titre d'Égyptien. Nous n'étions encore que « sujets locaux ». Les grandes puissances – « Les Impuissances », comme il disait dans ses rares moments de colère – peaufinaient encore le traité de Sèvres qui devait, entre autres, régler le sort des demi-citoyens de notre espèce.

C'est un samedi d'octobre 1920 que Georges Batrakani, dans une apostrophe célèbre, mit la France devant ses responsabilités. Le traité de Sèvres, déjà signé mais non encore ratifié, donnait les plus grandes inquiétudes aux Syriens fraîchement arrivés au Caire. Ce n'était pas le cas de mon grand-père qui, né en Égypte, ne se sentait qu'à moitié concerné par ce débat. Mais avec sa tendance naturelle à jouer sur plusieurs tableaux et à profiter de toutes les occasions, il se demandait si des égyptianisés comme lui ne pourraient pas obtenir un statut d'étranger à l'occasion des règlements internationaux en cours.

Ce soir-là, l'agence de France brillait de tous ses feux en l'honneur d'une troupe parisienne qui jouait *Andromaque* à l'Opéra du Caire. Dès l'entrée, les *cawass* donnaient le ton avec leur uniforme bleu à galons d'or. On avait entrouvert les lourdes fenêtres pour profiter de la fraîcheur du soir. Les lustres à pendeloques frétillaient au-dessus de la tête des invités qui évoluaient au milieu d'un aimable bric-à-brac : des mosaïques de marbre, des portes sculptées, des vitraux, des *moucharabeyas*... Cet hôtel particulier, aménagé jadis pour le comte de Saint-Maurice, un écuyer du khédive Ismaïl, avait conservé un air de richesse désordonnée qui seyait assez mal à une ambassade, mais l'ambiance y était charmante.

Quand mon grand-père fut introduit dans le premier salon, plusieurs acteurs entouraient Georges Abyad, considéré comme le père du nouveau théâtre égyptien. Ce cousin éloigné des Touta, ancien chef de gare à Alexandrie, était monté sur les planches grâce à une troupe d'amateurs, avant d'être remarqué par le khédive Abbas.

– Est-il exact, monsieur, que vous ayez fait jouer *Othello* en arabe ? demandait une jeune actrice blonde.

– Pas seulement *Othello*, mademoiselle ! Nous avons adapté aussi *Œdipe* de Sophocle et *Louis XI* de Casimir Delavigne...

Henri Gaillard, le nouveau ministre de France, aperçut mon grand-père dans un angle de la verrière. Il alla vers lui, se disant sans doute qu'une conversation avec ce Syrien astucieux n'était jamais inutile. En bon commerçant, Georges Batrakani avait toujours quelque chose à proposer : une information inédite, un commentaire original, une suggestion ou une mise en garde, voire une simple anecdote, l'une de ces *nokat* locales plus éclairantes qu'un rapport consulaire et qu'il était toujours agréable de ressortir ensuite soi-même au cours d'un dîner.

Venant du Maroc, Henri Gaillard avait succédé à Albert Defrance. Grâce à sa connaissance de l'Orient et de la langue arabe, il savait son Égypte sur le bout des doigts. On lui prêtait des méthodes de renseignement peu orthodoxes. Mon grand-père l'avait surpris une fois à la terrasse d'un café du Mouski, coiffé d'un tarbouche et fumant un narguilé, en grande conversation avec d'autres consommateurs. Petit, ventru, ne payant pas de mine, le diplomate devait être pris pour un quelconque boutiquier grec ou tunisien. Georges avait fait semblant de ne pas le voir. Il ne pouvait jurer cependant que le regard de l'autre n'avait pas croisé le sien.

Après quelques politesses orientales et quelques considérations techniques sur la solidité de la verrière, Georges orienta habilement la conversation vers le traité de Sèvres :

– Je n'arrive pas à croire, monsieur le ministre, que la France ratifiera un texte aussi dangereux.

– Ah-ah bon ? fit Henri Gaillard qu'on soupçonnait d'accentuer son bégaiement pour se donner le temps de réfléchir.

Il savait parfaitement à quoi son interlocuteur faisait allusion. Désormais au pied du mur, les Syriens d'Égypte devaient choisir entre deux nationalités : celle de leur pays d'origine, passé sous mandat français, ou celle de leur pays d'adoption, devenu protectorat britannique. Pour le moment, ils n'étaient sûrs de posséder ni l'une ni l'autre. L'occupation anglaise puis le démembrement de l'Empire ottoman avaient rendu leur statut plus flou que jamais.

– Selon le traité de Sèvres, souligna Georges, tous les Syriens qui étaient établis en Égypte avant décembre 1914 seront considérés comme égyptiens, à moins d'opter dans les douze mois pour la nationalité syrienne. Mais, dans ce cas, ils devront regagner leur pays d'origine et y transférer leurs biens.

– Exacte-te-tement.

– Vous vous rendez compte, monsieur le ministre ! On nous décrète égyptiens d'autorité, pour la simple raison que nous vivons en Égypte. Et à ceux qui choisiraient d'être syriens, un délai ridiculement court serait donné. Le choix est clair : s'en aller, en se ruinant, ou rester, en se reniant.

– En se reniant ? Et pourquoi donc ? demanda Henri Gaillard qui ne bégayait plus. Vous étiez jusqu'à présent des sujets ottomans, plus ou moins assimilés aux Égyptiens. On vous propose de devenir égyptiens en bonne et due forme. Où est le problème ?

– Le problème, monsieur le ministre, est que nous avons gardé nos traditions, notre religion, un caractère conforme à notre éducation et à notre histoire. Or, nous allons nous voir imposer la nationalité d'une race qui n'est pas la nôtre. Qui peut nous assurer que la Constitution future de l'Égypte indépendante cadrera avec nos mœurs et nos idées ?

– En somme, vous voudriez une nationalité syrienne ou libanaise...

– Oui, mais en restant en Égypte.

– Mais, monsieur Batrakani, quel intérêt auriez vous à vivre en Égypte avec une nationalité syrienne ou libanaise ?

Mon grand-père répondit sans détours : beaucoup de Syriens voulaient bénéficier, comme les Européens, du régime des Capitulations, c'est-à-dire d'exemptions d'impôts et d'une justice particulière.

– C'est impossible, monsieur Batrakani. Les autorités égyptiennes ne l'accepteraient pas, car vous êtes plusieurs dizaines de milliers de Syriens en Égypte. D'ailleurs, vous le savez bien, les Capitulations sont de plus en plus contestées dans leur principe. Les Anglais ne réclament pas un tel régime pour les Palestiniens et les Mésopotamiens qui sont dans le même cas que vous.

– Mais les Anglais sont des ânes, monsieur le ministre ! Pardonnez-moi l'expression. Avant guerre, pour préserver leur influence, ils avaient peut-être intérêt à empêcher les Syriens d'Égypte de se mettre sous la protection française. Aujourd'hui, c'est différent puisqu'ils sont chargés de protéger tous les administrés des puissances étrangères. La Grande-Bretagne n'a-t-elle pas intérêt, au contraire, à voir grandir le nombre des étrangers pour trouver plus souvent prétexte à intervenir dans l'administration égyptienne ?

En son for intérieur, le diplomate dut convenir que le raisonnement se tenait. Mais sans doute imaginait-il très bien son interlocuteur se rendant, juste après, chez le haut-commissaire britannique pour l'assurer, la main sur le cœur, que l'Angleterre pouvait compter sur les Syriens d'Égypte, qu'ils seraient toujours d'un parfait loyalisme à son égard... Naturellement attirés par la France, n'étaient-ils pas anglophiles par intérêt et par nécessité ?

– Si, par malheur, ce traité de Sèvres devait être appliqué tel quel, poursuivit mon grand-père en forçant son indignation, les conséquences en seraient désastreuses. Les Syriens ne le pardonneraient jamais à la France qui est leur protectrice naturelle...

Henri Gaillard affichait le regard douloureux d'un grand malade, incapable d'articuler. Certains arguments de son interlocuteur l'avaient frappé. Dans un dernier bégaiement, il promit à Georges Batrakani de faire part de ses remarques au Quai d'Orsay.

Ce n'était pas une promesse en l'air. Dans les archives du Quai, en date du 1er novembre 1920, j'ai retrouvé une dépêche d'Henri Gaillard à son ministre des Affaires étrangères. Il citait plusieurs arguments de mon grand-père et concluait par cette remarque : « Les Syriens sont notre meilleure clientèle en Égypte. »

Le traité de Sèvres ne devait d'ailleurs jamais être appliqué, pour d'autres raisons, dépassant nos modestes personnes... Et la controverse sur la nationalité égyptienne allait se poursuivre encore pendant des années.

5

Georges invoquait volontiers ses ancêtres, mais qu'en savait-il exactement ? L'histoire des Batrakani a toujours été très floue. Aucun de nous n'est jamais allé chercher dans les archives d'Alep ou de Damas où il doit pourtant rester quelques traces de notre long séjour en Syrie.

Je ne dirais pas la même chose des Touta, implantés en Égypte depuis le dix-huitième siècle et sur lesquels nous savons finalement beaucoup de choses grâce aux travaux de Michel. Mon parrain a publié trois précieux articles à leur sujet dans *Les Cahiers d'histoire égyptienne*. Le premier, intitulé « Antoun Touta, le douanier de Rosette », est paru en 1948. Les deux autres, « Hanna Touta, mamelouk de Napoléon » et « Boutros Touta, un médecin sous Mohammed Ali », sont sortis en une seule livraison, l'année suivante. Ces textes ont fait l'objet à l'époque de nombreux tirés à part. Enfants, nous les lisions et relisions avec autant de plaisir que les romans de la comtesse de Ségur, même si le sens de certaines expressions nous échappait complètement.

Au dix-septième siècle, les Touta étaient de grands commerçants d'Alep qui importaient de la soie de Perse pour la fournir à des négociants européens. Les hasards de l'histoire – et le zèle des jésuites ou des franciscains — avaient fait basculer ces chrétiens de rite grec du côté catholique. Leur bonne connaissance du français, parfois d'une autre langue étrangère, les mettait en position d'intermédiaires privilégiés. Si la France leur assurait une certaine protection, les potentats locaux, qui n'avaient rien à craindre de ces citoyens de seconde zone, leur confiaient volontiers des postes clés.

Autour de 1690, une partie des Touta fit ses malles et alla s'installer à Sidon, au nord de la Palestine. Curieux déménagement de la part de bourgeois si bien implantés dans leur ville. En réalité, ils ne faisaient que s'adapter au déplacement des centres du commerce : c'était sur la côte désormais que se produisaient et se négociaient la soie et le coton. Ce nouvel Eldorado attirait aussi bien des Alépins et des Damascènes que des paysans du Mont-Liban.

Antoun Touta, notre ancêtre, vivait-il à Sidon ? Ou faisait-il partie de la branche de la famille restée à Alep ? Impossible de le savoir. Ce négociant affligé d'un pied-bot fut, en tout cas, le premier de la famille à quitter la Syrie en 1740 pour aller s'installer à Damiette, en Égypte.

Il ne s'agissait pas à proprement parler d'une expatriation, explique Michel, puisque l'Égypte et la Syrie faisaient toutes deux partie de l'Empire ottoman. De Sidon, de Beyrouth, de Tyr ou d'Acre, on se rendait facilement à Damiette qui entretenait à cette époque les relations commerciales les plus étroites avec la côte syrienne.

Damiette était alors un port florissant, le premier d'Égypte. Des centaines de grecs-catholiques étaient venus y chercher la fortune. Sans doute aussi la paix car leur vie devenait insupportable en Syrie : la hiérarchie grecque-orthodoxe les persécutait de la pire manière depuis que leur Église avait officiellement rallié le pape.

Damiette, en comparaison, était un paradis. Une petite communauté maronite y vivait depuis un certain temps, et des franciscains y exerçaient leur activité missionnaire sous la protection des puissances européennes. Les grecs-catholiques de Syrie arrivaient sans clergé. Ils partagèrent l'unique église de Damiette avec les maronites et laissèrent les franciscains tenir leurs registres de baptême, de mariage et de funérailles.

Antoun Touta avait quelques relations parmi les navigateurs français qui venaient acheter du riz en Égypte. A l'arrivée à Damiette, les cales de leurs bateaux étaient pleines de tissus et de vêtements qu'ils cherchaient à écouler en sous-main pour leur propre compte. Antoun et d'autres grecs-catholiques acquéraient cette marchandise hors taxe pour la revendre à bon prix sur le marché égyptien. Ils s'étaient habilement arrangés pour écarter de Damiette les négociants français assermentés. Parallèlement, ils faisaient du commerce avec Djedda, par la mer Rouge, et avec Livourne où ils comptaient quelques cousins...

A l'arrivée d'Antoun le Boiteux à Damiette, les principales douanes d'Égypte étaient encore tenues par des juifs. Trente ans plus tard, les grecs-catholiques occupaient tous les postes. C'était le résultat d'une bataille d'influence à grande échelle, mettant aux prises, dans toute la région, des juifs, des grecs-catholiques et des grecs-orthodoxes.

En Égypte, la position clé était celle de grand douanier. Son titulaire ne contrôlait pas seulement le port du vieux Caire mais, à travers lui, toutes les douanes d'Égypte. La fonction pouvait rapporter jusqu'à trois cent mille francs-or par an. Le grec-catholique Youssef Bitar s'empara de ce poste tant convoité en 1771.

Il faut croire qu'Antoun, notre ancêtre, était en bons termes avec le nouveau patron des douanes d'Égypte : s'il n'obtint jamais la charge de Damiette, il eut celle, plus modeste mais tout de même très juteuse, de la ville de Rosette. Trente mille francs-or par an, sans compter les avantages annexes, qui valaient bien un autre déménagement...

6

Curieusement, le journal de Michel ne porte aucune trace du cataclysme survenu dans la famille à la fin de janvier 1921. On n'en trouve mention que quelques semaines plus tard, alors que tout était déjà joué. Il faut croire que personne, à part mes grands-parents, n'avait eu vent de l'affaire sur-le-champ.

Un matin, vers dix heures, André était entré d'un air radieux dans la chambre à coucher tendue de soie rose qui donnait sur le jardin :

– Maman, j'ai une grande nouvelle à t'annoncer !

Assise à sa table de toilette, le regard perdu dans la glace, Yolande Batrakani répondit par un vague murmure. Les poches qui étaient apparues depuis quelque temps sous ses yeux lui donnaient du souci, et elle était occupée à les masquer avec une nouvelle poudre de chez Patou.

– Maman, j'ai décidé de devenir jésuite.

Elle ne broncha pas.

André sourit. Depuis son entretien avec le vice-provincial, il était euphorique.

Puis il la vit se retourner lentement, raide comme un mannequin de Cicurel qu'on fait pivoter sur son socle. De grosses larmes coulèrent lentement sur le visage de Yolande, noyant la poudre orangée qui venait d'y être appliquée. Elle lui demanda d'une voix mouillée, saccadée :

– Mais pourquoi, mon chéri ? Pourquoi ? Tu ne nous aimes plus ?

Il était stupéfait.

– Va vite en parler à ton père, dit Yolande en avalant ses larmes. Va vite, il doit partir tout à l'heure pour Alexandrie.

André descendit au rez-de-chaussée avec des gestes d'automate. Il n'eut même pas à frapper à la porte du bureau qui était grande ouverte. Georges Batrakani entassait des dossiers dans une mallette de voyage, en sifflotant.

– Entre, *ya ebni*. Tu as mauvaise mine. Qu'est-ce qui ne va pas ?

Engagée de cette manière, la conversation promettait d'être catastrophique. André fut tenté d'inventer un quelconque prétexte et de se retirer mais, pensant à sa mère, il se ravisa.

– Ça va très bien, au contraire, dit-il d'une voix ferme. J'ai décidé d'entrer dans la Compagnie de Jésus.

Georges releva la tête :

– Tu plaisantes ?

– Mais non, papa, tout est réglé avec le Père...

Il explosa :

– C'est moi qui règle les choses ici ! Tu n'imagines tout de même pas que je vais laisser mon fils – mon fils aîné ! – s'affubler d'une soutane.

– Il s'agit de se consacrer à Dieu, papa...

– Laisse ça à d'autres ! Notre famille n'est pas faite pour donner des prêtres à l'Église. Elle est faite pour diriger l'Église. Un jour, si tu réussis bien dans la vie, tu entreras au conseil d'administration de la Société de bienfaisance grecque-catholique. En attendant, tu vas faire tes études de droit.

– Mais, papa...

– C'est tout. Oublie cette idée stupide. Et dis à Soliman de faire chauffer le moteur. Mon train est à onze heures et demie et cinq.

Après avoir averti le chauffeur, André remonta voir sa mère dont la réaction l'avait bouleversé. Yolande était de nouveau à sa table de toilette, réparant les dégâts causés par sa récente crise de larmes. Il préféra ne pas la troubler davantage et ressortit de la chambre après lui avoir fait un petit signe dans la glace.

André avait toujours craint son père. Mais, depuis quelques

jours, il se sentait capable de braver n'importe qui. Jésuite, il le serait, c'était décidé. Encore fallait-il en convaincre sa mère et arracher l'autorisation paternelle souhaitée par le vice-provincial.

L'intervention d'un tiers s'imposait. Mais qui ? Nando ? Maguy ? Henri Touta ? Aucun d'eux n'aurait compris les arguments de leur neveu. Le curé de la paroisse ? Georges Batrakani avait un souverain mépris pour ces prêtres grecs-catholiques qu'il accusait d'être ignares, paresseux et même voleurs. Une intervention de ce genre risquait d'être désastreuse.

Et pourquoi pas le patriarche lui-même ? C'était un ami de la famille Touta et, aux yeux de Georges, il incarnait le pouvoir.

*

André s'inclina pour baiser l'anneau patriarcal.

– Heureux de te voir, *habibi.* Comment va papa ? Et comment va maman ?

Mon oncle détestait cette manière, si courante dans le clergé oriental, d'infantiliser les jeunes gens, mais il n'en montra rien. Marmonnant une formule de politesse, il s'assit sur le siège à dorures que Mgr Cadi lui désignait. Une grosse mouche vint se poser sur son genou.

– Béatitude, j'ai décidé de devenir prêtre.

– Quelle bonne nouvelle ! *Mille mabrouks* ! Comme papa et maman doivent être contents !

Emporté par cette voix chantante, André fit l'erreur de ne pas saisir la balle au bond.

– Je vais écrire aujourd'hui même au supérieur du séminaire de Jérusalem, disait le patriarche. Tu y seras reçu comme un roi.

– Mais, Béatitude, c'est que... je veux être jésuite.

– Jésuite ! Tu es fou ! Qui t'a donné cette idée ridicule ? Tu dois rester dans ton Église, voyons !

André n'avait pas du tout pensé à cet aspect de la question. Il répondit machinalement :

– Mais je n'ai pas l'intention de quitter notre Église. Je veux être jésuite et prêtre grec-catholique.

– Ça n'existe pas ! Ils vont te faire devenir latin.

André balbutia un peu, puis souligna que la Compagnie de Jésus ne voulait plus apparaître comme un corps étranger en Orient. Il demanderait et obtiendrait de rester dans son rite. Ou alors d'y revenir après son ordination...

Le patriarche hocha la tête d'un air de profond scepticisme.

– Ne comprends-tu pas que notre Église est menacée de mort par la latinisation ? Au début du siècle dernier, en Syrie, nous avons été persécutés durement par les grecs-orthodoxes, que Dieu leur pardonne ! Puis, nous avons été massacrés par les musulmans. Aujourd'hui, ce sont les catholiques occidentaux qui mettent tout leur zèle à nous amoindrir. Vous, les jeunes, vous allez dans les collèges religieux français. Ce sont de bons collèges, je ne dis pas. Mais on ne vous fait assister qu'à des messes latines. Vous perdez l'habitude de notre belle liturgie. Vous devenez des étrangers dans votre propre Église.

André n'osa pas interrompre le patriarche qui s'animait au fur et à mesure.

– Ne vois-tu pas que les missionnaires européens nous méprisent ? Ils critiquent notre liturgie, ils se moquent de nos habits. Nous sommes traités comme des moins que rien. Les schismatiques s'en aperçoivent, d'ailleurs. Ils se disent : voilà ce qui nous attend si un jour nous nous unissons à Rome !

La mouche bourdonnait autour de la croix pectorale de Mgr Cadi qui la chassa d'un geste sec avant de poursuivre son monologue.

– A la fin du siècle, l'Église catholique avait un grand pape, Léon XIII, paix à son âme. Lui, au moins, nous avait compris. Malheureusement, son successeur Pie X a permis aux Orientaux de communier dans le rite latin. Quelle erreur ! Quelle victoire pour les missionnaires européens ! Et toi, un Batrakani, un fils de chez nous, tu veux passer dans l'autre camp, tu veux devenir jésuite !

La gorge sèche, André articula péniblement :

– Béatitude, je comprends bien votre souci. Mais je suis sûr de pouvoir servir notre Église en étant jésuite. Vous verrez, je vous le promets...

La mouche s'était posée sur la manche du patriarche. Celui-ci ferma les paupières quelques instants. Puis, d'une voix lasse :

– Fais ce que tu crois, *ya ebni*. Que Dieu te bénisse !

En sortant du patriarcat, André avait le cœur plus léger. Mais au bout de quelques pas, il se rendit compte que l'objet de sa visite n'avait même pas été abordé.

*

21 février 1921

Il est interdit de prononcer le nom d'André à table. Papa explose dès qu'il entend la moindre allusion à son fils aîné. « Ce n'est pas mon fils, j'ai fait une croix sur lui », disait-il l'autre jour, de manière volontairement provocante. Maman s'est mise à pleurer.

L'atmosphère à la maison devient irrespirable. Le coup de téléphone du Père recteur n'a rien arrangé : papa l'a accusé de détournement de mineur. Au collège, j'ai senti que plusieurs élèves me regardaient étrangement.

26 février 1921

Guyomard aura fait au moins une chose intelligente dans sa vie : hier, elle a enlevé du courrier la lettre d'André et l'a donnée directement à maman, sachant que papa l'aurait jetée au panier sans même l'ouvrir. Le frérot demande aux parents de lui pardonner la peine qu'il leur a faite. Mais il ne revient nullement sur sa décision.

15 mars 1921

Le mystère est à peu près levé sur la manière dont André a quitté l'Égypte. Il paraît que les Pères lui ont fourni une soutane et un passeport. Quatre heures après son départ du Caire, il était déjà dans le bateau. Même si la police avait été avertie, elle n'aurait pas pu l'empêcher d'embarquer à temps.

*

Michel était trop sensible pour ne pas subir de plein fouet le drame qui venait d'ébranler la maison. Entre sa mère en larmes et son père muet de fureur, il ne savait plus où se mettre. Ses nuits étaient peuplées de cauchemars absurdes, dans lesquels André se trouvait tour à tour traître et victime.

Il rêvait que le sultan Hussein le réclamait sur son lit de mort, d'une voix brisée par la maladie :

– Demandez aux jésuites, demandez à qui vous voulez, mais trouvez-moi ce garçon. Jamais personne n'a récité aussi bien La Fontaine devant moi. Pas même mon professeur, M. Jacolet, qui m'avait pourtant appris quarante de ses fables.

Zoulfikar pacha, le grand chambellan, allait lui-même au collège pour demander le nom et l'adresse du petit prodige. Puis il tambourinait à la porte des Batrakani. Et il se heurtait à André, tandis que Mlle Guyomard poussait des cris hystériques...

7

Au début de l'automne 1922, près de deux ans après la fuite d'André, Françoise Dhellemmes accompagna son mari au Caire. C'était la première fois que cette Flamande au teint pâle et au visage noué mettait le pied en terre d'Afrique. Elle trouvait le fond de l'air trop doux, la rue trop animée, le Nil trop large et même la nourriture du Shepheard's trop relevée...

– Au Mouski, où Édouard a absolument voulu m'emmener ce matin, les odeurs sont vraiment insupportables, lança-t-elle à ma grand-mère qui, pour la recevoir, avait mis les petits plats dans les grands.

Mlle Guyomard hocha la tête en signe d'approbation. Comme si elle était assez folle, elle, pour aller se mêler aux Arabes du Mouski...

Françoise Dhellemmes donnait l'impression de se caricaturer en permanence. Elle exprimait un désenchantement opiniâtre, s'évertuant à démentir le moindre propos de son mari.

Édouard, dont c'était la troisième visite au Caire, continuait à regarder l'Égypte avec des yeux éblouis. La première fois, en mai 1916, il était venu en reconnaissance. La deuxième, en janvier 1919, pour l'installation de la fabrique de tarbouches. Ce troisième voyage se voulait surtout touristique, mais la présence de sa femme le gâchait en grande partie. Pas question de sortir du Caire : Françoise Dhellemmes s'était tout juste laissé conduire jusqu'à la grande pyramide qu'elle avait à peine regardée. Et elle ne voulait pas entendre parler d'une visite dans le Delta, sur les terres de mon grand-père, par des routes peu carrossables.

– Nous irons la prochaine fois, quand vous serez seul, murmura Georges à Édouard. Tâchez de venir lors de la cueillette du coton.

Pour ne rien arranger, Le Caire essuyait depuis la veille des rafales de *khamsin*. Le vent du désert, chaud et sec, était chargé d'une fine poussière qui s'introduisait dans le moindre interstice, troublant le ciel et gênant la respiration.

– *Khamsin* veut dire cinquante en arabe, lança savamment Yolande, pour essayer d'engager la conversation avec la Française.

– Pourquoi cinquante ?

Ma grand-mère, qui ne s'était jamais posé la question, répondit à tout hasard :

– Parce que ce vent dure cinquante jours.

– Mais non, voyons, répliqua Georges. Il ne dure pas plus de trois ou quatre jours d'affilée. On l'appelle *khamsin* parce qu'il souffle à cinquante kilomètres à l'heure.

– Jamais de la vie ! protesta Henri Touta. *Errare humanum est* ! Le *khamsin* doit son nom au fait qu'il contient cinquante pour cent de sable.

– Cinquante pour cent ? Mais c'est un taux usuraire, *ya comte* ! remarqua Nando en explosant d'un rire interminable.

Effarée, Françoise Dhellemmes observait du coin de l'œil ce monstre de cent dix kilos dont les braiments faisaient chanter les verres de cristal.

Deux autres explications sur l'origine du *khamsin* furent avancées avec la même certitude tandis que la discussion s'animait et que les cris fusaient. Édouard Dhellemmes se demandait comment des gens aussi précis en affaires pouvaient être aussi approximatifs à propos de leur environnement quotidien. La définition du *khamsin*, il l'avait lue, lui, dans sa bible, le guide Baedeker : ce vent survenait fréquemment dans les cinquante jours qui entourent l'équinoxe. N'était-on pas à trois semaines de l'équinoxe d'automne ? Le Français s'en voulut de n'avoir pas fixé son voyage à une autre date.

La soupière dans les mains, Rachid, le *soffragui*, attendait patiemment derrière Françoise Dhellemmes,

– Vous reprendrez bien un peu de *kobeiba*? demanda Yolande.

– Non merci, fit la Française d'une voix pincée, furieuse de voir que son mari s'était encore resservi et aspirait goulûment cette sauce blanche, un peu aigre, dans laquelle baignaient des boulettes de viande farcies d'on ne savait trop quoi.

Trois de mes oncles – Michel, Paul et Alex – se partageaient avec leurs cousins un bout de l'immense table. La petite Lola, âgée de quatre ans, était déjà couchée, en compagnie de ses deux poupées, Alsace et Lorraine. Quant à Viviane, qui n'avait que douze jours, elle devait faire une apparition à la fin du déjeuner.

– Alex, tiens-toi bien ! lançait Georges de temps en temps, en fronçant les sourcils.

Yolande chuchotait alors quelque chose à l'oreille de son quatrième fils, âgé de onze ans, qu'elle avait placé à sa gauche et qui passait pour son préféré. Une minute plus tard, Alex se dissipait de nouveau, comme si de rien n'était. Les jésuites eux-mêmes n'arrivaient pas à lui faire entendre raison, malgré des punitions en tous genres.

Françoise Dhellemmes avait été placée en face d'Edmond Touta. Son regard se posait de temps en temps sur ce personnage bizarre, aux cheveux ébouriffés, portant une lavallière mauve. Il mâchait sa viande en silence, l'air complètement absent. Au moment où elle s'y attendait le moins, il s'adressa à elle d'une voix fiévreuse :

– Savez-vous, madame, que l'Égypte compte aujourd'hui treize millions d'habitants ? Quatre fois plus que du temps de Bonaparte ! C'est affolant, non ?

Edmond Touta s'épongea le front avec sa serviette, comme si cette masse humaine l'étouffait personnellement. Puis il repartit dans ses pensées, l'air absent. La Française en conclut que ces Orientaux étaient tous cinglés...

Entre *kobeiba* et *konafa*, la conversation glissa sur les tarbouches. La fabrique était toujours déficitaire, trois ans après son lancement, et ne parvenait pas à arracher des parts de marché aux fabricants italiens et tchécoslovaques qui avaient pris une avance déterminante au lendemain de la guerre. Georges vendait à peine sept mille tarbouches par an. Il se rendait compte qu'il ne suffisait pas de baisser les prix et d'aller faire du charme aux responsables des achats des grands magasins Cicurel, Orosdi-Back ou Sednaoui. La qualité même du produit était en cause : la teinture des tarbouches Batrakani tenait mal et le feutre avait tendance à s'effilocher. Plusieurs détaillants du Caire et d'Alexandrie s'en étaient d'ailleurs plaints. Il avait fallu leur remplacer gratuitement des lots défectueux.

– Je vous avais bien dit que l'Égypte n'était pas faite pour l'industrie, lançait mon grand-père à Édouard Dhellemmes, dans ses moments de découragement.

Cela ne l'empêchait pas de militer pour des mesures protectionnistes au sein d'une petite association d'industriels qui venait de se créer au Caire.

Au moment où l'on servit la *konafa*, Mlle Guyomard s'éclipsa discrètement de la salle à manger. Elle y revint quelques minutes plus tard avec une poupée brune dans les bras. Ce fut un concert d'exclamations. Même Françoise Dhellemmes sortit de son silence pour émettre une série de miaulements de circonstance. Viviane avait les yeux verts...

*

Douze jours plus tôt, Mme Rathl avait été appelée d'urgence par Maguy qui venait d'assister aux premières douleurs de sa sœur. Il était huit heures du soir. La *daya*, qui s'apprêtait à sortir, arriva en tenue de soirée. Elle retira ses bracelets, enfila un tablier, demanda de l'eau chaude et se mit aussitôt au travail.

Mme Rathl faisait accoucher tout Choubra depuis des années. Véritable journal ambulant, elle informait des naissances survenues dans d'autres familles, des accidents de grossesse, des laits qui montaient et de ceux qui ne montaient pas, colportant au passage quelques potins extra-gynécologiques. Nul ne contestait ses compétences d'accoucheuse, acquises au côté de sa tante, la célèbre Om Youssef à qui elle avait succédé en 1912.

L'enfant se présentait bien. Tout en dégageant la tête, la *daya* ne cessait de s'adresser en arabe à Yolande dont les gémissements redoublaient :

– Allez, ma chérie... Encore, mon cœur... Mais oui, mais oui !

Mme Rathl dégagea enfin l'enfant. Maguy vit son visage s'assombrir brusquement : c'était une fille. Elle prit un ton enjoué, qui sonnait faux, pour féliciter sa sœur :

– *Mabrouk*, ma chérie. Tu as une vraie princesse !

Mme Rathl, avec une grimace, retira son tablier et se lava les mains. Quand c'était une fille, on la payait normalement. Pour un garçon, elle était couverte de cadeaux.

– Pauvre Georges ! finit par dire Yolande, les larmes aux yeux.

Elle avait donné à son mari trois garçons, sans reprendre son souffle. Puis un quatrième, Charles, emporté tout jeune par une pleurésie. Alex était venu après un long intervalle. Lola, quelques années plus tard, avait été considérée par Georges comme un sympathique accident de la nature. Mais lui refaire encore une fille, alors que les jésuites venaient de lui prendre son fils aîné...

Courageusement, Maguy sortit de la pièce pour aller communiquer à son beau-frère la triste nouvelle. Elle le connaissait trop pour se perdre en vaines précautions :

– C'est une fille, Georges. Yola se porte très bien.

Il devint blême et, sans un mot, tourna les talons.

Ce n'est qu'une heure plus tard que mon grand-père alla rendre visite à sa femme. Il lui remit un coffret, contenant une bague camée qu'il avait achetée l'avant-veille chez le bijoutier de la place de l'Opéra. Ne jetant qu'un vague regard et un sourire crispé à l'enfant, il alla s'enfermer jusqu'au dîner dans son cabinet de travail.

Pendant trois jours, Georges Batrakani ne mit les pieds ni

au bureau ni à la fabrique. A Maguy qui s'en étonnait, il lança avec mauvaise humeur :

– Une deuxième fille ! De quoi aurai-je l'air devant mes employés ?

*

Françoise Dhellemmes multipliait les miaulements. Mlle Guyomard venait de faire un troisième tour de table avec Viviane dans les bras.

– Bon, bon, ça va, vous pouvez la recoucher, dit Georges, agacé. On ne va tout de même pas en faire une exposition.

*

Ce déjeuner dominical avec les Dhellemmes est raconté de manière assez détaillée dans le journal de Michel. On y apprend, entre autres, que Maguy Touta riait aux éclats à chacune des plaisanteries d'Édouard, ce qui devait agacer davantage la sympathique Flamande...

Michel, cette année-là, commençait ses études de lettres et d'histoire à l'université. Maigre, plutôt végétarien et plongé dans les livres, il désolait son oncle Nando. On le voyait de temps en temps au bureau paternel, place de l'Opéra, mais c'étaient des visites sentimentales, sans rapport avec l'activité qui s'y déployait. Mon parrain passait la plus grande partie du temps au balcon, à rêvasser. De retour à la maison, il taquinait les Muses ou noircissait une page de son journal.

Du deuxième cahier, je recopie ces quelques lignes, datées du 1er mars 1922 :

L'Égypte est indépendante depuis aujourd'hui. Le sultan Fouad a pris le titre de roi et les Anglais lui ont officiellement garanti que son fils Farouk serait son successeur le moment venu. On parle de remplacer le drapeau rouge par un drapeau vert, frappé lui aussi de trois étoiles et d'un croissant blancs.

Papa, qui est d'une humeur un peu plus agréable depuis quelque temps, ironise sur les changements intervenus. Il disait hier à table : « Depuis un siècle, l'Égypte a d'abord eu des vice-rois. Puis des khédives. Puis un sultan. Puis un sultan qui est devenu roi. Il ne reste plus à venir qu'un empereur, en attendant le pharaon. Et, dans tout ça, rien ne change : ce sont les Anglais qui dirigent le pays. »

TROISIÈME PARTIE

La basilique d'Héliopolis

1

Je n'ai rien dit jusqu'ici de la famille de mon père. Sans doute parce qu'il y a moins à en dire... Du côté Yared, il ne s'est trouvé aucun Michel, au tempérament d'historien, pour s'intéresser à notre généalogie. Aurait-il glané grand-chose, au demeurant ?

Orpheline, Mima, ma grand-mère paternelle, avait été recueillie à l'âge de huit ans par les Dames du Bon Pasteur de Choubra. Ces religieuses françaises s'étaient appliquées à lui inculquer de bonnes manières et des habitudes de piété. Mais la jolie sauvageonne – on la disait déjà « belle comme la lune » – paraissait indomptable. Ses courses folles dans les couloirs du couvent et son rire de cristal détonnaient dans cet univers d'encaustique, de veilleuses et de chuchotements.

Au moins avait-elle appris le français correctement. A seize ans, son corps superbe et la vivacité de ses reparties tournaient la tête aux rares hommes qui avaient l'occasion de la croiser à Choubra.

Mima tomba littéralement dans les bras de Khalil Yared, un dimanche de 1914 – le dimanche des Rameaux. Ayant buté contre une marche sur le porche de l'église Saint-Marc, elle s'était fait rattraper par cet athlète en costume blanc. Il souriait. Mima s'excusa, rose de confusion. Selon la légende familiale, Khalil la fixa pendant trois longues secondes avant de lui demander :

– Et si on se mariait le 6 septembre prochain ? C'est un dimanche.

Dix ans plus tard, Mima était toujours follement amoureuse

de cet homme-ouragan qui le lui rendait bien. En public, ils se mangeaient des yeux, se tenaient furtivement la main et se frôlaient avec de petits rires mystérieux... Chaque fois que Khalil revenait d'un voyage en province, le couple s'enfermait à double tour dans la chambre à coucher. Il n'en ressortait que deux jours plus tard, épuisé de caresses, débordant de gaieté. Dans l'intervalle, les deux bonnes s'occupaient des enfants.

Agé de vingt-six ans lors de son mariage, mon grand-père paternel était le fils d'un modeste marchand de tissus qui allait de maison en maison, son baluchon sur l'épaule. Il avait été lâché dans l'existence sans argent et sans formation, avec un furieux appétit de vivre.

Petit entrepreneur dans le bâtiment, Khalil Yared avait failli laisser jusqu'à sa dernière chemise dans la grande crise de 1907. Sans doute dut-il son salut à la Providence. Ou à sa souplesse. Ou à cette étonnante capacité d'entrer en relation avec quiconque et de le séduire aussitôt par une bonne humeur et une santé à toute épreuve.

Khalil avait gagné ainsi la sympathie de Habib Ayrout, un ingénieur grec-catholique qui était l'entrepreneur préféré du baron Édouard Empain. Grâce à lui, il put décrocher en 1912 un contrat pour la construction de huit petits appartements à Héliopolis. D'autres propositions allaient suivre, puisque la ville nouvelle n'en finissait pas de surgir des sables.

Au début du siècle, le baron Empain avait demandé à un célèbre architecte de l'accompagner à cheval dans le désert, près de l'ancienne route de Suez. Ils montèrent sur un petit plateau, balayé par un vent sec.

– Je veux bâtir une ville ici, lança l'industriel belge avec une détermination qui frappa son interlocuteur. Elle s'appellera Héliopolis, la ville du soleil. Et, tout d'abord, j'y construirai un palace, un énorme palace...

En 1905, le baron Empain acheta au gouvernement six mille feddans de désert sur ce plateau aride. On le traita de fou. Qui irait s'exiler à dix kilomètres au nord-est du Caire, sous prétexte d'air pur et de loyers bon marché ? Suffirait-il d'un train électrique, devant relier Héliopolis à la capitale, pour attirer les foules ?

Ignorant les haussements d'épaule et les quolibets, Empain engagea d'énormes investissements. Les matériaux et la terre arable furent apportés à dos d'ânes ou de chameaux. Une armée d'architectes, d'urbanistes, d'ingénieurs et d'inspecteurs européens quadrillait le désert, avec pour mission de créer une cité-jardin, une ville modèle, unique au monde, qui marierait l'Orient et l'Occident.

L'Heliopolis Oases Company fonctionnait comme une municipalité. Assurant la sécurité publique aussi bien que le balayage des rues, elle avait ses propres usines de briques et fournissait elle-même le matériel aux entrepreneurs. Ceux-ci devaient se conformer strictement aux plans, étudiés dans les moindres détails. Gare aux retards ! Les amendes pleuvaient.

Khalil s'était parfaitement adapté à ces contraintes. Il menait à la baguette des ouvriers recrutés pour quelques piastres et licenciables à tout moment. Son compte en banque prenait, d'année en année, une tournure plus présentable.

– Tu verras, ma colombe, disait-il à Mima en la serrant contre lui : je te construirai une superbe villa, à deux pas de la basilique.

En 1912, à l'arrivée de Khalil Yared, la ville comptait déjà un millier d'habitants. On y achevait la basilique blanche, copie réduite de l'église Sainte-Sophie de Constantinople. Une basilique au cœur d'une cité musulmane ! Personne ne semblait s'en étonner.

L'Heliopolis Palace défrayait déjà la chronique, avec ses ascenseurs géants, ses billards, ses hammams et sa terrasse panoramique d'où on apercevait les pyramides dans le lointain. Le champ de courses attirait chaque dimanche des turfistes cairotes, et le Luna Park pouvait se vanter d'être le plus grand du Moyen-Orient.

Tout était grand, à vrai dire, à commencer par les rues. Plus de trente mètres de largeur pour le boulevard Abbas, bordé d'arcades ; le double au moins pour l'avenue des Palais, dominée par une stupéfiante construction hindoue. Sept artères convergeaient vers la place de la Basilique. Et, partout, une végétation luxuriante narguait le désert : des hibiscus, des jaracundas et des casarinas le long des rues, du chèvrefeuille, des capucines et des bougainvilliers grimpant sur les murets...

Khalil s'était pris de passion pour cette ville jaune clair – couleur fixée par la Compagnie – qui ne relevait d'aucun manuel d'architecture, d'aucun style homologué. C'étaient des constructions à l'européenne, flanquées de toutes sortes de décors orientaux : des minarets, des dômes, des *moucharabeyas* étrangement posées sur des balcons... Les puristes hurlaient, Khalil s'enthousiasmait.

Trois ou quatre fois par semaine, il prenait le nouveau métro à Pont Limoun pour aller surveiller son chantier. Mais, au bout d'une heure, laissant les ouvriers sous la surveillance d'un contremaître, il s'éloignait, seul, en direction du soleil couchant. Une petite dune lui servait d'observatoire. Les souliers couverts de poussière et le cœur gonflé de mille projets, mon grand-père jetait des regards d'amoureux sur cette oasis adolescente où un jour il planterait sa maison.

Pas question d'adopter un des modèles types de la Compagnie : il se ferait une villa à sa mesure, beaucoup mieux conçue. Les plans étaient quasiment prêts.

– Tu verras, ma beauté, disait-il à Mima. Nous aurons une chambre à coucher royale, à faire pâlir d'envie tous les Sakkakini et les Takla réunis.

*

Chaque année, au mois d'août, Khalil emmenait sa famille à Ras el Bar où il avait aussi un chantier. L'idée de faire des affaires dans son lieu de vacances l'enchantait : pour lui, travail et loisirs allaient de pair, comme mariage et plaisir.

– Ce que j'aime à Ras el Bar, expliquait-il à Mima, c'est que, chaque année, on efface tout et on recommence.

Une partie de la presqu'île, coincée entre le Nil et la Méditerranée, était recouverte par les vagues plusieurs mois par an. Il fallait démonter la station en octobre pour la reconstruire en mai suivant.

Les huttes étaient de véritables maisons sur pilotis, avec plancher, escalier et balcon, fabriquées selon les vœux du locataire et dotées chacune d'une cabine sur la plage. Pour vingt livres, on pouvait disposer, pendant toute la saison, d'un logement confortable où rien ne manquait, sinon le linge et l'argenterie qu'on apportait avec soi.

Six rangées de huttes étaient séparées par de larges rues, éclairées la nuit. Les hôtels, le casino, le Sporting et la pharmacie du gouvernement donnaient sur la rue du Nil. Dans la deuxième rangée se trouvaient les cafés, les bureaux de la poste et du télégraphe. Derrière, c'était le marché. Et derrière encore, les quartiers d'habitation. L'eau potable arrivait de Damiette par barques-citernes. Mais à partir d'août, avec l'ouverture du barrage de Farascour, la mer rebroussait chemin et le Nil retrouvait sa douceur. L'eau était alors puisée sur place, filtrée dans des *zirs* et bouillie pour plus de précaution.

A Ras el Bar, les enfants gambadaient à longueur de journée, entre rochers, sable et cailloux. Khalil, lui, allait se promener en *gallabeya* rayée, pieds nus, sous un chapeau de paille à large bord. Mima s'en amusait, mais préférait le costume de bain noir qui moulait son torse d'athlète.

Le soir, il mettait un complet blanc et entraînait sa femme et tout un groupe d'amis à l'Hôtel Marine où l'orchestre lançait des quadrilles très animés. Plusieurs dizaines de couples suivaient en cadence les différentes figures que Khalil annonçait de sa voix chantante :

– En avant quatre... Révérence... Changez de dame...

Du quadrille, on passait au boston. Du boston, au double boston...

*

Le 15 novembre 1924, Mima attendait au Caire le retour de son mari, parti mettre au point un nouveau projet de construction à Ras el Bar avec l'un de ses frères. Il allait bientôt être minuit, et Khalil n'était toujours pas arrivé. La jeune femme commençait à s'impatienter. Elle avait confié les enfants aux bonnes depuis la fin de l'après-midi et convenu avec elles des menus et des sorties pour les deux jours suivants. Deux jours d'amour et de fous rires.

Fatheya viendrait leur apporter le petit déjeuner au lit, après être allée chercher le lait au pied de la maison. Chaque matin, le berger surgissait des tréfonds de Faggala, portant sous l'aisselle un petit veau empaillé et momifié dont il ne se séparait jamais. Ses chèvres le suivaient, emplissant la rue de leurs bêlements. Le berger trayait au milieu de la chaussée. Avec des minauderies, la bonne lui tendait la casserole puis remontait, tout échauffée, dans l'appartement pour faire bouillir le lait sur un *primus* assourdissant, avant d'en recueillir précieusement la crème. Une moitié de cette *echta* était destinée aux enfants. L'autre au *khawaga* dont Fatheya osait à peine regarder le torse nu en entrant dans la chambre à coucher...

Il était minuit et demi. Ne tenant plus debout, Mima décida d'attendre Khalil dans son lit. Elle s'assoupirait, tant pis. D'ailleurs, elle adorait être réveillée par les caresses de ce grand diable qui, depuis son départ trois jours plus tôt, commençait à lui manquer terriblement...

*

Les cris de Fatheya, tambourinant à la porte, la réveillèrent en sursaut. La chambre était déjà inondée de soleil. Il devait bien être huit heures du matin.

Le visage grimaçant, les yeux exorbités, les deux bonnes faisaient le geste de s'arracher les cheveux. Derrière elles, le frère de Khalil apparut dans l'encadrement de la porte. Mima comprit qu'il était arrivé un malheur.

Khalil Yared regagnait Le Caire en compagnie de son frère. A Wasta, leur train avait ralenti brusquement dans un grand crissement de freins, avant de heurter de plein fouet un convoi mal aiguillé. Le frère s'en était tiré avec quelques contusions. Khalil, lui, avait été violemment projeté contre une banquette...

– Il est mort sur le coup, sans souffrir, murmurait son frère, en osant à peine regarder Mima.

Assise sur le lit, une épaule dénudée, elle fixait un milan par la fenêtre, le visage noyé de larmes.

Les bonnes continuaient à gémir et à crier. Le petit Sélim, âgé de quatre ans, qui avait été réveillé par le bruit, se faufila dans la chambre. Il courut instinctivement jusqu'à sa mère, mais s'arrêta net en la voyant sangloter.

2

C'est en octobre 1924 qu'Édouard Dhellemmes revint au Caire. Seul, cette fois, et bien décidé à visiter tous les lieux où sa femme l'avait empêché d'aller deux ans plus tôt. Comme il brûlait d'envie de connaître la campagne égyptienne, Georges Batrakani l'avait emmené dans le Delta pour lui montrer la récolte du coton sur ses terres.

La Chevrolet noire, haute sur pattes, sursautait à chaque bosse, laissant derrière elle un nuage de poussière. Des deux côtés du chemin, des champs piqués de petits points blancs et quadrillés d'étroits canaux s'étendaient à perte de vue. Quelques palmiers, de minces rideaux de peupliers, mais pas le moindre coteau à l'horizon. « J'ai trouvé plus plat que le plat pays », écrirait Édouard à sa froide épouse qui s'en ficherait éperdument.

– Voyez-vous, cher ami, disait Georges en mâchonnant son cigare, ici tout le monde ne jure que par le coton. Et tout le monde ne juge que par lui. C'est l'étalon de la richesse et de la puissance. Les cours peuvent baisser, s'effondrer même, ça n'y change rien : du plus gros propriétaire au plus petit fellah, tout le monde veut planter du coton. On ne sait plus quoi en faire. Cette année encore, l'État sera obligé d'acheter des centaines de milliers de *kantars* pour soutenir les cours. C'est absurde...

Une bosse traîtresse fit tomber son cigare. En chassant les cendres qui s'étaient répandues sur la manche de sa veste, mon grand-père ordonna sèchement au chauffeur de ralentir : l'automobile était neuve et il n'y avait aucune raison de finir dans le canal...

– Moi, poursuivit-il, je n'ai pas attendu qu'on fasse de grandes proclamations pour planter un peu de céréales. Et je m'en félicite chaque jour. Savez-vous de combien ont monté les cours du blé depuis vingt ans ? Dites un chiffre. De trois cent cinquante pour cent ! C'est joli, non ?

Le Français venait maintenant au Caire tous les deux ou trois ans faire le point avec son associé : ils examinaient ensemble le marché du tarbouche, mais aussi celui de la lingerie, puisque Georges Batrakani était devenu l'agent des usines Dhellemmes pour le Moyen-Orient.

– En somme, lui disait Édouard en riant, vous êtes à la fois agriculteur, industriel et commerçant. On ne fait pas mieux.

– Vous oubliez la Bourse, cher ami !

Georges partageait en effet la passion de beaucoup de Syriens aisés pour la spéculation et le jeu. Il lui était même arrivé à deux reprises de revenir d'Alexandrie avec une sacoche pleine de pièces d'argent gagnées dans la journée sur quelques centaines d'actions. Au grand dam de sa femme qui le trouvait follement imprudent.

Le chauffeur arrêta l'automobile sur le bas-côté pour laisser passer le *omda* qui arrivait en face, sur son âne, suivi d'un garde à pied.

– *Salamat ya hagg* ! lança Georges Batrakani d'une voix puissante.

Le notable, débordant de graisse sur sa selle de velours bleu, répondit par une formule de politesse, en faisant légèrement basculer son parasol. Le garde, pieds nus, maigre comme la branche de sycomore qu'il tenait à la main, souriait de toutes ses dents.

– C'est le maire, expliqua Georges. Un fainéant absolu. Sa fonction lui permet surtout d'être exempté d'impôts, d'échapper au service militaire et de faire toutes sortes de petits profits. On l'appelle *hagg* parce qu'il est allé une fois en pèlerinage à La Mecque en 1912 ou 1913. La grande affaire de sa vie. Depuis lors, il a fait peindre en blanc la façade de sa maison, en l'égayant de dessins stupides : un bateau, un train, des chameaux...

Édouard Dhellemmes prenait toujours un vif plaisir à écouter son associé qui lui racontait une Égypte aux traits forcés, où tout semblait tragique et tout prêtait à rire. Georges en parlait avec l'expérience d'un indigène mais avec le détachement d'un observateur extérieur. Un pied dedans, un pied dehors... Depuis huit ans qu'il le connaissait, Édouard n'avait toujours pas réussi à situer exactement ce Levantin qui nageait entre deux cultures, jonglait avec trois langues et ne disposait pas de statut bien défini.

L'Égypte attendait encore sa fameuse loi sur la nationalité. Mon grand-père semblait s'être fait à cette situation ambiguë : la nationalité syrienne ou libanaise ne l'intéressait plus à partir du moment où elle ne le ferait pas bénéficier du régime des Capitulations.

– Plutôt qu'un demi-étranger, disait-il, je préfère encore être un demi-national.

– Pourquoi un demi-national ? s'étonnait Édouard Dhellemmes.

– Mais parce que nous ne serons jamais considérés comme des Égyptiens à cent pour cent.

– C'est injuste. Quand on pense à tout ce que les Syriens ont fait pour l'Égypte : la presse, le théâtre...

– Mais non, cher ami, c'est notre seul moyen de survivre.

Le Français le regardait, une fois de plus, sans comprendre.

– Voyez-vous, expliqua Georges en mâchonnant son cigare, nous sommes un peuple de commerçants et d'intermédiaires. Nous avons toujours été assis entre deux chaises. C'est parfois inconfortable, mais je crois que nos fesses sont ainsi faites. Tous ceux qui prétendent basculer d'un côté ou de l'autre finissent par se faire très mal.

Ils arrivaient enfin à destination. C'était un champ immense où travaillaient des paysans, alignés, sous l'œil vigilant de contremaîtres. Dans leur *gallabeya* relevée jusqu'à la ceinture et qui formait une sorte de sac, les moissonneurs déposaient les touffes de coton qu'ils venaient de cueillir, puis allaient régulièrement verser cet or blanc sur un grand tas. D'une voix molle, ils répondaient aux refrains d'une paysanne en robe noire.

Quand la Chevrolet arriva à leur hauteur, tous se turent et s'immobilisèrent, avec des sourires. Mais, très vite, sur l'ordre d'un *rayès*, la chanteuse reprit sa litanie et ils se remirent au travail. Les contremaîtres vinrent, un à un, présenter leurs hommages au *khawaga* Batrakani. Et à la première question de celui-ci, ils répondirent tous en même temps, avec de grands gestes.

– Ils sont attendrissants, murmura Édouard.

– Ils nous détestent, bougonna Georges pour toute réponse.

Dans l'automobile, sur la route du retour, mon grand-père allait développer sa pensée :

– Eh oui ! cher ami, ils ne nous aiment pas. Ils nous craignent seulement parce que nous sommes puissants. Je ne crois pas d'ailleurs qu'ils éprouvent des sentiments très différents à l'égard de leurs patrons musulmans. Devant vous, ils sont tout sourire et débordent d'activité. Mais, dès que vous leur tournez le dos, ils ne respectent plus rien, sont paresseux et mous, sans aucune initiative. C'est une forme d'abrutissement qui dure depuis des siècles. Avec eux, c'est toujours *bokra*.

– Comment dites-vous ?

– Mon cher Édouard, pour comprendre ce pays, il y a deux mots que vous devez absolument connaître. Le premier est *bokra* qui veut dire « demain ». Si on vous réclame quelque chose, vous répondez toujours *bokra*. Le deuxième mot, vous l'avez entendu cent fois : c'est *maalech*. Il signifie « ce n'est pas grave, ça ne fait rien ».

– Mais je n'arrive pas à bien les prononcer.

– *Maalech*, ce n'est pas grave.

– Vous m'en apprendrez d'autres, tout de même ?

– *Bokra*, demain.

3

Lyon, le 8 juin 1924
Dimanche de Pentecôte

Parents bien-aimés,

Je suis remonté dans ma chambre en vitesse pour vous écrire ces quelques lignes, le cœur tremblant de joie. Oui, ça y est : j'ai prononcé tout à l'heure mes vœux de pauvreté, de chasteté et d'obéissance. Me voilà enrôlé pour toujours dans la milice de Jésus-Christ. Priez pour moi, parents chéris, afin que je m'approche de la sainteté !

La cérémonie a été merveilleuse de ferveur, sous le regard très doux de la Vierge Marie. On m'a remis la barrette et le chapeau carré des scolastiques. Après la messe, tout le monde s'embrassait, et je pensais à vous, papa et maman, qui m'avez certainement accompagné de vos prières.

Au juvénat, une nouvelle vie commence pour moi où tout se fera en latin. La langue de Virgile n'a jamais été mon point fort, vous le savez. Mais il faut prendre les moyens de se mettre au service du Grand Ami !

Parents vénérés, que le Seigneur Jésus Se révèle à vous dans toute Sa beauté et Sa bonté. Soyez bénis et heureux. Et que les pauvres autour de vous s'en ressentent par quelques rayons bienfaisants.

Votre

André s.j.

P.S. – Alex a-t-il bien reçu ma carte du 25 mars ? Je n'ai pas eu de ses nouvelles.

*

Georges Batrakani ne parvenait toujours pas à s'habituer au ton de son fils aîné. Ces lettres débordantes d'amour le troublaient autant qu'elles l'agaçaient. Pendant tout un temps, il n'avait même pas voulu les ouvrir.

– Tiens, André a écrit, disait-il à Yolande, en lui tendant les enveloppes encore cachetées.

Comme si elle en était la seule destinataire ! Comme si André n'écrivait pas d'abord pour être lu par son père...

Après plusieurs mois de bouderie totale, Georges avait finalement accepté de prononcer le nom de son fils. Mais sans aller jusqu'à communiquer avec lui : c'était Yolande qui faisait la liaison.

Deux ans et demi plus tôt, mon grand-père s'était laissé forcer la main par André, ce qui ne lui arrivait pratiquement jamais en affaires. Avec le réalisme qui le caractérisait, il décida de s'incliner provisoirement. Il se disait qu'il serait toujours temps de ramener sur terre cet inconscient. Mais la lettre de ce 8 juin 1924 lui laissait craindre un point de non-retour. Il faudrait sans doute se résigner à voir ce garçon – intelligent, pourtant – gambader entre noviciat, juvénat et autres fariboles. Se résigner à ne plus compter sur lui.

*

Au cours des deux années qui suivirent le départ d'André, Georges Batrakani concentra sa fureur sur Alex. Le plus jeune de ses fils, roublard et audacieux, semblait avoir d'excellentes dispositions pour le commerce. Encore devait-il apprendre à compter correctement ! Après plusieurs avertissements, Alex avait été renvoyé de chez les jésuites pour « insubordination, irréligion et paresse habituelle ».

– Ils m'en renvoient un après m'en avoir kidnappé un autre, lançait mon grand-père, furibond.

Alex collectionnait maintenant les zéros chez les frères des Écoles chrétiennes à Daher.

– Tu l'as pourri, répétait Georges à sa femme.

Dans ses lettres, André demandait toujours des nouvelles d'Alex dont l'état d'esprit le préoccupait.

– Tu devrais écrire à ton frère aîné, disait Yolande d'une voix plaintive.

– Tu crois vraiment qu'il a besoin de mes conseils ? répliquait Alex gaiement, en déposant un baiser sur le front de sa mère.

*

La consolation de Georges Batrakani aurait pu être Michel, son deuxième fils, qui était entré à l'École française de droit du Caire en 1923. Mais, six mois plus tard, Michel déclarait forfait : de violentes migraines, accompagnées de fièvre, le clouaient au lit. Le docteur Debbas, appelé en consultation, fit valoir avec bon sens que ces études ne lui convenaient pas. Georges s'était bien aperçu lui-même que ce garçon sensible et un peu poète ne serait jamais avocat et ne vendrait jamais une seule caisse de médicaments. Il n'insista pas, et mon parrain, guéri, put entrer l'année suivante à la faculté des lettres.

Heureusement, il y avait Paul. Après avoir brillamment décroché son bachot, il était entré à son tour, avec enthousiasme, à l'École française de droit, la voie royale pour se préparer aux affaires, celle que son père aurait tant aimé emprunter un quart de siècle plus tôt.

*

– Messieurs, vous vivez dans une Babel judiciaire, leur avait lancé, dès la première leçon, le professeur de droit civil, un vieux Toulousain portant binocle et barbichette.

Paul, qui prenait soigneusement des notes, se promit de rapporter cette phrase à son père.

– L'Égypte n'a pas une justice mais quatre, poursuivait le Toulousain. Il y a les tribunaux religieux... Il y a les tribunaux indigènes... Il y a les tribunaux consulaires...

Paul notait fébrilement. Ce garçon mince et élégant, qui marchait sur ses dents, se serait bien vu en grand avocat d'assises. Mais les affaires criminelles – les seules permettant d'attirer les feux de la rampe – relevaient des tribunaux consulaires qui lui étaient fermés, ou alors des tribunaux indigènes où il ne voulait pas mettre les pieds.

– Et la quatrième catégorie, vous la connaissez tous, messieurs : c'est la juridiction mixte...

Comme la plupart de ses camarades, Paul se destinait aux tribunaux mixtes où tout se plaidait en français. Cette institution prestigieuse, fondée en 1875, était compétente pour tout litige civil ou commercial entre des étrangers de nationalités différentes ou entre des étrangers et des Égyptiens. Mais les nationaux s'y bousculaient pour régler leurs conflits, convaincus qu'ils seraient beaucoup mieux défendus que dans les tribunaux indigènes.

– Vous noterez, messieurs, qu'on s'invente facilement un « intérêt mixte ». Déjà, toutes les sociétés anonymes relèvent par définition de cette justice de première classe puisque l'un de leurs actionnaires peut être étranger. Quant aux créanciers qui possèdent des effets souscrits par des nationaux, ils s'arrangent pour les endosser au profit d'un Européen complaisant et échapper ainsi à la justice locale.

Georges Batrakani ne se privait pas d'user de ce stratagème.

– L'Égypte est en effet une Babel judiciaire, dit-il à son fils. Mais j'espère que ton professeur a compris les grands mérites de l'organisation actuelle. Le jour où un imbécile s'avisera d'y toucher, je ne donnerai pas cher de notre peau.

4

Mon grand-père était entré jadis aux tribunaux mixtes par la porte de service. Son poste de greffier, à défaut d'être glorieux, lui avait au moins permis d'observer de près le fonctionnement de cette institution étonnante, dominée par des Européens et dans laquelle les hauts magistrats égyptiens ne faisaient que de la figuration.

A l'époque, le tribunal de grande instance du Caire était encore installé dans un ancien palais de la famille khédiviale, place Ataba-el-Khadra. Une véritable ruine. Si les plafonds conservaient quelques vagues dorures, les rideaux en loques abritaient des nids de vermine. L'enduit des murs tombait par plaques entières dans le vestiaire des avocats et le greffe des actes notariés était tellement à l'étroit que ses employés avaient dû annexer une salle d'audiences...

Pour s'aérer, Georges et ses jeunes collègues, célibataires comme lui, allaient régulièrement à l'Ezbekeya. Ce paradis de treize hectares, entouré de hautes grilles, était inaccessible au petit peuple puisqu'il fallait payer une piastre pour y entrer. Les greffiers connaissaient par cœur ces allées bordées de baobabs, de papayers ou de figuiers des pagodes. Souvent, au coucher du soleil, ils faisaient un tour en canot ou en vélocipède nautique sur la grande pièce d'eau, au milieu des cygnes, en lorgnant quelque belle attablée chez Santi...

J'ose à peine parler de l'Ezbekeya. Quand on sait ce qu'il en reste aujourd'hui... Le jardin avait encore de beaux restes dans les années cinquante, du temps de mon enfance. Mais rien de commun avec les descriptions fantastiques qu'en faisait mon grand-père.

C'est à l'Ezbekeya que Georges retrouvait Makram, son ami copte, pour échanger des piques. Les allées à demi éclairées du parc convenaient parfaitement à leurs empoignades dont le thème principal, à cette époque, était la presse.

– Sans les Syriens, remarquait Georges, l'Égypte n'aurait pas de journaux dignes de ce nom.

La plupart des quotidiens en vue – *Al Ahram, Al Mokattam, Al Moktataf...* – appartenaient à des Syriens. Cette presse de création récente avait métamorphosé la langue arabe en Égypte. Finies la rhétorique, l'écriture esthétique, euphorisante et ronronnante : les intellectuels chrétiens venus de Beyrouth ou de Damas avaient introduit un style moderne et vivant qui enchantait le public.

Un soir d'août 1901, tandis qu'ils s'enfonçaient dans une allée sombre du jardin, Georges somma Makram de lui expliquer pourquoi, avec d'autres militants nationalistes, il était allé casser les vitres du *Mokattam*.

Le copte tira nerveusement sur sa cigarette. Il était maigre comme un clou et semblait ne se nourrir que de tabac.

– *Al Mokattam* est un journal de traîtres, financé par l'Angleterre. Nous avons voulu montrer que le peuple égyptien est contre les traîtres, surtout quand ceux-ci sont des intrus.

– Des intrus ? Tu recommences ? Je te fais remarquer que ton Moustapha Kamel a écrit dans l'*Ahram*.

– Je n'ai pas dit que tous les Syriens sont des traîtres. Mais nous ne supportons pas ceux qui crachent sur l'Égypte après y avoir fait fortune.

L'accusation de Makram restait ambiguë. Tous les Syriens n'étaient pas des traîtres, mais n'étaient-ils pas tous des intrus ?

Les éclairages du Belvédère avaient interrompu leur duel verbal. Ils s'accoudèrent à la balustrade pour regarder, à leurs pieds, la cascade qui se brisait au milieu des papyrus. Autour de la pièce d'eau, deux mille cinq cents becs de gaz faisaient une ceinture de feu. Encore une folie du khédive Ismaïl...

Georges s'était bien gardé de rapporter à Makram ce que le colonel Simpson avait dit à son père quelques semaines plus tôt : « Finalement, c'est à cause de vous, les Syriens, que l'Angleterre est si impopulaire dans certains milieux égyptiens. Nous vous avons nommés à des postes de responsabilité et cela ne nous a pas été pardonné. Si les coptes et les musulmans acceptent d'avoir des supérieurs anglais, ils ne supportent pas d'être supplantés par des Levantins... »

Derrière les baobabs, dans le kiosque à musique, un orchestre militaire jouait ses dernières notes de la soirée.

– Même la musique est anglaise ! grommela Makram quand ils s'engagèrent dans l'allée sombre qui conduisait au pavillon de photographie.

Plusieurs membres de sa famille avaient vu leur carrière compromise par l'occupation britannique. Pendant très longtemps, ces comptables coptes s'étaient transmis, de génération en génération, des méthodes de calcul ésotériques qui leur assuraient un contrôle sur les écritures de l'État. En introduisant des systèmes plus modernes, les Anglais avaient bouleversé les règles du jeu. Un garçon comme Makram qui, en d'autres temps, aurait bénéficié de la science de son père et de ses oncles se voyait contraint de décrocher un diplôme de comptabilité.

– C'est vrai, dit Georges, cette musique anglaise est insupportable. Je préfère de loin la française.

– Ça ne me fait pas rire, marmonna le copte.

– Reconnais tout de même que les Anglais ont mis de l'ordre dans le pays.

– A quel prix ! L'Égypte n'arrête pas de perdre son âme, en même temps d'ailleurs que ses fils : sais-tu que trois enfants de fellahs sur cinq meurent avant d'avoir atteint l'âge adulte ?

– Je ne vois pas le rapport...

– Tu ne vois jamais le rapport !

Ils furent interrompus par de sourdes détonations, aussitôt suivies de traînées lumineuses dans le ciel. C'étaient les feux d'artifice annonçant la fête du Nil le lendemain matin.

– Rentrons, dit Makram. Je dois me lever tôt pour assister à la cérémonie.

Chaque année, à un jour désigné du mois d'août, une foule immense se massait en face de l'île de Roda, en présence du khédive. Avant de libérer les eaux, on jetait dans le fleuve un bloc d'argile représentant une forme humaine : c'était « la poupée du Nil » qui remplaçait la jeune vierge sacrifiée jadis pour favoriser l'inondation des terres.

Sur un signe du khédive, la digue était rompue à coups de pioche. On voyait alors des dizaines d'hommes et d'enfants plonger dans le fleuve, au milieu du courant, tandis que l'artillerie crépitait et que le canon de la Citadelle annonçait à toute la ville que le Nil était parvenu à son niveau habituel.

La digue était rompue, chaque année, à tour de rôle, par les musulmans, les coptes et les juifs. 1901 marquait le tour des coptes, mais ce n'était pas la raison pour laquelle Makram voulait aller à Roda : il aimait simplement voir, au milieu de son peuple, le jeune khédive Abbas qui, comme lui, détestait les Anglais.

– Je regrette, dit le copte, de n'avoir pas été présent l'autre jour quand des jeunes gens enthousiastes ont dételé les chevaux d'Abbas pour conduire eux-mêmes sa voiture jusqu'à la mosquée Sayedna el Hussein.

Georges était stupéfait :

– Toi, un chrétien, tu aurais conduit le khédive à la mosquée ?

Le copte répliqua d'une voix sourde :

– Quand il s'agit de l'Égypte, je peux être musulman.

5

12 mai 1925

Pour faire plaisir à André qui en voulait un compte rendu détaillé, j'ai dû me taper de bout en bout ce « Congrès catholique de la famille ». Quel bazar !

Plus de douze mille personnes ont été réunies au collège des frères à Daher. Il paraît que c'était la rencontre la plus importante de ce genre jamais organisée en Égypte, et même dans tout l'Orient. L'objectif, si j'ai bien compris, était de défendre la Famille, mais aussi de prouver l'union des différents rites et la force de l'Église catholique en Égypte.

Près de cinq mille élèves des différents collèges et pensionnats étaient arrivés sous la conduite de leurs maîtres, religieux et religieuses. Toute concurrence, pour une fois, était abolie entre jésuites et frères, Sacré-Cœur et Mère de Dieu, Délivrande et Bon Pasteur... Sur de grands écussons fixés à des mâts ou aux troncs d'arbres, figuraient des passages des saintes Écritures relatifs à la bonne éducation des enfants. J'ai eu les larmes aux yeux en entendant cette foule immense entonner « Nous voulons Dieu », accompagnée de la fanfare des frères. Mais le congrès lui-même, qui a duré une semaine, avait de quoi dissuader définitivement du mariage... et donner une crise d'apoplexie à l'oncle Edmond : faites des enfants, faites des enfants...

*

Michel envoya à André quelques extraits de l'intervention la plus remarquée, celle d'un certain conseiller Midan (probablement un juriste haut placé des tribunaux mixtes) :

« La perpétuation de l'espèce, disait cet éminent orateur, ne doit pas être assurée avec mesquinerie mais largement, abondamment, car sur les berceaux les mieux gardés la mort peut fondre soudain. Et alors, devant le berceau unique que la sinistre visiteuse vient de vider, il arrive que les bonnes volontés renaissantes soient trop tardives et que l'organisme, usé jusque-là en des restrictions volontaires et des plaisirs stériles, ne retrouve plus les forces réparatrices... » Condamnant le flirt, le « mariage-passion », les nouvelles toilettes féminines, les nouvelles danses, l'abolition du chaperonnage et que sais-je encore, le conseiller Midan concluait : « Sous le signe satanique de la débauche glorifiée dans son accomplissement et dans toutes les excitations et les relâchements qui y mènent, le monde de cette heure-ci ressemble, hélas ! à un immense lupanar. »

J'ignore si le conseiller Midan connaissait Maguy Touta. Il aurait certainement désapprouvé le voyage de ma grand-tante en Europe l'année suivante. Un voyage dont elle garderait un souvenir inoubliable...

*

Étendue sur le dos, la poitrine dénudée, Maguy riait aux éclats, tandis que Georges, joignant le geste à la parole, fredonnait une chanson qui venait de conquérir la France :

Elle avait de tout petits tétons
Que je tâtais à tâtons...
Valentine, Valentine...

De la fenêtre ouverte, on apercevait un soleil orange, immense, à demi couché dans la baie de Cannes. La terrasse de l'hôtel débordait de fleurs.

Ce voyage en Europe avec son beau-frère, Maguy en rêvait

depuis des années, sans oser le suggérer. Georges était tellement soucieux de cacher leur liaison... Un jour, malgré toutes ses précautions, n'avait-il pas failli se trouver nez à nez avec Michel, au pied de l'immeuble de la rue Kasr-el-Nil ?

Mais, en ce printemps 1926, le hasard avait bien fait les choses. Maguy était invitée à Lille par les Dhellemmes, alors que Georges faisait justement un voyage d'affaires à Paris. Inventant un prétexte, elle avait quitté ses hôtes quelques jours plus tôt que prévu pour aller le rejoindre sur la Côte d'Azur.

Georges effleura de ses lèvres un sein de Maguy. Non, elle n'avait pas de petits tétons, mais deux superbes aréoles amarante dont les pointes se dressaient à la moindre caresse. A trente-neuf ans, Maguy Touta restait un merveilleux animal, fait pour l'amour.

Elle avait désormais les cheveux coupés à la lapone, nuque rasée et frange sur le front. Ses lèvres étaient tantôt rouges, tantôt violettes, parfois même vertes. Cela allait au-delà d'une simple mode vestimentaire : depuis qu'elle avait lu avec passion *La Garçonne* de Victor Margueritte, Maguy n'en finissait pas de ressembler à l'héroïne...

– Pauvre Édouard Dhellemmes, son épouse lui en fait voir de toutes les couleurs ! dit-elle à Georges, tandis qu'elle enfilait une robe audacieuse qui s'arrêtait au-dessus du genou.

– Je sais. Cette femme est une vraie glacière.

– Elle lui a encore fait une scène épouvantable après son dernier voyage au Caire. Comme s'il la trompait avec l'Égypte...

Un soir de mai 1916, Maguy s'était offert ce Français de vingt-cinq ans, dans son appartement de la rue Kasr-el-Nil. Une simple passade. La gaucherie du jeune homme l'avait incitée à en rester là. Édouard lui-même ne chercha jamais à se faire reprendre par cette lionne inassouvie. Mais il l'aimait bien, et c'était avec joie qu'il venait de l'accueillir à Lille dans sa maison grise du boulevard Vauban.

– Tu ne vas pas profiter de ce voyage pour aller voir ton fils André à Lyon ? demanda Maguy qui repeignait ses lèvres violettes devant la glace.

– Non.

– Ça lui ferait certainement plaisir...

– Non.

– Tu as tort, Georges.

– Sais-tu qu'il est huit heures ? Si nous tardons trop, ils ne vont plus nous servir à dîner. Ces Français vivent avec une horloge dans la tête.

En descendant vers la terrasse, où chaque table était éclairée par une lampe vénitienne, Georges ne pensait pas à André mais à sa femme Yolande. Il lui choisirait un bijou, place Vendôme. Sans doute aussi un parfum. Et des foulards de soie...

Il irait les acheter en compagnie de Maguy qui connaissait bien les goûts de sa sœur. Elle-même avait diverses courses à faire à Paris. Son frère Edmond, en particulier, l'avait chargée de l'achat d'un chronomètre spécial, avec sonnerie sur gong actionnée par un poussoir.

Car Edmond Touta se méfiait des statistiques sur la démographie égyptienne. Ne pouvant vérifier les tableaux officiels, il se livrait à de petits exercices parallèles. Ainsi, chaque année à la même date, cet original se postait devant le pont Kasr-el-Nil et y passait six heures d'affilée pour compter les passants dans les deux sens. Les divers calculs auxquels il procéderait lors de la prochaine expérience exigeaient un chronomètre très particulier qu'on ne trouvait, paraît-il, que dans un magasin spécialisé du boulevard de la Madeleine, à Paris...

Quant à Michel, il avait demandé à sa tante de lui acheter un ouvrage illustré sur les années d'avant guerre à Châtel-Guyon. Cette station thermale l'intéressait beaucoup depuis qu'il avait appris que le sultan Hussein y faisait autrefois une cure annuelle.

*

Parlant du Michel de cette époque, Maguy m'a dit un jour :

– Il était le contraire de son père. Il n'avait pas les pieds sur terre. Et je crois qu'il n'aimait pas les femmes...

Cette dernière affirmation, bien que venant d'une spécialiste de la chose, mérite d'être nuancée. On peut seulement constater que le troisième cahier du journal ne contient pas la moindre présence féminine. Ce cahier se termine à l'été 1926. Michel a alors vingt et un ans. Et il regarde résolument en arrière.

10 juillet 1926

Dans de grandes chemises, je classe tout ce que je glane sur Hussein Kamel. Peut-être écrirai-je un jour la biographie de ce sultan météore que tout le monde semble avoir déjà oublié.

Plusieurs mois avant sa mort, le sultan pressentait que son fils Kamel el Dine ne pourrait lui succéder. Il craignait ainsi d'être le fossoyeur de la dynastie de Mohammed Ali. Cette idée l'obsédait d'autant plus que l'Aga Khan avait déjà essayé, en 1914, de monter sur le trône d'Égypte.

Dans ses mémoires, le Dr Comanos pacha assure que le sultan l'avait appelé discrètement, six mois avant sa mort, en lui demandant de l'examiner. « Jurez-moi sur votre Évangile que vous me direz toute la vérité. » Comanos jura. Il fut obligé ensuite d'avouer à Hussein que sa maladie était incurable.

Deux jours plus tard, Comanos est convoqué par le haut-commissaire britannique, lord Wingate, qui lui demande des informations sur la santé du souverain. Le bon médecin joue les effarouchés. Ses chichis sont balayés d'un revers de la main : « Vous savez bien que le secret médical n'existe pas dans ce pays. » Comanos livre alors tout ce qu'il sait. A l'en croire, le haut-commissaire se prend alors la tête dans les mains « et se met à pleurer », en disant : « Quel malheur ! Quel malheur ! L'Angleterre perd avec lui le plus sincère et loyal ami. Je vous assure que moi-même je l'aime comme un frère. »

Le haut-commissaire devait être un peu comédien. A moins que Comanos n'ait délibérément rallongé la sauce... Ce Grec n'était pas le seul, en tout cas, à connaître l'état de santé du sultan. Celui-ci comptait en 1917 six autres médecins consultants, dont le Dr Brossard qui, selon papa, informait l'agence de France.

QUATRIÈME PARTIE

Un bey de première classe

1

Sémoditchek avait fait son apparition chez les Batrakani au début des années vingt. Georges, qui commençait à peine à régler ses problèmes de feutrage et de teinture des tarbouches, se heurtait à une très forte concurrence étrangère. Si le marché d'avant guerre avait été monopolisé par les Autrichiens, c'étaient des firmes tchécoslovaques qui raflaient maintenant la plus grande part du gâteau.

– Ces maudits Tchèques ! lançait immanquablement mon grand-père dès que la conversation dominicale portait, de près ou de loin, sur le tarbouche.

Rachid, le *soffragui*, finit par demander discrètement à Yolande :

– Le *khawaga* parle toujours de *Sémoditchek*. Qui est ce monsieur ?

Le mot amusa la famille pendant des semaines. Puis il entra dans le vocabulaire. Georges Batrakani lui-même finit par l'adopter. « *Sémoditchek*, disait-il, a encore obtenu une grosse commande à Alexandrie. » Ou : « D'après mes informations, *Sémoditchek* lancerait un nouveau modèle à l'automne. »

Pour ne pas être balayée par cette redoutable concurrence, la maison Batrakani devait maintenir des prix de vente très bas. Parallèlement, Georges avait changé son fusil d'épaule pour tenir compte de la forte poussée nationaliste. Ses tarbouches s'étaient brusquement égyptianisés au début de 1923. Plus question de « Fabrication à la française ». Les nouveaux modèles portaient seulement la mention « Made in Egypt », et leurs noms avaient changé : le *Versailles* était remplacé par le

Malaki, le *Marseille* par le *Damanhour*, et le *Clemenceau* par le *Biladi*.

Mais cette politique donnait de maigres résultats. Avec dix mille tarbouches péniblement vendus en 1925, Georges rentrait tout juste dans ses frais. Heureusement, il ne comptait pas sur la fabrique de Choubra pour vivre !

Cette année-là, Mustapha Kemal engagea en Turquie une guerre sans merci contre le fez. Il commença par ajouter une petite visière à la coiffure que portaient ses soldats, puis entreprit une tournée en province pour convaincre la population d'adopter le chapeau à l'occidentale. Ataturk se présentait tête nue, un panama à la main. Nous avons besoin, expliquait-il, d'une tenue civilisée et internationale. Le fez n'existe chez nous que depuis un siècle ; il n'est pas d'origine turque mais grecque, et n'a aucune signification religieuse.

Les paysans hochaient poliment la tête mais n'en croyaient rien. Leurs chefs religieux leur disaient exactement le contraire : la visière du chapeau occidental était le signe de l'impureté chrétienne, la crainte du regard de Dieu. D'ailleurs, le rebord de ce chapeau empêcherait le croyant de toucher la terre avec son front, et il n'était évidemment pas question de prier tête découverte.

Incapable de convaincre, Ataturk se mit à contraindre. Il décréta que le port du fez était une atteinte à la sûreté de l'État. Malheur au citoyen qui violait la loi ! Des policiers se jetaient sur lui pour le décoiffer, avant de piétiner son bonnet de feutre. Les récalcitrants étaient brutalisés et emprisonnés. Certains finissaient même devant le peloton d'exécution ou au bout d'une corde.

Georges Batrakani avait observé ces événements d'assez loin. Le fez n'était pas son rayon. Il avait déjà assez de mal à mettre au point un tarbouche à l'égyptienne... Pourtant, la manière dont Ataturk avait noyé dans le sang ce bonnet frère ne lui disait rien de bon.

Des réactions diverses se manifestaient d'ailleurs dans les pays de l'ancien Empire ottoman. Au Caire, un hebdomadaire de langue française, *L'Illustration égyptienne*, lança en février

1926 « une enquête sensationnelle sur le tarbouche » avec envoi de questionnaires à un certain nombre de personnalités sur le thème : « Pour ou contre ? Lequel des deux camps va gagner la bataille ? Celui des modernes, assoiffé d'hygiène et surtout de gestes symboliques, ou bien le camp des traditionalistes et des poètes qui voudraient, eux, ne sacrifier qu'à demi un costume séculaire et plus élémentaire ? »

– Je ne comprends rien à ce charabia, dit mon grand-père quand Michel lui montra la revue. De quoi se mêlent ces emmerdeurs ?

L'Illustration égyptienne commença à publier quelques réponses, les unes opposées, les autres favorables au tarbouche. Georges jugea les premières scandaleuses et les secondes d'une faiblesse affligeante. Il bouillonnait.

– Je vais écrire, moi, aux rédacteurs de ce torchon. Mais ils ne publieront certainement pas ma lettre.

– Pourquoi ne les rencontrerais-tu pas ? suggéra Michel qui connaissait l'un de ces journalistes amateurs.

– Ils n'ont qu'à frapper à ma porte ! lança Georges avec hauteur, laissant son fils ménager l'entrevue.

Les rédacteurs de *L'Illustration égyptienne* trouvèrent l'idée épatante, se reprochant de n'y avoir pas pensé eux-mêmes. Ils décidèrent d'aller tous ensemble chez mon grand-père – ce qui ne faisait guère que quatre personnes, en comptant le rédacteur en chef et l'administrateur général. Il les reçut à son bureau de l'Opéra.

– Monsieur Batrakani, nous ne vous demandons pas si vous êtes pour ou contre le tarbouche...

– Vous avez raison, répondit Georges assez sèchement, car le débat n'existe pas.

Il ménagea son effet en allumant lentement un cigare, avant d'envoyer trois ronds de fumée au plafond.

– Mais non, messieurs, le débat n'existe pas. Car le tarbouche, voyez-vous, n'est pas seulement un couvre-chef. C'est un emblème, un symbole. Discute-t-on de la couleur du drapeau national ? Il y a des choses avec lesquelles on n'a pas le droit de jouer.

Georges, lui, jouait à merveille. Il s'érigeait en gardien du Temple, préposé aux objets sacrés. Il n'ignorait pourtant pas qu'au Caire certains trouvaient bizarre, pour ne pas dire choquant, que le chapeau national fût fabriqué par un Syrien, chrétien de surcroît.

L'un des journalistes intervint :

– Le tarbouche n'est pas un chapeau national puisqu'il est porté aussi par des étrangers.

– C'est stupide ! Les étrangers dont vous parlez ne portent pas le tarbouche quand ils sont à Londres ou à Paris. Ils le portent en Égypte, parce qu'ils en ont compris le sens et parce qu'ils l'apprécient. Le tarbouche permet à un Européen de s'intégrer en Orient. Et, à l'inverse, il autorise un Oriental à adopter le complet-veston sans perdre sa spécificité.

Renonçant à poursuivre un débat de fond dans lequel ils avaient l'impression de s'engluer, les visiteurs changèrent de registre.

– Le tarbouche n'est pas adapté au climat de l'Égypte, lança l'un d'eux avec une certaine vivacité. Il fait transpirer, provoque des maux de tête, favorise sans doute la calvitie...

– Et il donne des hémorroïdes, je sais !

– Monsieur Batrakani, vous êtes bien obligé de reconnaître qu'en été le tarbouche est un calvaire. Les gens passent leur temps à le retirer et à s'éponger le crâne avec un mouchoir.

– Et alors ? Si vous saviez ce que c'était au siècle dernier ! Le tarbouche de jadis, moins haut et plus mou que celui d'aujourd'hui, n'était pas doublé. On devait porter en dessous une petite calotte blanche pour empêcher la teinture rouge, noyée de transpiration, de tacher les cheveux et le front. Savez-vous que cet ancien tarbouche devait être repassé tous les jours ? Ce sont les Anglais qui ont introduit le tarbouche actuel : doublé de paille, il a le mérite de ne pas se déformer et de n'exiger qu'un seul repassage par semaine. Voilà des informations intéressantes, historiques ! Voilà des informations que devrait publier une éminente revue comme la vôtre, au lieu de soulever de faux débats.

Sans se laisser démonter, l'un des jeunes gens revint à la charge :

– Justement, le tarbouche n'a-t-il pas perdu tout son sens ? Avant, il était entouré d'un turban, ce qui le rendait plus harmonieux et plus stable. Aujourd'hui, ce pot de fleurs posé sur le crâne roule par terre à la moindre secousse...

– Je ne vous autorise pas à parler de pot de fleurs ! Ni d'ailleurs à déformer l'Histoire. Le tarbouche a été introduit en Égypte par Ibrahim pacha, au début du siècle dernier, pour remplacer le turban qui était trop lourd et trop encombrant. C'était, cher monsieur, un facteur de modernité. Notez bien ce mot : modernité. Dans le même temps, Ibrahim avait fait briser les pipes des militaires, remplacer les sofas des tribunaux par des chaises et nettoyer les rues deux fois par jour.

– Revenons à notre sujet, monsieur Batrakani. Je vous pose une question simple : le chapeau européen n'est-il pas plus seyant et plus pratique que le tarbouche ?

Georges hocha la tête plusieurs fois d'un air désolé :

– Si vous posez côte à côte sur une table le chapeau européen et le tarbouche, peut-être le premier l'emporterait-il. Mais mettez-les sur la tête, et vous verrez la différence ! Chers messieurs, le tarbouche est un objet vivant, un objet qui parle. Regardez comme il se tient droit sur la tête des gens très sérieux, ceux qui ne veulent pas se faire remarquer. Chez les élégants, en revanche, il est presque toujours incliné sur le côté. A droite ou à gauche, selon les goûts et la personnalité. Mais si le tarbouche penche en arrière, son propriétaire fait généralement partie de la race des viveurs.

– Et en avant, monsieur Batrakani ? demanda l'un des jeunes gens sur un ton ironique.

– Quand le tarbouche penche en avant, dit Georges en le transperçant du regard, vous pouvez être sûr d'avoir affaire, soit à un imbécile, soit à un malappris.

Ils éclatèrent de rire.

– Ça, vous ne l'écrirez pas. Je ne voudrais pas perdre une partie de ma clientèle...

– Mais vous-même, monsieur Batrakani, comment portez-vous le tarbouche ? demanda le rédacteur en chef.

Les sentant de plus en plus intéressés, Georges sortit le grand jeu :

– Moi, voyez-vous, je ne le porte pas, je me laisse porter par lui. Ou, par eux, pour être plus précis : car j'ai à la maison, comme toute personne qui se respecte, tout un lot de tarbouches, de différentes teintes, adaptés à chaque circonstance, et je dirais à chaque humeur...

Dix minutes plus tard, il parlait encore, entre deux volutes de fumée, et ses interlocuteurs prenaient fébrilement des notes :

– Le tarbouche, messieurs, fait partie du paysage de l'Égypte, au même titre que le sphinx ou les pyramides. N'avez-vous jamais vu un mendiant, à bout d'arguments, toucher le tarbouche de son interlocuteur pour en enlever symboliquement la poussière ? A votre place, j'écrirais que c'est un objet de première nécessité : il ne devrait pas être taxé mais subventionné.

L'interview de Georges Batrakani parut la semaine suivante, en conclusion de l'enquête, sous un gros titre. Le soir même, chacun des journalistes reçut à son domicile un *Malaki* de la meilleure facture, accompagné de consignes d'entretien.

2

Mon grand-père avait pour ami un haut fonctionnaire syrien du palais qu'il connaissait depuis l'enfance. Celui-ci ne manquait jamais de lui faire un petit salut, de la fenêtre baissée de son automobile, lorsque le cortège du roi traversait la place de l'Opéra. Dans ces cas-là, Georges se tenait au balcon du bureau et répondait d'un grand geste de la main.

Le haut fonctionnaire eut la bonne idée de montrer au roi l'interview de *L'Illustration égyptienne*. Fouad, qui détestait les fantaisies républicaines d'Ataturk, trouva la réponse bien envoyée et décida de récompenser ce Georges Batrakani : le lendemain, il le faisait bey de première classe « pour services exceptionnels rendus à l'industrie locale » et l'invitait, avec son épouse, à une réception au palais d'Abdine.

La nouvelle se répandit dans la famille comme une traînée de poudre. Le téléphone n'arrêtait pas de sonner, les télégrammes de félicitations affluaient. Georges était aux anges. Il entendait son chauffeur, ses domestiques et ses employés lui donner du *saat'el bey* à tout bout de champ. Il fit refaire ses cartes de visite et la plaque de cuivre à l'entrée de sa maison. Il écrivit aux divers annuaires et associations pour signaler l'événement. Il n'était plus tout à fait le même homme : il s'appelait désormais Georges bey Batrakani.

– Jusqu'ici, ma chérie, dit-il à Yolande, tu n'étais que la sœur d'un comte de mes fesses. Maintenant, tu es la femme d'un vrai bey, un bey de première classe !

Henri Touta était peut-être jaloux de son beau-frère, mais

il n'en montra rien, lui lançant aimablement, le dimanche suivant, au dîner donné en son honneur :

– Mon cher Georges, *Audaces fortuna juvat* ! Tu es sur la bonne voie : à quand le titre de pacha ?

Mon grand-père fut très sensible à la remarque. Pour cacher son trouble, il raconta l'une des histoires qui avaient enchanté son enfance :

– En janvier 1863, Saïd pacha, très affaibli, ne devait pas passer l'hiver au dire de ses médecins. Son neveu Ismaïl attendait le dénouement avec une impatience grandissante. Et, de crainte que le trône ne lui échappât, il avait promis une promotion à celui qui, le premier, lui annoncerait la mort du vice-roi : ce messager serait bey ; ou, s'il l'était déjà, deviendrait pacha.

« Opéré d'un anthrax, Saïd avait été transporté dans le kiosque de l'un de ses palais d'Alexandrie. C'était, autour de lui, un va-et-vient incessant de médecins, de parents et de courtisans. Au Caire, le prince héritier avait chargé le directeur du transit, Bessy bey, de rester nuit et jour au télégraphe pour lui apporter immédiatement la dépêche annonçant la mort de son oncle.

« Au bout de quarante-huit heures, ne voyant rien venir et tombant de fatigue, Bessy bey demande à l'un de ses employés de prendre la relève. Il lui laisse sa voiture et l'enjoint de l'avertir aussitôt s'il y a du nouveau, en lui promettant une récompense de cent talaris.

« La dépêche arrive. L'employé s'en saisit, se précipite dans la voiture de Bessy bey et ordonne au cocher de se rendre... au palais du prince héritier. Là, il se jette aux pieds d'Ismaïl et lui annonce l'heureuse nouvelle. Ravi, celui-ci lui promet le titre de bey.

« Profitant de l'agitation qui règne dans la pièce, l'employé récupère la dépêche et court réveiller Bessy bey. Lequel lui donne, comme prévu, les cent talaris et se précipite à son tour au palais, se voyant déjà pacha. Arrivé sur place, le directeur du transit s'aperçoit qu'il a été joué. Furieux, il se rend chez son subordonné pour lui demander des comptes. Celui-ci l'accueille très froidement : "Parlez-moi avec respect, s'il vous plaît. Savez-vous que je suis bey moi aussi ?"

*

C'était la première fois que mes grands-parents pénétraient à Abdine. Pour construire ce somptueux palais en plein cœur du Caire dans les années 1860, le khédive Ismaïl avait fait exproprier plusieurs centaines d'habitations et confié l'aménagement intérieur à des décorateurs turcs, français et italiens.

Les Batrakani, en tenue de soirée, gravirent avec émotion l'immense escalier d'albâtre. Ils étaient encadrés par les lanciers de la garde, des géants en uniforme bleu, à plastron écarlate, dont un jeu de miroirs reproduisait l'image à l'infini. Selon l'usage, Yolande avait gardé sa main droite dégantée pour pouvoir saluer le roi.

Le salon du canal de Suez brillait de tous ses feux. Ils y furent accueillis avec une exquise politesse par Saïd Zoulfikar pacha, le grand chambellan, très élégant dans sa *stambouline* au revers de soie verte :

– Sa Majesté tient à vous connaître, monsieur Batrakani. Les présentations seront faites tout à l'heure.

Georges serra chaleureusement la main du haut fonctionnaire syrien à qui il devait sa nomination. Celui-ci leur commenta chacun des lourds tableaux qui ornaient la pièce et qui représentaient des bateaux traversant le canal. Des domestiques en *chirwals* rouges brodés d'or passaient parmi les invités avec des plateaux en argent chargés d'orangeades et de petits fours.

Le roi ne fit son entrée au salon qu'une demi-heure plus tard. Mais il en ressortit aussitôt, donnant le bras à l'épouse du ministre de France, pour se rendre à la salle à manger. Tous les invités les suivirent. Yolande, un peu déçue, faillit remettre son gant.

Ce fut un souper au pas de charge. D'innombrables *soffraguis* se tenaient derrière les convives, faisant valser les assiettes, comme s'ils avaient reçu pour consigne d'accélérer la marche du temps. Moins d'une heure plus tard, le roi était de nouveau dans le grand salon et se faisait présenter certains invités.

C'était un homme petit, bedonnant, au visage carré. Il avait la main gauche enfoncée dans la poche de sa *stambouline* noire, tandis qu'une canne de bois précieux était accrochée à son avant-bras. Quand mes grands-parents s'approchèrent, conduits par Zoulfikar, Fouad conversait avec Betsy Takla, l'une des femmes les plus en vue de la communauté grecque-catholique. Belle-fille du fondateur d'*Al Ahram*, cette Syrienne passait pour une puissance politique au Caire : elle avait dirigé le prestigieux journal avec maestria après la mort de son mari, en attendant que son fils Gabriel puisse prendre la relève. Celui-ci, un léger sourire sur les lèvres, écoutait le roi dire à sa mère tout le mal qu'il pensait des dirigeants du Wafd. Une pierre dans le jardin de Gabriel qui s'était fait élire député sur une liste wafdiste...

Le roi détestait le parti de Saad Zaghloul qui venait de remporter la majorité à la Chambre. Sa seule consolation était d'avoir écarté le leader nationaliste du gouvernement en novembre 1924 après l'assassinat au Caire du sirdar britannique, sir Lee Stack.

Voyant approcher les Batrakani, Gabriel Takla lança familièrement un « *Mabrouk ya bey* ! » qui causa infiniment de plaisir à mon grand-père.

Puisque les Takla se chargeaient des présentations, Zoulfikar en profita pour aller à la rencontre d'un vieux pacha, à moitié aveugle, en uniforme noir et or, l'épée sur le côté, qui semblait chercher son chemin.

Fouad parlait français avec un léger accent italien contracté à l'Académie militaire de Turin où il avait fait ses études. Il adressa quelques phrases banales aux Batrakani, sans aucune allusion aux tarbouches. Georges finit par se demander s'il avait vraiment eu connaissance de ses activités... Soudain, le roi poussa une sorte de cri rauque qui fit sursauter Yolande.

Heureusement, elle était un peu en retrait et son geste de frayeur passa inaperçu. Fouad recommença d'ailleurs à parler avec Betsy Takla comme si de rien n'était, tandis que Zoulfikar approchait avec le vieux pacha qu'il soutenait par le bras.

Georges fusilla sa femme du regard. Elle était impardonnable ! Ne l'avait-il pas mise plusieurs fois en garde contre cet incident prévisible ? Personne au Caire n'ignorait l'infirmité du souverain. Ses visites dans les écoles étaient toujours précédées d'un avertissement aux élèves, invités à ne pas broncher en cas d'aboiement royal.

L'affaire remontait au printemps 1898. Fouad était alors marié à la princesse Chivekiar qui l'accusait d'être autoritaire et violent. Un beau jour, elle se réfugia au palais de ses parents à Kasr el Aali. Fouad alla aussitôt la rechercher avec une escouade de policiers.

Dès lors, Chivekiar fut quasiment enfermée au domicile conjugal. Elle finit par envoyer une lettre désespérée à son frère Seiffedine qui, en la lisant, devint fou de rage. Il courut jusqu'au Club Mohammed Ali où le prince Fouad était en train de jouer au billard et fit irruption dans la pièce, pistolet au poing. Son beau-frère l'aperçut. Une course folle s'engagea autour de la table, interrompue par plusieurs détonations. Une première balle atteignit Fouad au poumon, une deuxième à la fesse, tandis qu'une troisième pénétrait dans sa gorge. C'était à cause de cette dernière balle, impossible à extraire, que le roi poussait régulièrement ce cri bizarre qui allait donner des cauchemars, pendant une semaine, à l'épouse de Georges bey Batrakani...

Avec des gestes délicats, les adjoints de Zoulfikar faisaient avancer les invités vers le théâtre où une troupe française devait jouer *La Cagnotte* de Labiche. Plusieurs centaines de chaises dorées étaient alignées dans cette salle imposante, flanquée de colonnes et de lustres à pendeloques. La reine Nazli, deuxième épouse de Fouad, qui lui avait donné un héritier en 1920, assistait à la représentation dans une loge grillagée.

Bien assis, la mine épanouie, Georges ne suivait pas un mot de la pièce. Il était bey. Depuis sa nomination, il voyait l'Égypte avec d'autres yeux. A quarante-six ans, il se sentait tout à fait chez lui désormais, intégré et respecté. Égyptien ? La question ne se posait même pas. Qui était vraiment égyptien dans cette assistance ? Le roi, d'origine albanaise, élevé en Italie, parlait mal l'arabe. La reine était l'arrière-petite-fille d'un Français...

En donnant une interview à *L'Illustration égyptienne*, Georges Batrakani avait voulu faire un peu de mousse. Maintenant, il repensait à ses propos avec gravité, leur trouvant beaucoup de justesse. Le tarbouche n'était-il pas le dénominateur commun de ce pays cosmopolite où chacun avait sa place ? Bey aujourd'hui, qui empêcherait Georges d'être pacha demain ?

Maguy, à qui rien n'échappait, lança malicieusement à sa sœur, la semaine suivante :

– Chérie, ton mari a changé d'air. Il n'est plus tout à fait le même depuis sa beytification.

3

La famille de mon père, elle, était à mille lieues des beys et des pachas...

– Qu'est-ce que la France ? demandait la voix sévère, de l'intérieur du WC.

Perché sur son tabouret, les jambes ballantes, Sélim Yared ânonnait :

– La France est notre patrie, c'est la patrie de nos pertes...

Un violent coup de règle, administré sur la porte, le fit sursauter :

– La patrie de nos pères, *ya fellah* !

Sélim poussa un profond soupir puis reprit sa litanie. Il détestait cette manière qu'avait son frère aîné de le convoquer pendant la « grande ». Rien n'était pire que cet interrogatoire en aveugle. A l'école au moins, on avait le temps de voir la règle s'abattre sur le pupitre ou sur la main. Ici, la surprise était totale. Et, en plus, ça sentait mauvais.

L'explosion de la chasse d'eau le délivra finalement de son calvaire. Il ne lui restait plus qu'à prendre un air faussement studieux et à attendre stoïquement l'engueulade rituelle qui accompagnait l'ouverture de la porte.

– Sur ma vie, si tu ne connais pas ta leçon, tu n'iras pas au cinéma après-demain !

Certains dimanches après-midi, la bonne emmenait Sélim, âgé de huit ans, et son frère Jean, qui en avait six, au cinéma de Daher. La place ne coûtait qu'une piastre, sur les bancs du *terzo*, au pied de l'écran. Un gardien, muni d'un bâton, empêchait ces spectateurs au rabais d'escalader la barrière et d'accéder aux sièges de deuxième catégorie. Quand le film ne lui plaisait pas, le public tapait des pieds en scandant : *Cinema awanta, hatou flousna* (cinéma bidon, rendez-nous notre argent). Le gardien agitait en vain son bâton. On rallumait, on éteignait, et le film reprenait, au milieu des craquements des pépins de pastèque séchés dont on crachait les écorces en visant la nuque du spectateur devant soi...

– Tu entends, espèce de cancre ? Tu n'iras pas au cinéma après-demain !

Roger Yared n'avait que treize ans mais, depuis la mort de son père, il s'était coulé dans le moule du chef de famille. Mima le laissait faire, avec un mélange d'admiration et de crainte devant ses colères. Ce qui ne l'empêchait pas, de temps en temps, de crier à son tour pour prendre la défense des petits.

– Tu vas leur faire attraper une pneumonie ! s'indignait-elle quand son fils aîné obligeait Jean ou Sélim à rester dehors, sur le palier, en plein hiver, à cause d'un mauvais bulletin de notes.

– Couvre-leur la tête, hurlait-il de l'autre bout du corridor : le bonnet d'âne est dans la commode.

Brillant élève lui-même, Roger avait hérité de son père une grande détermination. Mais non cette gaieté permanente et cette sérénité à toute épreuve qui faisaient le charme de Khalil.

La mort de celui-ci avait bouleversé la vie de Mima. Durant trois jours, elle était restée prostrée, comme hébétée. Le médecin lui ayant ordonné de changer de cadre, elle alla se reposer chez les Dames du Bon Pasteur qui étaient aux petits soins pour elle : Mima par-ci, Mima par-là... Dieu sait pourtant si elle les avait choquées, depuis son mariage, avec ses toilettes, sa manière très libre de s'exprimer et cette façon si troublante d'être bien dans sa peau...

Son beau-frère Naaman fut choisi comme tuteur des enfants. Sur ses conseils, Mima se sépara de la deuxième bonne, ne gardant que Fatheya. Avec cinq enfants, elle devait se serrer la ceinture, le petit compte en banque de Khalil risquant d'être rapidement grignoté.

Sélim avait fait sa première année de scolarité au collège patriarcal. La plupart des élèves, appartenant à des familles modestes, connaissaient mal le français. Il était interdit de parler arabe en cour de récréation, et les prêtres donnaient l'exemple. Même ceux, comme le Père Ackaoui, qui étaient loin de briller dans la langue de Bossuet. Ce volumineux ecclésiastique croyait bien faire en traduisant systématiquement des expressions arabes en français. Le robinet de la fontaine étant, pour lui, « la mère de la fontaine », on l'entendait crier de l'autre bout de la cour de récréation :

– Eh, vous là-bas, fermez la mère !

Le Père Ackaoui était chargé de rappeler à l'ordre les élèves qui n'avaient pas réglé leur scolarité. Pour cela, il s'approchait de l'intéressé, en cour de récréation, et lui tapait sur l'épaule avec sa clochette. Plus d'une fois, Sélim avait eu droit à cette réclamation sonore qui le faisait rougir jusqu'au blanc des yeux. Il n'osait trop le dire à Mima, connaissant les difficultés financières dans lesquelles elle se débattait. Il s'adressait plutôt à son frère aîné qui piquait une colère contre « ces voleurs de prêtres » mais allait aussitôt voir l'oncle Naaman pour éloigner la clochette du Père Ackaoui.

Sélim était maintenant au collège de la Salle, à Daher, chez les frères des écoles chrétiennes. Ceux-ci n'enseignaient pas le latin, mais leurs élèves avaient une belle calligraphie – comme on disait charitablement chez les jésuites – et, surtout, savaient compter grâce à un petit bijou : les fameux « Exercices de calcul sur quatre opérations fondamentales de l'arithmétique par une réunion de professeurs ». Guidés par un signal de bois dont les claquements rythmaient toute la vie du collège, Sélim et ses camarades récitaient à longueur de journée, d'une voix traînante : « Deux fois deux quatre, trois fois trois neuf... » Ils apprenaient la France, patrie de leurs pères présumés. Et, le soir, pour chahuter un peu, marchaient au pas dans les ruelles de Daher, en chantant : « Nous voulons Dieu, c'est notre Père... »

Les frères, qui comptaient plus de huit mille élèves en Égypte, affectionnaient les grandes démonstrations, avec drapeaux et défilés. Le collège de la Salle avait repris ses bonnes traditions d'avant guerre, organisant chaque année une séance gymnique et sportive en présence de nombreuses personnalités. Les petits, comme Sélim et Jean, étaient en jersey blanc et ceinture bleue, un béret enfoncé jusqu'aux oreilles. Ils assistaient, les yeux écarquillés, aux combats de gladiateurs, aux jeux d'équilibre sur échasses et aux exercices de boxe française.

Les Très Chers Frères portaient des noms d'une autre planète : Néarque, Solaire, Gervais-Marie, Gordien-Désiré. Contrairement au Père Ackaoui, ils ne risquaient pas d'employer des expressions arabes. Français, ils l'étaient jusqu'au bout de la sandale. L'un d'eux grondait toujours Sélim de la même façon, en lui pinçant l'oreille :

– Tête d'Oriental, va !

Le propriétaire de la tête finissait par se perdre un peu dans toutes ces contradictions. Pas facile de concilier la patrie de ses pères et le regard du Très Cher Frère, ses ancêtres les Gaulois et cet Orient qui lui collait à la peau...

4

Chaque matin, en se réveillant, Georges Batrakani se disait qu'il était bey, et cela lui causait un vif plaisir. Il regrettait seulement que ses parents n'aient pas vécu assez longtemps pour assister à cette promotion. Son père, Élias, mais surtout sa mère, Linda, qui était morte en 1894, alors qu'il avait quatorze ans. Une mort à laquelle mon grand-père ne pouvait s'empêcher de penser régulièrement et dont chaque détail restait inscrit dans sa mémoire. Une mort qui avait été sans nul doute le moment le plus éprouvant, le plus traumatisant de sa vie.

– Il était un peu plus de midi, disait Linda Batrakani d'une voix cassée. Les muezzins venaient d'appeler à la prière du haut de leurs minarets. Nous avons entendu deux coups de canon, suivis d'une immense clameur...

Linda s'était tue pendant trente-quatre ans. Par pudeur, peut-être. Ou pour ne pas troubler ses enfants. Ou, simplement, pour chasser ces faits de sa mémoire... Mais, maintenant que la mort s'approchait d'elle, ses défenses tombaient l'une après l'autre. Elle se laissait aller. C'était comme une plaie purulente, impossible à contenir, qui débordait de toutes parts.

Assise dans son lit, le visage baigné de larmes, cette femme en partance n'allait pas cesser de raconter son histoire pendant six jours et six nuits. Elle la répéterait avec les mêmes mots à chacun de ses enfants bouleversés, comme pour se décharger d'un fardeau avant de monter au ciel...

– Il était un peu plus de midi. Les muezzins venaient d'appeler à la prière du haut de leurs minarets. Nous avons entendu deux coups de canon, suivis d'une immense clameur. Des centaines de soldats ont fait irruption dans le quartier chrétien. Ils étaient suivis de civils musulmans qui brandissaient des cimeterres, des haches toutes neuves et d'énormes tromblons. Derrière eux, il y avait des pillards et des femmes de mauvaise vie qui les excitaient par leurs cris. Arrivés devant l'une de nos maisons, ils en fracassaient la porte. Ils égorgeaient certaines personnes, en emmenaient d'autres, après avoir emporté dans de grandes étoffes tous les objets qui les intéressaient. Puis ils mettaient le feu et passaient à la maison suivante. Malheur aux chrétiens qui tentaient de fuir les flammes ! A certains, on brisait les quatre membres. A d'autres, on déchirait le corps à coups de poignard. D'autres encore étaient pendus par les pieds au-dessus des brasiers...

– Ça suffit, maman, disait Georges. A quoi bon ? Tu te fais du mal.

Mais elle poursuivait, sans l'entendre :

– Et malheur aux femmes enceintes ! Ces bêtes féroces leur ouvraient le ventre et jetaient à terre le fruit de leurs entrailles pour l'écraser d'un coup de talon. Parfois même – Vierge Marie ! – ils le cuisaient sur les flammes à la pointe de leur baïonnette...

– A quoi bon, *ya mama* ? A quoi bon ? implorait Georges, les larmes aux yeux.

Linda Batrakani revenait en arrière et racontait comment les chrétiens de Damas vivaient avant ces événements de 1860. Elle évoquait le tableau enchanteur d'une ville dans la ville, plus riche et beaucoup plus propre que la cité musulmane.

– Haret el Nassara comptait trois mille huit cents maisons. Des négociants, des artisans, des architectes, des médecins... Instruits, bien élevés, les chrétiens avaient des manières douces et polies. Certains d'entre eux, comme mon père, travaillaient au tribunal local : aucun acte, aucun jugement n'aurait pu être rédigé sans eux. D'autres, comme mon oncle Hanna, brassaient des millions de piastres et prêtaient au pacha. Les chrétiens n'avaient pas le droit de posséder des terres. Ils consacraient donc tous leurs revenus à embellir leurs maisons et à couvrir de bijoux leurs femmes et leurs filles.

D'une main exsangue, Linda Batrakani dégageait en tremblant la chaînette qu'elle portait au cou et montrait la petite croix ornée de turquoises – sa seule relique.

– Extérieurement, nos maisons ne payaient pas de mine : il ne fallait pas trop se distinguer. Mais, à l'intérieur, c'était un enchantement. Notre cour était pavée de marbre, avec une fontaine jaillissante, entourée d'orangers et de citronniers. Toutes les portes étaient sculptées, tous les plafonds lambrissés. De notre terrasse, on dominait les jardins de la ville et on apercevait au loin les montagnes dans lesquelles coulaient une multitude de ruisseaux qui faisaient de Damas la ville la mieux arrosée, la plus délicieuse de Syrie.

Linda réclamait un verre d'eau. Georges s'empressait d'aller le chercher, espérant que cette fois l'histoire s'arrêterait là.

– Les chrétiens de Damas étaient doux comme du miel, paisibles comme des agneaux, poursuivait Linda. Jamais aucune de nos maisons n'avait abrité le moindre fusil, le moindre yatagan. Pourquoi ont-ils fait ça ? Pourquoi ? Pourquoi ?

Elle pleurait, et le verre se renversait sur les draps. Georges lui tendait un grand mouchoir blanc :

– Repose-toi, *ya mami*. Dors un peu...

– Mes deux grands frères étaient partis le matin même à cheval, avec d'autres jeunes gens du quartier, pour avertir l'émir Abdel Kader. Ils avaient pressenti le danger en voyant un signe au charbon, inscrit pendant la nuit, sur les portes des maisons chrétiennes. Mon pauvre père, lui, avait voulu rester avec nous. Ces brutes l'ont emmené, après avoir pillé et brûlé notre maison. Je ne l'ai jamais revu...

« Avec mes trois autres frères, mes sœurs aînées et ma mère, nous sommes allés frapper à la porte d'une voisine musulmane. Celle-ci a accepté de nous héberger, moyennant dix pièces d'or. Mais au petit matin, elle a pris peur et nous a chassés. Il ne nous restait plus qu'à partir, en rasant les murs du quartier.

« Nous n'avions pas fait vingt pas que trois hommes armés surgissaient d'une rue latérale. Deux d'entre eux se jetèrent sur mes grandes sœurs qui se mirent à hurler. Ils les chargèrent brutalement sur leurs épaules, malgré les supplications de ma mère. Dans une maison voisine, à quelques pas de nous, ils leur firent subir les derniers outrages, tandis que le troisième homme nous tenait en joue avec un énorme pistolet. Nous entendions les hurlements de mes sœurs, les hurlements...

Linda hurlait elle-même. Georges tentait de calmer sa mère en lui humectant le visage d'eau de rose. Mais la plaie suppurait, inexorablement.

– « Disparaissez, espèce de chiens ! », dit l'homme au pistolet, avant de tirer une balle dans notre direction. Mon frère Kamal tomba à terre, la face en sang. Ma mère nous entraîna en courant jusqu'à la maison de la musulmane que nous venions de quitter. Elle tambourina à la porte en poussant des cris perçants, puis bouscula la voisine pour nous faire entrer. Nous restâmes là, prostrés, pendant plusieurs jours et plusieurs nuits.

Georges était bouleversé par ce récit, mais plus encore par l'idée que sa mère avait gardé le silence si longtemps. De son enfance à Damas, elle ne leur avait révélé jusqu'alors que le côté jardin. Et voilà qu'elle ouvrait brusquement une porte insoupçonnée, donnant sur une boucherie et des décombres. Georges avait, bien sûr, souvent entendu certains adultes parler des massacres de Damas. Mais racontés ainsi, à la première personne – et par quelle personne ! –, ils lui faisaient l'effet d'une énorme secousse. Tout prenait corps et tout prenait sens.

Linda dépliait le mouchoir humide et s'en recouvrait entièrement la tête, de manière un peu étrange, pour poursuivre son récit.

– Dans une grande boutique, ils avaient enfermé des jeunes gens chrétiens. A la porte, des hommes brandissaient des haches. On faisait sortir les jeunes gens un à un pour les questionner : « Veux-tu devenir musulman ? » Celui qui répondait « non » avait aussitôt la tête fendue. Celui qui répondait « oui » était mis à part pour être circoncis. Et malheur à ceux qui hésitaient ! Ils étaient pressés de questions, moqués, insultés, avant d'être abattus d'un coup de hache.

Linda faisait de nouveau le signe de la croix et racontait alors comment l'émir Abdel Kader, auquel elle vouait une reconnaissance éternelle, les avait recueillis, avec trois mille autres chrétiens, dans son palais de Damas. Les massacres n'avaient pas cessé pour autant. Elle donnait cent détails horribles sur des chrétiens crucifiés, des enfants décapités sur les genoux de leur mère...

Maintenant, Georges ne cherchait plus à l'interrompre. On arrivait à la partie la plus belle du récit : l'exode vers Beyrouth, l'accueil des religieux, les soldats français qu'on couvrait de baisers... Et, l'année suivante, l'embarquement pour Alexandrie. La houle, la tempête, les tonneaux d'olives se détachant de leurs chaînes et roulant sur le pont... Mais, au lever du jour, une mer d'huile et un ciel de satin. L'Égypte !

– Tous sur le pont, appuyés au bastingage, nous regardions grossir à l'horizon un ensemble de cubes blancs, de dunes et de palmiers. A l'entrée du port, des barques à voiles s'approchèrent de notre bateau. Leurs occupants nous saluaient en égyptien, et nous leur répondions avec notre accent syrien. Fous de joie, nous aurions aimé leur offrir de l'argent, des pièces d'or. Mais nous n'avions rien, bien sûr. Alors, j'ai dénoué le fichu qui cachait mes cheveux et je l'ai lancé vers eux...

Le visage de Linda s'éclairait :

– A côté de moi, un jeune homme riait aux éclats. Il venait d'Alep. Il était beau comme l'ange Gabriel. Il s'appelait Élias Batrakani.

5

J'ai sous les yeux la savoureuse brochure publiée en 1929 à l'occasion du cinquantenaire du collège de la Sainte-Famille. Il y est notamment question d'un thé d'anciens élèves, donné l'année précédente en l'honneur de Mahmoud Fakhry pacha, gendre du roi. Paul y avait participé, ainsi que Michel. Ce dernier s'en ouvre d'ailleurs largement dans le quatrième cahier de son journal. Cet après-midi musical, dont il m'a parlé plus d'une fois, symbolisait pour lui la période des jours heureux...

Saïd Zoulfikar pacha avait eu une idée charmante, et Michel ne fut pas le dernier à aller l'en féliciter. Ce thé d'anciens renouvelait agréablement le genre. Mon parrain se présenta au grand chambellan qui, sans le connaître, lui serra chaleureusement la main, comme il devait le faire à longueur de semaine, à Abdine, avec des personnages de toutes origines.

Éternel Zoulfikar ! Douze années étaient passées depuis la visite du sultan au collège dont il avait été le principal organisateur. Douze années de drames, d'innovations, de deuils, d'enfantements. Mais le grand chambellan arborait toujours le même sourire et occupait toujours la même fonction au palais. Une fonction qui lui valait apparemment la reconnaissance du monde entier, comme le suggérait la liste de ses vingt-sept décorations : grand officier de l'Empire britannique, grand officier de la Légion d'honneur, grand officier de la couronne de Siam et de la couronne royale de Prusse, grand cordon d'Ismaïl, grand cordon du Nil, grand cordon de la

Nahda du Hedjaz, grand cordon de la Sainte-Trinité d'Éthiopie...

Douze années défilaient dans la tête de Michel. La mort du sultan Hussein. La foule massée sur la place de l'Opéra. Le visage ensanglanté du cocher. Le Wafd. Saad Zaghloul, héros national. Sa femme, au balcon, agitant le drapeau vert. L'Égypte indépendante. Fouad Ier plastronnant, moustaches retroussées. La victoire éclatante du Wafd aux élections de 1924. Zaghloul président du Conseil. Un copte aux Affaires étrangères. L'assassinat de sir Lee Stack. Zaghloul contraint de démissionner. Le voyage de Fouad en Europe. Fouad reçu par le pape. La mort de Saad Zaghloul. Les femmes arrachant leur voile avec des hurlements de douleur. Le Wafd, toujours le Wafd...

Et Zoulfikar, fidèle au poste ! Il avait seulement succédé à Mahmoud Fakhry pacha comme président de l'Amicale des anciens lorsque celui-ci était devenu ministre plénipotentiaire d'Égypte à Paris. C'était précisément à l'occasion du passage au Caire de Fakhry pacha que Zoulfikar avait organisé, ce 5 février 1928, une assemblée générale suivie d'un thé.

La salle des fêtes du collège était pavoisée aux couleurs de l'Égypte, de la France et du Vatican. A la table du Père recteur, on ne comptait pas moins de quatre pachas. L'assistance était truffée de conseillers royaux, de hauts fonctionnaires et de magistrats, dans une ambiance de joyeuse camaraderie.

Michel aperçut son frère Paul, à l'autre bout de la salle, en train de bavarder avec un chirurgien suisse. Paul, vingt-deux ans, toujours élégant et snob. Paul dont la carrière d'avocat s'annonçait brillante. Paul toujours fourré avec des Européens...

Zoulfikar avait bien fait les choses. Le programme de l'après-midi commençait en musique, avec le docteur Édouard Choucair qui sut arracher de jolies plaintes à son violon. Un autre médecin, le docteur Oscar Chidiac, prit la relève pour interpréter avec bonheur une chanson de Botrel. On les applaudit très fort.

Michel souriait d'aise. Il se sentait en bonne compagnie, dans un délicieux cocon. Il avait l'impression de faire partie d'un club de privilégiés au sein duquel les barrières confessionnelles ne comptaient plus. Enfin, presque... Ici, au collège, les rôles s'inversaient, comme jadis en classe : les musulmans, minoritaires, faisaient figure d'invités. L'Égypte était en terre française et pensait en français.

Même la présence de Victor Lévy à une table voisine ne parvenait pas à gâcher le plaisir de mon parrain. Les deux anciens condisciples, brouillés par une fable de La Fontaine, ne s'étaient pas adressé la parole depuis leur sortie du collège, cinq ans plus tôt. Quand ils se croisaient par hasard en ville, au cinéma ou chez Groppi, ils faisaient semblant de ne pas se voir.

Victor Lévy était aux Beaux-Arts, alors que Michel, ayant obtenu sa licence d'histoire, s'interrogeait sur le sujet de sa future thèse de doctorat. Choisirait-il l'ensemble de la vie du sultan Hussein ou seulement ses trente-trois mois au pouvoir ? Chacune des deux formules avait ses inconvénients...

On criait « Chut ! » du milieu de la salle. Joseph bey Cassis, substitut au contentieux de l'État, allait réciter un poème qu'il avait composé pour la circonstance.

Honneur et vertu, telle est la devise insigne
Qui nous vient d'un pacha bien-aimé, bien connu.
Saluons, tout joyeux, ce président si digne,
Et le remercions d'être aujourd'hui venu !

L'assistance souriait, ravie. Pas de doute : l'excellent Joseph Cassis était en verve.

Le roi Fouad premier, notre auguste monarque,
Vous nommant à Paris ministre, ambassadeur,
Donne de son estime une royale marque,
Et le pape à son tour vous nomme commandeur.

Les applaudissements crépitèrent. Mahmoud Fakhry pacha se leva et s'inclina légèrement.

L'Égypte est mieux connue : en chaque capitale,
On fit à notre roi le plus cordial accueil.
Partout le faste et la splendeur orientale :
C'est pour nous, ses sujets, un vrai sujet d'orgueil.

Là, si j'en crois la brochure du cinquantenaire, Joseph Cassis dut s'interrompre pendant une bonne minute pour laisser libre cours aux applaudissements et aux vivats. Il n'avait cependant oublié personne :

Sujet d'orgueil aussi pour la chère Amicale
Qui fut avec le roi partout présente, car
Toujours au premier rang de l'escorte royale
Était le distingué président Zoulfikar !

Le Père recteur se tourna vers le grand chambellan en approuvant de la tête, ce qui relança les ovations...

Les anciens étaient bien ensemble et ne se décidaient pas à se quitter. Fakhry pacha lui-même semblait avoir tout son temps. Quand on se leva de table, un petit groupe se forma autour de lui. Michel s'en approcha au moment où un Belge du Crédit foncier interrogeait l'invité d'honneur sur l'avenir des Capitulations. L'Égypte était-elle vraiment décidée, comme on le disait, à supprimer les privilèges accordés depuis des lustres aux ressortissants d'un certain nombre de puissances étrangères ?

– Ce système n'a plus de sens, répondit d'une voix ferme Fakhry pacha. L'Égypte est quasiment le seul pays à l'avoir conservé. Jadis, ces privilèges et ces immunités devaient permettre aux étrangers domiciliés dans l'Empire ottoman de régler leurs rapports les uns avec les autres, conformément à leurs propres lois, sans intervention du sultan. Mais à mesure que l'Empire s'affaiblissait, ces garanties sont devenues de véritables droits extra-territoriaux.

– N'exagérez-vous pas un peu, monsieur le ministre ?

– Mais non ! Vous savez bien qu'aujourd'hui en Égypte des étrangers de diverses nationalités, complices d'un même crime, sont jugés par des tribunaux différents : chacun par son propre tribunal consulaire, et selon la loi de son propre pays ! C'est absurde.

– Vous voulez donc supprimer les tribunaux mixtes ? lança le Belge.

Fakhry pacha manifesta un léger agacement :

– Qui vous parle de supprimer les tribunaux mixtes ? C'est mon père, figurez-vous, qui présida à leur installation en 1875 quand il était ministre de la Justice ! Je ne veux pas les supprimer, cher monsieur, mais au contraire accroître leurs pouvoirs : c'est d'eux, et non des tribunaux consulaires, que devraient relever les affaires pénales mettant en cause des étrangers. Mais il faudrait aussi que les magistrats égyptiens soient un peu mieux représentés à la tête de ces juridictions !

– Vous admettrez, monsieur le ministre, que les Capitulations ne sont pas la plus grande injustice dont souffre l'Égypte...

– Peut-être, cher monsieur, peut-être. Mais cette injustice-là a l'inconvénient de paralyser le pays. Vous savez bien que le système judiciaire n'est pas seul en cause. N'oubliez pas qu'aucun impôt direct ne peut être appliqué aux étrangers domiciliés en Égypte sans le consentement de toutes les puissances capitulaires. Or, le gouvernement égyptien a besoin de nouvelles sources de revenus...

– Rien ne l'empêche d'établir de nouvelles taxes...

– Encore faudrait-il pouvoir les faire payer aux étrangers et leur appliquer les pénalités correspondantes ! En diverses occasions, les tribunaux mixtes ont interdit au gouvernement de taxer les étrangers.

Le Belge ne se démontait pas :

– Pourquoi attacher une telle importance aux étrangers ? A ma connaissance, l'Égypte ne compte pas plus de cent soixante mille Européens...

Un avocat copte intervint, avec une certaine vivacité :

– Cent soixante mille, dites-vous ? Mais ces cent soixante mille, cher ami, possèdent une grande partie des richesses du pays ! Savez-vous que le septième de la surface cultivée appartient à des étrangers ?

Le Père recteur, craignant que la conversation ne prît un tour trop vif, jugea opportun de libérer Fakhry pacha. Celui-ci, tout sourire, se laissa reconduire jusqu'à son automobile, au milieu des applaudissements.

– Qu'est-ce qu'il a contre les étrangers, ce fellah copte ? grommela Paul Batrakani qui se tenait derrière Michel.

6

Ses grands frères appartenaient à un autre monde qu'elle. Agée de six ans, Viviane ne savait trop comment se situer par rapport à Michel et Paul qui s'exprimaient, s'habillaient et se comportaient comme des adultes. Sans parler d'André, qu'elle n'avait jamais vu, et qu'elle imaginait tantôt en Lucifer, tantôt en saint Pierre à barbe blanche...

Un grand album posé sur les genoux, la fillette était assise au salon, près de Georges Batrakani. Elle pointait son index vers une photo un peu jaunie :

– Et elle, c'est qui ?

– Mais c'est ma pauvre mère, voyons ! Dans l'avenue de Choubra... Regarde : on apercevait les pyramides dans le lointain.

Viviane cherchait en vain quelque chose qui pouvait ressembler aux pyramides. L'image était très floue. Ou alors le photographe avait mal visé...

– Et ce gros garçon, sur l'âne ?

– Tais-toi, c'est ton oncle Nando.

La fillette pouffait. Son père riait à son tour et la serrait dans ses bras. Des instants d'éternité.

A l'âge de cinq ans, Viviane avait failli être emportée par une méningite. Georges s'était alors rendu compte de l'existence de sa benjamine, éprouvant brusquement pour elle un amour fou. Il restait à son chevet des heures entières, faisait appeler le médecin en pleine nuit, le sommant de guérir la petite... Le matin, en allant à la fabrique, il ordonnait au chauffeur de faire un détour par l'église de la Radwaneya, pour y brûler quelques cierges, ce qui ne lui était jamais arrivé jusque-là. L'après-midi, il annulait tous ses rendez-vous et rentrait dare-dare à la maison.

– Où est cet âne de docteur ? criait-il dès l'entrée, en ôtant son tarbouche.

Un mercredi, il lui fut répondu par un braiment : le docteur Debbas, qui avait de l'humour, venait de constater que Viviane était sauvée...

La fillette pointait le doigt sur une autre photographie où un officier européen semblait offrir son meilleur profil :

– C'est le général Simpson ?

– Le colonel Simpson. Et le cheval, à côté de lui, c'est Mme Simpson.

Viviane ne voyait pas de cheval...

A la mort d'Élias Batrakani, en 1920, ses trois enfants n'avaient eu aucun mal à se partager le maigre héritage. Nando lorgnait trois feddans de terre qu'il avait fait acheter à son père du côté de Mansoura. Nini voulait le service d'argenterie. Quant à Georges, il ne s'intéressait qu'à l'appareil photographique, tout couvert de poussière, avec la poire, le soufflet et le trépied.

– Je peux prendre aussi les photographies ? demanda-t-il.

– On te les laisse cadeau, répondit Nando dont la seule préoccupation était le papier imprimé.

Le chauffeur de Georges dut faire deux voyages pour transporter toutes les boîtes à chapeaux dans lesquelles Élias Batrakani avait entassé ses œuvres. Une bonne partie des photos était à jeter. Mais il en restait suffisamment pour remplir neuf gros albums. Quant à l'appareil, remis à neuf et astiqué régulièrement par un domestique, il trônait dans un angle du bureau.

Souvent, le dimanche après-midi, Viviane s'emparait de l'un des albums reliés de cuir havane et demandait à son père de lui en commenter le contenu. Il y avait, entre autres, toute une série de photos de la terrasse du Shepheard's prises de la rue. L'une d'elles montrait Georges enfant, à califourchon sur l'un des deux petits sphinx. Un souvenir inoubliable pour lui :

c'était la seule fois où, grâce à un *drogman* complaisant, probablement intéressé par l'appareil photographique d'Élias, il avait été hissé de l'autre côté de la balustrade, dans ce royaume merveilleux...

*

Un après-midi, ayant rangé l'album, Viviane se dirigea discrètement vers l'office pour s'emparer d'un biscuit sans être vue de Mlle Guyomard. Elle savait pouvoir compter sur la complicité de Rachid, le *soffragui* balafré. Mais en entrant dans la pièce, elle tomba nez à nez avec un garçon en *gallabeya* bleue qui devait être un peu plus âgé qu'elle : huit ans, peut-être neuf.

– Qui es-tu ? demanda-t-elle en arabe, avec un air de défi.

Rachid répondit pour l'interpellé :

– C'est Hassan, le fils de mon frère Sabri qui est mort pendant les événements de 1919, le malheureux.

Viviane et Hassan continuèrent à se toiser en silence, tandis que le domestique s'affairait devant la grande glacière.

Par la fenêtre ouverte, ils entendirent un appel lointain, comme une litanie qui se rapprochait :

– *Sandouk el donia, Sandouk el donia...*

Le cœur de Viviane battit très fort : c'était Abou Semsem, le porteur de la boîte à merveilles. Spontanément, les deux enfants s'approchèrent de la fenêtre. Un homme en turban débouchait d'une rue latérale, les épaules chargées d'un banc, d'une grosse boîte et d'un chevalet.

– J'y vais, dit Hassan à son oncle sans attendre la réponse de celui-ci.

Viviane, furieuse, savait qu'elle ne le suivrait pas. Sa mère lui avait cent fois interdit la boîte à merveilles :

– C'est sale, c'est plein de microbes. Tu vois bien : il n'y a que des Arabes.

Elle s'accouda à la fenêtre, rageant de voir Hassan s'avancer vers le banc. D'autres enfants du quartier étaient accourus. En échange d'une petite pièce, cinq d'entre eux purent s'approcher des cinq lentilles magiques. Abou Semsem recouvrit leurs têtes d'une toile noire, puis manœuvra un levier en chantant :

Ya salam, ya salam
Chouf el forga di kamane...

Les enfants virent successivement un grand voilier, le Chitane et l'ange Gabriel, un homme qui tenait à la main la tête sanguinolente d'une femme, un dragon, Youssef et Aziza, une locomotive, Samson ébranlant les colonnes du temple et mille autres merveilles. Quand la toile libéra leurs têtes, ils riaient et parlaient tous en même temps. Hassan, qui n'avait pas d'argent, laissa s'approcher cinq autres clients.

Viviane referma brusquement la fenêtre et quitta l'office, tandis que la voix étouffée d'Abou Semsem reprenait sur le même ton :

Ya salam, ya salam
Chouf el forga di kamane...

7

Ses premières années de formation religieuse à Lyon, André Batrakani les avait vécues comme un rêve. Il nageait dans la félicité et se laissait doucement imprégner par le milieu ambiant. Beaucoup de ses camarades appartenaient à la noblesse ou à la grande bourgeoisie française. Ne s'était-il pas mis, comme eux, à vouvoyer ses parents ? Une lettre de l'été 1924 illustre parfaitement cette acculturation : « ... sachez, maman chérie, que nous avons passé une bonne partie de ce 14 juillet dans la chapelle, en train de prier, loin des horreurs qui se célébraient en ville... »

A partir de 1926, mes grands-parents furent de nouveau tutoyés. André ne songeait plus à ferrailler contre la Révolution française. Il avait remis les pieds sur terre – et en terre égyptienne. Sa manière d'appréhender le monde avait été bouleversée par un incident survenu un dimanche d'hiver.

Ce jour-là, après la promenade, le Père supérieur l'avait appelé dans son bureau :

– La semaine prochaine, nous allons recevoir l'évêque maronite de Beyrouth qui est de passage en France. Je voudrais lui faire une petite surprise : pourriez-vous rédiger un texte en arabe dans lequel vous exposeriez le contenu et l'esprit de la formation que nous dispensons ici ?

André, embarrassé, dut avouer qu'il en était bien incapable. L'arabe, il le parlait, le lisait moyennement, l'écrivait un peu, mais pas au point de rédiger un exposé. Le supérieur s'étonna :

– Je ne comprends pas. Plusieurs jésuites français du Levant font des efforts considérables pour apprendre l'arabe. Et vous, qui l'étudiez depuis l'enfance, qui êtes égyptien et destiné à exercer votre ministère au Moyen-Orient, vous vous permettez de ne pas connaître cette langue convenablement !

Mon oncle rougit, balbutia quelque chose et remonta dans sa chambre, très troublé. Il n'y avait jamais réfléchi de cette manière. Au collège du Caire, l'arabe était enseigné par d'excellents professeurs syriens, mais les élèves le considéraient comme une langue étrangère et s'y intéressaient le moins possible. Même ceux qui préparaient le baccalauréat égyptien choisissaient de passer les épreuves en français, comme la loi le permettait. A vrai dire, l'exemple venait de haut : le roi Fouad connaissait mal l'arabe et le Conseil des ministres se tenait généralement en français...

Mais André ne se cherchait pas d'excuses. Le soir même, il écrivit à ses parents, leur demandant d'urgence un manuel d'arabe, un dictionnaire, l'abonnement à deux revues du Caire et un lot de plumes à bout carré.

– Si je comprends bien, chérie, dit Maguy à sa sœur, ton fils est allé jusqu'à Lyon pour apprendre l'arabe...

Un rapprochement entre Georges Batrakani et son fils aîné s'était amorcé à la fin de 1926. Grâce à l'Égypte, en partie : ne la regardaient-ils pas désormais, l'un et l'autre, comme une quasi-patrie ? Le nouveau bey et le nouvel arabisant s'affichaient égyptiens, même si la fameuse loi sur la nationalité restait dans les cartons. Le roi Fouad et le Wafd avaient trouvé là une nouvelle occasion de s'opposer, et le vote était reporté *sine die*.

Le courrier d'André témoignait, au fil des ans, d'une conviction et d'une assurance croissantes. Le futur prêtre écrivait énormément, à tous les membres de la famille, leur donnant ouvertement des conseils sinon des directives de vie. C'était un magistère à distance qui abordait de front les sujets les plus divers. André suivait avec attention l'instruction religieuse de Lola, les résultats scolaires de Viviane, les affaires de son père, les bonnes œuvres de sa mère...

Yolande, très impressionnée par la culture et la foi d'André, récupérait certaines lettres de son fils et les lisait à ses amies, le mardi, son jour de réception.

– *Smala, smala* ! s'exclamaient ces dames avec admiration. Parole d'honneur, Yola, tu as fait un futur évêque.

Ma grand-mère touchait le bois de son fauteuil ou esquissait discrètement un geste pour éloigner le mauvais œil.

Alex, lui, avait droit de la part de son frère aîné à de véritables épîtres qui, tantôt le mettaient en rage, tantôt l'amusaient follement.

*

Lyon, le 15 juin 1930
Dimanche de la Sainte-Trinité

Mon cher Alex,

Tu vas avoir dix-neuf ans. C'est un âge difficile, dans l'attente de celle qui, un jour, sera unie à toi pour le meilleur et pour le pire.

Comme tu le sais peut-être, le mariage précoce est fortement déconseillé. Les statistiques montrent que les jeunes gens mariés avant vingt-cinq ans – et les jeunes filles avant dix-huit ans – meurent plus souvent que les célibataires du même âge. En effet, selon d'éminents spécialistes, la fonction de reproduction demande une certaine dépense organique qui se réalise aux dépens de l'organisme lui-même.

Je n'ai pas besoin de te rappeler cependant que la chasteté est exigée jusqu'au mariage. Les jeunes gens qui n'observent pas la continence s'exposent, non seulement à un état de péché mortel, mais à des dangers physiques graves. La continence, elle, n'a jamais causé aucun méfait, elle n'a jamais fait aucune victime. Mais elle exige une vie de tempérance de laquelle sont proscrits les boissons et les aliments trop échauffants. La continence permet de conserver intactes les forces de sa nature pour en faire, le jour venu, l'un des fondements de son foyer.

J'aimerais beaucoup, mon cher Alex, connaître tes réflexions sur tous ces points. Écris-moi de temps en temps.

Ton frère qui ne t'oublie jamais dans ses prières.

André s.j.

*

De son père, Alex avait pris une certaine roublardise et un amour gourmand de la vie. Mais alors que l'énergie de Georges était tout entière orientée vers la réussite sociale, la sienne se dispersait entre des plaisirs désordonnés et des bouffées d'enthousiasme sans lendemain.

Le séjour de mon oncle chez les frères avait été aussi catastrophique que sa prestation chez les jésuites : après deux redoublements supplémentaires, il fut gentiment invité à prendre la porte. Aucun autre établissement ne se sentait de taille à le porter jusqu'au baccalauréat. Il faut dire que l'intéressé lui-même n'y tenait nullement, se déclarant « pressé de commencer une carrière d'homme d'affaires ». Cette détermination impressionnait beaucoup sa mère.

Alex était sur plusieurs pistes mirobolantes. En attendant, il jouait au billard au Club Risotto, apprenait à conduire avec le chauffeur de son père et dépensait l'argent que Yolande lui donnait à profusion.

Un soir, il téléphona à Georges, peu avant minuit, de chez des amis :

– Papa, je dois te voir d'urgence. C'est pour les tarbouches.

– Ça ne peut pas attendre demain ? demanda mon grand-père, qui était déjà en pyjama.

Cette nuit-là, il dormit mal, en pensant à sa fabrique de tarbouches. Les ventes stagnaient : le cap des douze mille unités avait à peine été franchi en 1929. Ce diable de *Sémoditchek* était imbattable...

Le lendemain matin, place de l'Opéra, Alex dévoilait un plan sensationnel :

– Combien de teintes de tarbouches fais-tu, papa ?

– Cinq, six, comme tout le monde, répondit Georges, étonné.

– Pas du tout ! Tu ne fais, comme tout le monde, que du rouge, plus ou moins clair ou foncé.

– Bon, et alors ?

– Tu vas fabriquer des tarbouches bleus, blancs, noirs, jaunes...

– Quoi !

– Mais oui ! Avec ça, tu écraseras tes concurrents. Ce sera une révolution vestimentaire épatante et tous les jeunes adopteront le tarbouche.

Mon grand-père le regardait, interloqué :

– Et pourquoi pas des tarbouches rayés, des tarbouches à fleurs, puisque tu y es ? Tu t'imagines qu'on peut jouer aussi facilement avec les traditions !

– Mais, papa, les descendants du Prophète portent bien des turbans verts...

– Justement, imbécile, les descendants du Prophète ! Tu veux nous envoyer au diable ou quoi ?

La voix de Georges enflait à mesure qu'il parlait :

– L'année dernière, tu voulais que je produise un tarbouche à trous pour éviter aux gens d'avoir trop chaud à la tête. Un tarbouche percé ! Demain, tu viendras encore me suggérer Dieu sait quoi : un tarbouche pour dames, un tarbouche à ressorts, un tarbouche à pédales... J'en ai par-dessus la tête de tes gamineries ! Quand vas-tu te décider à devenir adulte ? Quand ? Dis-moi quand...

Alex regrettait le conservatisme de son père. Habilement, il détourna le cours de la conversation pour interroger Georges sur sa prochaine automobile, une Dodge Sedan, attendue au Caire le mois suivant.

– Il paraît qu'elle est très silencieuse...

Georges se détendit peu à peu.

– Oui, ils ont un nouveau système de direction, calculé spécialement pour pneus ballons.

– On m'a parlé aussi d'un arbre coudé à cinq coussinets.

– Tu en sais des choses, *ya ebni* !

– Marcarian te la fait à combien ?

– Deux cent quatre-vingts livres, avec plafonnier, rétroviseur, vide-poches à la portière et rideau de soie à la glace arrière.

– Et ta Ford actuelle ?

– Quoi, ma Ford actuelle ?

– Si tu la gardais, je pourrais peut-être...

Georges explosa :

– Tu veux peut-être aussi le chauffeur ? Pour qu'il t'attende devant le Club Risotto ? Tu me prends pour un aveugle ? Tu me prends pour ta mère ? Tu crois que j'ignore ta vie de patachon ?

Il fut interrompu par la sonnerie du téléphone. Alex lui fit un petit signe et battit en retraite, sans demander son reste.

8

Le quatrième cahier du journal de mon parrain court de 1926 à 1930. C'est la voix d'un adulte désormais, même si Michel reste très dépendant de ses parents. Les déjeuners dominicaux à la maison sont largement cités, avec une foule de renseignements d'un intérêt plus ou moins grand : la vente d'un lot de tarbouches à Cicurel, une nouvelle toilette de Maguy, le voyage de Rachid dans son village natal... Au fil des années, il est de plus en plus question du quartier de Choubra, qui perd ses arbres et commence à devenir populeux. Mes grands-parents se décideront à le quitter pour acheter une maison à Garden City. Le dîner avec Makram, relaté ci-dessous, aura précédé de peu le déménagement.

25 juin 1930

Curieusement, Makram n'était encore jamais venu dîner à la maison avec sa femme. En les voyant arriver hier, bras dessus bras dessous, on se serait cru dans une pièce de Naguib el Rihani : lui, toujours aussi maigre, avec son éternel costume noir souillé de cendre de cigarette ; elle, bien en chair, avec une robe rose bonbon et des joues outrageusement fardées.

La moitié du repas a été un échange de politesses entre cette coptesse qui ne connaît pas un mot de français et maman qui parle arabe comme un pied. Papa et Makram, chacun le nez dans son assiette, semblaient n'avoir pas grand-chose à se dire. C'était d'un ennui mortel.

La fin du dîner a été égayée par une panne d'électricité. Tout le monde est sorti sur la terrasse pour profiter de la pleine lune, tandis que Rachid préparait les bougeoirs. Papa et Makram ont commencé à se chamailler à propos du gouvernement Sedky. « Nous vivons en quasi-dictature », disait Makram, plus wafdiste que jamais. « L'atteinte au régime parlementaire est un scandale. Des émeutes sont en train d'éclater un peu partout... » Papa, au contraire, admire beaucoup la poigne de Sedky pacha, lequel avait paraît-il passé son baccalauréat chez les frères en 1889, une dizaine d'années avant eux.

Quand la lumière est revenue, la discussion s'est calmée. Et les dames se sont remises à échanger des salamat... J'en ai profité pour amener la conversation sur le sultan Hussein.

Makram m'a étonné par l'étendue de ses connaissances. Il affirme que Hussein Kamel, qui était le fils préféré du khédive Ismaïl, avait voulu succéder à celui-ci en 1879 et ne se serait résigné qu'avec amertume à la nomination de Tewfik. Cela contredit l'image d'un homme sans ambition personnelle, ayant fait le sacrifice de sa personne en 1914 pour sauver la dynastie de Mohammed Ali et empêcher l'Égypte d'être purement et simplement annexée par l'Angleterre.

Il faut sans doute se méfier des interprétations de Makram qui sont celles d'un militant politique et non d'un historien. Mais tout cela ne m'aide pas à choisir le sujet de ma thèse. « Pourquoi pas le sultan Hussein et La Fontaine moraliste ? » me suggère André dans sa dernière lettre. Pourquoi pas, après tout ?

9

Allongée à plat ventre sur le sable humide, un peu étourdie par le soleil de midi, Lola rêvassait. Des vagues mourantes venaient lécher ses pieds, ses mollets, montaient parfois jusqu'à ses cuisses, faisant frissonner d'aise tout son corps. Elle était belle à croquer et commençait à le savoir.

– Tu as treize ans, tu n'es plus d'âge à t'exposer de cette façon devant des hommes, lui disait sa mère à qui Mlle Guyomard avait fait des représentations.

Mais Lola, forte tête, passait outre. Avec elle, la gouvernante avait déclaré forfait depuis longtemps.

Une vague un peu plus nerveuse que les autres lui inonda la taille. Elle poussa un petit cri qui attira le regard d'un garçon maigre, à la mèche en bataille, repéré la veille à la boulangerie de San Stefano.

Il serait bientôt l'heure du déjeuner. De la maison, derrière la dune, les domestiques apporteraient des plats fumants qu'ils disposeraient sur des périssoires retournées, près des cabines. Ce serait, comme chaque jour, un grand repas de famille, avec les oncles, les tantes et les cousins.

Tout le monde se connaissait sur cette plage de Glymenopoulo colonisée par les Syriens, alors que les juifs occupaient celle de Stanley toute proche. On se sentait chez soi, entre soi. Au point de s'étonner à haute voix si une famille copte ou musulmane avait le mauvais goût de venir y planter son parasol.

Lola adorait ces grandes vacances à Alexandrie. Des semaines à l'avance, elle avait rêvé à l'entrée en gare de Sidi Gaber et à l'énorme taxi noir, tout fumant, qui les conduirait à la villa. Dans sa chambre, elle retrouvait ses vieux jouets, sagement à leur place. Elle les caressait, les reniflait, y posait parfois sa langue pour s'assurer de leur goût de sel Puis, suivie de Viviane, elle courait jusqu'aux maisons voisines rejoindre cousins et amis...

Un petit groupe de baigneurs se formait généralement autour de Nando Batrakani et du comte Henri Touta quand ils commençaient une partie de trictrac, après avoir mis chacun cinquante piastres sur la table.

Les chairs de Nando débordaient d'un fauteuil de plage, d'une taille pourtant convenable, qui avait été spécialement apporté pour lui. Le frère aîné de mon grand-père pesait de plus en plus lourd. A en croire la rumeur, il valait huit cent mille livres égyptiennes et faisait cent vingt kilos tout nu. On se demandait comment la demoiselle Doummar, douce et fluette, qu'il avait épousée trente ans plus tôt, résistait depuis si longtemps aux assauts de ce monstre.

Le comte Henri, lui, avait été remercié par le Liechtenstein. Il était devenu consul du Pérou, toujours à la même adresse. Vêtu d'un peignoir à rayures vertes, il agitait interminablement les dés dans sa main avant de les lancer sur le tablier de bois incrusté de nacre.

– Hier, *ya comte*, lui disait son adversaire, tu as eu une chance de cocu. Mais, aujourd'hui, je te jure sur la tête...

– Ne jure pas, malheureux ! Tu ne sais pas ce qui t'attend. *Abyssus abyssum invocat.*

La tension montait. Les gros doigts boudinés de Nando abattaient les pions en les claquant de plus en plus fort. Il y avait des doubles trois, des doubles cinq et des doubles six en pagaille qui étaient chaque fois salués par leur surnom :

– *Doche !*

– *Dabbach !*

– Un vrai cocu, je te dis !

Près des cabines, Yolande agitait une petite cloche : les feuilles de vigne farcies n'attendaient pas. Nando, affamé, interrompait aussitôt la partie, malgré les protestations d'Henri Touta.

Lola allait se glisser près de sa tante Maguy. Elle était fascinée par cette séductrice qui, à quarante-quatre ans, en paraissait quinze de moins et continuait à faire des ravages : parmi ses derniers amants homologués figuraient un grand commerçant juif du Caire, un basketteur italien de la Pro Patria et un nabil de la famille royale...

– Mais où est donc Edmond ? demandait Yolande, s'étonnant de ne pas voir son frère à table.

Enfoncé dans une chaise longue, face à la mer, Edmond Touta faisait ses additions. Le dernier recensement, évaluant la population égyptienne à plus de quatorze millions d'habitants, l'avait mis dans tous ses états. Il était décidé à écrire au roi Fouad pour lui faire part d'un remède radical : interdire le mariage aux hommes avant vingt-huit ans et aux femmes avant vingt-cinq ans.

– Avec cette mesure, je réduis les naissances de moitié, lançait-il d'une voix fiévreuse.

Riant sous cape, ses neveux inventaient toutes sortes d'histoires pour le faire marcher.

– As-tu lu, oncle Edmond, dans *La Réforme*, l'histoire de cette Saïdienne qui a fait dix-huit enfants ?

– Mon Dieu ! Dix-huit enfants ?

– Mais oui, elle attend le dix-neuvième.

Bouleversé, Edmond Touta refaisait ses additions, en haussant la barre à vingt-neuf ans pour les hommes et vingt-six ans pour les femmes...

Les domestiques n'avaient le droit de se baigner qu'en fin d'après-midi, vaisselle et ménage terminés. A cette heure-là, les enfants allaient acheter des *krapfen* à la boulangerie de San Stefano, après avoir fait la course avec les tramways.

Certains après-midi, ils jouaient à la messe. C'étaient des offices grecs-catholiques – beaucoup plus colorés que la liturgie latine – qui permettaient la communion sous les deux espèces : du pain et du sirop de mûres. Mais on y incluait un sermon en français qui constituait le clou de la cérémonie.

Parmi les cousins, plusieurs avocats en herbe se disputaient le rôle du prédicateur. Une autre fonction très demandée était celle de chantre. Il ne restait plus aux filles que des postes subalternes : enfants de chœur ou simples fidèles. Lola se vengeait en semant le trouble dans les esprits :

– Vous ne croyez pas qu'André serait très fâché de savoir qu'on joue avec le bon Dieu ?

Le premier dimanche d'août, les enfants participaient à la traditionnelle visite chez les cousins Touta de Sidi Bishr. C'était la branche alexandrine de la famille – « la branche des timbrés », disait Georges, en soulignant que son beau-frère Edmond avait de qui tenir.

Ils étaient onze frères et sœurs à qui leurs parents avaient tous donné des prénoms pharaoniques. Sésostris, l'aîné, promu bey à moins de quarante ans, s'était mis en tête d'habiter dans un paquebot. Ce haut fonctionnaire avait fait construire une maison en forme de navire, d'une trentaine de mètres de long, face à la mer. Tout y était, du pont à la coursive, en passant par les échelles, les passerelles et les écoutilles.

Sésostris bey, coiffé d'une casquette d'amiral, recevait sur la dunette. Ses sœurs Isis et Néphtys offraient des gâteaux et des boissons aux enfants. Ceux-ci, ravis, avaient le droit de scruter la mer avec les grosses jumelles du maître de maison.

Tous les cochers de Ramleh connaissaient l'adresse. Il suffisait de dire :

– Nous allons chez Sésostris bey.

La voiture traversait des rues paisibles, bordées de magnolias et de tamaris, derrière lesquels somnolaient de vastes maisons à *moucharabeyas*, noyées dans la verdure. Le timbre du fiacre trouait le silence, répondant parfois à la plainte d'un clocher voisin. Les enfants fermaient les yeux pour mieux goûter le parfum des algues. Alexandrie, en ce temps-là, sentait la mer et le jasmin.

CINQUIÈME PARTIE

La gifle d'Ataturk

1

Dès l'entrée, une odeur infecte saisit Rachid à la gorge. Le domestique de mes grands-parents releva les pans de sa *gallabeya* et avança avec précaution pour éviter les flaques de sang et les paquets de viscères qui encombraient le sol.

Une grande agitation régnait dans l'abattoir. Des hommes allaient et venaient, criaient, s'injuriaient en brandissant des couteaux. Rachid chercha des yeux son neveu. Mais comment distinguer un visage dans cette pénombre, au milieu d'une foule aussi agitée ?

Deux jours plus tôt, il avait été furieux d'apprendre que Hassan n'allait plus à l'école et travaillait désormais à l'abattoir à chameaux de Guiza. Sans doute sous la pression du nouveau mari de sa mère qui avait dû trouver ainsi un bon moyen d'exploiter l'adolescent de treize ans.

Le *soffragui* ne savait ni lire ni écrire. Mais il était sûr que son frère Sabri, tué en 1919 au cours d'une manifestation, aurait aimé voir le petit à l'école. Que de fois l'ouvrier cigarettier, révolté contre l'injustice sociale, avait regretté d'être lui-même illettré !

– Plus tard, tu seras fonctionnaire, disait Rachid à son neveu, quand celui-ci venait lui rendre visite, une fois par an, à la maison des Batrakani.

Fonctionnaire, *mouazzaf*, n'était-ce pas la plus prestigieuse des situations ?

Un chameau avançait vers le centre de la pièce, encouragé par les « kss, kss » de son maître. Un ordre sec le fit s'agenouiller. Aussitôt, un énorme couteau s'abattit sur son cou. Le sang gicla à deux mètres au moins. L'animal se débattit furieusement, les pattes en l'air, tandis qu'un solide Saïdien, à moitié nu, lui maintenait la tête par terre. Les soubresauts durèrent une longue minute.

Quand la bête s'immobilisa enfin, Rachid vit un enfant se diriger vers elle, un gros soufflet à la main. Il crut un instant que c'était son neveu, mais Hassan, Dieu merci, ne boitait pas comme le petit apprenti qui commençait à gonfler le corps de l'animal.

Un deuxième chameau, affolé par l'odeur du sang, se dressa sur ses pattes. Il bavait. Plusieurs bouchers l'entourèrent. L'un d'eux lui jeta du sable dans les yeux pour l'aveugler. Un autre se glissa sous lui et, d'un geste brusque, lui enfonça le couteau dans le ventre. L'animal poussa un long cri et s'écroula.

Rachid aperçut son neveu parmi les enfants qui approchaient avec des gourdins. Il se précipita vers lui :

– Viens !

– Mais, mon oncle...

– Viens, je te dis.

Tirant Hassan par la manche, Rachid l'entraîna dehors :

– Tu retourneras à l'école, tu entends ?

Des femmes en voile noir, attroupées devant l'abattoir, s'approchèrent pour suivre la scène. Elles attendaient, comme chaque soir, que les bouchers aient fini leur travail pour aller ramasser les bouses de chameaux qui leur serviraient de combustible ou de fumier.

– Tu retourneras à l'école, répéta Rachid tandis qu'ils s'éloignaient vers la station de tramway. Et si ta mère a besoin de cet argent, c'est moi qui le lui donnerai.

*

Dans *Itinéraire d'un officier*, Hassan raconte qu'il avait vu son oncle entrer dans l'abattoir.

« Je me tenais derrière un pilier, la *gallabeya* tachée de sang, sans oser me montrer. J'avais le sentiment d'être pris en faute, alors que mon oncle venait me délivrer...

« Dès le lendemain matin, j'étais retourné à l'école. Mon oncle, qui ne savait ni lire ni écrire, exigeait de voir mes notes chaque trimestre. J'allais les lui porter dans une riche maison de Garden City où il était employé comme *soffragui*. “As-tu bien travaillé ?” me demandait-il, sans regarder la feuille, incompréhensible pour lui. Je répondais par l'affirmative. Il me pinçait alors l'oreille en disant : “Tu dois travailler mieux encore pour pouvoir devenir *mouazzaf* un jour.” Au moment où je partais, il me donnait deux petites piastres, enveloppées dans un morceau de papier... »

2

Au départ, Georges Batrakani ne s'était guère intéressé à cette Association de la Piastre, créée en 1931 sous la présidence d'un pacha. Quêter dans les rues au profit de l'industrie égyptienne lui paraissait aussi vain que ridicule. Ces étudiants qui interpellaient les passants pour leur vendre des étiquettes à une piastre savaient-ils eux-mêmes où irait exactement tout cet argent ?

Mon grand-père tomba à la renverse un jeudi, au petit déjeuner, en apprenant dans *La Bourse égyptienne* que le montant de la souscription servirait à lancer une industrie nationale du tarbouche.

– Mais elle existe déjà, cette industrie ! éructa-t-il en renversant le bol de *echta* sur la table. Qu'est-ce que je fabrique, moi ? Des pots de chambres ? Des chasses d'eau ?

Yolande, inquiète et silencieuse, posa une serviette sur la crème répandue. Mieux valait ne rien dire dans ces cas-là, car son mari pouvait se saisir du moindre soupir pour faire une scène épouvantable.

Dix minutes plus tard, tandis que Georges, furibond, se coupait avec son rasoir, le téléphone sonna. C'était Édouard Dhellemmes qui appelait du Shepheard's.

– Avez-vous lu...

– J'ai lu, j'ai lu. C'est un scandale. Passez me voir ce matin au bureau.

Une heure plus tard, place de l'Opéra, Édouard était en face de son associé qui ne décolérait pas. Un cigare éteint à la bouche, George bey insultait la terre entière :

– Jusqu'à présent, nous avions ces maudits Tchèques sur le dos. Si, en plus, il faut soutenir une concurrence locale sérieuse... Cette usine nationale aura un meilleur matériel que le nôtre et réussira certainement à vendre moins cher... Quand je pense à tous ces couillons qui donnent une piastre à des mendiants patentés !

Les deux associés tournèrent le problème dans tous les sens. Pour arriver à la conclusion qu'il faudrait sans doute fermer la fabrique. Mais une telle décision paraissait prématurée faute d'informations suffisantes sur le projet gouvernemental.

Édouard regagna la France. Et c'est par un télégramme laconique que Georges Batrakani lui apprit, quelques mois plus tard, que la première pierre de l'usine nationale de tarbouches serait posée le 14 octobre 1932.

*

Survint alors l'incident d'Ankara. Des journaux cairotes, au comble de l'indignation, rapportaient que Mustapha Kemal avait reproché au ministre d'Égypte, Abdel Malek Hamza bey, de garder son tarbouche sur la tête au cours d'un dîner de gala auquel participaient des dames. Le représentant égyptien, offensé, avait quitté la salle. Mais des rumeurs faisaient état d'un incident plus grave : lorsque le diplomate s'était incliné devant Ataturk, celui-ci aurait, d'un geste brusque, fait rouler par terre son tarbouche.

– Pas du tout ! affirmait le comte Henri Touta qui connaissait le consul de Turquie au Caire. L'incident a été tout à fait bénin. Mustapha Kemal s'est approché du ministre d'Égypte pour s'entretenir avec lui. Comme il faisait très chaud dans la salle, il l'a invité aimablement à ôter son tarbouche. *Non erat his locus*. Poussant plus loin la courtoisie, Ataturk a décoiffé Hamza bey de ses propres mains, avant de l'embrasser sur les deux joues.

– Mais c'est encore pire, *ya comte* ! répliquait Nando, en explosant de rire.

Certains journaux égyptiens exigeaient des excuses officielles de la Turquie ; d'autres réclamaient carrément la rupture des relations diplomatiques... C'est alors que Georges Batrakani eut une illumination.

La semaine suivante, une réclame d'une page entière paraissait dans plusieurs quotidiens du Caire et d'Alexandrie. Elle ne comportait que deux mots, en lettres énormes : « Notre fierté ». Et, en dessous, plus modestement : « Tarbouches Batrakani ».

La formule avait le mérite d'être parfaitement ambiguë. Certains la liraient au premier degré : la maison Batrakani était fière de produire des tarbouches de qualité. D'autres y verraient un cri du cœur, lié à l'actualité : le peuple égyptien, qui avait sa fierté, ne céderait pas à l'affront d'Ataturk. Mais rien n'interdisait une interprétation plus ambitieuse : les tarbouches Batrakani étaient la fierté de l'Égypte, au même titre que le Nil, les pyramides ou les fèves cuites, et le meilleur moyen de relever l'affront d'Ataturk était d'en acheter.

Dans les mois qui suivirent, Georges bey constata un net redressement des ventes. Il fit ses comptes : c'était une opération blanche, compte tenu des frais publicitaires. Mais elle lui avait procuré de nouveaux clients et ouvert d'autres horizons.

L'Égypte venait d'être reliée à l'Europe par un cable téléphonique sous-marin. Profitant de cette innovation, Édouard Dhellemmes appela mon grand-père pour s'enquérir de la liquidation de l'affaire. Il trouva son associé étonnamment serein et même très gai, malgré les parasites qui encombraient la ligne.

– Liquider ? Vous n'y pensez pas, mon cher Édouard ! C'est au contraire le moment de foncer.

– Je vous entends mal... Foncer, dites-vous ?

– Oui, foncer, investir.

– Mais enfin, l'usine nationale en construction...

– Justement, pourquoi ne pas en profiter ?

Le Français pestait contre les grésillements du téléphone. Il entendait mal et ne comprenait rien. Mais l'autre poursuivait, très calmement :

– Voyons, Édouard, réfléchissez. L'usine de la Piastre ne

commencera à fonctionner que dans un an et demi. Rien ne nous interdit d'accompagner le mouvement, et même de le précéder. Les Égyptiens veulent un tarbouche national ? Eh bien, nous allons le leur offrir, nous aussi ! Avant les autres. Les couillons qui ont donné une piastre n'y verront que du feu.

Édouard entendait mieux. Il réfléchit quelques instants. Après tout, pourquoi ne pas essayer ? L'usine pouvait vivoter encore un an ou deux, comme elle l'avait fait jusqu'à présent. On ne gagnait pas d'argent, mais on n'en perdait pas non plus. Il serait toujours temps de liquider.

Georges bey évaluait à trois mille livres le budget publicitaire nécessaire à l'opération. Et le double pour améliorer le réseau de distribution.

– Neuf mille livres ! s'exclama le Français. C'est de la folie. Où allons-nous les trouver ?

Édouard n'avait nulle intention de se ruiner pour le tarbouche. Cette activité industrielle ne l'avait jamais vraiment intéressé. S'il multipliait ses voyages en Égypte, c'était seulement par fascination pour ce pays. Un pays qui allait bientôt se confondre dans ses rêves avec la silhouette d'une belle Syrienne, rencontrée sur une terrasse d'Héliopolis...

– Je suis prêt à trouver l'argent, dit Georges.

Cela supposait de modifier les parts dans l'affaire : Édouard n'en aurait plus que vingt pour cent. Il accepta sans hésiter.

*

Les tarbouches Batrakani refirent parler d'eux dès le début de 1934, alors que l'usine nationale n'avait pas encore commencé sa production. Cette fois, les placards publicitaires étaient plus petits, mais beaucoup plus nombreux. Ils se limitaient à un slogan très sobre, avec des mots soigneusement pesés : « Tarbouches Batrakani. Un produit national de qualité. » Tout était dans le mot « national »...

Cette campagne massive de publicité, jointe à l'embauche de cinq placiers, porta très vite ses fruits. Les ventes augmentèrent de soixante pour cent en quelques mois. Et elles avaient plus que doublé quand les tarbouches de la Piastre, qui étaient loin d'être parfaits, firent leur première apparition sur le marché. Les marques étrangères, elles, commençaient à subir les contrecoups de la réforme douanière qui les taxait plus fortement.

A la fin de 1935, Georges bey calcula qu'il avait vendu quarante-deux mille tarbouches dans l'année. L'avenir s'annonçait plus brillant encore. Ataturk pouvait garder sa casquette et *Sémoditchek* aller se rhabiller.

3

Quand je pense à ma grand-mère paternelle, ce ne sont pas les images les plus fortes qui me viennent spontanément à l'esprit. Je ne vois ni la jeune fille de seize ans tombant dans les bras de Khalil Yared un dimanche des Rameaux, ni l'épouse comblée qui s'enfermait pendant quarante-huit heures avec lui dans la chambre à coucher, ni même la femme en larmes, réveillée par les cris de la bonne, après la mort accidentelle de son mari... Je vois plutôt une voyageuse à l'air pensif, dans le métro d'Héliopolis.

Ce dimanche-là, en début de soirée, le compartiment harem était presque vide. Seule une jeune musulmane, le visage à moitié découvert, occupait l'un des sièges. Elle rabattrait brusquement son voile lorsque le *wattman* apparaîtrait dans l'encadrement de la porte.

Mima s'était assise de l'autre côté de l'étroit couloir et regardait par la fenêtre défiler les dernières maisons d'Héliopolis. Un petit vent sec lui léchait le visage. Elle fermait les yeux à demi, bercée par les tremblements réguliers du wagon.

Ce Français lui avait tourné la tête.

La maison des Ayrout, rue du Baron-Empain, était pleine de charme. On y servait le thé sur une belle terrasse ombragée, bordée d'une grosse corniche de pierre, tandis que des jeunes gens échangeaient des balles sur le court de tennis au fond du jardin. Mima y était reçue avec beaucoup de gentillesse, mais ces visites lui faisaient toujours un pincement au cœur. Dire que Khalil, une semaine avant sa mort, en était à définir l'emplacement des baignoires dans leur future villa d'Héliopolis... « Tu verras, ma beauté, nous aurons une chambre à coucher royale, à faire pâlir d'envie tous les Sakkakini et les Takla réunis... »

Il s'appelait Édouard Délenne ou Délaime, elle n'avait pas très bien entendu. Quarante ans ? Quarante-deux ans ? Charmant en tout cas, avec cette moustache fine, ces yeux bleus et ce costume d'alpaga crème si bien coupé.

Mima, elle, avait mis, une fois de plus, sa robe d'organdi verte à rubans qui soulignait la jeunesse de ses traits. A trente-six ans, elle évoquait encore une plante adolescente, exubérante, qui n'en finissait pas de fleurir.

– Un rien t'habille, lui avait-on toujours dit.

En effet, le moindre châle lui donnait un port de reine. Mais, depuis la mort de Khalil, le « rien » prenait un sens supplémentaire : elle vivait sur son ancienne garde-robe qui commençait à donner de sérieux signes de fatigue. Pour empêcher ses toilettes de trop se démoder, elle devait faire des prodiges, avec l'aide d'une habile voisine : une fronce par-ci, un coup de ciseaux par-là. Le manteau élimé se transformait en jaquette ; la jaquette fatiguée devenait boléro...

Malgré la gestion très stricte de son beau-frère et, de temps en temps, une aide de la Société de bienfaisance grecque-catholique, Mima avait du mal à s'en sortir avec cinq enfants à charge. Elle ne pourrait pas compter avant longtemps sur l'aîné, Roger, qui était encore en deuxième année de médecine à Kasr el Aïni.

Depuis la mort de Khalil, ce n'était pas la première fois qu'elle sentait le regard d'un homme se poser sur elle. Mima savait parfaitement neutraliser ce genre de tentative, par une totale indifférence ou un geste brusque, voire une grimace. Là, elle s'était surprise à ne pas réagir, se laissant envelopper par le regard bleu de ce Délaime, assis en face d'elle sur la terrasse.

Conversant avec ses voisins, elle s'était sentie plus gaie que d'habitude. Elle fut même prise d'un véritable fou rire lorsque Habib Ayrout raconta, avec beaucoup d'humour, la dernière trouvaille architecturale de ces messieurs de la Compagnie d'Héliopolis.

Plusieurs invités étaient allés faire quelques pas dans le jardin, en direction du tennis. Mima s'apprêtait à les suivre quand Édouard s'approcha d'elle.

– Héliopolis est un endroit charmant, dit-il avec son accent français. Habitez-vous dans le quartier ?

Elle balbutia une réponse, se sentit rosir comme une jeune fille et se jugea très sotte. Reprenant aussitôt ses esprits, elle raconta la naissance de cette ville-jardin surgie du désert. Un sujet qu'elle connaissait bien, après tout, ayant entendu cent fois son mari commenter les projets du baron Empain.

Tout ce qui touchait à l'Égypte captivait Édouard Dhellemmes. Mais il regardait Mima avec trop d'intensité pour pouvoir suivre son récit. Elle-même faisait à peine attention à ce qu'elle disait, troublée par les belles mains de ce Français posées sur le rebord de la terrasse. Le *soffragui* vint les réveiller l'un et l'autre en leur présentant un plateau de petits fours.

– Au fond, dit Édouard, puisque vous retournez en ville, nous pourrions vous raccompagner tout à l'heure en automobile. Je suis venu avec des amis, les Boulad, que vous connaissez peut-être...

Mima faillit accepter. Se ravisant, elle inventa une excuse un peu compliquée, affirmant devoir partir tout de suite. Elle salua Édouard Dhellemmes avec un empressement incompréhensible et prit congé de ses hôtes.

La passagère musulmane était descendue à Abbassia. Mima se sentit brusquement très seule dans ce compartiment désert, un dimanche soir. Pour la deuxième fois en quelques heures, elle se jugea bien sotte. Qui lui interdisait, après tout – à trente-six ans ! – d'être raccompagnée en automobile par des amis ?

*

Le lendemain après-midi, on sonna chez elle. N'attendant personne, elle entrebâilla la porte. Un buisson de roses avait poussé dans la cage d'escalier. La corbeille volumineuse cachait un jeune commissionnaire, pieds nus, qui affichait un sourire de *bakchich*. Mima le laissa déposer sa cargaison dans l'entrée puis referma doucement la porte derrière lui, oubliant, dans sa stupéfaction, de lui donner la pièce qu'il attendait.

Une carte, portant l'en-tête du Shepheard's, était agrafée sur le panier : « Ravi d'avoir fait votre connaissance hier à Héliopolis, Édouard Dhellemmes se permet de vous envoyer ces quelques roses avant de repartir pour Marseille. Il espère vivement avoir le plaisir de vous revoir lors d'un prochain séjour en Égypte. »

La corbeille était trop riche, trop bien agencée... Encore heureux que la voisine n'ait pas aperçu le livreur et crié à tue-tête de son balcon :

– Mima, mon ange, des fleurs pour toi !

Les enfants allaient rentrer d'un moment à l'autre. Mima courut chercher sa paire de ciseaux et s'acharna contre l'enveloppe. Elle sépara les roses en six bouquets différents, qu'elle dispersa dans l'appartement. A ses enfants, elle dirait qu'une envie l'avait prise brusquement, comme ça, d'acheter des fleurs. Naturellement, Roger, qui tenait les cordons de la bourse, lui reprocherait cette dépense inutile. Mais que faire d'autre ? Ce Français était fou.

Pendant trois jours, Mima ne cessa de croiser Édouard Dhellemmes dans son appartement. Dès l'entrée, elle butait sur les roses. En trouvait d'autres dans la salle à manger. D'autres encore dans la cuisine... Elle finit par les prendre toutes et les jeter, sans même leur laisser le temps de se faner, avec un mélange de gaieté et de tristesse qu'elle aurait été bien en peine d'expliquer.

4

André annonça son retour en Égypte au bout d'une éternité. Il avait fait deux années de noviciat, deux années de juvénat, trois années de philosophie et quatre années de théologie, interrompues par une année de régence. Et ce n'était même pas fini puisqu'il devait encore faire une troisième année de noviciat avant de prononcer ses grands vœux.

– Chez nous, voyez-vous, c'est plus rapide, remarquait perfidement le vicaire patriarcal grec-catholique quand il venait s'enquérir des nouvelles du futur jésuite.

Un grand déjeuner de famille avait été prévu pour le retour de mon oncle. Yolande Batrakani était émue comme une débutante. Des réceptions, Dieu sait si elle en avait organisé depuis son mariage ! La maison de Choubra et surtout cette nouvelle maison de Garden City avaient vu défiler toutes sortes de gens, et des plus importants : des consuls, des beys, des pachas, même un ministre en exercice... Pourtant, ce déjeuner de famille en l'honneur d'André la rendait plus fébrile que jamais. Tout la préoccupait : du menu au plan de table, en passant par la robe qu'elle mettrait. « Je vieillis », se disait-elle, sans y croire.

Georges bey lui-même, malgré ses grands airs, ne perdait de vue aucun détail :

– Mais bien sûr qu'il faut le mettre en bout de table ! Tout le monde veut le voir, ce garçon. D'ailleurs, c'est l'aîné...

Mon grand-père avait opéré un revirement à cent quatre-vingts degrés. Il était très fier désormais d'avoir un fils jésuite, surtout depuis qu'un ambassadeur européen l'en avait publiquement félicité au cours d'une soirée.

Pour ce déjeuner dominical, la famille serait au complet. Paul, nouvellement marié, viendrait avec Marie-Laure que tout le monde appelait déjà « la Suissesse ». Même Alex avait promis d'honorer le repas de sa présence.

– Je t'en prie, tu ne feras pas de provocations, l'avait supplié sa mère.

En comptant quelques oncles, tantes et cousins, difficilement sélectionnés, la table compterait vingt-six couverts. Mais le rendez-vous était d'abord fixé à la chapelle du collège des jésuites où André devait célébrer une messe. Il était arrivé au Caire la veille au soir, discrètement. Ne souhaitant pas que la famille vienne l'accueillir à la gare, il avait omis d'indiquer l'heure de son train.

Parents et amis se présentèrent au collège avec vingt bonnes minutes d'avance. Ils attendirent à la porterie, puis entrèrent dans la chapelle sans avoir vu André. Ce n'est qu'au moment où l'orgue se mit en branle que le jeune jésuite sortit de la sacristie, en vêtements liturgiques, précédé des enfants de chœur. Georges et Yolande eurent un choc. Certes, un an plus tôt, au Liban, ils avaient assisté à l'ordination de leur fils. Mais c'était la première fois que celui-ci officiait devant eux. Il était vraiment passé de l'autre côté de la table de communion...

A la sortie de la messe, le héros du jour eut droit à de nombreuses accolades. La nouvelle Chrysler noire et blanche de Georges Batrakani, toute rutilante, vint se glisser silencieusement devant le portail de la rue Boustan-el-Maksi. Le chauffeur en descendit pour ouvrir les portières, laissant apparaître de superbes sièges de cuir havane, larges comme des divans.

– *Mabrouk*, papa ! dit André, aussi joyeusement que possible, en pénétrant avec quelque gêne dans ce salon roulant.

Il savait combien son père était sensible à ce genre de compliment, combien il attachait de l'importance à ces automobiles dernier cri qu'il renouvelait régulièrement.

– C'est une Airflow, précisa Georges bey. Tu as remarqué

la suspension ? Du velours. Le tank contient dix-sept gallons. Et les vitres s'abaissent entièrement...

La Chrysler roulait à belle allure dans les rues du Caire, croisant des tramways jaunes, des autobus vert et blanc, des fiacres et des carrioles en tous genres. La vitre baissée, la barbe au vent, André voyait défiler avec émotion des paysages familiers, presque inchangés. En douze ans, il n'avait fait que deux brèves visites au Caire. Cette fois, il venait s'y installer, ayant été affecté au collège comme professeur de troisième.

Le jésuite fut frappé par le manège des *chaouiches* qui tentaient maladroitement d'organiser la circulation aux carrefours, avec des gestes las et de pauvres coups de sifflet. Jamais auparavant ces paysans en uniforme ne lui étaient apparus aussi fragiles, aussi mal fagotés : ils exprimaient toute la misère et toute la douceur d'une Égypte qui ne parvenait pas à se prendre au sérieux.

Rue Kasr-el-Nil, chaque bâtiment était à sa place . l'ex-banque Suarès, le consulat italien, la légation de France, Robert Hugues, le Salon Vert... André se souvenait avec tendresse d'un coupon de tissu, acheté avec sa mère dans ce beau magasin, une veille de Noël, en 1915 ou 1916.

Georges attira l'attention de son fils sur l'immeuble imposant qui avait pris la place de l'ancien hôtel Savoy. Mais André n'avait d'yeux que pour les vieilles connaissances de la place Soliman pacha : les deux tourelles en bonbonnière, Groppi et son cinéma en plein air, le Club Risotto où toute la jeunesse allait danser en fin de semaine, le Café Riche... Il ne put s'empêcher de lancer un regard vers la Pension Righi, haut perchée, qui avait abrité tant d'amours illicites. Ne murmurait-on pas que la tante Maguy elle-même...

La Chrysler fut immobilisée quelques instants par un *chaouiche* qui faisait semblant de régler la circulation. Une fillette en guenilles, le visage mangé de mouches, en profita pour s'approcher et demander l'aumône d'une voix plaintive. Le chauffeur l'invita à passer son chemin :

– *Yalla, ya bint !*

André, mal à l'aise, n'eut même pas le temps de réagir. La

voiture s'élançait déjà entre les deux rangées d'arbres de la rue Soliman pacha. Il reconnut la terrasse du Club Mohammed Ali où se faisaient et se défaisaient les gouvernements, ainsi que la villa, toujours fermée, des frères Green que l'on disait hantée.

Le chauffeur accéléra encore après la rue Kasr-el-Aïni. Défilèrent alors une série d'hôtels particuliers que Georges eut à peine le temps d'énumérer : ceux des Harari, des Adès, des Toledano, d'Alexandre Chédid bey, de Fakhry pacha... En longeant le palais de la khédiva mère, André remarqua de ravissants palmiers blancs. On était presque arrivé.

– J'espère que ma *molokheya* te plaira, dit Yolande.

Il se pencha vers elle et l'embrassa. Yolande sentit sur sa joue la piqure de la barbe de son fils et en fut bouleversée.

L'apéritif allait être un peu guindé, malgré les rires gras de Nando et les minauderies de Maguy qui arborait un superbe pyjama vert en crêpe satin. La Suissesse, muette, n'arrivait pas à se dégeler. Lola et Viviane étaient très intimidées par ce grand frère en soutane dont elles entendaient tant parler. Georges lui-même avait du mal à s'habituer à la façon de parler de son fils : sans avoir vraiment pris l'accent français, André traînait moins sur les syllabes ; il prononçait différemment certains mots et en employait beaucoup de nouveaux.

Rachid, le *soffragui*, rasait les murs. Si, en ouvrant la porte, il avait accueilli l'aîné des enfants Batrakani avec des larmes dans les yeux, maintenant il n'osait même plus le regarder. André l'avait pourtant embrassé sur sa balafre, avant de lui remettre un petit cadeau.

Indifférent à toute cette gêne, Edmond Touta entreprenait le jésuite sur les dernières nouvelles, très préoccupantes, du front démographique :

– Sais-tu que l'Égypte approche des quinze millions d'habitants ? C'est affolant, non ?

Edmond avait envoyé une trentaine de lettres au roi Fouad. La première fois, un gratte-papier du palais s'était fendu d'un accusé de réception, lui assurant que Sa Majesté avait « pris connaissance avec beaucoup d'attention » de ses remarques.

Les vingt-neuf autres lettres étaient restées sans réponse, mais Edmond était persuadé que le souverrain dévorait ses missives pour mettre au point un plan de bataille contre la surpopulation.

On passa à table. André fit le signe de la croix et ferma les yeux pour se recueillir quelques instants. Personne n'osa s'asseoir. Ce fut pourtant lui qui détendit l'atmosphère en prenant place au bout de l'immense table :

– Devinez qui je suis allé voir en France avant mon départ.

– Les Dhellemmes.

– Non.

– Alice Touta.

– Non.

– Yvonne Printemps.

– Alex ! Tu m'avais promis...

– Mlle Guyomard.

– Mais oui ! La douce Henriette !

Il y eut un joyeux chahut. Le nom de l'ancienne gouvernante, retirée en France depuis 1931, déclenchait toujours la plus grande hilarité.

Alex se leva et lança d'une voix pointue :

– C'est absurde, absurde. On ne peut pas laisser cet enfant au milieu d'une foule sale et hystérique. Il va se perdre. Il va se blesser ou attraper Dieu sait quelle maladie...

Ce fut une rigolade générale.

– Quand je pense, dit Yolande, qu'à cause de cette brave Henriette qui ne l'avait pas réveillé, Micho a failli rater le sultan au collège.

– C'est vrai ? demanda d'un air faussement ingénu Viviane qui connaissait l'histoire par cœur mais ne se lassait pas de l'entendre raconter.

On re-raconta donc le réveil de Michel, son départ en trombe, les bottines délacées, le tramway, le Frère portier... Maguy intervint de l'autre bout de la table pour poser une question qui la tracassait depuis des années :

– *D'où par où, ya Micho*, le sultan connaissait La Fontaine ?

Le visage de Michel s'éclaira :

– Mais Hussein Kamel avait reçu la meilleure éducation à Paris ! Il était même devenu le compagnon de jeu et de travail du prince impérial...

Michel passait désormais pour un véritable spécialiste du sultan Hussein. Il en parlait avec l'assurance d'un biographe attitré, même si sa thèse de doctorat était toujours en panne faute d'un thème bien délimité. Plus il se documentait et moins il parvenait à faire son choix. S'y ajoutait une question délicate, ou peut-être un prétexte : pourrait-il parler du sultan Hussein sans faire des comparaisons peu élogieuses pour le roi Fouad ? La thèse était donc entre parenthèses. En attendant, Michel avait un poste d'assistant à mi-temps à l'université, il fréquentait le salon littéraire d'Amy Kheir et donnait de temps en temps un article à la *Revue du Caire*.

– Mais oui, tante Maguy, le khédive Ismaïl avait envoyé son fils à Paris ! Il avait même confié son éducation au général Fleury, aide de camp de Napoléon III...

– *Erudimini, qui judicatis terram !* s'exclama le comte Henri Touta.

– « Instruisez-vous, vous qui décidez du sort de la terre ! » traduisit André en souriant.

Puis, se tournant vers sa mère, sans transition :

– Maman, je ne devrais pas le dire en ces termes, mais ta *molokheya* est... divine !

On applaudit. Yolande était aux anges.

Plus tard, quand son fils voulut rentrer au collège, Georges bey sonna pour appeler le chauffeur. André refusa énergiquement. Il n'accepta pas davantage d'être reconduit en automobile par Nando ou par Henri Touta.

– Comme tu veux, *ya ebni*, comme tu veux, dit Georges d'un ton désolé.

Il fallait se rendre à l'évidence : le premier jésuite sorti des rangs de la famille préférait le tramway.

5

Juin 1934. Sélim, mon père, avait quatorze ans. Et il commençait à étouffer dans cet appartement de Faggala, aux murs fatigués...

– Trente piastres ! hurlait Roger en arabe. Tu es fou ! Tu veux ruiner ta mère ?

Sélim jeta un regard incendiaire à son frère aîné, avant de quitter la pièce en claquant la porte. Une minute plus tard, il était de nouveau là, les poings sur les hanches, tremblant de fureur :

– Oui, trente piastres ! Et c'est un minimum. Nous n'allons pas aller en mendiants chez les cousins. Il faut bien pouvoir acheter un cornet de glace de temps en temps...

– Il est fou, parole d'honneur ! Sa mère se prive de tout, et ce *magnoun* parle de cornets de glace...

La porte claqua de nouveau.

Sélim et Jean devaient aller passer deux semaines de vacances chez des cousins plus aisés qui louaient une hutte à Ras el Bar. Cet argent de poche, Mima le leur aurait bien accordé en rognant un peu plus sur les dépenses du ménage, mais son fils aîné en faisait tout un plat. Menant lui-même une vie de spartiate, Roger ne comprenait pas la nécessité de partir en vacances. Pour sa part, il étudierait d'arrache-pied tout l'été pour réussir sa cinquième année de médecine aussi brillamment que les précédentes.

– Au lieu d'aller dépenser à Ras el Bar, disait-il à Sélim, tu ferais mieux de commencer à réviser tes cours pour la rentrée...

Un coup de canon, tiré du Mokattam, fit tressaillir les vitres. Il était midi.

– Avec cette chaleur, lança Mima, je comprends que les garçons aient envie d'aller se rafraîchir à la mer.

– Et moi alors ? réclama Solange, la benjamine.

– Toi, tais-toi !

– Ce n'est pas juste...

– Tais-toi, je te dis ! fit Mima, excédée.

La fillette eut à peine le temps de rouvrir la bouche : une gifle claqua, aussitôt suivie de cris et de pleurs. Mima, à bout de nerfs, se mit à pleurer à son tour. La fillette tomba dans ses bras. Et ce fut, comme d'habitude, une pluie de baisers, un océan de larmes, puis des fous rires impossibles à arrêter.

Mima était ainsi, à fleur de peau, débordante de vie et créant autour d'elle une agitation permanente. Tous les six mois, elle faisait une scène à Fatheya, la bonne, et la mettait à la porte, lui reprochant de mal cuire la *kofta*, de traîner au marché ou de donner le mauvais œil. Une remplaçante était embauchée. Mais, quelques jours plus tard, ne pouvant se passer de son souffre-douleur, Mima prenait le tramway pour Sayeda Zeinab et allait rechercher Fatheya au fond d'une ruelle crasseuse...

Roger sortit de la pièce en hochant la tête. Il était décidé à accorder vingt-cinq piastres à ses deux frères, vingt-cinq piastres seulement.

– Tu entends, Sélim ? Vingt-cinq piastres. Sur ma vie, tu n'auras pas un millième de plus !

Ces comptes d'apothicaire révoltaient mon père. Il ne supportait plus les pantalons rapiécés, les chaussettes reprisées, les souliers indéfiniment ressemelés... Il serait riche un jour. Rien que pour en mettre plein la vue à cet aîné irréprochable, insupportable, qui lui faisait jadis réciter ses leçons au cabinet, une règle à la main.

6

Par la fenêtre grande ouverte s'engouffrait toute la douceur de cette soirée héliopolitaine, et Michel Batrakani exultait. Calé dans son fauteuil, les yeux mi-clos, il savourait chaque note d'une valse de Chopin, admirablement jouée par Lidy. Le flanc du piano était caressé de temps en temps par une brise légère qui évoquait une nuit sans fin.

Le groupe des Essayistes se réunissait tous les mois à Héliopolis autour d'un conférencier. Ce vendredi d'octobre 1934, un professeur de la faculté des lettres avait brillamment disserté sur « Boileau et l'épreuve du temps dans la querelle des anciens et des modernes », provoquant une discussion très animée. Puis, comme chaque fois, le piano de Lidy avait tout effacé...

La rencontre de Michel avec les Essayistes remontait au mois de février précédent. C'était le résultat inattendu d'une année de chamailleries dominicales en famille à propos de l'Allemagne nazie.

– Je vous ai rencontrée grâce à ce *bahlawane* de Hitler, avait dit mon parrain à Lidy.

Mais la jeune fille ne prenait nullement Hitler pour un bouffon. Dans sa famille, comme dans toute la bourgeoisie juive du Caire, les mesures antisémites adoptées en Allemagne provoquaient une colère et une inquiétude croissantes. Les représentants des organisations israélites, réunis en mars 1933 autour de Joseph Cattaoui pacha et du grand rabbin Haïm Naoum effendi, avaient décidé le boycottage des produits allemands en Égypte. La mesure s'appliquant aux médicaments, le comité des hôpitaux israélites demanda aux agents pharmaceutiques français des produits de substitution : on avait besoin, entre autres, d'un remède contre la bilharziose pour remplacer le fameux *Fouadine*, spécialement conçu pour l'Égypte par la firme Bayer-Meister.

Georges Batrakani était au comble de l'indignation :

– Mais pour qui se prennent-ils, ces juifs ? Parole d'honneur, ils veulent nous affamer !

Étant l'agent d'une firme pharmaceutique de Hambourg, Georges bey se posait en victime directe du boycottage. Chacun savait pourtant que cette marque ne représentait qu'une très modeste partie de son chiffre d'affaires. Il était d'ailleurs aussi l'agent de quatre laboratoires français et, à ce titre, pouvait bénéficier de la nouvelle politique des hôpitaux israélites...

– Mais que veulent-ils, ces maudits juifs ? Ils possèdent déjà tous les grands magasins d'Égypte. Cicurel, c'est eux. Chemla, c'est eux. Gattegno, c'est eux. Et Orosdi-Back, ce n'est pas eux par hasard ? Encore heureux que nous ayons Sednaoui !

Michel intervint :

– Tu sais bien, papa, que la plupart des agents des firmes pharmaceutiques allemandes sont juifs. Ils se pénalisent eux-mêmes en quelque sorte...

– Tu es innocent ! Moi, je les vois travailler : ils démarquent leur marchandise et la mettent en vente. Ou alors, ils la stockent, en attendant des jours meilleurs, et font monter les prix.

Michel tenta de ramener le débat aux mesures antisémites de Hitler, mais il se heurta à son frère Paul qui était revenu enthousiasmé d'un voyage à Berlin :

– Ne crache pas sur l'Allemagne. On aurait bien besoin ici de discipline comme là-bas.

– Mais ce n'est pas le sujet, *ya akhi*. Qui te parle de discipline ?

– Justement, parlons-en !

Pour détendre l'atmosphère et répéter une histoire dont elle ne se lassait pas, Yolande tenta de caser son ancêtre le douanier :

– Savez-vous qu'au début du dix-huitième siècle, les douanes d'Égypte étaient contrôlées par les juifs ? Il a fallu toute l'habileté des grecs-catholiques de Damiette pour les écarter de ces postes et prendre leur place. Mon ancêtre le douanier...

– Ce que je sais, dit Georges bey en interrompant cette histoire archiconnue, c'est qu'aujourd'hui les juifs font la pluie et le beau temps. Avec leurs fabriques, leurs banques, leurs villas, tous ces Suares, ces Cattaoui, ces Rolo, ces Mosseri nous narguent et nous humilient.

Les déjeuners dominicaux furent encore plus tendus quand l'Allemagne décida, en signe de représailles, de ne plus acheter du coton égyptien. Georges bey en fit une affaire personnelle, comme si sa récolte n'était destinée qu'au pays de Hitler :

– Mais qu'est-ce que je leur ai fait moi, pour être puni deux fois ? Non seulement je ne peux pas vendre ici, mais on m'interdit d'exporter là-bas ! Tu vas voir, les juifs vont bientôt nous interdire le tarbouche. Tous en calotte, parole d'honneur !

Michel tripotait nerveusement son porte-couteau. Tant de mauvaise foi l'exaspérait. Avec *Sémoditchek*, au moins, on rigolait...

Début janvier 1934, le procès Jabès acheva de rendre insupportables les déjeuners familiaux. L'affaire avait éclaté quelques mois plus tôt, avec la publication par le Club allemand du Caire d'un pamphlet violemment antisémite. « La juiverie mondiale » y était accusée, entre autres, de « prolificité pernicieuse » et de « propension à certains crimes ». Se sentant personnellement insulté, un Italien de confession israélite, Umberto Jabès, poursuivait pour diffamation le comte van Meeteren, président du Club allemand.

– Lui, au moins, c'est un vrai comte, disait Georges à Yolande. Pas comme ton frère...

Michel avait été indigné par le pamphlet. Le 22 janvier 1934, il faisait la queue, en compagnie de mille cinq cents personnes, devant la première chambre du tribunal mixte, pour huer l'avocat de la défense, Me Grimm, venu de Munster.

– La brochure incriminée traitait de la situation du juif en Allemagne, déclara l'avocat. Elle ne visait ni M. Jabès ni aucune des personnes qui se sont associées à sa plainte. L'action est irrecevable.

Michel protesta à haute voix, encouragé par la colère de ses voisins. Le président menaça de faire évacuer la salle, puis donna la parole à Me Léon Castro, l'avocat du plaignant, qui répliqua de manière brillante :

– C'est au juge de démontrer si le dommage est causé à une collectivité ou à un individu. Or, il n'y a pas de collectivité juive. Cette collectivité n'est qu'une somme d'individualités...

Selon l'usage, Me Castro remit son tarbouche sur sa tête pour conclure avec panache :

– Ce n'est point devant un tribunal de la jurisprudence mixte d'Égypte, composé de magistrats de toutes races, nationalités et confessions, ayant pratiqué sans la moindre défaillance depuis cinquante ans le respect égal de toutes les croyances, de toutes les races et des droits de tous les peuples, qu'on peut démontrer qu'un peuple, qu'une race ou une confession quelconque ne mérite pas un égal respect de sa croyance, de sa dignité et de ses droits.

Michel applaudit frénétiquement. Une main posée sur son épaule le fit se retourner. C'était Victor Lévy.

Les deux anciens condisciples se regardèrent quelques instants, incapables d'émettre le moindre son. Ils étaient aussi émus l'un que l'autre...

Le tribunal prononça l'irrecevabilité de la plainte de M. Jabès au milieu des houhous de l'assistance. Michel se leva de son siège, partagé entre l'indignation et la plus grande joie. Il avait perdu un procès et gagné un ami.

– Serais-tu libre à dîner ? lui demanda Victor Lévy quand ils se retrouvèrent à la sortie.

A une heure du matin, ils étaient encore chez Groppi, au fond de la salle, en train de rattraper gaiement dix-huit années de mutisme. Toute la promotion 1921 défila, entre les bouteilles de bière Stella. Ils burent à la santé de Pernalty, du sultan, du laboureur et de chacun de ses enfants...

Ce soir-là, Victor Lévy invita Michel à faire partie du groupe des Essayistes dont il était l'un des animateurs. Une réunion particulièrement intéressante était organisée dix jours plus tard sur « L'actualité de l'*Esprit des lois*, une relecture de Montesquieu ».

– Et si tu aimes le piano, tu écouteras jouer ma cousine Lidy. Elle nous donne toujours un petit récital.

Michel détestait le piano. Il adora Lidy.

7

Il était onze heures du soir quand le téléphone sonna à la maison de Garden City.

– Un malheur est arrivé, Georges. Ton frère Nando...

Bien qu'ayant une dépêche détaillée sous les yeux, le cousin journaliste qui travaillait à *La Bourse égyptienne* se montra très vague sur les circonstances du drame. Ses propos furent accueillis par un long silence.

– Tu m'entends, Georges ? Est-ce que tu m'entends ?

– Je t'entends, dit finalement mon grand-père d'une voix sourde. Ces salauds-là ne perdent rien pour attendre.

*

– La porte était fermée mais le sang passait par-dessous. Il formait une petite mare devant l'entrée. Sur le coup, je n'ai rien vu. Quelqu'un avait dû souffler la lampe...

Le policier, silencieux, ne cessait de tremper sa plume dans l'encrier. A certains témoins, il fallait arracher la déposition. Le *omda*, lui, était intarissable et devançait les questions.

– Nous avions rendez-vous pour régler la vente d'un terrain. Le *khawaga* m'avait dit de venir après le coucher du soleil. Sur le pas de la porte, un chien hurlait...

Ferdinand Batrakani gisait sur le dos. On lui avait tranché la gorge, comme à un mouton.

– Je ne comprends pas, disait le *omda*. Il suffisait de l'égorger. Pourquoi lui ont-ils aussi ouvert le ventre ? Ses intestins pendaient d'un côté, déjà couverts de mouches...

*

Le lendemain matin, Georges Batrakani alla rendre visite à la veuve de Nando. Puis il partit en voiture pour la ferme de son frère qui se trouvait à quelques kilomètres de Mansoura. Ses fils avaient proposé de l'accompagner mais ils s'étaient heurtés à un mur :

– Je pars avec Makram. Un comptable suffira.

Vingt ans après, on s'interrogeait encore sur ce qu'il avait voulu dire. Makram lui-même, discrètement questionné par Michel puis par Paul, était incapable de donner une explication satisfaisante. A l'en croire, Georges n'avait pas ouvert la bouche jusqu'à Mansoura.

Pour Makram, Ferdinand Batrakani était l'archétype du parasite et de l'exploiteur. En ce propriétaire boulimique, sans scrupules, accumulant les feddans, il avait toujours vu un ennemi du peuple.

– Tôt ou tard, ton frère trouvera sa punition, disait le copte.

Et si c'était pour cette phrase, simplement, que Georges l'avait emmené à Mansoura ? Un comptable, pour rendre compte, pour se rendre compte... En tout cas, l'habit noir de Makram était, pour une fois, de circonstance.

Visiblement, Nando n'avait pas été victime d'un bandit isolé qui passait par hasard. Tout laissait croire à une machination locale, collective, organisée : l'absence des domestiques, les témoignages ineptes des voisins qui ne savaient rien, n'avaient rien vu, rien entendu...

– Si je tenais l'assassin, je l'étranglerais de mes mains, dit Georges au *omda*. Mais ils se sont mis tous ensemble pour le tuer. Que ses débiteurs ne se croient pas déliés par ce crime ! Les livres de comptes de mon frère sont sous clé au Caire. Je défendrai moi-même les intérêts de la veuve et des enfants. Et malheur aux insolvables !

Le soir, sur le chemin du retour, il demanda à Makram de l'aider à liquider les affaires de Nando. Le copte ne put le lui refuser.

Dès le lendemain, Georges bey faisait une démarche tonitruante au ministère de l'Intérieur. Une démarche sans illusions, pour la forme et pour l'honneur. L'affaire allait d'ailleurs être classée quelques mois plus tard, faute d'indices suffisants.

*

Mon grand-père était l'une des rares personnes à connaître la somme d'efforts, d'imagination et d'audace qu'il avait fallu à Nando pour devenir riche. Une fortune amassée piastre par piastre, puis feddan par feddan, en partant de zéro. Nando avait osé, lui, s'éloigner des lumières de la ville pour s'enfoncer dans cette campagne égyptienne si méconnue, si méprisée, qu'il allait finir par connaître admirablement – et par aimer.

En 1890, à l'âge de dix-huit ans, le frère aîné de Georges s'était mis au service d'un certain Xénakis. Cet usurier grec, immobilisé au Caire par la goutte, avait besoin d'un commis voyageur pour faire la tournée de ses clients dans le Delta.

Quatre fois par semaine, au petit matin, le gros Nando prenait le train pour Benha, avec ses provisions de bouche : deux ou trois sandwiches de fèves cuites, quelques tomates et un morceau de fromage de Constantinople, enveloppés dans une double page du *Bosphore égyptien*. Le reste de son équipement se limitait à un crayon de bois et un petit calepin. Quant à l'argent, il le cachait dans une poche spéciale que sa sœur Eugénie lui avait cousue à l'intérieur du pantalon.

Dès que le train se mettait en branle, Nando dépliait son journal : cette heure de voyage lui donnait toujours une petite faim. Il se sentait déjà à la campagne dans ce compartiment de troisième classe qui ressemblait à une basse-cour. Poules et canards y circulaient en liberté, couvrant d'excréments les mules de cuir jaune que des passagers avaient retirées pour se mettre à l'aise et tripoter leurs orteils.

A Benha, Nando louait un ânon à l'œil vif et au poil lustré – toujours le même. Sa mission consistait à aller de village en village pour encaisser les créances et proposer de nouveaux prêts. Chaque opération conclue lui valait une commission de un pour cent.

Les clients du Grec, qui ne savaient ni lire ni écrire, signaient des billets à ordre avec l'empreinte de leur pouce. La livre sterling leur était généralement prêtée 125 piastres, ce qui faisait un intérêt de 27,5 pour cent. Le Code civil n'autorisait pas de taux supérieur à 12 pour cent, mais comment empêcher des cultivateurs déjà endettés, voyant fondre les prix agricoles d'une année sur l'autre, de tomber dans le filet des usuriers ? Ils devaient rembourser les avances perçues pour l'achat de semences ou d'engrais ; la moindre cérémonie familiale – mariage, circoncision ou funérailles – déséquilibrait leur fragile budget, les obligeant à emprunter davantage, à n'importe quel taux...

Ces petits cultivateurs auraient pu se tourner vers les banques, comme le faisaient les pachas qui possédaient d'immenses domaines. Mais les banques exigeaient une hypothèque et, d'ailleurs, prêtaient rarement des sommes aussi modestes. De plus, c'étaient les percepteurs, honnis dans les campagnes, qui se chargeaient de recouvrir les créances. Personne n'avait oublié leurs agissements jusqu'à l'occupation anglaise : ils prélevaient à tout propos des impôts écrasants, à coups de *corbache*, ce sinistre fouet en peau d'hippopotame dont l'utilisation était en principe interdite, depuis 1883. En principe... Ayant affaire à une banque, un débiteur insolvable risquait de voir sa terre saisie, alors qu'avec un usurier, il pouvait toujours s'entendre.

Nando prenait le temps d'écouter longuement les uns et les autres. Il se familiarisait avec les coutumes villageoises et les techniques agricoles. Désormais, il savait évaluer d'un simple coup d'œil la qualité d'une récolte de canne à sucre, le prix d'une *gamousse* de trait ou le rendement d'une *noria* à manège. Il avait aussi appris, en observant la manière originale de mesurer le volume des grains – une mesure qui tenait compte du tassement des couches les plus basses – que deux et deux ne font pas forcément quatre : leçon capitale qui lui servirait beaucoup par la suite...

Une fois par semaine, Nando communiquait au Grec son petit calepin contenant le nom des débiteurs, le montant et la date d'émission des effets. Cela ne l'empêchait pas de travailler parallèlement pour son propre compte, à petite échelle : il lui arrivait par exemple de prêter vingt piastres à un cultivateur, qui lui étaient remboursées trente, la semaine suivante, au jour du marché...

Au bout de quelques années, Nando faussa compagnie au Grec. Il avait appris la musique, sachant jouer à la fois sur les échéances des prêts et sur les cours du coton.

Malgré des intérêts calculés pour l'année entière, le remboursement était toujours exigé en octobre, lors de la récolte. C'était « le mois des usuriers ». Le fellah insolvable se voyait alors obligé de leur vendre sa production. Or, les prix du coton ne cessaient de fluctuer. Les usuriers bien organisés, comme Nando, étaient avertis des dernières cotations par les dépêches de leurs correspondants et agissaient en conséquence. Au total, leurs profits pouvaient atteindre 60 pour cent.

La panse de Nando grossissait en même temps que la poche-portefeuille de son pantalon. Lorsque la guerre éclata, en 1914, ce chevalier de l'usure se transforma en spéculateur. Il achetait toutes les terres qui se présentaient. Vingt ans plus tard, à sa mort, il était à la tête d'une fortune d'un million de livres égyptiennes.

*

Vis-à-vis de ce frère aîné qui lui ressemblait si peu, Georges avait toujours eu une attitude complexe. Il semblait le protéger et l'excuser, sans forcément l'approuver. L'aîné, en fait, c'était lui. Et son titre de bey n'avait fait qu'accentuer ce renversement des rôles.

Dans les années qui suivirent la mort de Nando, mon grand-père donna l'impression de statufier le disparu. Il répétait souvent, de manière sentencieuse :

– Comme disait mon frère Ferdinand...

Mais, de Ferdinand Batrakani, tout le monde n'avait gardé que le souvenir d'une solide fortune, d'un prodigieux appétit et d'un rire gras, énorme, qui explosait à la manière d'une chasse d'eau.

SIXIÈME PARTIE

Quartiers réservés

1

Le Père André Batrakani serrait les dents et priait la Vierge Marie. Cela faisait cinq bonnes minutes qu'il avançait dans ce lieu infâme en compagnie du brave Ebeid, le plus ancien chauffeur du collège. Ils avaient été obligés de garer la Citroën assez loin, avant de franchir à pied un étroit passage qui marquait l'entrée du *Fish Market*.

Pas le moindre poisson à la ronde, évidemment. Les touristes emmenés là par des guides aux airs mystérieux découvraient vite que le *Fish Market* était le quartier réservé du Caire.

– Réservé à qui ? Aux Anglais, comme le Sporting Club ? avait demandé un jour André, âgé de dix ans, lors d'une réunion de famille, déclenchant l'hilarité générale.

Il s'apitoya sur cet enfant à qui il ressemblait encore tellement par certains aspects. Réservé à qui ? Pourquoi « réservé » ? Personne n'avait répondu à sa question. C'était l'époque où ses oncles lui disaient d'un air entendu, le dimanche au déjeuner :

– Quand tu seras grand, tu entreras aux tribunaux mixtes.

Il en rougissait. Ce mystérieux endroit, réservé à la mixité, n'était-il pas celui où des hommes se livraient à des actes défendus avec des filles de mauvaise vie ?

Une femme à la voix rauque avait téléphoné au collège en fin d'après-midi :

– Il y a là un garçon qui ne va pas bien du tout. Ses camarades m'ont dit qu'il était de votre école. Si vous ne venez pas rapidement, j'appelle la police.

Le Père préfet avait aussitôt convoqué André :

– Seul quelqu'un connaissant bien l'arabe peut aller récupérer ce garçon. Pourriez-vous partir tout de suite ? Ebeid vous accompagnera.

C'était un dédale de petites rues, aux maisons basses et crasseuses. Des femmes de toutes origines – noires, arabes, grecques, maltaises ou juives – interpellaient les passants en toutes les langues. Sur les portes, des écriteaux indiquaient leur nom et leur nationalité. Elles complétaient l'information de vive voix en donnant des détails sur leur science amoureuse, avec des trémoussements et des gestes suggestifs.

Ne regardant ni à gauche ni à droite, André suivait mécaniquement Ebeid qui, de temps en temps, s'arrêtait pour demander sa route. Une fausse blonde, aux sourcils charbonneux et aux joues horriblement fardées, le tira par la manche de la soutane :

– Viens par ici, beau gosse ! Je sais ce que tu cherches, moi !

Il se dégagea vivement, le visage blanc de colère, tandis que le chauffeur repoussait la fille. Celle-ci leur servit alors une bordée d'injures où il était question, entre autres, de la mère d'André. Le pauvre Ebeid accéléra le pas en hochant la tête.

Dans la ruelle suivante, les fenêtres des maisons étaient grillagées. Des passants prenaient leur élan, s'élançaient contre le mur puis s'agrippaient aux barreaux pendant quelques instants, pour mieux jauger les prestations fournies par les filles.

S'il avait été seul, le Père Batrakani aurait probablement rebroussé chemin. Mais Ebeid avançait maintenant à grands pas, sûr d'être dans le bon chemin.

– C'est là-bas, dit-il en désignant un petit attroupement devant une porte ouverte.

André aperçut deux silhouettes se détacher du groupe et s'engouffrer dans une ruelle voisine. C'étaient deux cancres de la division des grands, connus depuis longtemps pour leur indiscipline. Ceux-là ne perdaient rien pour attendre...

– Finalement, vous arrivez ! s'exclama une grosse matrone en savates. Ce n'est pas trop tôt ! Vous avez de la chance : le gamin va mieux. Il avait perdu ses esprits, on croyait même qu'il était mort. *Yalla, yalla !* prenez-le et partez. Je ne veux plus d'enfants chez moi.

Dans la pièce, des rideaux de mousseline sale masquaient à moitié un grand lit de fer. Le jeune Raouf B., élève de seconde, y était étendu, le visage en feu. A la vue du Père Batrakani, il redressa la tête, en demandant d'une voix inquiète :

– Est-ce que je serai renvoyé du collège, mon Père ?

André ne répondit pas. D'un regard, il invita Ebeid à aider le garçon à se relever et, cette fois, ouvrit la marche.

– *Yalla, yalla !* il n'y a rien à voir, criait la matrone de sa voix rauque, en écartant les badauds.

2

Yolande Batrakani organisait un thé chez elle tous les mardis. D'ordinaire, Viviane fuyait comme la peste ces caquètements mondains, s'arrangeant pour ne jamais « venir saluer ». Cette fois, non seulement elle était arrivée en avance mais elle avait invité son amie Salwa à la maison : les deux adolescentes brûlaient de connaître l'invitée d'honneur, la célèbre Hoda Chaaraoui, âme du féminisme égyptien.

Le mois précédent, elles avaient assisté ensemble au mariage d'une camarade musulmane, âgée de seize ans à peine. Un mariage décidé par la famille, sans même consulter l'intéressée. Viviane avait eu un choc en voyant l'époux : un quadragénaire ventru et noiraud, presque chauve. Selon la coutume, leur amie avait changé de toilette plusieurs fois au cours de la fête, mais son visage poudré lui donnait l'allure d'une morte. En les apercevant, elle avait éclaté en sanglots.

– Moi, je me serais tuée, dit Salwa à Viviane, le lendemain au pensionnat, pendant une récréation. Oui, ouvert les veines. Ou alors, je serais allée voir Hoda Chaaraoui...

Elles s'éloignèrent ostensiblement l'une de l'autre en voyant arriver la surveillante. « Quand on est deux, le diable est au milieu », disaient les Mères.

Que pouvait signifier exactement le diable pour une musulmane comme Salwa ? En classe, pendant la prière, elle se tenait debout, silencieuse, comme indifférente. Viviane l'observait du coin de l'œil. On murmurait qu'une élève musulmane de rhétorique s'était convertie en cachette de ses parents et que les religieuses la faisaient communier discrètement après la messe.

Vrai ou faux ? Ce n'était pas en tout cas le genre de Salwa. Viviane connaissait trop bien son amie pour l'imaginer à genoux dans la sacristie...

La première fois que Salwa l'avait invitée chez elle, une grosse automobile noire les attendait devant le pensionnat. Viviane, stupéfaite, avait vu son amie baiser la main de son père. Elle avait pris place avec elle sur la banquette arrière du véhicule, très intimidée. Le père, assis à côté du chauffeur, n'allait pas dire un mot ni leur adresser un regard pendant tout le trajet.

La dernière provocation de Hoda Chaaraoui concernait le mariage. Elle venait de bousculer la tradition musulmane en organisant à sa manière les noces de sa fille spirituelle, la superbe Hourriah Idriss. Le marié était en habit noir et gants blancs, à l'occidentale, tandis que Hourriah, vêtue d'une robe blanche et d'un long voile, était flanquée de demoiselles d'honneur et d'un porte-traîne... Mais c'était surtout le contrat de mariage qui avait fait jaser : pour lui accorder sa filleule, Hoda Chaaraoui n'avait demandé à ce jeune diplomate que la somme dérisoire de vingt-cinq piastres à la signature et de trois cents livres payables à terme. Des commentateurs scandalisés l'avaient accusée de « déprécier nos jeunes filles ».

Interrogée sur cette affaire par une amie de Yolande, au milieu du cliquetis des cuillères d'argent dans les tasses, Hoda Chaaraoui répondit en souriant :

– Mais non, je ne déprécie pas nos jeunes filles ! Je facilite simplement les mariages. Dans le système absurde qui règne actuellement, le jeune homme se voit imposer comme *mahr* des sommes astronomiques. Soit il renonce à se marier, soit il s'endette considérablement. Ne devrait-il pas plutôt consacrer cet argent à se donner un *home* agréable ?

– On vous reproche aussi de faciliter les divorces...

– Quelle hypocrisie ! Je suis fière d'avoir fait voter une loi qui permet à une femme de divorcer si elle est victime de sévices. Et j'espère bien pouvoir faire interdire le mariage des filles avant l'âge de seize ans.

Assise un peu à l'écart avec Viviane, Salwa buvait les

paroles de Hoda Chaaraoui qui était la veuve d'un pacha, compagnon de route de Saad Zaghloul.

– On m'a mariée à treize ans, racontait l'invitée d'honneur. J'étais complètement ignare. J'ai demandé à mon mari de me laisser partir quelque temps dans nos propriétés de Haute-Égypte. Il a accepté, car c'était un homme intelligent et cultivé. Pour m'écrire à l'époque, il devait envoyer sa lettre à l'eunuque sous double enveloppe : le nom d'une femme était si secret qu'il ne devait même pas être prononcé par le facteur ! En Haute-Égypte, j'ai dévoré la bibliothèque européenne de mon père. Puis j'ai fait venir d'autres livres, de France, d'Angleterre, d'Amérique. Jusqu'à l'âge de vingt ans, j'ai étudié, réfléchi, comparé. Puis, un jour, j'ai écrit au pacha que je me sentais digne de lui, et nous avons repris la vie conjugale selon la mode musulmane.

Pendant les événements de 1919, Hoda Chaaraoui avait manifesté dans les rues du Caire avec d'autres dames, voilées comme elle. Quatre ans plus tard, ayant fondé l'Union féministe égyptienne, elle représentait l'Égypte au Congrès féminin de Rome.

– Au retour de notre délégation, des milliers de personnes étaient massées à la gare du Caire. Je suis descendue du train, toute vêtue de noir, puis j'ai rejeté mon voile. Ils auraient pu me cracher à la figure. Personne n'a bronché. J'ai traversé la foule lentement, des larmes coulaient sur mon visage... Le lendemain, quelques vieux ulémas sont venus me supplier de remettre le voile. Je leur ai répondu que ma conscience me l'interdisait.

– Est-ce que le roi vous soutenait ? demanda Yolande.

Hoda Chaaraoui fit oui et non en dodelinant de la tête : Fouad ne voulait pas se compromettre.

– En 1932, quand la reine Souraya d'Afghanistan est venue au Caire, Fouad craignait qu'elle ne montre son visage. Il lui avait envoyé une épaisse mousseline, cravatant un bijou. Souraya est arrivée emmitouflée dans ce châle. Nous, les dames de l'Union féministe, présentes à la gare pour la recevoir, nous étions voilées aussi, par ordre du roi. Mais quand l'automobile de Fouad est passée devant nous, d'un seul mouvement nous avons toutes rejeté notre voile. Et pour nous faire pardonner ce geste de rébellion, nous lui avons lancé des roses.

– C'est formidable ! s'exclama Salwa, avant de piquer un fard en voyant tous les regards se tourner vers elle.

Hoda Chaaraoui lui fit un geste amical de la main, en poursuivant :

– C'est vrai que les choses évoluent. L'année dernière, une étudiante s'est présentée à la licence en droit. Nous avons aujourd'hui en Égypte deux cent mille écolières – deux fois plus qu'au début des années vingt. Mais elles ne représentent même pas le dixième des filles en âge scolaire. Et je compte parmi elles les jeunes chrétiennes des grandes villes, comme vous, qui sont toutes scolarisées.

Viviane faillit intervenir pour préciser que son amie était musulmane, mais Hoda Chaaraoui continuait sur sa lancée :

– C'est vrai qu'aujourd'hui dans les tramways, les harems sont de moins en moins respectés. On trouve des hommes dans ces compartiments, et des femmes n'hésitent pas à aller dans les autres. Mais, attention, rien n'est joué ! Regardez le scandale qu'ont provoqué les deux étudiantes en maillot de bain à la fête nautique de l'université. Et je vous signale que les Cheikhs d'Alexandrie veulent diviser les plages en deux zones. Déjà, une station balnéaire pour femmes seules va être inaugurée à Sidi Bishr. Je connais plus d'un notable qui obligera son épouse à ne se baigner que dans cette prison maritime...

Elle se tourna vers Salwa :

– Voyez-vous, la bataille pour l'émancipation de la femme égyptienne sera longue, très longue. Il y aura des coups d'arrêt et des retours en arrière. Mais nous gagnerons, j'en suis sûre. Surtout si des jeunes filles comme vous viennent se joindre à nous...

Hoda Chaaraoui fut interrompue par le *soffragui* qui était entré brusquement dans le salon, le regard fébrile.

– Qu'est-ce qu'il y a, Rachid ? fit Yolande, étonnée.

– Pardonnez-moi, madame. Sa Majesté le roi est mort.

3

Dans la rue Abdine, les chaises étaient louées trente piastres pour la matinée. On achetait même sa place sur une grande échelle double, installée sur le trottoir par un épicier astucieux. Mais les vrais privilégiés, eux, attendaient le cortège royal à l'hôtel Continental, équipé de gradins pour la circonstance...

Venu en badaud, Hassan se sentait pris au piège, comme il devait le raconter plus tard dans *Itinéraire d'un officier*. Ne contribuait-il pas à grossir cette foule immense dont la seule présence serait interprétée comme un chèque en blanc au nouveau roi ?

Fouad était mort après plusieurs jours d'agonie, ponctués de communiqués médicaux faussement rassurants. Aucune des prières organisées par les ulémas, les évêques des différents rites ou le grand rabbin n'avait pu le retenir ici-bas.

Le prince Farouk avait dû attendre que son père meure tout à fait pour quitter son collège de Woolwich, près de Londres, et s'acheminer vers l'Égypte. Il arrivait comme une fleur, cinq jours après l'enterrement.

– Les Anglais avaient proposé de le ramener en express par un navire de guerre, lança un employé des tramways dans le dos de Hassan.

– Il a refusé et il a bien fait, répondit une voix. De quoi aurions-nous eu l'air ? Un roi d'Égypte ne vient pas prendre possession de sa couronne à bord d'une canonnière britannique !

Farouk, âgé de seize ans à peine, avait eu droit à tout le tralala. Salué à Buckingham par Édouard VIII, il était parti par train spécial pour Douvres. Deux destroyers avaient accompagné son vapeur jusqu'à Calais, tandis que, dans le port de Marseille, une aile entière du *Viceroy of India* avait été aménagée à son intention.

Mais ce n'était rien à côté de ce qui l'attendait en Égypte : la flotte anglaise sur son trente-et-un, des avions dans le ciel et des foules considérables massées à toutes les gares pour voir passer son train blanc. Au Caire, le long des rues que devait emprunter le cortège, des haut-parleurs diffusaient des messages, des discours et des chants.

– Il est jeune, il est beau, il va chasser les Anglais, lança l'employé des tramways.

– En tout cas, il ne manquera pas d'argent de poche, commenta l'un de ses collègues. Il paraît que Fouad lui a légué plusieurs millions de livres. Sans compter les palais et la collection de timbres-poste...

Hassan, qui avait le même âge que Farouk, songea au billet d'une livre que venait de lui remettre son oncle Rachid. Un très beau cadeau. Le cadeau annuel... Il repensait aussi à cette Viviane Batrakani dont les yeux verts le poursuivaient depuis le matin. Que faisait-elle à la cuisine lorsqu'il avait sonné à la porte de service ? D'ordinaire, lors de ses rares visites à son oncle, il ne croisait aucun membre de cette famille de *khawagate*.

Hassan et Viviane s'étaient reconnus au premier regard, se souvenant de leur première rencontre dans l'ancienne maison de Choubra, six ans plus tôt. Ni l'un ni l'autre n'avait oublié la chanson d'Abou Semsem, le porteur de la boîte à merveilles :

Ya salam, ya salam
Chouf el forga di kamane...

– Je viens voir mon oncle Rachid, avait articulé Hassan avec difficulté, ébloui par cette adolescente aux yeux verts.

La voix hésitante du neveu de Rachid contrastait avec son visage taillé en lame de couteau. Viviane fut surtout troublée par sa poitrine d'athlète qui crevait une chemise blanche, tachée de transpiration.

– Entre, dit-elle, d'une voix qui se voulait parfaitement indifférente. Je vais appeler Rachid.

Le simple fait de prononcer ces quelques mots en arabe lui avait permis de reprendre ses esprits et de dresser une barrière invisible entre eux. Car chaque langue avait sa fonction. Aucun Batrakani n'aurait songé à traduire *maalech* par « ça ne fait rien » ou à remplacer *mabrouk* par « félicitations ». L'amour, en revanche, ne se concevait qu'en français – ou en anglais, à la rigueur, au cinéma. Un « je t'aime » en arabe eût été risible, presque obscène...

Hassan avait été subjugué par cette voix assurée de bourgeoise cosmopolite. Un désir violent l'avait saisi de la serrer dans ses bras, de l'embrasser à pleine bouche...

La foule s'agitait du côté de la place de l'Opéra. Hassan tendit le cou. Une grosse automobile rouge, escortée de plusieurs autres véhicules, approchait à petite allure, sous des applaudissements de plus en plus nourris. C'étaient la reine mère et ses filles qui précédaient Farouk pour l'accueillir au palais d'Abdine.

Rachid avait été ravi de la visite de son neveu qui était quasiment à sa charge depuis le jour où il l'avait sorti de l'abattoir à chameaux de Guiza. Il rêvait toujours de le voir devenir fonctionnaire.

– Tu ne veux pas postuler aux Chemins de fer ? lui avait-il suggéré pour la énième fois. Je pourrais demander au *khawaga* de t'appuyer. Il connaît beaucoup de monde, il a le bras long...

– Je vais me présenter à l'Académie militaire, dit Hassan.

– A l'Académie militaire ! Pour être officier ! Mais ils ne voudront jamais de toi, *ya ebni*. Ils ne prennent que des gens riches ou des fils d'officiers.

Hassan savait que son admission à l'Académie était loin d'être acquise. Dans *Itinéraire d'un officier*, il raconte : « Si je pouvais passer haut la main le test d'aptitude physique, je risquais, comme la plupart de mes camarades, d'être recalé à l'oral. Le comité d'admission m'aurait certainement demandé si j'avais fréquenté un groupe politique ou si j'avais participé aux manifestations de l'année précédente. Que répondre ? Ces officiers supérieurs, aussi arrogants que méprisants, avaient sans doute accès aux fichiers de la police... »

Hassan se disait que son père aussi devait être fiché en 1919, avant d'être abattu comme un chien, en pleine rue. Il ne connaissait pas son visage. Personne n'avait de photo de lui : ni son épouse, remariée dès 1920 avec le *omda* du village dont elle était devenue la troisième femme ; ni l'oncle Rachid qui racontait que l'ouvrier cigarettier était révolté contre les injustices et avait toujours eu le sang chaud.

Hassan aussi sentait bouillir le sang dans ses veines, sans mériter pour autant le qualificatif d'agitateur : il était seulement agité, cherchant fébrilement sa voie, entre les Chemises bleues du Wafd – trop pâles à son goût – et les Chemises vertes dont les membres maniaient des explosifs dans le désert de Hélouan. Mais les manifestations étudiantes de novembre 1935 avaient mélangé toutes les couleurs...

« J'étais descendu dans la rue, le 13 novembre, en compagnie de nombreux autres élèves des écoles secondaires, pour réclamer le départ des Anglais et le rétablissement de la Constitution de 1923. Nous nous dirigions vers le pont de Roda, à la rencontre d'étudiants de l'université qui venaient de l'autre rive du Nil. J'étais à mi-pont lorsque j'entendis une balle siffler à mes oreilles. Je rebroussai aussitôt chemin et m'enfuis au pas de course...

« Deux morts, des dizaines de blessés, de nombreuses arrestations. Le gouvernement décréta la fermeture des écoles pendant un mois. Mais, quelques semaines plus tard, le roi Fouad rétablissait la Constitution de 1923. Nous avions gagné... » *(Itinéraire d'un officier*, p. 40)

Une rumeur grossissante parvenait de la place de l'Opéra. Les haut-parleurs, qui crachaient une musique nasillarde, se turent brusquement. Seul un bruit de sabots, de plus en plus fort, annonçait l'arrivée du cortège

Hassan eut un choc en apercevant le détachement de la garde royale à cheval. Les officiers pavoisaient, avec leur tunique blanche, leur culotte bleue rayée de rouge, leur ceinturon en or et les piques qu'ils tenaient à la main. Il eut follement envie de leur ressembler. Pendant quelques instants, il s'imagina en uniforme, à cheval parmi eux, passant sous la maison de cette Viviane Batrakani qui, accoudée à sa fenêtre, guettait Abou Semsem...

Farouk était en calèche découverte, aux côtés d'Ali Maher pacha, le président du Conseil. Il portait un tarbouche et une redingote noire. Il était beau, il était jeune.

– Vive le roi ! hurlait l'employé des tramways.

– Les Anglais dehors ! criait un de ses voisins.

Hassan sentit sa poitrine se gonfler d'émotion. Ce roi était beau, il était jeune, il allait chasser les Anglais. Sautillant sur place, les bras en l'air, le futur officier se mit lui aussi à crier *Yaïch Farouk* ! à pleins poumons.

4

Farouk allait peut-être les chasser, mais en attendant les Anglais étaient bien là, solidement installés au cœur de la ville. Si la Résidence britannique restait le centre du pouvoir en Égypte, d'autres lieux, plus frivoles, symbolisaient aussi bien la puissance occupante. Le Turf Club, par exemple, exclusivement fréquenté par des citoyens de Sa Majesté, où l'on lisait le *Times* dans de grands fauteuils en cuir, enveloppés de fumée blonde. Ou encore le Guezira Sporting Club, niché entre les deux bras du Nil et dont les kilomètres de pelouses, rasées de près chaque matin, accueillaient des joueurs de tennis, de cricket, de croquet et de polo.

Mon oncle Paul et sa femme désiraient ardemment devenir membres du Club. Si la Suissesse lorgnait la piscine, Paul, qui n'était pas sportif pour deux piastres, visait seulement le prestige d'appartenir au saint des saints.

Les Anglais occupaient le Sporting depuis sa création et en assumaient seuls la direction. A peine avaient-ils entrouvert la porte à d'autres étrangers et à quelques Égyptiens triés sur le volet.

La candidature de Paul Batrakani fut présentée en juin 1937 et refusée le même mois, sans explication. L'aimable propos d'un membre du comité allait cependant revenir aux oreilles du postulant :

– Le Club n'est pas fait pour les tarbouchiers.

Paul en fut horriblement vexé. A la suite de cette affaire, il aurait pu devenir anti-britannique. Il devint anti-tarbouche.

– Tu devrais songer à produire autre chose, dit-il à son père.

Le tarbouche est ridicule. Les gens ont l'air de porter un pot de fleurs sur la tête.

Georges bey le regarda avec stupéfaction :

– Tu plaisantes, ou quoi ?

Paul se lança alors dans une longue tirade sur le caractère peu hygiénique du tarbouche dans un pays chaud comme l'Égypte.

– Mais tu es complètement fou ! s'exclama mon grand-père en l'interrompant. Tu me ressors des arguments qui traînent partout, des âneries que j'ai déjà entendues mille fois. Je ne suis ni un hygiéniste ni un créateur de haute couture. Les pots de fleurs, comme tu dis, ne se sont jamais aussi bien vendus.

Grâce aux mesures de protection de l'industrie locale, et sans doute parce qu'une partie du public préférait acheter égyptien, les importations de tarbouches étrangers diminuaient d'année en année. Dans la production nationale, c'était la maison Batrakani qui commençait à rafler la mise. Quelques jolis coups publicitaires accompagnaient cette courbe ascendante. Georges bey avait affiché au-dessus de son bureau une grande photo de l'équipe olympique égyptienne partant pour les Jeux de Berlin en 1936 : ces athlètes souriants, massés en grappes aux fenêtres du train qui les emmenait vers Alexandrie pour embarquer, portaient tous des tarbouches Batrakani, gracieusement offerts par la maison...

Mais Paul insistait, avançant un argument commercial, le seul susceptible d'impressionner son père :

– Je songe aux ventes futures, papa. Le tarbouche est appelé à disparaître tôt ou tard. Aujourd'hui, la plupart des jeunes ne le portent que lorsqu'ils y sont obligés, pour passer des examens officiels par exemple. Tu devrais t'adapter à ce changement de mentalités.

– Changement de rien du tout ! Et je te prierai de ne plus jamais venir à la fabrique avec un chapeau sur la tête, comme tu l'as fait l'autre jour. C'est insensé ! On n'imagine pas le fils d'Henry Ford rouler en Pontiac ou en Chrysler.

Paul haussa les épaules et changea de sujet. Il aurait eu tant à dire, au-delà du tarbouche... Ce brillant avocat affichait de plus en plus son mépris pour l'Égypte et un intérêt démesuré pour tout ce qui était européen. Abonné au *Temps* de Paris, il ne manquait jamais de commenter à table une manœuvre de l'Action française, un projet de Blum ou un discours de Briand. Cela amusait beaucoup Alex qui ne l'appelait plus que par la traduction arabe de son prénom : Paul était devenu Boulos, au risque d'offenser ses ancêtres les Gaulois.

*

Dans le sixième cahier de Michel, je relève ces quelques lignes un peu amères :

9 octobre 1937

Il y a vingt ans, mourait le souverain le plus digne que l'Égypte ait jamais eu. Malheureusement, on ne peut l'écrire nulle part. Tout le monde est béat d'admiration devant ce gamin de Farouk, et le fantôme de Fouad se dresse encore parmi nous : dix-neuf ans de règne ne s'effacent pas si facilement.

L'honneur est sauf, si je puis dire, grâce au marchand de tapis du Midan Ismaïlia qui maintient, à l'entrée de son magasin, un grand portrait du sultan Hussein. J'y vais de temps en temps, pour le plaisir. Et il est rare que je reparte de là sans acheter quelque chose. Je ne sais plus où mettre toutes ces carpettes...

Pauvre sultan Hussein ! Mort trop tôt, il était arrivé trop tard au pouvoir. Farouk ne peut en dire autant. Ce jeune homme, à qui tout semble sourire, commence son règne par deux accords historiques. Il n'y est pour rien mais en tire le bénéfice. Voici l'Égypte plus ou moins libérée de l'occupation militaire britannique et les Capitulations abolies.

Paul ne s'en remet pas. Avec son pessimisme habituel, il considère l'accord de Montreux comme « la fin des Syriens d'Égypte ». Il est vrai que la disparition des tribunaux mixtes, fixée à 1949, l'obligera tôt ou tard à se reconvertir. « Tarbouchier, ça ne te dirait pas ? », a lancé Alex hier à table. Ils ont failli en venir aux mains.

5

Chaque année, à l'Épiphanie, l'évêque grec-catholique venait bénir les maisons et recueillir quelque argent. Il faisait une deuxième apparition en octobre ou novembre pour prendre des nouvelles des fidèles et récolter une somme plus importante. Lors de cette seconde visite, appelée *noureya*, la plupart des familles donnaient une livre égyptienne. Georges Batrakani, lui, avait décidé d'en remettre quinze au sacristain : le « roi du tarbouche » – comme allait bientôt le surnommer le magazine *Images* – ne voulait pas apparaître moins généreux qu'un Kahil ou qu'un Sednaoui...

La durée de la visite était souvent proportionnelle au montant de l'enveloppe. Dans certaines familles bourgeoises qu'il connaissait bien, le vicaire patriarcal restait même déjeuner. Pour cette *noureya* 1938, ma grand-mère avait fait préparer des feuilles de vigne farcies.

L'évêque s'était resservi deux fois. Il avait pris des nouvelles de plusieurs membres de la famille, ponctuant les informations qu'on lui donnait par des *smala ! smala !* admiratifs. C'est au moment du café qu'il lança inopinément à Michel :

– Et toi, *habibi* ? Toujours célibataire ?

Mon parrain, surpris, grommela une réponse affirmative, en allumant nerveusement une cigarette.

– Tu sais ce qu'on dit, poursuivit l'évêque : « *La aroussa ou la kallousa...* »

– « La fiancée ou le chapeau de curé », traduisit machinalement Yolande, qui trouvait elle aussi qu'un garçon de trente-trois ans devait fonder un foyer plutôt que de s'enfermer dans ses livres.

Michel se sentit insulté. La *kallousa*, bien sûr, il n'en avait jamais été question. Mais la *aroussa* ?

Gratifiant l'évêque d'un sourire crispé, il resta encore quelques minutes au salon par politesse puis s'éclipsa.

*

Trois mois plus tôt, chez les Essayistes, il avait donné une conférence très applaudie sur « Les effets de rythmes dans la poésie de La Fontaine. » Du piano où elle était installée, Lidy lui avait fait un signe qui valait tous les compliments.

Michel passa le reste de la soirée sur un nuage. Jamais, sans doute, depuis sa récitation au collège devant le sultan, il n'avait éprouvé une telle excitation, un tel sentiment de plénitude.

Quand l'assistance commença à se disperser, il s'approcha du piano où la jeune fille rangeait ses partitions. Elle semblait un peu irréelle, avec sa robe de mousseline blanche, sa peau diaphane et ce regard transparent qui l'avait si souvent troublé. Michel se sentit pousser des ailes. Sans préambule, en balbutiant un peu, il lui demanda :

– Lidy, voulez-vous devenir ma femme ?

Elle le regarda avec des yeux ronds :

– Mais, Michel...

Cette demande en mariage n'était nullement préméditée. La veille encore, apprenant par son frère Paul que la Suissesse attendait un deuxième enfant, il avait béni le ciel d'être célibataire, sans soucis et sans contraintes...

– Je suis juive, Michel.

Il lui expliqua avec flamme que cela n'avait aucune importance, que l'amour était plus fort que tout. D'autres en Égypte, avant eux, avaient su ignorer ce genre de frontière et n'étaient pas, loin de là ! les couples les plus malheureux.

– Mais, Michel, il y a autre chose... Je suis malade.

Il sourit :

– Je vous guérirai.

– Je suis très malade. Le médecin craint une insuffisance respiratoire.

Il souriait toujours, mais sa ferveur était un peu retombée. Cette maladie inattendue l'avait ramené sur terre en quelque sorte, et il se rendait compte qu'il n'avait aucune envie de se marier.

Son désarroi devait être perceptible car Lidy intervint aussitôt avec douceur et fermeté :

– Non, Michel, je vous assure. Vous êtes un ami très cher. Restons amis, s'il vous plaît.

Il la questionna sur sa maladie et tenta maladroitement de la rassurer. Puis il répéta sa demande en mariage, y mettant le plus de conviction possible.

– S'il vous plaît, Michel, n'insistez pas.

Il baissa les yeux d'un air résigné, se rendant compte que le refus de la jeune fille le soulageait terriblement...

*

Dans les mois qui suivirent, la maladie de Lidy ne fit plus de doute. Elle toussait. Mais les nouvelles d'Europe n'étaient pas étrangères à la tristesse qui, souvent, voilait son regard. La jeune fille suivait attentivement les provocations de Hitler, et le sort de l'Autriche la tourmentait. Elle en parlait pendant des heures avec des musiciens juifs qui avaient fui Vienne pour venir s'installer au Caire.

Chez les Essayistes, Lidy s'arrêtait parfois au milieu d'un morceau et se tournait vers la fenêtre entrouverte, en tendant l'oreille. Comme si un bruit de bottes se rapprochait... Puis, les yeux mi-clos, elle improvisait quelques accords, arrachant à son piano des notes sourdes et étranges, infiniment dérangeantes.

SEPTIÈME PARTIE

Sidi Bishr numéro 2

1

Le cinéma Métro était très fréquenté en cet été 1941. Bloqués dans la capitale à cause de la guerre, beaucoup de Cairotes profitaient de l'équipement révolutionnaire de cette salle – de l'air conditionné ! – pour échapper à la canicule. Sélim Yared, lui, allait carrément y faire la sieste le dimanche après-midi, en compagnie de son ami René Abdel Messih.

Ce dimanche-là, on donnait un film américain de deuxième catégorie, sous-titré comme d'habitude en trois langues : en français sur la pellicule, en grec et en arabe sur un petit écran latéral. Quand le mot « End » apparut, Sélim et René somnolaient à moitié. L'hymne national égyptien, diffusé de manière assourdissante et entrecoupé de parasites, vint leur rappeler que la Grande-Bretagne était en guerre contre l'Allemagne.

Dans un coin de la salle, six ou sept soldats anglais, passablement éméchés, entonnèrent une chanson de corps de garde dont les protagonistes étaient le roi Farouk et son épouse Farida. Des spectateurs hochèrent la tête, consternés. Une dame, du balcon, insulta en arabe ces fils d'Albion, en poussant des cris perçants. Mais la queue se formait déjà vers la sortie...

D'ordinaire, Sélim avait un choc en retrouvant la température extérieure. Cette fois, il ne s'en rendit même pas compte. Dans le hall du cinéma, son regard fut aussitôt happé par une jeune fille élancée, portant une robe jaune, qui entrait en riant au milieu d'un groupe.

René Abdel Messih, qui connaissait les arrivants, leur présenta son ami.

– Et ce film ? demandèrent-ils.

– Un navet, répondit spontanément Sélim. Mais alors, quelle fraîcheur !

La jeune fille se mit à rire. Elle avait des yeux verts. Sélim aurait volontiers assisté à une deuxième séance pour rester avec elle, mais René prenait déjà congé du groupe.

– Qui était cette jeune fille en robe jaune ? demanda Sélim quelques minutes plus tard alors qu'ils étaient attablés chez Groppi.

– En jaune ? Ah oui, Viviane Batrakani. Les tarbouches...

La prudence et le bon sens incitaient Sélim à en rester là. On l'avait cent fois mis en garde contre la grenouille qui voulait se faire aussi grosse que le bœuf. Une fille Batrakani, ce n'était pas pour lui, petit comptable chez Matossian, à onze livres par mois, qui avait dû interrompre ses études après le bachot, faute d'argent. Il essaya de se changer les idées, entre danse et poker, pendant le reste de la soirée, au Cercle de la jeunesse catholique, rue Emad-el-Dine.

Vers minuit, René Abdel Messih lui proposa de le ramener à Faggala en taxi :

– Le taxi, c'est mon assurance-vie. Je ne veux pas me faire agresser dans la rue par un soûlard anglais ou australien. L'autre jour, nous en avons encore retrouvé un, ivre mort, dans notre rue...

Les chauffeurs de taxi du Caire ne partageaient pas ce genre d'appréhension. Comme les cochers de l'autre guerre, ils étaient à l'affût des militaires étrangers qui payaient ce qu'on leur demandait. Les clients égyptiens s'en plaignaient amèrement : pour trouver un taxi désormais, c'était la croix et la bannière.

Mais René Abdel Messih employa sa technique habituelle. Caché derrière un réverbère, il cria « Hep, taxey ! » de sa voix de stentor, avec un accent à tromper un Écossais. Dès qu'un véhicule s'arrêta à leur hauteur, ils s'y engouffrèrent, chacun par une porte, sans laisser au chauffeur le temps de protester.

Arrivé chez lui, Sélim tourna doucement la clé dans la serrure pour ne réveiller personne. Il buta contre une commode à laquelle il n'était pas encore habitué : depuis que plusieurs de ses enfants travaillaient, Mima s'offrait de temps en temps un petit meuble pour rattraper une quinzaine d'années de vaches maigres. Ou une robe. Ou l'un de ces gros bouquets de roses dont elle raffolait...

N'ayant pas sommeil, Sélim alla sur le balcon et s'accouda à la balustrade. Au loin, au-dessus du Nil, des faisceaux de lumière balayaient le ciel, inutilement. Aucun avion allemand ne viendrait, cette nuit encore, réveiller la DCA. La guerre, au Caire, c'était surtout le papier bleu sur les vitres, les décorations collées sur les miroirs pour éviter d'éventuels éclats de verre – Mima avait choisi comme motif les pyramides – et, bien sûr, les ivrognes anglo-saxons. Rien de commun avec Alexandrie où, le mois précédent, un violent bombardement avait détruit le quartier réservé, la fameuse *Guéneina*, y faisant de nombreux morts.

Viviane Batrakani... Elle avait des yeux verts et son rire tintait comme un grelot. On racontait que son père coiffait tout le ministère des Affaires étrangères. Les ambassadeurs d'Égypte se faisaient livrer des tarbouches en Europe par la valise diplomatique...

Cette nuit-là, Sélim eut du mal à s'endormir. Une étrange créature vint hanter ses rêves. Portant un tarbouche vert et un fusil en bandoulière, elle criait « Hep, taxey ! » en riant aux éclats...

2

La chapelle du collège ne devait pas être très différente de celle que j'ai connue des années plus tard. Mêmes bancs cirés, sans doute, mêmes colonnes striées, même calme et même odeur de cendre à la tombée du jour...

Depuis le début de la guerre, le Père André Batrakani y confessait un après-midi par semaine, en français ou en arabe. Il y avait les habitués – de vieilles personnes en général – mais aussi quelques inconnus qui se présentaient pour la première fois et dont on ne distinguait même pas le visage.

Cet après-midi-là, une femme s'était agenouillée dans le confessionnal. Elle ne disait rien. Le jésuite colla l'oreille à la grille, pour entendre finalement une voix familière :

– André, c'est Maguy. Peux-tu me confesser ?

L'instant de surprise passé, il répondit avec quelque embarras :

– Oui, bien sûr. Mais ce serait peut-être plus simple et plus normal...

– Non, non, André, c'est à toi que je veux parler. A personne d'autre.

Une demi-heure plus tard, Maguy Touta sortait du confessionnal, la tête recouverte d'une mantille noire, et quittait aussitôt la chapelle en esquissant un rapide signe de croix.

– Elle n'a pas fait sa pénitence, grommela une habituée. Pas même une génuflexion !

André s'était contenté de donner l'absolution à sa tante, oubliant, dans son émotion, de lui fixer les prières à réciter.

Mais, du reste, à combien de *Notre Père*, à combien de *Je vous salue Marie*, aurait-il pu évaluer ce qui venait de lui être dit ?

Il était tenu par le secret de la confession. Et Maguy le savait.

– Comprends-moi, André. J'ai besoin de demander pardon à Dieu, même si je ne suis pas tout à fait sûre d'avoir fait le mal avec ton père. Si j'ai fait le mal, c'est avec d'autres, pas avec lui... En tout cas, tout ça est fini. Nous ne sommes plus d'âge maintenant... Mais j'ai besoin de le dire à quelqu'un de la famille. Pas à Yola, bien sûr : elle en mourrait de chagrin. Ce secret ne peut rester entre Georges et moi. Tu es le seul... Ton père aussi s'est posé beaucoup de questions pendant toutes ces années. Mais il ne t'en parlera pas. Il ne pourrait pas. Toi, tu peux prier pour lui...

*

En me racontant cette scène une vingtaine d'années plus tard, Maguy me précisa que le jésuite n'avait quasiment pas parlé. Je la crois volontiers. Tout n'était-il pas dit de l'autre côté de la grille, avec une sincérité et une logique bouleversantes ? La pénitente ne venait demander ni jugement ni conseils, mais simplement une écoute et une absolution. Son neveu avait écouté, ne posant aucune question. En le quittant, elle était soulagée d'un grand poids.

Maguy n'avait pas tenu Georges au courant de sa démarche. Et sans doute était-ce mieux ainsi.

– Tu comprends, me disait-elle, si je le lui avais dit, même après coup, ses relations avec André auraient été complètement faussées. Parce que Georges, lui, n'aurait jamais accepté d'en parler avec son fils. Même si son fils était au courant... Et rien n'est pire, *habibi*, qu'un secret partagé mais non formulé.

3

Après deux tentatives infructueuses, Hassan avait finalement été admis à l'Académie militaire en octobre 1938. Il le devait au traité anglo-égyptien, conclu vingt-six mois plus tôt, qui obligeait l'Égypte à développer son armée : on avait besoin d'officiers, même si l'occupation britannique n'était pas vraiment terminée. L'Académie s'était ainsi entrouverte à des fils du peuple qui, en d'autres temps, n'y auraient jamais accédé.

Cela n'empêchait pas le nouveau cadet de dénoncer avec véhémence le traité anglo-égyptien et de réclamer l'« indépendance complète ». Seule la prudence l'avait empêché de se joindre aux étudiants qui avaient manifesté le 2 février 1942 dans les rues du Caire en criant : « Nous sommes les soldats de Rommel. »

Les troupes allemandes, massées à la frontière libyenne, menaçaient d'envahir l'Égypte. Hassan était résolument pro-allemand, partant du principe que les ennemis de nos ennemis sont nos amis. Ne disait-on pas à la caserne que les émissaires de Hitler avaient promis l'indépendance totale et immédiate aux nationalistes égyptiens ?

« Je n'avais plus aucune estime pour Farouk », écrirait-il plus tard dans son livre. « Les frasques du roi commençaient à être connues de tout le monde. On savait qu'il passait ses soirées dans les night-clubs du Caire en compagnie de sa clique d'Italiens, conduite par Antonio Pulli, l'ex-électricien du palais, promu bey. Mais, en cette année 1942, si Farouk nous avait demandé de l'aider à lutter contre les Anglais, nous serions tous venus à ses côtés. »

Les Italiens du palais agaçaient particulièrement l'ambassadeur britannique, sir Miles Lampson.

– Nous sommes tout de même en guerre contre l'Italie ! lança-t-il un jour devant des personnalités égyptiennes.

La réplique de Farouk allait faire le tour des salons du Caire :

– S'il veut que je me sépare de mes Italiens, qu'il commence par se séparer de son Italienne !

Lady Lampson était la fille du Dr Aldo Castellani, ex-chirurgien général des troupes de Mussolini en Éthiopie... Mais la Résidence britannique s'inquiétait surtout des tendances pro-allemandes de nombreux dirigeants égyptiens. Pour les écarter du pouvoir, elle réclamait le retour de Nahas pacha, le chef du Wafd, à la présidence du Conseil. Le roi refusait, malgré des demandes répétées. On assista alors à un coup de force, presque un coup d'État, auquel Hassan a consacré les deux pages les plus virulentes de son livre.

« Le 5 février 1942, sir Miles se rendit au palais d'Abdine, encadré par des soldats et des blindés. Les grilles étaient fermées. Une balle de revolver fit sauter la serrure, et les autres portes s'ouvrirent toutes seules. L'ambassadeur tendit un texte à Farouk, l'invitant à signer son abdication. Le moment de surprise passé, le roi sortit un stylo de sa poche, prêt à s'exécuter, lorsque son principal conseiller s'adressa à lui en arabe. “Laissez-moi encore une chance”, dit alors Farouk à l'ambassadeur britannique... Quelques heures plus tard, Nahas pacha était convoqué au palais pour devenir président du Conseil...

« A la caserne, la nouvelle avait fait l'effet d'une bombe. J'étais le plus déchaîné. Je disais qu'à la place de Farouk, je n'aurais pas sorti un stylo de ma poche mais un revolver. Ma détermination, désormais, était totale : je me battrais de toutes mes forces et par tous les moyens pour chasser d'Égypte l'occupant honni » (*Itinéraire d'un officier*, p. 78-79).

4

Quatre mois plus tard, Hassan, ravi et surexcité, assistait à la progression des troupes allemandes en provenance de Libye. L'Afrikakorps avait franchi la frontière, ne faisant qu'une bouchée de Solloum et de Marsa Matrouh, avant d'atteindre El Alamein le 30 juin 1942.

A Alexandrie, des commerçants décoraient déjà leurs magasins pour souhaiter la bienvenue à Rommel. La ville s'était vidée de ses juifs, tandis qu'au Caire, beaucoup d'entre eux faisaient la queue aux guichets des banques pour retirer tout leur argent, décidés à gagner au plus vite la Palestine ou l'Afrique du Sud.

Les Britanniques avaient placardé de sympathiques affiches sur les murs de la capitale : « *Keep smiling.* » Sir Miles Lampson ne savait plus quoi inventer pour rassurer les Cairotes : il faisait ostensiblement du *shopping* avec son épouse au Mouski, et des ouvriers repeignaient les grilles de l'ambassade... Cela n'avait pas empêché ses services de brûler toutes leurs archives le 1er juillet, provoquant un nuage de fumée, du plus mauvais effet, au-dessus du Nil.

A défaut de pouvoir passer l'été à Alexandrie, de riches Cairotes s'étaient tournés vers Ras el Bar qu'ils considéraient jusqu'alors avec dédain. Les plus belles huttes avaient été retenues par des pachas, résignés pour une fois à côtoyer des gens ordinaires. Une partie de l'hôtel Cristal était même réservée à la reine mère et à ses filles.

Ras el Bar, faute de mieux... Harcelé par la Suissesse qui réclamait de l'air marin pour les enfants, Paul Batrakani y avait loué une hutte, en se bouchant le nez. Le *soffragui* et la bonne étaient partis en éclaireurs pour s'assurer que la chose était habitable et pour lui donner un peu de dignité. Une chambre était réservée à Viviane qui devait retrouver sur place un groupe d'amis. Michel avait promis de faire une petite visite. Même André viendrait passer quelques jours à Ras el Bar où les jésuites avaient une colonie de vacances avec une chapelle de paille sur pilotis...

De petits attroupements se formaient plusieurs fois par jour devant l'hôtel Cristal. La reine Nazli fit lancer des appels par haut-parleur pour demander à la foule de la laisser tranquille : elle voulait pouvoir passer librement des vacances avec ses filles, comme n'importe qui.

– Elle a raison, dit Viviane à l'amie aux cheveux châtains qui l'accompagnait. C'est ridicule. Éloignons-nous.

En se retournant, elle se trouva nez à nez avec Sélim Yared. Celui-ci en fut tellement saisi qu'il ne réussit même pas à lui dire bonjour.

Dieu sait pourtant s'il l'avait guettée depuis un an ! Pendant tout le reste de l'été précédent, Sélim était devenu un abonné du cinéma Métro. La moindre robe jaune le mettait en émoi... Il avait naturellement trouvé l'adresse des Batrakani. A trois reprises, il était allé marcher dans cette rue ombragée, à l'affût d'une porte qui s'ouvrirait. Une seule fois, le cœur battant d'émotion, il avait vu une automobile s'arrêter devant l'imposante grille de fer forgé. L'inconnu qui en était descendu, grand, mince, très élégant, s'était engouffré aussitôt dans la maison après avoir fait un petit signe au chauffeur.

– Bonjour, dit Viviane poliment. Je crois que nous nous sommes vus une fois au Caire. Chez Groppi, n'est-ce pas ?

– Je crois que c'était plutôt au Métro...

Cette brillante conversation, qui ne pouvait aller beaucoup plus loin, fut heureusement interrompue par la jeune fille couleur châtaigne :

– Nous allons être en retard, chérie. Si ton ami veut se joindre à nous tout à l'heure...

Viviane ne put que dire à Sélim :

– Nous allons à la plage avec un groupe. Si vous voulez... Le rendez-vous est fixé à dix heures devant l'hôtel Courteille.

Il accepta, en bredouillant un peu. Dès qu'elles eurent tourné les talons, il fila se changer à la hutte des cousins qui l'hébergeaient pour le week-end.

*

Trois quarts d'heure plus tard, tout le groupe était à demi allongé sur le sable, face à la mer. Sélim osait à peine regarder Viviane, ravissante dans un maillot de bain mandarine, qui taquinait du bout du pied les vagues mourantes.

– Vous arrivez du Caire ? lui demanda un grand maigre à moustache. Comment est l'ambiance là-bas ?

Il les amusa beaucoup en leur racontant que les archives de l'ambassade britannique n'avaient pas toutes brûlé le 1er juillet : échappant aux flammes, de nombreuses feuilles de papier s'étaient envolées dans les rues avoisinantes.

– Quelques jours plus tard, place de l'Opéra, le marchand de cacahuètes faisait ses cornets avec des lettres du conseiller commercial britannique portant la mention *top secret*.

Ils se levèrent en riant pour prendre un bain. Viviane plongea la première. Son crawl parfait témoignait de trois années de fréquentation de la piscine du Guezira Sporting Club où Paul Batrakani avait fini par être admis en 1939. Ses deux sœurs s'y étaient engouffrées à sa suite.

Viviane avait pris l'habitude d'aller au Sporting avec une amie, très tôt le matin, à l'heure où la piscine était presque vide. Elles ne trouvaient pas déplaisants les torses nus de quelques officiers anglais auxquels le soleil d'Égypte donnait des airs d'écrevisse. Après avoir fait quelques longueurs, les deux jeunes filles s'étendaient sur des chaises longues. C'était l'heure où le général Archibald Wavell, commandant en chef des forces britanniques, venait apprendre à plonger. Son strabisme inspirait les plus vives inquiétudes aux rares personnes présentes. Tout le monde fermait les yeux quand sir Archibald s'abattait sur l'eau avec un grand plouf...

Sélim courut à son tour et plongea. Aucun professeur ne lui avait enseigné à battre des jambes et à tirer les bras. Le crawl, il l'avait appris tout seul, en regardant faire les autres, à Ras el Bar justement...

Il rejoignit Viviane près de la bouée blanche à laquelle elle s'était accrochée pour reprendre son souffle. Il vit le visage de la jeune fille ruisseler d'eau, sa poitrine se soulever en cadence, émergeant à chaque fois de l'écume, et il se troubla. Quelque chose d'instinctif l'avertit du danger. En amour non plus, lui avait-on toujours dit, on ne peut pas vivre au-dessus de ses moyens. Mais Sélim ne se sentait pas l'âme d'un employé économe et prudent. Il n'avait nulle envie de lâcher cette bouée qui les balançait l'un et l'autre, au même rythme, sur la mer moutonnante. Ce n'est que lorsque les autres membres du groupe les rejoignirent qu'il se laissa glisser sous l'eau pour regagner lentement le rivage à la brasse.

Un peu plus tard, allongé sur le sable chaud, il regardait Viviane Batrakani sortir à son tour. Elle s'arrêta à mi-chemin, se pencha pour recueillir de l'eau dans ses mains et s'en asperger. Puis s'avança de nouveau, avec ce déhanchement inimitable des baigneuses rassasiées.

Elle vint s'asseoir près de lui, très simplement, comme quelqu'un qui ne craint aucun regard. Sélim se dit que, pour être aussi à l'aise, elle devait avoir un chevalier servant, unanimement reconnu, qui était peut-être là, dans ce groupe...

– Vous connaissiez déjà Ras el Bar ? demanda-t-elle en regardant la mer.

– Oui, enfants nous y venions chaque année. En souvenir de mon père qui aimait beaucoup cet endroit...

Des gouttes d'eau perlaient sur la peau brune de Viviane. Du bout du pied, elle creusait de petites cuvettes dans le sable. Sélim adorait ce pied.

– Mon père aimait se promener à Ras el Bar en *gallabeya*, sous un large chapeau de paille. Le soir, il amenait tout un groupe à l'hôtel Marine où il dirigeait des quadrilles très animés...

*

Quelques heures plus tard, dans le train qui le ramenait vers Le Caire, Sélim repassa en revue chaque instant de cette journée bénie. Pour une fois, le retour de Ras el Bar ne le remplissait pas de tristesse. Il débordait de gaieté.

*

– Chérie, ton ami a beaucoup de charme, lança à Viviane la jeune fille aux cheveux châtains. Mais tu ne trouves pas qu'il fait un peu *baladi* ?

Ce n'était pas vraiment un compliment. *Baladi* signifiait couleur locale, ordinaire, presque vulgaire.

Il est vrai que Sélim ne s'était pas contenté de multiplier les phrases en arabe : son français, par moments, ressemblait à une traduction. Il leur avait écorché les oreilles en précisant :

– Je travaille comptable chez Matossian.

D'autres petits signes pouvaient le classer dangereusement *baladi* aux yeux de ces demoiselles du pensionnat de la Mère de Dieu. Par exemple, sa manière de se moucher – en repliant soigneusement son mouchoir après usage – ou ses chaussures blanches et noires à garniture qui semblaient avoir été achetées en solde à Ataba el Khadra.

De Paris, ce balourd ne savait rien, avait remarqué la jeune fille aux cheveux châtains. Paris dont elles rêvaient toutes les deux et où Viviane était même allée une fois avec ses parents, en 1937, lors de l'Exposition universelle.

Sélim avait aggravé son cas en manifestant, en revanche, une excellente connaissance de Ras el Bar. On sentait bien que ce n'était pas un exilé de la guerre mais un habitué des lieux, détenteur de souvenirs d'enfance qu'il ne cherchait même pas à cacher.

– Oui, il fait un peu *baladi*, répondit Viviane avec quelque gêne, en se demandant ce qui l'avait incitée à aller s'asseoir près de ce jeune homme sans masque, au corps solide et à la bonne humeur contagieuse.

Elle ajouta sur le même ton, comme pour s'excuser :

– Mais je ne le connaissais pas, figure-toi. Je l'avais vu une seule fois, chez Groppi ou au Métro, je ne sais plus...

5

19 septembre 1942

Petite réception-surprise à la maison pour fêter le millionième tarbouche Batrakani. Papa, qui ne s'y attendait pas du tout, a été très touché.

Chacun avait fait un cadeau original, en rapport avec l'événement. André s'était procuré (... Dieu sait comment !) un tarbouche de petit séminariste copte-catholique datant de 1880, avec le nom brodé à l'intérieur. Tante Maguy avait commandé à la bijouterie Eliakim un tarbouche en or, grand comme un dé à coudre, portant les initiales GB.

Parmi les autres cadeaux : une encyclopédie de la coiffure à travers les âges (Paul), une ancienne forme en cuivre pour tarbouches (Lola), une traduction en français d'un discours d'Ataturk condamnant le fez (oncle Henri), un canotier (Alex)...

Pour ma part, j'ai offert à papa la seule photographie existante du sultan Hussein avec le tarbouche incliné à droite et non à gauche. Mais je crains qu'il n'ait pas très bien compris la valeur de ce document.

Maman avait fait faire à Osta Ali des caaks aux noix, en forme de tarbouches, avec des crinières en sucre noir. Elle en était malade depuis la veille : « J'ai eu une idée stupide... Georges va trouver ça ridicule... » Comme s'il avait deviné son angoisse, papa l'a longuement embrassée, sous les applaudissements.

20 octobre 1942

Magnifique !!! L'Afrikakorps de Rommel a été écrasé à El Alamein.

J'ai dit à Victor que je me chargeais du champagne. Nous irons le boire demain avec Lidy à l'hôpital.

Dans son enthousiasme, Michel dessina sur cette page quelques fleurs en guirlande. C'est le seul dessin de ses onze cahiers !

Mon parrain écrivit aussi une lettre de remerciements au général Montgomery qu'il alla déposer le soir même à l'ambassade de Grande-Bretagne. El Alamein resterait pour toujours, à ses yeux, le symbole de la barbarie stoppée.

Trois ans après cette démarche, en décembre 1945, alors qu'il ne se souvenait même plus de sa lettre, Michel reçut par la poste une réponse manuscrite, signée « Montgomery of Alamein ». Il faut croire que l'adversaire de Rommel avait du courrier en retard. Et qu'il avait été particulièrement touché par les phrases enthousiastes d'un Syrien du Caire, pourtant moins à l'aise dans la langue de Shakespeare que dans celle de La Fontaine...

6

Ce soir-là, Alex Batrakani inaugurait à la fois une Morris décapotable verte qui venait de lui être livrée et une call-girl maltaise qu'il avait ramassée la veille au Perroquet. Voulant essayer la première et éblouir la seconde – à moins que ce ne fût l'inverse –, mon oncle fonçait à tombeau ouvert sur la route déserte d'Almaza.

Un appel de phares dans le rétroviseur l'intrigua. Il ralentit, laissant passer une voiture de sport occupée par deux passagers. Arrivé à sa hauteur, l'autre conducteur accéléra sensiblement. Alex, piqué au jeu, appuya à son tour sur le champignon.

Enfoncée dans son siège, la Maltaise avait fermé les yeux, partagée entre la frayeur et le plaisir de se laisser gifler par l'air tiède du désert. Mon oncle ralentit brusquement lorsqu'il aperçut l'autre véhicule garé sur le bas côté. Le chauffeur était toujours au volant mais son compagnon, debout près de la voiture, lui faisait signe d'arrêter. Alex revint en marche arrière, se gara à son tour et s'extirpa de la Morris.

– Êtes-vous égyptien ? demanda l'homme.

Et, sans attendre vraiment la réponse :

– Sa Majesté voudrait vous parler.

Alex, interloqué, s'approcha de la voiture de sport. Farouk était au volant. Il souriait.

– Combien de cylindres ? demanda-t-il en français, pointant le doigt vers la Morris.

– Six, Majesté..., balbutia Alex.

– C'est un freinage assisté ?

Nul n'ignorait la passion du roi pour les voitures rapides. Alex, qui était en terrain connu, se détendit peu à peu :

– Oui, le freinage est assisté mais un peu dur. Ce n'est pas le point fort de cette voiture qui a, par contre, une excellente tenue de route.

– Je vais finir la soirée à l'Auberge des Pyramides. Vous me suivez ?

Alex courut jusqu'à sa Morris, tandis que l'autre démarrait sur les chapeaux de roue.

– Qui était ce bavard ? demanda la Maltaise.

– Le roi.

Elle éclata d'un rire sonore :

– Ah, bon. Et l'autre, à côté de lui, c'était le pape, n'est-ce pas ?

Alex ne répondit pas. Les deux mains serrées sur le volant, il fixait les lanternes arrière de l'autre véhicule qui entrait à vive allure dans une Héliopolis aux trois quarts endormie.

Le roi possédait plusieurs dizaines d'automobiles, dont la Mercedes que Hitler lui avait offerte en 1938 à l'occasion de son mariage avec Farida. On racontait toutes sortes d'histoires sur ces bolides rouges qui, la nuit tombée, dévalaient les grandes artères du Caire et des environs, poussant parfois au-delà des pyramides, sur la nouvelle route d'Alexandrie, à travers le désert. Une nuit, dans une avenue de la capitale, une auto conduite par Farouk avait légèrement heurté le terre-plein central. Le lendemain matin, une armée d'ouvriers était déjà à pied d'œuvre pour supprimer cet obstacle déplaisant...

Moins de dix minutes après avoir quitté Héliopolis, les deux voitures de sport s'engageaient à cent à l'heure dans l'avenue Malika-Nazli. A la hauteur de la gare, on distinguait à peine, sur la gauche, le collège des jésuites qui faisait une grosse tache grise. Alex songea à ce bâtiment honni dont il avait été chassé deux fois, et à son frère André qui devait y dormir au même moment, l'âme en paix... Il se voyait déjà en train de raconter son aventure au prochain déjeuner familial.

La silhouette des pyramides commençait à se dessiner dans le lointain lorsque le passager du roi tendit le bras et l'agita, signifiant qu'ils allaient s'arrêter. Alex freina sèchement, s'attirant un juron de la Maltaise.

Farouk descendit de sa voiture et monta dans une Cadillac qui avait dû les suivre à distance depuis un moment. Il fit un petit signe amical à Alex qui remplit celui-ci de fierté. La Maltaise, muette, ouvrait des yeux ronds.

Quand ils arrivèrent à l'Auberge, le patron de ce célèbre établissement, Albert bey Soussa, un Syrien, se précipita au-devant d'eux. La table du roi était réservée en permanence, comme d'ailleurs dans une demi-douzaine d'autres night-clubs du Caire. Elle fut aussitôt couverte de jus de fruits et d'assiettes de *mezzés*.

On avait apporté à Farouk un bol contenant de petites boules de papier colorées. Il s'amusait à les lancer sur les danseurs. Chaque fois qu'une boule atteignait l'un d'eux, le roi éclatait d'un rire gras qui déclenchait aussitôt l'hilarité de son entourage.

C'est ce soir-là qu'Alex Batrakani fit la connaissance des deux compagnons les plus proches de Farouk : l'Italien Antonio Pulli, ancien électricien du palais, devenu le chef du cabinet privé ; et le Syrien Karim Tabet, fils du fondateur du quotidien *Al Mokattam*, qui passait pour l'éminence grise du souverain.

Alex entraîna la Maltaise sur la piste de danse. C'était un tango. Elle y excella, et son cavalier eut l'impression de n'avoir jamais tenu dans ses bras un objet aussi érotique. Décidément, cette soirée devait être marquée d'une pierre blanche !

Au petit matin, un collaborateur du roi prit mon oncle à part :

– Cher monsieur, peut-on vous demander de ne pas raccompagner votre amie chez elle ? Sa Majesté l'a invitée au palais et elle s'est sentie très honorée...

Alex inclina la tête dans un geste de soumission. Que pouvait-il faire d'autre ? Dix minutes plus tard, dans sa Morris verte, capote refermée, il roulait à faible allure en direction de Garden City, se demandant de quelle manière il raconterait ce dernier épisode à la famille et à ses amis..

7

Georges Batrakani n'en revenait pas.

– Vous ici ! lança-t-il à Édouard Dhellemmes qui lui téléphonait du Shepheard's. C'est incroyable : chaque fois qu'il y a la guerre, vous vous arrangez pour venir en Égypte...

J'ai bénéficié en effet d'un petit piston, dit le Français en riant.

– Tant mieux, tant mieux ! On a hâte de vous voir. Combien de jours restez-vous ?

– Je ne repars plus.

– Comment ça, vous ne repartez plus ?

– Je suis venu m'installer au Caire, Georges.

Mon grand-père était muet de stupéfaction. Bien sûr, il savait que beaucoup d'étrangers avaient transféré leur fortune au Caire depuis le début de la guerre. Il savait aussi que, depuis son divorce, plus rien ne retenait Édouard Dhellemmes à Lille et que l'Égypte agissait sur lui comme un aimant. Mais de là à venir s'y établir, en pleine guerre...

– Peut-on se voir ce soir ? demanda le Français gaiement.

– Naturellement ! On vous attend à dîner. Je viendrai vous chercher au Shepheard's en sortant du palais. C'est mon jour de signature...

Tous les trois mois environ, Georges bey bloquait son après-midi. Après la sieste, il enfilait l'un de ses plus beaux costumes et étrennait un tarbouche neuf.

– Nous allons signer, lançait-il au chauffeur.

Au palais d'Abdine, il était accueilli par un maître de cérémonie qui aiguillait chaque visiteur, selon son importance, vers tel ou tel responsable du protocole, de grade plus élevé. Georges bey était d'abord reçu au bureau des chambellans où on lui servait un sirop ou un café. Puis, l'un de ceux-ci le conduisait à la salle des signatures où de grands livres ouverts, reliés de cuir rouge, étaient posés sur des tables de bois précieux. Il y écrivait son nom, aussi distinctement que possible, sachant qu'un fonctionnaire était chargé, après chaque réception, de recenser tous les visiteurs. Peut-être le roi parcourait-il lui-même cette liste...

Mon grand-père traversait ensuite de longs couloirs, accompagné d'un autre maître de cérémonie. Il était conduit dans l'aile de la reine où le même rituel se reproduisait. Depuis le mariage de Farouk, il fallait faire une troisième station, car la reine mère, qui refusait le statut de retraitée, tenait elle aussi un registre...

Ces séances de signatures, organisées à l'occasion d'une fête chômée ou d'un événement particulier, tenaient de la réunion mondaine. Les *soffraguis* passaient entre les visiteurs avec de somptueux plateaux de gâteaux et de boissons. Les principaux leaders politiques étaient présents, entourés de leurs partisans. Des adversaires de toujours s'adressaient exceptionnellement la parole. C'était la trêve de la signature.

Georges, lui, en profitait pour développer ses relations, parfois même conclure une affaire, entre deux petits fours. Il gardait ainsi le souvenir de quelques très bonnes signatures. Celle du ramadan 1937, par exemple, qui lui avait procuré la concession d'une firme pharmaceutique suisse. Ou celle du mariage de Farouk et de Farida, en janvier de l'année suivante, qui lui avait permis d'écouler un lot de quatre mille tarbouches...

Sachant que son beau-frère se rendait régulièrement au palais, Edmond Touta l'avait chargé d'une mission importante : s'enquérir de la réponse du roi à ses nombreuses lettres concernant l'explosion démographique. Car Farouk ne répondait pas plus au courrier que son père Fouad.

– As-tu vu le roi ? demandait Edmond au déjeuner dominical suivant.

– Je l'ai vu, répondait Georges d'un air grave. Le dossier est en bonne voie.

Le visage d'Edmond s'illuminait.

*

– Vous avez retrouvé votre Shepheard's chéri en bon état ? demanda mon grand-père à Édouard Dhellemmes lorsqu'ils se retrouvèrent en début de soirée.

– Pouah ! C'est plein d'officiers anglais. Le bar est à peine accessible.

– Ne vous plaignez pas : ils ont interdit l'entrée des grands hôtels aux non-gradés qui, eux, sont de vrais voyous. Connaissez-vous l'une de leurs distractions favorites ? Ça s'appelle le *tarbouche game.*

– Ils vous font de la publicité...

– Quelle publicité ! Ce jeu imbécile consiste à s'approcher des passants, en automobile ou en taxi, et à les décoiffer d'un geste sec de la main. Le gagnant est celui qui a fait rouler à terre le plus grand nombre de tarbouches. Inutile de vous dire que je m'en suis plaint par écrit au chef de la police.

– Je ne comprends pas, dit Édouard d'un air pensif, pourquoi les Anglais, si polis chez eux, deviennent si grossiers lorsqu'ils sont en Égypte... Mais à propos de tarbouches, Georges, je voulais vous dire : j'aimerais céder mes parts de la fabrique.

– Céder vos parts ? Vous êtes fou ! L'affaire est au zénith. Les tarbouches étrangers n'entrent plus en Égypte. Nous contrôlons une bonne partie du marché et nos ventes, qui ont dépassé les cent soixante mille unités l'an dernier, vont encore augmenter. Ne faites pas de bêtises ! Comme disait mon frère Ferdinand, on n'abandonne pas un cheval qui gagne. Réfléchissez.

– C'est tout réfléchi, Georges. Je compte ouvrir un magasin d'antiquités égyptiennes. Vous connaissez ma passion pour ce genre d'objets...

– Je la connais, et je ne la comprends pas.

– S'il le faut, je vous aiderai à trouver un acheteur.

– Il est malheureusement tout trouvé, Édouard : mon couillon de beau-frère, Henri Touta, ce comte de mes fesses, ne sait pas quoi faire de son argent. Il m'a cent fois demandé d'entrer dans l'affaire. Je ne pourrai plus le lui refuser. Mais je répète : vous faites une bêtise.

8

Si Ras el Bar avait été le rendez-vous des estivants en 1942, c'est à Alexandrie que le Tout-Caire se rua pendant l'été 1943. Les Allemands battus à El Alamein, il n'y avait plus rien à craindre dans la « deuxième capitale ».

– La guerre est finie, décrétait Georges Batrakani.

Finie ou pas, il en profitait bien. Les stocks immenses qu'il avait constitués avant les hostilités – notamment plusieurs milliers de pneus, revendus au compte-gouttes à l'armée britannique ou à des détaillants – lui rapportaient une fortune. Contrairement à de nombreux commerçants du Caire, plus jeunes que lui, Georges bey avait l'expérience de 14-18. Il savait utiliser une guerre mondiale, et même s'y préparer. Aussitôt après les accords de Munich, son système s'était mis en place. Il achetait tout ce qu'il trouvait et stockait consciencieusement, dans deux vastes entrepôts construits à dessein : l'un, à Choubra, derrière sa fabrique de tarbouches ; l'autre, sur ses terres de Damanhour.

A elle seule, la vente d'un lot de matériel sanitaire lui permit d'acquérir, pour neuf mille livres, une belle villa à Sidi Bishr, face à la mer. Il fut convenu que Yolande y resterait la plus grande partie de l'été, avec Viviane et des domestiques. Les autres membres de la famille s'y succéderaient, selon leurs occupations.

Sélim Yared, lui, devait passer une dizaine de jours chez des cousins à Alexandrie. Viviane, rencontrée un après-midi de mai à la terrasse de Groppi, lui avait lancé une invitation qui n'était pas tombée dans l'oreille d'un sourd .

– Si vous êtes à Alexandrie, venez nous rejoindre. Ma famille a une cabine à Sidi Bishr. J'y serai avec des amis.

– A quelle plage de Sidi Bishr ? demanda innocemment Sélim.

– Numéro 2 ! lança-t-elle avec un air d'évidence, comme si c'était la seule plage fréquentable de tout le littoral.

*

A Sidi Bishr, Sélim retrouva le groupe de Ras el Bar, parmi lesquels la jeune fille aux cheveux châtains. Mais il n'avait d'yeux que pour Viviane, pleine d'entrain, qui jouait à la maîtresse de maison avec une aisance étonnante.

De la cabine des Batrakani, on voyait luire, à trente mètres de là, le crâne pointu de Nahas pacha, le président du Conseil. Calé dans une chaise longue, en burnous pistache, il regardait la mer. Ou était-ce la mer, fascinée, qui regardait l'homme le plus adulé et le plus détesté du pays ?

On sentait autour de lui toute une agitation en coulisses. Nahas était là avec sa cour – la deuxième cour d'Égypte. De temps en temps, un ami, un parent ou un courtisan s'approchait de la chaise longue, venait susurrer quelque chose à l'oreille du grand homme ou lui montrer un article de journal. Pour toute réponse, le chef du Wafd faisait des gestes évasifs avec les mains.

Sélim n'arrivait pas à détacher ses yeux de ces précieuses mains sur lesquelles tant de braves bougres se jetaient, depuis quinze ans, pour les baiser goulûment. Nahas devait-il sa popularité à son talent de tribun ? A ses combats de jadis, quand il dormait dans des gares, avec d'autres dirigeants du Wafd, parce qu'on lui interdisait de faire des tournées en province ? Ou était-il simplement populaire parce que des millions de personnes pouvaient se reconnaître sans complexe dans cet homme rustaud et bedonnant, affecté d'un méchant strabisme ?

Le roi Fouad le haïssait. Pendant ses dix-neuf ans de règne, il avait tout fait pour empêcher le Wafd d'approcher du pouvoir. Mais ce n'était pas ce souverain peu aimé qui aurait ravi à Nahas le cœur des foules. Farouk, en revanche, l'avait bien inquiété lors de son accession au trône. Le jeune souverain était un redoutable concurrent. Quand le roi faisait un voyage en province, le chef du Wafd partait aussitôt sur ses traces, choisissait le même parcours, pour recueillir les mêmes ovations...

A midi et demi, une Packard noire s'arrêta à la hauteur de la cabine des Batrakani d'où s'échappaient les notes d'un phono mécanique. Le chauffeur et un *soffragui* en descendirent, les bras chargés de plateaux fumants.

– Vite, à table ! cria Viviane. La *kobeiba* n'attend pas.

Le déjeuner fut dominé par les voix masculines. Sélim s'aperçut avec étonnement que ce groupe de Syriens d'Égypte était divisé en gaullistes et pétainistes. Les deux camps s'apostrophaient de manière assez vive.

– Et vous ? lui demanda sa voisine. Vous ne dites rien...

Il ne put s'empêcher de répondre :

– Moi, c'est l'Égypte qui m'intéresse.

Sa remarque jeta un froid. Pour détendre l'atmosphère, Viviane remit sur le phono *Marinella* de Tino Rossi que tout le groupe accompagna de la voix. Puis elle proposa une escapade à l'après-midi dansante du Monseigneur.

Dix minutes après leur arrivée dans cet établissement à la mode, Viviane fut attirée sur la piste par un grand maigre nommé Raoul. Celui-ci s'empara de sa cavalière, la serra contre lui et regarda par-dessus son épaule avec l'assurance d'un propriétaire homologué. Aucun doute n'était permis.

Sélim s'assit, les jambes flageolantes. Il but un premier whisky, pour se remonter. Puis un second, pour faire passer le premier... Il allait finir la soirée sur sa chaise, à moitié hébété, incapable de réagir. C'était tout à fait clair désormais : Viviane Batrakani ne serait jamais à lui.

Pendant toute la semaine qui suivit, Sélim s'efforça d'être gai, se laissant entraîner dans un tourbillon d'activités. Ces enfants de riches savaient meubler leurs journées et varier continuellement les plaisirs. Entre deux séances de plage, il les suivit chez Athinéos et au Grand Trianon où se produisaient des groupes de danseurs. Il se gava avec eux de pâtisseries chez Délices et de poissons chez Xénophon. Quoique un peu inquiet pour son portefeuille, il dévora les derniers films américains au Strand et à L'Alhambra, fréquenta le théâtre Mohammed Ali où le fils de Taha Hussein présentait des pièces de Molière avec des acteurs locaux. Il alla même bâiller à une conférence sur les impressionnistes aux Amitiés françaises et passa une soirée au Sailing sur un yacht somptueux...

A bord de la Packard et de deux cabriolets, le groupe ne cessait de sillonner le bord de mer, de Montazah au Mex, en poussant parfois jusqu'à Agami. Une fois par jour, on faisait un saut à l'hôtel Métropole où un télex crachait les dernières nouvelles du front russe. De petits drapeaux étaient déplacés sur une grande carte murale pour marquer les positions des deux camps. Gaullistes et pétainistes du groupe y trouvaient matière à s'affronter. Sélim les avait baptisés *ahlaoui* et *zamalkaoui*, du nom des supporters des deux grandes équipes de football du Caire...

La veille de son départ, ils louèrent un bateau pour une promenade nocturne autour du port. C'était une nuit très douce, éclairée par un joli croissant de lune. Les clapotis de l'eau étaient couverts, de temps en temps, par des rires ou par une *Marseillaise* entonnée en chœur.

Raoul, qui avait décidé de pêcher à la *richa*, se tenait seul à l'arrière du bateau. Sélim s'était arrangé pour s'asseoir à côté de Viviane et sentait avec émotion la pression de sa hanche contre la sienne.

– Avec tout ce bruit, dit-il, je doute que votre fiancé attrape quelque chose.

– Qui vous a dit que c'était mon fiancé ? répliqua-t-elle.

Sur le coup, un immense espoir envahit Sélim. Ce « qui vous l'a dit ? » ressemblait fort à un démenti. Après tout, ce Raoul... Mais, peu à peu, la vérité lui sauta de nouveau aux yeux. « Qui vous l'a dit ? », comment l'avez-vous deviné ? Viviane avait d'ailleurs quitté sa place pour aller rejoindre le grand imbécile qui trempait sa *richa* à l'arrière du bateau...

*

Cette nuit-là, se tournant et se retournant dans des draps trop rêches, Sélim pleura de rage. Il proféra les pires imprécations en arabe contre les Batrakani, les Raoul et tous leurs semblables, gaullistes ou pétainistes, *ahlaoui* ou *zamalkaoui*. Ces gens-là ne perdaient rien pour attendre. Il reviendrait un jour à Sidi Bishr numéro 2. Riche et puissant. Il achèterait la cabine de Nahas pacha. Il aurait une armée de courtisans...

9

Georges et Makram dînaient ensemble chez Groppi. On leur avait donné, comme d'habitude, une table dans un coin de la salle, loin des lumières et du bruit.

– Alors, tu crois que Nahas va durer longtemps à la tête du gouvernement ? lança mon grand-père. Il paraît que le roi est décidé, cette fois, à le mettre à la porte...

Georges bey prenait un malin plaisir à remuer le fer dans la plaie. Il savait parfaitement que Makram était déchiré, depuis des mois, entre le président du Conseil et un autre dirigeant wafdiste qui avait porté de graves accusations contre lui.

– Nahas ne se laissera pas faire, répliqua le copte. Et d'ailleurs, personne ne connaît les intentions réelles du roi. Farouk semble caresser un autre projet, au-delà des jeux politiques locaux. S'il laisse pousser sa barbe, n'est-ce pas pour briguer le califat ?

– Un calife, il ne nous manquait plus que ça !

– Pour l'instant, en tout cas, le roi se fait dorloter dans un hôpital militaire anglais. Quelle honte !

Farouk, qui avait eu un accident de voiture, était hospitalisé en dehors de la capitale. Chaque jour, on lui apportait sur place la cuisine du palais, et de nombreux visiteurs venaient lui rendre hommage. Il semblait ne plus vouloir s'en aller...

– Pendant ce temps, ton Nahas a la voie libre, lança Georges bey.

– Ce n'est pas *mon* Nahas. D'ailleurs, tu sais très bien que les décisions appartiennent aux Anglais.

– A propos d'Anglais, hier après-midi, à Garden City, j'ai

croisé Russell pacha sur son cheval blanc. Quelle allure ! Il n'y a pas à dire : le tarbouche leur va à ravir. Et ce cheval, aux sabots vernis comme des escarpins de bal... Tant que la police est dirigée par un Anglais, moi je dors sur mes deux oreilles.

– Le réveil sera brutal, Georges.

– Ah bon ? Parce que le réveil est programmé ?

– On en reparlera quand la guerre sera finie.

– C'est exactement ce que tu me disais en 14-18, Makram effendi !

– Et alors ? Je ne me trompais pas tellement : en 19, nous avons eu Saad Zaghloul...

– Oui, et aujourd'hui, vingt-quatre ans plus tard, Russell pacha patrouille sur son cheval blanc, et toi, tu es toujours habillé en noir.

*

18 octobre 1943

Lidy s'est éteinte à dix heures ce matin, sans une plainte. Au téléphone, Victor sanglotait, tout en cherchant des mots pour nous consoler l'un et l'autre. « Elle ne souffrira plus... »

Le lendemain de la victoire d'El Alamein, quand nous étions entrés dans sa chambre d'hôpital avec le champagne, elle semblait radieuse malgré la maigreur de son visage. « Une infirmière m'avait pourtant dit qu'une suite était déjà réservée pour Rommel au Shepheard's. Je me préparais à porter une étoile jaune, comme nos cousins en France. Et vous, vous arrivez avec le champagne... Vous auriez pu m'apporter aussi un piano ! Savez-vous, Michel, que je n'ai pas touché un piano depuis deux ans ? »

Lidy, petite sœur. Un soir à Héliopolis, avec une légèreté qui me fait honte, je vous avais demandé de m'épouser. Sagement, vous aviez refusé, vous sachant très malade, me sachant très peu doué pour le mariage, et nous sachant appartenir à deux mondes différents. « Restons amis, Michel », me disiez-vous.

Lidy, petite sœur gracile, égarée dans le monde des violents. Petite sœur fragile, emportée par le vent.

10

Sélim Yared, qui dansait comme un pied, était venu sans grand enthousiasme à ce réveillon de Nouvel An, organisé par son ami René Abdel Messih. Vers dix heures du soir, il tentait difficilement d'accorder ses pas à ceux d'une mordue de charleston quand Viviane Batrakani entra, avec quelques amis.

Il en eut le souffle coupé. Et dire qu'il croyait l'avoir rayée de sa vie... Cette arrivée inattendue lui faisait brusquement perdre toutes ses résolutions, tous ses repères. Elle le ramenait six mois en arrière, à Alexandrie, sur un bateau au clair de lune...

Bâclant la fin de son charleston, il se débarrassa de l'agitée qui se trémoussait en face de lui et alla à la rencontre de Viviane :

– Bonsoir. Je ne savais pas que vous veniez...

– C'est vrai, je devais aller à une autre soirée. Mais René a insisté.

– Vous êtes seule ? Raoul n'est pas avec vous ?

Un éclair de malice passa dans le regard de Viviane :

– Non, Raoul n'est plus avec moi.

Sélim se sentit aussitôt plein d'entrain :

– Voulez-vous danser ?

Pour sa chance, c'était un slow. Il la prit par la taille, sentit son visage près du sien, respira ses cheveux, son parfum et, ivre d'émotion, se laissa porter par la musique. Elle souriait. Sélim, ayant retrouvé toute son assurance, lui demanda ce qu'elle devenait.

– Je pars après-demain pour Minia.

– A Minia ! Quelle idée !

– Je vais participer à une mission d'hygiène pour l'Œuvre des écoles de Haute-Égypte. Vous ne connaissez pas l'Œuvre du Père Ayrout ?

Il avoua son ignorance, mais avec l'air de quelqu'un qui brûlait d'apprendre.

– Asseyons-nous, dit Viviane. Je meurs de soif.

Il se précipita vers le buffet pour chercher des boissons glacées.

Henry Ayrout appartenait, comme André Batrakani, à la Compagnie de Jésus. C'était le fils de Habib Ayrout, l'entrepreneur préféré du baron Empain, celui qui avait introduit jadis le père de Sélim à Héliopolis. Le jeune jésuite venait de publier sa thèse, *Fellahs d'Égypte*, qui faisait déjà autorité. A travers cet ouvrage lumineux, les membres de la bourgeoisie chrétienne du Caire découvraient un monde qu'ils ignoraient totalement. La rencontre avec l'auteur était une autre surprise : derrière le noir de la soutane, de la barbe et des lunettes rondes, couvait un volcan.

– En décembre 40, expliqua Viviane, le Père Ayrout avait réuni un groupe de femmes et de jeunes filles dans la maison de ses parents à Héliopolis. J'y étais allée en traînant les pieds, à la demande insistante de mon frère jésuite. Il m'avait dit : « Tu verras, c'est un type formidable. »

– Et, si je comprends bien, vous n'avez pas été déçue...

– Les jeunes femmes réunies ce jour-là à Héliopolis appartenaient à toutes les communautés : grecque-catholique, maronite, latine, copte... Il y avait même des orthodoxes. « L'Égypte n'a qu'une seule chrétienté », nous a dit d'emblée le Père Ayrout. « Dans l'œuvre qui sera la nôtre, je ne veux plus entendre parler d'appartenances confessionnelles. Celle qui fera inutilement prévaloir son rite paiera une amende de cinq piastres. »

– Vous avez dû vous ruiner !

– Nous nous sommes mises à rire. Nous étions conquises... Mais quand le Père Ayrout dit qu'il n'y a qu'une seule chrétienté, il pense aussi à la coupure entre les villes et la campagne. L'Œuvre est consacrée aux enfants de Haute-Égypte. A cause de la guerre, les écoles gratuites ne peuvent plus compter sur le soutien financier de l'Europe. Nous devons donc collecter de l'argent ici. Avec les autres responsables, je quête aux portes des églises, dans les clubs, les banques, les bureaux...

– *Ya salam !*

– La première quête a rapporté mille livres. Pour la prochaine, nous visons le double. Vous ne perdez rien pour attendre : je vous mets sur ma liste.

– D'accord, je vous bakchicherai, lança Sélim avec un grand sourire.

Il se demanda s'il ne devait pas aller brûler d'urgence un cierge à la Radwaneya : à l'intention des enfants de Haute-Égypte mais surtout des modestes salariés de son espèce qui méritaient une augmentation pour pouvoir les aider...

*

Viviane était venue à ce réveillon parce que, sur la liste des invités qui lui avait été communiquée, figurait le nom de Sélim Yared. Depuis l'été, elle ne cessait de penser à lui, avec des sentiments mêlés. Il y avait en ce garçon quelque chose qui la rebutait – son côté un peu *baladi* sans doute – mais en même temps elle lui trouvait un charme fou. Aucun homme ne l'avait autant troublée, sauf peut-être ce Hassan, à la chemise mouillée de transpiration, entrevu en 1936 lorsqu'il était venu rencontrer son oncle Rachid à la maison...

Par ses remarques, par sa seule présence, Sélim Yared avait fait voler en éclats les coquetteries et la fatuité du groupe d'Alexandrie. Viviane ne s'en rendait compte qu'en partie, baignant elle-même dans cet univers depuis l'adolescence. Mais elle étouffait de rire chaque fois que Sélim traitait les gaullistes et les pétainistes de *ahlaoui* et de *zamalkaoui*...

Raoul, qui professait un gaullisme ombrageux, n'appréciait pas du tout la plaisanterie. Il jetait un regard de travers à ce rustre, puis se lançait dans un exposé étincelant sur les conséquences sociales du Front populaire ou la suprématie navale des Alliés, en attendant de briller sur une piste de danse, d'exécuter un plongeon parfait à San Stefano ou d'épater ses passagères à bord de sa Juvaquatre décapotable.

Une fois par semaine environ, Raoul demandait à Viviane de devenir sa femme. Elle n'avait dit ni oui ni non. De famille aisée, cet ancien élève des jésuites, ingénieur diplômé de Lyon, ne correspondait-il pas exactement au modèle de gendre que les Batrakani souhaitaient ? En l'épousant, Viviane ferait un aussi beau mariage que sa sœur Lola qui venait de s'unir, pour le meilleur et pour le pire, avec le neveu d'un grand bijoutier du Caire.

Dans le bateau, la veille du départ de Sélim, elle s'était arrangée pour s'asseoir à côté de lui. On n'entendait que le clapotis de l'eau. Viviane se serait bien lovée dans le creux de cette solide épaule... Un imbécile avait entonné *La Marseillaise*, aussitôt reprise en chœur. Le charme était rompu.

Elle était allée rejoindre Raoul qui pêchait à l'arrière du bateau, avec la ferme intention de lui dire que, non, finalement, tout bien réfléchi, elle ne voulait pas l'épouser. Mais Raoul l'avait entreprise sur sa *richa*, trop courte, ou trop longue, qui l'empêchait d'attraper du poisson. Elle avait dû attendre sa demande en mariage suivante, quelques jours plus tard, pour mettre un point final à cette semi-liaison.

– Non, Raoul n'est plus avec moi...

Le visage de Sélim s'était illuminé. Et, dans le slow qui avait suivi, Viviane s'était sentie entraînée, saisie, comme elle ne l'avait jamais été.

Pourtant, essayant d'imaginer Sélim à un déjeuner dominical à la maison, elle était prise de panique. Le regard des autres... de son frère Paul, en particulier, tellement à cheval sur les bonnes manières et la grammaire française. « Je vous bakchicherai... »

*

Le surlendemain, Sélim sonna chez les Batrakani à huit heures tapantes. Viviane lui ouvrit elle-même. Elle avait accepté sa proposition de venir la chercher en taxi pour l'accompagner à la gare. Une grosse valise était posée dans l'entrée. Il s'en empara énergiquement.

– *Ya sater !* Elle fait bien vingt kilos, votre valise. Jamais vous ne pourrez la soulever en descendant du train. Vous leur apportez aussi des provisions ?

Viviane rougit légèrement. Ne sachant trop comment serait la vie là-bas, elle avait entassé des robes de différents modèles, des pull-overs de toutes épaisseurs, une douzaine de chemisiers, cinq paires de chaussures... sans compter le matériel demandé à chaque « responsable » : un nécessaire de couture, une pharmacie, des livres, des carnets, une gourde, des couverts, un sifflet, un harmonica...

Cette mission à Minia, « dirigée par Mlle de Montvallon, infirmière diplômée », devait durer un mois. Elle serait basée au vieux couvent des jésuites, mais les travaux étaient prévus dans une série de villages alentour.

– On nous a beaucoup recommandé de ne pas choquer les fellahs et de ne pas susciter chez eux des sentiments de convoitise, expliqua Viviane tandis que le taxi se mettait en route. Le Père Ayrout a établi dix commandements à l'intention des responsables : ne pas se farder, ne pas croiser les jambes, ne porter ni pantalons ni corsages sans manches, ne pas rire...

– Vous allez vous amuser !

– Ne pas fumer, ne pas s'interpeller, ne pas parler devant eux une langue étrangère...

– *Ya allah !*

Sur le quai de Bab el Hadid, une locomotive crachait de la fumée blanche dans un bruit assourdissant. Un petit groupe était réuni autour d'un religieux à barbe noire. Sélim préféra s'éclipser, craignant de gêner la « responsable ». Elle le remercia d'un sourire.

11

Deux mois plus tard, René Abdel Messih donnait une nouvelle soirée chez lui. On avait repoussé les meubles et roulé les tapis. Des couples de danseurs se déchaînaient au rythme d'une musique étourdissante.

Sélim, assis dans un coin, les regardait avec d'autant plus de jalousie que Viviane Batrakani évoluait dans les bras d'un jeune officier français. Ah, ces Français ! Depuis le début de la guerre, ils tournaient la tête à toutes les Syriennes du Caire...

L'œil sombre, Sélim quitta la pièce pour fumer une cigarette sur la terrasse. Le souvenir de son père le tourmentait. Pour demander Mima en mariage, Khalil avait mis trois secondes. Sélim calcula qu'il tournait, lui, autour de Viviane depuis bientôt trois ans, sans oser se déclarer. La crainte d'essuyer un refus le paralysait. Petit comptable chez Matossian, qu'avait-il à offrir à une fille Batrakani ? Mima était peut-être affolante à l'époque, peut-être se retournait-on sur son passage, mais c'était une orpheline, sans le sou...

Il s'en voulut de penser cela. Sa mère l'avait bouleversé, un jour, en lui racontant la scène :

– Quand ton père m'a dit : « Et si on se mariait le 6 septembre prochain ? C'est un dimanche », il paraît que j'ai souri. Sa proposition pouvait passer pour une plaisanterie. Mais je ne l'avais pas du tout prise comme ça...

Sélim sentit une présence à côté de lui. Il n'eut même pas le temps de se retourner.

– A quoi pensez-vous ? demanda doucement Viviane.

Il répondit spontanément :

– Je pensais à mon père, demandant à ma mère de l'épouser quelques instants à peine après leur première rencontre.

– Et pourquoi aurait-il attendu ?

Sélim, saisi, se tourna vers elle. Puis, sans réfléchir, lui prit les mains dans les siennes. Viviane baissa les yeux. Elle semblait au bord des larmes.

Une heure plus tard, alors qu'ils étaient assis dans un coin de la terrasse, les yeux dans les yeux, indifférents aux allées et venues des autres invités, Viviane murmura :

– Il m'est arrivé une drôle d'histoire pendant mon voyage à Minia...

Dans les villages, les « responsables » étaient accueillies comme le bon Dieu. On les prenait pour de grands médecins, alors qu'elles savaient à peine poser une compresse, faire de l'eau boriquée, reconnaître un collyre bleu d'un collyre argirol... Un jour, dans le dispensaire où elle se trouvait, Viviane vit entrer un fellah avec un paquet dans les bras qu'il lui remit sans explication. C'était un bébé, horriblement pâle. La religieuse qui se tenait à côté d'elle lui chuchota en français :

– Il va mourir. Faites vite ! Trouvez-lui un prénom et baptisez-le discrètement.

Viviane posa machinalement sa main sur le front de l'enfant et, se souvenant des cours de catéchisme du pensionnat, murmura entre ses dents :

– Sélim, je te baptise, au nom du Père, du Fils et du Saint-Esprit.

Le nourrisson mourut quelques instants plus tard, dans ses bras. Le père hocha la tête, sans manifester d'émotion particulière. C'était son huitième enfant, et d'autres suivraient certainement...

Ce soir-là, pendant le feu de camp, Viviane se tint à l'écart, pensive. Elle passa ensuite une nuit très agitée.

– J'étais troublée. D'abord, parce que je l'avais baptisé, alors que ça ne s'imposait peut-être pas. Puis, parce que, sans réfléchir, je lui avais donné ce prénom. Puis...

Elle se mit à rire, les larmes aux yeux :

– Puis, parce que je m'interrogeais sur la validité de ce baptême : est-ce que Sélim est vraiment un nom de saint ?

12

Mima Yared n'était pas très détendue en entrant chez les Batrakani. Elle redoutait le contact avec ces familles riches dont Khalil parlait tant jadis, promettant de leur en mettre plein la vue. Il n'avait pas eu le temps, le pauvre... Et puis, elle ne se sentait pas à l'aise dans ce rôle de belle-mère, malgré le chapeau à plume que sa voisine lui avait quasiment imposé, jurant qu'il s'accordait à ravir avec son tailleur havane à revers blancs.

Des Batrakani, elle ne connaissait que Viviane, que Sélim lui avait présentée trois semaines plus tôt, et la voix de Yolande, au téléphone, l'invitant à cette réception de fiançailles.

Viviane s'était montrée un peu guindée. Sans doute ne s'attendait-elle pas à trouver un appartement aussi simplement meublé, à la peinture fatiguée. Sélim n'avait pas réussi à détendre vraiment l'atmosphère. Il était reparti assez vite avec cette jeune fille élégante qui semblait appartenir à un autre monde que lui.

– Tu aurais pu au moins attendre l'arrivée de Roger ! se lamenta Mima le lendemain.

Avec son titre de médecin, Roger était sa fierté, son étendard. Pour lui, aucune jeune fille ne serait trop bien. Mima avait le don d'introduire « mon fils le docteur » dans n'importe quelle conversation, fût-elle consacrée aux feuilles de vigne farcies ou au racommodage des bas filés.

Fatheya faisait écho à sa maîtresse, en parlant à tout propos du *doktor*. Cette publicité intempestive exaspérait l'intéressé. Surtout quand, de la fenêtre de la cuisine, la bonne admonestait à tue-tête le repasseur dont l'échoppe se trouvait deux immeubles plus loin :

– Ya Maurice ! Le *doktor* attend sa chemise. Il est pressé. Il n'en a pas d'autre...

Mima arriva chez les Batrakani au bras de Roger. Cette belle maison, avec ces arbres, ce lourd portail de fer forgé et ce *soffragui* en livrée et gants blancs, confirmait à la fois ses espoirs et ses craintes : Sélim allait faire un beau mariage, mais n'avait-il pas visé trop haut ? Et elle, que dirait-elle à ces gens qui ne pourraient la regarder qu'avec dédain ?

Quand Mima entra dans le salon, il y eut quelques secondes de silence.

– Qui est cette beauté ? murmura Alex Batrakani.

Sélim, qui se tenait derrière lui, en eut les larmes aux yeux. Oui, elle était belle, sa mère, à quarante-six ans ! Il en prenait brusquement conscience, regrettant presque que l'assemblée se soit remise à papoter.

Georges Batrakani réussit à détendre Mima dès la première minute, par un petit compliment qui ne manquait pas de sincérité :

– Voyez-vous, chère madame, une méningite a failli nous enlever Viviane à l'âge de cinq ans. Elle a été sauvée de justesse. Depuis ce jour, je me suis juré de la rendre heureuse et de bien la marier. Vous voyez, je tiens promesse !

L'été précédent, Georges bey s'était inquiété de voir sa fille toujours célibataire :

– A force d'attendre, *ya benti*...

Viviane avait haussé les épaules. Puis, pour le faire enrager :

– Tu sais ce que nous dit le Père Ayrout aux réunions de l'Œuvre ? « Cherchez le royaume de Dieu, et le prince charmant vous sera donné par surcroît. »

– Ce Ayrout est fou ! cria Georges bey. C'est avec des âneries de ce genre qu'on coiffe définitivement Sainte-Catherine.

Mais Georges Batrakani n'était pas homme à marier sa fille au premier venu. Viviane redoutait l'examen de passage de

Sélim, à qui elle s'était déjà permis, à deux ou trois reprises, de faire des remarques du genre :

– Chéri, on ne dit pas « je vais couper les billets de cinéma ».

Il en avait tenu compte, en souriant. Viviane se disait que Georges Batrakani lui-même avait dû avoir quelques problèmes semblables lors de son mariage, avec ceux qu'il appelait encore parfois « les snobs et les latinistes » de la famille Touta.

Elle présenta Sélim à son père, un après-midi, à la terrasse de Groppi, bien décidée à batailler ferme pour arracher son assentiment. A sa grande surprise, Georges bey fut tout sucre tout miel, ne posant à Sélim aucune question sur sa situation matérielle ou professionnelle. Il ne semblait s'intéresser qu'à son opinion sur les millefeuilles à la crème de Groppi.

Le soir, en retrouvant sa fille à la maison, il lui lança malicieusement :

– Je ne sais pas s'il faut féliciter le Père Ayrout, mais le prince me paraît charmant.

Elle sauta à son cou pour l'embrasser. Sans savoir évidemment qu'il avait pris des renseignements sur Sélim chez Matossian et même auprès des Très Chers Frères de Daher...

Au téléphone, Yolande Batrakani avait précisé à Mima que cette réception serait simple, intime, familiale. En effet... on ne comptait pas plus de soixante personnes.

– Venez, dit Yolande en prenant son invitée par le bras. Je vais vous présenter le parrain de Viviane.

Mima fut trompée par les cheveux grisonnants. Ce n'est que lorsque Édouard Dhellemmes se tourna vers elle et lui baisa longuement la main, pour cacher son propre trouble, qu'elle le reconnut.

– Je ne savais pas..., dit-elle en s'interrompant.

Yolande, qui n'avait rien saisi, enchaîna :

– Mais oui, Édouard est français. C'est un de nos meilleurs amis. Il était de passage au Caire en 1922, au moment de la naissance de Viviane... Excusez-moi, je vous laisse ensemble, on me fait signe.

– Vous n'avez pas changé, dit Édouard à Mima quand ils furent seuls.

Elle répondit par un vague sourire et un haussement d'épaules. Depuis leur rencontre sur la terrasse des Ayrout à Héliopolis dix ans plus tôt, elle n'avait jamais accepté de le revoir.

– Savez-vous que je suis installé en Égypte depuis bientôt deux ans ? J'ai ouvert un magasin d'antiquités au bout de la rue Soliman pacha. Aimez-vous les antiquités ?

Mima sourit :

– J'ai à peine les moyens de m'offrir les nouveautés. Alors, les antiquités...

– Faites-moi le plaisir de venir me rendre visite au magasin. Je vous montrerai des merveilles, rien que pour le plaisir. J'y suis tous les après-midi... Puis-je y compter ?

C'était demandé si gentiment que Mima promit de lui rendre visite le mercredi suivant.

Une certaine agitation se manifestait au fond du premier salon : le Père André Batrakani venait d'arriver, et plusieurs invités se pressaient pour le saluer. Après avoir serré quelques mains, le jésuite s'approcha de Viviane, l'embrassa et la prit paternellement par l'épaule en lui glissant à l'oreille :

– Je te souhaite un mari exigeant.

Édouard Dhellemmes proposa à Mima de lui présenter celui qui allait bénir le mariage quelques semaines plus tard :

– Vous verrez, c'est un homme de valeur. Je l'ai connu quand il était encore enfant. Mais j'avoue qu'aujourd'hui il m'impressionne un peu, avec sa barbe, sa soutane et ce regard si pénétrant...

Viviane et Sélim se marieraient, bien sûr, à Sainte-Marie-de-la-Paix. Cette église, à peine inaugurée à Garden City, passait déjà pour le rendez-vous dominical de la bonne société grecque-catholique. On la devait à Mary Kahil, une riche héritière célibataire, de père syrien et de mère allemande, animée d'une foi brûlante, qui avait été profondément marquée par sa rencontre avec l'islamologue Louis Massignon.

– Massignon s'est fait ordonner prêtre grec-catholique, expliquait Viviane à Sélim. Il a entraîné Mary dans une aventure mystique à laquelle personne ne comprend rien. Ce que je sais, en tout cas, c'est que l'église appartenait aux anglicans et que Mary en rêvait. Pour l'obtenir, elle a mis tout le ciel de son côté. Un jour, elle s'est même discrètement approchée du jardin pour y jeter une médaille de sainte Thérèse...

– Et sainte Thérèse a reçu le message, naturellement...

– Mary a pu acheter l'église en décembre 41, pour dix mille livres. Plusieurs souscripteurs, dont papa, ont pris en charge les frais d'aménagement. Et, comme c'était la guerre, on l'a appelée Sainte-Marie-de-la-Paix.

Salwa, l'amie musulmane de Viviane, discutait dans le deuxième salon avec Roger Yared qui venait de lui être présenté :

– Vous ne trouvez pas, docteur, que l'excision est une mutilation scandaleuse ?

– D'autant plus scandaleuse, mademoiselle, qu'elle est pratiquée avec des lames de rasoir non stérilisées...

– Le corps médical devrait se mobiliser. Il faudrait une loi.

– Si vous croyez qu'une loi peut changer les mentalités dans les campagnes...

Fervente disciple de Hoda Chaaraoui, Salwa était une militante féministe très active. Elle avait tenu tête à ses parents qui voulaient la marier à dix-huit ans et obtenu de faire une licence en droit.

– Moi, je resterai célibataire jusqu'à mon diplôme, disait-elle à Viviane, en lui reprochant de s'être contentée de la première partie de son baccalauréat.

L'arrivée de Lola dans le premier salon provoqua des acclamations. Bien qu'enceinte de quatre mois, elle était moulée dans une robe écarlate qui soulignait son corps de vamp et la sensualité de ses traits. Derrière elle, Roland, son mari, mince et élégant, distribuait à la ronde des sourires hollywoodiens. Tout le monde se souvenait de la photo publiée par le magazine *Images*, trois ans plus tôt, à l'occasion de leur lune de miel. On les voyait devant le Mena House, dans une Bugatti décapotable. A eux deux, ces enfants de riches donnaient l'impression de réunir toutes les bénédictions du ciel – toute l'injustice du monde...

– Ah bon, vous êtes comptable ? disait à Sélim un étrange personnage portant une lavallière mauve. Mais alors, vous devez savoir, vous, combien l'Égypte compte exactement d'habitants.

Non, il ne savait pas et, à vrai dire, ne s'était jamais vraiment posé la question.

– Vous me cachez quelque chose, chuchota l'homme à la lavallière.

Sélim jeta un regard inquiet en direction de Viviane qui les observait du coin de l'œil : elle avait oublié de lui signaler l'obsession de son oncle maternel.

– Quinze millions d'habitants peut-être, lança-t-il à tout hasard.

– Vous plaisantez ! s'écria Edmond Touta.

Viviane avalait un fou rire. En la voyant, Sélim se détendit et affirma d'un ton péremptoire :

– Quinze millions sept cent cinquante mille, d'après nos derniers calculs.

Son interlocuteur était en nage. Il s'épongea le front avec sa lavallière.

– Impossible, jeune homme ! Nous étions déjà à plus de dix-sept millions au début de l'année. Dix-sept millions ! C'est affolant, non ?

HUITIÈME PARTIE

Le magasin d'antiquités

1

30 septembre 1945

Me voilà parrain ! Comment aurais-je pu refuser la proposition de Viviane ?

Mon filleul devait s'appeler Rafik. Mais papa, qui a devancé tout le monde à la maternité, a insisté pour qu'on lui donne le prénom de Charles.

Sélim est assez mécontent. Je le comprends. Il n'a pas fini d'en voir, le pauvre, avec un beau-père comme Georges Batrakani !

Indépendamment des méthodes de papa, je ne sais trop que penser de cette nouvelle mode qui consiste à donner des prénoms arabes aux nouveau-nés. Comme à d'autres époques, avec les Rizkallah, les Habib, les Khalil... Il est vrai qu'aujourd'hui la poussée nationaliste incite à la prudence. « Les guerres sont accoucheuses de révolutions », disait Makram l'autre jour. Mais l'homme en noir prend souvent ses désirs pour des réalités. De là que papa ait voulu le contredire en transformant Rafik en Charles...

La sœurette, elle, ne semble pas bouleversée par le changement de prénom de son fils. D'autant que le professeur Martin-Bérard a trouvé, paraît-il, ce choix très judicieux. Ah, ces Français !

Autrefois, nos mères accouchaient à la maison. C'était Om Youssef – et plus tard sa nièce, Mme Rathl – qui nous accueillait en ce bas monde. Mais les jésuites ou les frères n'étaient pas loin pour prendre réception...

*

Naturellement, Michel faillit rater la cérémonie de mon baptême. Il s'était rendu à Sainte-Marie-de-la-Paix, oubliant que mes parents habitaient Héliopolis... Son taxi arriva à l'église de la Korba avec trente-cinq minutes de retard.

– Cette fois, tu ne diras pas que c'est à cause de Mlle Guyomard ! lui lança André qui s'apprêtait à célébrer avec un parrain de remplacement.

René Abdel Messih, gai comme d'habitude, disait à mon père :

– Après avoir changé de prénom, ton fils va changer de parrain. Ce n'est pas grave, *ya sidi*. Du moment qu'il garde le même sexe...

Sur les photos, on voit André en grande tenue liturgique. Sélim, un peu en retrait, porte veste et cravate blanches. Viviane n'a pas encore retrouvé sa taille de jeune fille mais cet air épanoui lui va à ravir. Michel, un peu crispé, semble encombré par ma robe de dentelles. C'est la première fois de sa vie qu'il tient un bébé dans les bras.

2

– Ce sera votre vrai voyage de noces, avait dit Georges bey.

Sur le coup, Sélim ne fut pas emballé par la proposition de son beau-père. Partir en Europe avec tous les Batrakani... Mais les cris d'enthousiasme de Viviane, puis les sifflements admiratifs de ses propres frères allaient le faire rapidement changer d'avis.

A vrai dire, Georges Batrakani n'avait consulté personne avant d'acheter les billets d'avion. En cet été 1946, pouvait-on rater le premier vol régulier d'Air France entre Le Caire et Paris ? C'était comme un nouveau modèle d'automobile : pour la commander, on n'attendait pas que toute la ville l'ait essayée...

Ma grand-mère mourait de peur à l'idée de survoler les nuages, mais Georges bey avait balayé ses objections d'un haussement d'épaules. Paul et la Suissesse seraient de la partie, ainsi que Michel. Quant à Lola, bloquée au Caire, elle avait proposé à mes parents de me prendre en pension chez elle, avec la bonne. J'avais tout juste dix mois.

A l'aéroport d'Almaza, avant de passer à la douane, Sélim vit Georges Batrakani retirer à deux mains son tarbouche pourpre et le remettre au chauffeur. Celui-ci lui tendit en échange un superbe chapeau de paille. Georges bey ajusta le canotier sur son crâne avec une aisance qui stupéfia mon père. On changeait de monde.

Le vol durait treize heures, en comptant une escale à Tunis. Yolande s'était signée trois fois pendant que les hélices du DC-4 ventru se mettaient en branle. Sélim lui-même, qui n'en menait pas large, pria la Vierge Marie en faisant semblant de regarder par le hublot. Il ne comprenait pas la désinvolture de Viviane, séparée de la Suissesse par le couloir et qui se penchait vers elle pour lui raconter sa découverte de Paris en 1937 :

– Les parents nous avaient emmenées, Lola et moi, à l'Exposition universelle. En pleine Méditerranée, sur une mer d'huile, on nous annonce que notre paquebot, battant pavillon égyptien, va croiser le yacht du roi, le *Fakhr el Behar*. Tous les passagers se rassemblent sur le pont. Nous avons attendu que les deux bateaux soient à même hauteur pour entonner tous en chœur : *« Yaïch biladi wa yahial malek »*, ce qui veut dire « vive mon pays et vive le roi ». Farouk nous a fait un signe de la main. Il avait dix-huit ans. Il était beau...

– Tu n'as pas bien serré ta ceinture, dit Sélim d'une voix crispée.

Quatre chambres étaient retenues au Scribe, l'un des rares hôtels parisiens d'un niveau convenable à ne pas être occupé par les troupes alliées. Le patron accueillit les Batrakani avec des courbettes et leur fit visiter lui-même la salle à manger.

– Dès demain, chuchota-t-il à l'oreille de mon grand-père, on pourrait vous servir dans les chambres. C'est un peu plus cher mais beaucoup moins rationné.

Dans cette Europe à peine remise de la guerre, la livre égyptienne valait de l'or. Sélim s'en était aperçu à l'air ébahi du petit chasseur quand il lui avait glissé dans la main l'équivalent de deux piastres. Déjà, à la réception, les passeports portant la mention « Royaume d'Égypte » avaient attiré au groupe des sourires déférents.

La chambre de mes parents avait l'odeur un peu acide d'une vieille bibliothèque mal aérée. Ce serait, pour Sélim, à tout jamais, l'odeur de Paris, de la France, de l'Europe.

Tandis que Viviane faisait chuinter un robinet dans la salle de bains, mon père écarta le rideau de cretonne fleurie fixé à la fenêtre. Jamais il n'aurait pu imaginer un tel alignement des immeubles dans les rues ! Tout était ordonné, tracé au cordeau. Malgré les blessures de la guerre et les tickets de rationnement, cette ville semblait respirer une richesse immense, accumulée depuis des siècles... On croit connaître la France, grâce aux livres, aux films et aux Très Chers Frères des écoles chrétiennes. Et voilà que cette garce vous fige de stupeur à la première entrevue !

– Qu'est-ce que la France ? demandait jadis la voix sévère de Roger, de l'intérieur du WC.

– La France est notre patrie, c'est la patrie de nos pertes...

– De nos pères, *ya fellah !*

Sélim colla son nez contre la vitre, comme l'enfant d'alors qui observait les milans à Faggala. Elle était là, sous ses yeux, la patrie présumée de ses pères, avec des passants au petit pas pressé qui regardaient droit devant eux...

La porte de la salle de bains s'ouvrit. Viviane, souriante, en tailleur rose, était prête pour descendre dîner. Sélim eut un choc, comme au premier jour. Il alla vers elle et la prit dans ses bras. Tandis que leurs lèvres se rapprochaient, mon père se dit qu'il était à Paris, qu'il ne rêvait pas, et que cette femme lovée contre lui s'appelait bien Viviane Batrakani...

*

Le personnel du Scribe était aux petits soins pour Georges bey et sa tribu. Quant aux chauffeurs de taxi, postés devant l'hôtel, ils se disputaient pour les transporter aux quatre coins de la ville.

– Nous pouvons nous féliciter d'être égyptiens ! lança Michel, au cours d'une halte au Café de la Paix.

– Nous ne sommes pas égyptiens, répliqua Paul sèchement.

Le serveur s'approcha pour noter les commandes.

– Moi, je prendrai une gazeuse avec un chalumeau, fit mon père.

Devançant l'interrogation du garçon, Paul expliqua d'une voix pincée :

– Monsieur voudrait un citron pressé avec une paille.

En d'autres circonstances, Sélim aurait éclaté de rire. Mais le ton de son beau-frère le vexa. Dans le regard de Paul Batrakani, il se voyait comme un fellah découvrant Paris.

En vérité, depuis l'avant-veille, Sélim ouvrait des yeux ronds. Même les objets pharaoniques du Louvre l'avaient ébahi, lui qui n'était jamais allé en Haute-Égypte, ni même au Musée du Caire. Hormis les pyramides et le sphinx, il ne connaissait rien de cette époque, alors que la Suissesse commentait allégrement les hiéroglyphes et jonglait avec les dynasties...

*

Au bout d'une semaine, ils quittèrent Paris pour aller à Saint-Moritz où Georges bey avait réservé des chambres. Mon grand-père voulait profiter de l'air de la montagne et rendre visite aux parents de la Suissesse qui possédaient un chalet à quelques kilomètres de là.

Il y avait quelque chose d'irréel dans ce décor de carte postale. A chaque tournant de la route en lacets qui conduisait à l'hôtel, Sélim découvrait des prairies trop vertes, des vaches trop grasses... Il se sentait au bout du monde.

– Ah, vous êtes égyptiens, vous aussi ! s'exclama le réceptionniste de l'hôtel avec un grand sourire.

Hamdi pacha, le sénateur d'Alexandrie, villégiaturait sur place en famille. Au dîner, mon grand-père lui fit passer sa carte puis se leva pour aller le saluer. Dès lors, à chaque repas, c'étaient des *salamat* et des sourires à distance. Deux Égypte se croisaient, étrangères l'une à l'autre, mais nullement hostiles.

Sélim trouvait ce petit jeu pesant. Tout lui pesait, à vrai dire, à Saint-Moritz. Hormis les goûters quotidiens au village et les promenades dans les sentiers qui abîmaient ses chaussures de ville, les journées étaient d'un ennui mortel. Il tournait autour de Viviane qui manifestait peu d'enthousiasme pour des siestes amoureuses, proposées à demi-mot et qui ressemblaient trop à un moyen de tuer le temps.

– Et si nous devancions les autres à Paris ? proposa-t-elle un après-midi à brûle-pourpoint, alors que mon père, affalé dans un fauteuil, parcourait *La Tribune de Genève* d'un air boudeur.

– Mais... tes parents ?
– Je m'en charge.
Il se précipita à la réception pour demander l'heure du prochain train.
Ce fut leur vrai voyage de noces.

*

Quand, dix jours plus tard, le reste du groupe les rejoignit à l'hôtel Scribe, Sélim, en pleine forme, connaissait Paris sur le bout des doigts. Ils avaient flané inlassablement sur les quais, sillonné Montmartre dans tous les sens, parcouru des centaines de kilomètres en métro. Courant d'un spectacle à l'autre, ils s'étaient tordus de rire à *Blum ! Blum ! Tra-la-la*, avaient écouté un récital d'André Claveau, et même assisté à la finale du concours de la plus jolie baigneuse 1946 à la piscine Molitor...
La fin du séjour à Paris fut consacrée aux emplettes. Les femmes ne décollaient des grands magasins que pour aller choisir des chapeaux chez une célèbre modiste de la rue Royale. Cour de Rohan, Georges bey raflait des tapisseries précieuses, tandis que Michel écrémait les rayons de livres anciens. Mon père, lui, consacrait l'essentiel de son temps à trouver un cadeau pour Mima. Passant d'un magasin à l'autre, il hésitait, revenait, de plus en plus fébrile. Viviane, qui en avait assez, finit par choisir à sa place un sac en lézard chez Lancel, tout en sachant que sa belle-mère apprécierait surtout les accessoires de cuisine, primés au Concours Lépine, qu'elle avait achetés pour quelques francs sur les grands boulevards.
Georges bey avait observé son gendre pendant tout le voyage. Le dernier jour, dans le hall de l'hôtel, il le prit à part :
– Est-ce que tu te plais chez Matossian ? Je dis ça parce que tu pourrais peut-être venir travailler avec nous... Réfléchis. Tu n'es pas obligé de me répondre tout de suite.
Les billets d'Air France étaient retenus pour le 6 septembre. Trois jours plus tôt, le Copenhague-Paris s'écrasait au décollage et prenait feu. Yolande Batrakani en fit une maladie. Les

membres du groupe s'efforcèrent de la rassurer, en plaisantant un peu. Le 4 septembre, le Paris-Londres s'écrasait à son tour, et tous ses occupants étaient carbonisés...

– Pas un mot à Yola ! ordonna Georges à ses enfants.

Ils avaient tous les jambes flageolantes, le surlendemain, en pénétrant dans le DC-4 d'Air France. Sélim et sa belle-mère n'étaient plus les seuls à s'adresser à la Sainte Vierge.

Quand l'avion se posa sur la piste d'Almaza, les passagers applaudirent à tout rompre, et Yolande se signa une dernière fois. Les familles au grand complet étaient massées sur la petite terrasse de l'aéroport. Sélim, tenant Viviane par la taille et faisant de grands saluts, se sentait l'âme d'un héros. Il avait l'impression de revenir de très loin, d'être parti depuis une éternité. Il regardait l'Égypte avec des yeux neufs, s'étonnant de la voir aussi aride, aussi jaune...

Dix minutes plus tard, il serrait dans ses bras une Mima en pleurs, tandis que le chauffeur des Batrakani houspillait les portefaix qui avaient mélangé toutes les valises. On criait et on riait. On s'éventait et on se vantait. On était rentré.

3

– Pendant que vous vous baladiez en Europe, mes chéris, le roi s'est offert un voyage galant en Méditerranée, lança Alex Batrakani d'un air désinvolte, en piquant dans son assiette une feuille de vigne farcie.

Il était sûr de son effet.

– Un voyage galant ?

– Raconte, *ya Alex* !

L'absence d'André à ce déjeuner autorisait quelques frivolités... Depuis sa fameuse rencontre automobile avec Farouk, mon oncle Alex était devenu imbattable sur les affaires royales. Il avait gardé le contact avec quelques noctambules du palais qui le traitaient en compagnon de jeu et n'hésitaient pas à évoquer devant lui les exploits ou les bons mots du souverain.

– Au début de l'été, Farouk était tombé amoureux d'une petite juive d'Alexandrie. Tu sais, la fameuse Camélia qui chantait à l'Auberge des Pyramides... Le roi s'était promis de faire avec elle sa première croisière en Méditerranée depuis la guerre. Camélia est partie à Chypre. Sans rien dire au gouvernement, Farouk a fait appareiller son yacht pour aller la rejoindre, avec quelques amis.

– Mais il paraît que Farouk est impuissant...

– Paul, je t'en prie ! Il y a les enfants.

– Disons qu'il a parfois du mal à finir le travail, précisa Alex gaiement. Mais avec Camélia, c'est spécial, elle fait des miracles.

Yolande intervint énergiquement :

– Personne ne me parle de mes feuilles de vigne. Elles ne vous plaisent pas ? Vous vouliez peut-être de la *molokheya*...

Les compliments fusèrent des quatre coins de la table.

– A propos, dit Georges bey, je trouve que Farouk devient franchement obèse.

– Tu verrais tout ce qu'il engloutit au petit déjeuner ! lança Alex, de l'air de celui qui camperait en permanence sous la couche royale. Une douzaine d'œufs, du homard, des cailles farcies, des glaces... Et, avant chaque dîner officiel au palais, il fait une razzia de crème chantilly dans les cuisines.

– Non seulement Farouk est difforme, mais ces lunettes noires qu'il porte en permanence lui donnent un aspect ridicule. Où est la classe de Fouad ?

– Quelle classe, je t'en prie ! fit Michel qui voyait les choses se dégrader progressivement depuis la mort du sultan Hussein en 1917.

– En tout cas, ce lourdaud de Farouk ne manque ni de culot ni d'humour. Vous connaissez l'histoire du poker ?

Tout le monde la connaissait, bien sûr. Mais il se trouvait toujours un enfant pour la réclamer, et Georges bey s'exécutait avec plaisir :

– ... Farouk, qui avait annoncé un carré royal, abat trois rois seulement. Ses partenaires se regardent d'un air gêné. « Et le quatrième ? » finit par demander timidement quelqu'un. « Le quatrième, c'est moi ! » crie le roi dans une explosion de rire, avant de ramasser la mise...

– Farouk réveille parfois l'un de ses partenaires en pleine nuit pour lui demander de le rejoindre au club de la rue Kasr-el-Nil. Par la fenêtre ouverte, on entend son rire énorme.

– Il paraît qu'aux tables voisines personne n'ose se lever tant que le roi n'a pas fini de jouer. Ça peut durer jusqu'au petit matin.

– Sais-tu que Farouk s'invite parfois à des réceptions chez des particuliers ? L'autre soir, voyant de la lumière chez les Takla, il a sonné et il est entré.

– Farouk ne se contente pas de voler les femmes des autres, lança Paul. C'est un vrai kleptomane. Un diplomate me disait l'autre jour que le roi avait subtilisé la montre de Churchill en 42.

– Tu plaisantes !

– Mais non, c'est sérieux.

La table grondait d'impatience.

– Vous vous souvenez qu'en juin 42, Churchill était venu en Égypte pour inspecter le champ de bataille. Eh bien, Farouk avait beaucoup insisté pour l'inviter à dîner au Mena House. Ils se donnent rendez-vous là-bas. Très pressé et désireux de le montrer – il devait repartir le soir même pour Gibraltar –, le Premier ministre britannique plonge la main dans son gousset pour consulter sa montre en or. Pas de montre. Churchill, qui avait entendu parler des manies de Farouk, lui fait savoir, le plus calmement, le plus poliment possible, que sa montre a disparu, qu'il y tient énormément et qu'il ne dînera pas avant de l'avoir retrouvée. Farouk s'indigne contre les voleurs mais promet d'arranger ça. Il quitte la table et revient triomphant, dix minutes plus tard, avec la montre dans la main... Qui dit mieux ?

– Moi, je dis mieux. Mais, c'est une histoire que je n'ai pas le droit de raconter...

– Ne fais pas de manières, Alex, je t'en prie.

– Parole d'honneur, j'ai promis.

– Raconte, *ya Alex* !

– Bon... C'était pendant la guerre. Les Anglais reprochaient à Farouk d'être entouré d'Italiens. Ils en avaient dénombré dix-sept au palais. « Nous sommes tout de même en guerre contre l'Italie ! » s'était écrié l'ambassadeur britannique. « Les autres Italiens d'Égypte sont détenus dans des camps, alors que les vôtres, Majesté, occupent des postes clés. » Le gouvernement égyptien, de son côté, suppliait le roi de mettre à la porte Pulli et compagnie. Ces étrangers étaient très mal vus au Parlement. Des étrangers ? Qu'à cela ne tienne ! Farouk décide de leur accorder sur-le-champ la nationalité égyptienne.

– Quand je pense que nous avons attendu des décennies !

– Voulant bien faire les choses, Farouk convoque certains de ses Italiens quelque temps après et leur dit : « Vous savez que les musulmans sont circoncis. Pour que vous soyez de vrais Égyptiens, j'ai demandé à mon chirurgien de vous faire une petite opération. »

– Alex, les enfants t'écoutent...

– Aucun des Italiens, comme vous imaginez, ne manifeste beaucoup d'enthousiasme. Farouk décrète alors : « C'est un ordre royal. » L'un des Italiens refuse quand même. Le lendemain, il se retrouve dans un lit de l'hôpital du palais. Le roi et son barbier se tiennent devant lui, écroulés de rire. Grâce à un somnifère glissé dans une boisson, il était devenu un vrai Égyptien...

– Et ma *konafa* ? Qu'est-ce que vous pensez de ma *konafa* ? implorait Yolande, en se disant qu'à l'avenir il faudrait faire manger les enfants à part.

*

Un après-midi d'août, pendant le voyage de la famille à Paris, Alex avait été convoqué au collège des jésuites par son frère André. C'était la première fois que le plus turbulent de mes oncles remettait les pieds dans cet endroit honni.

Les élèves ne se rendaient qu'exceptionnellement au troisième étage, où logeaient les Pères. En avançant dans ce couloir silencieux, à la recherche de la bonne porte, Alex était presque aussi inquiet qu'à l'époque de ses zéros et retenues. Il vérifia deux fois le nom avant de frapper.

La chambre d'André, éclairée par une large fenêtre, était vaste et nue. Un prie-Dieu jouxtait le lit en fer, sous une icône byzantine aux couleurs un peu passées. Les étagères pliaient sous le poids des livres. On était à dix mille kilomètres du Club Risotto.

Le jésuite entra tout de suite dans le vif du sujet :

– Tu as eu trente-cinq ans, Alex. A ton âge, beaucoup d'hommes ont déjà fondé un foyer...

C'était donc ça ! Alex se mit à sourire. Quand il avait dix-neuf ans, son frère aîné le mettait en garde contre le mariage précoce. Et voilà maintenant qu'il lui reprochait d'avoir trop attendu.

– Je dois être anormal, dit-il en riant.

– Mais non, justement, tu es dans la norme actuelle, et c'est ce qui me désole. Aujourd'hui, les jeunes gens syriens ont tendance à repousser le mariage d'année en année. On dirait qu'ils fuient leurs responsabilités ou n'ont plus confiance en l'avenir.

– J'épouserai sans doute une étrangère...

– Vous voulez tous épouser des étrangères !

– Les jeunes filles syriennes ne sont pas intéressantes.

– Mais si ! Elles sont seulement très différentes de vous. Elles sont romanesques et vous êtes terre à terre. Elles ont l'air plus jeunes que leur âge, alors que vous avez vieilli trop vite...

Alex se sentait très jeune. Seule une calvitie naissante, héritée des Touta, lui donnait du souci. Mais ne disait-on pas à son club de billard que les hommes dégarnis de ce côté-là attiraient les femmes et qu'ils avaient des capacités sexuelles plus grandes que les chevelus ?

– Ne t'inquiète pas, André. Je reçois une proposition de mariage par mois, sans compter les beaux partis que maman s'obstine à me trouver. Je finirai bien par me marier...

4

Quand j'avais neuf ou dix ans, le Père André venait dîner parfois chez nous, à Héliopolis. Au moment de l'apéritif, il abandonnait les adultes au salon pour faire la prière du soir avec les enfants. Mais avant d'éteindre la lumière, nous avions droit, mes frères et moi, à une histoire édifiante – toujours la même – dont le héros était Maximos Mazloum, le plus illustre patriarche de notre Église.

Le Père André portait une soutane noire en hiver, blanche en été. Il s'asseyait au bord d'un de nos lits et commençait toujours par une question :

– Savez-vous en quelle année Mazloum fut élu patriarche ?

Nous répondions un peu au hasard... Il rectifiait.

– C'était en 1833. Et, en 1833, notre Église grecque-catholique n'était toujours pas reconnue dans l'Empire ottoman. Chaque fois que nos ancêtres voulaient faire enregistrer une naissance ou un mariage, chaque fois qu'ils voulaient régler une affaire de succession, ils devaient s'adresser à l'Église orthodoxe. Celle-ci leur faisait la vie noire parce qu'ils s'étaient ralliés au pape. Le patriarcat orthodoxe de Constantinople prétendait même interdire à nos prêtres de porter la *kallousa*... Qui peut me décrire la *kallousa* ?

Nous répondions tous en même temps, ayant souvent vu notre curé grec-catholique avec cette coiffure cylindrique noire, typique du clergé byzantin.

– Eh bien, la *kallousa* allait devenir une affaire d'État ! A Constantinople, l'ambassadeur de Russie soutenait les orthodoxes, tandis que la France nous appuyait. Le sultan, tiraillé entre les grandes puissances, n'arrêtait pas de promulguer des firmans contradictoires. Une fois, notre clergé grec-catholique devait changer de coiffure ; une autre fois, il était simplement invité à adopter la couleur violette ou une *kallousa* à quatre coins...

Le Père André glissait sur les détails de cette bataille diplomatique, trop compliquée pour nous, n'en retenant que quelques images fortes :

– Les orthodoxes, qui voulaient à tout prix nous humilier, proposèrent un jour de donner à nos prêtres une nouvelle coiffure en forme de cône ou de pyramide.

– De pyramide !

– Eh oui ! Imaginez un peu : une pyramide sur la tête de nos évêques... Mais le patriarche Mazloum n'était pas homme à se laisser faire. Excédé, il alla s'installer à Constantinople pour obtenir satisfaction. Encore fallait-il pouvoir rencontrer le sultan. Or, le grand vizir, soudoyé par les orthodoxes, empêchait toute audience. Mazloum employa alors les grands moyens. Un vendredi, accompagné de deux de ses prêtres qui portaient comme lui la *kallousa*, il se posta sur le passage du sultan en brandissant une pancarte fixée au bout d'un bâton. Le souverain fit arrêter le cortège pour les interroger. Mazloum lui remit une lettre, expliquant sa requête. De retour au palais, le sultan ordonna au grand vizir de recevoir notre patriarche. Quand celui-ci vint au palais, le grand vizir lui montra du doigt une petite table à six côtés, incrustée de nacre. « Accepteriez-vous une coiffure de cette forme ? » lui demanda-t-il. Mazloum accepta. Et c'est ainsi que notre clergé eut, pendant tout un temps, une *kallousa* violette dont le rebord avait six côtés, au lieu d'être rond comme celui des orthodoxes...

L'histoire était finie. Nous posions diverses questions pour retarder l'extinction des feux. Le Père André faisait mine de consulter avec inquiétude son bracelet-montre, mais finissait par se rasseoir.

– En 1848, retenez bien cette date, le sultan accorda finalement à notre nation roméo-catholique les mêmes privilèges qu'aux orthodoxes. Notre patriarche pouvait gouverner sa communauté dans tout l'Empire ottoman, créer des tribunaux, percevoir des impôts... Il avait gagné. Mazloum rentra à Alep en triomphateur. Mais cela déplut aux musulmans de la ville et, une nuit, les maisons chrétiennes de tout un quartier furent mises à sac. Notre patriarche, pour passer inaperçu, dut s'habiller en femme, avec un voile sur la tête.

– Un voile ! Comme la bonne ?

– Eh oui ! Mais ensuite, pour aller jusqu'à Antioche, il lui fallut se déguiser en général européen, avec un bicorne !

– C'était bien la peine, oncle André, de s'être battu tant d'années pour la *kallousa*...

Nous réussissions parfois à arracher au conteur un dernier épisode : celui de la mort du grand Maximos à Alexandrie. Une mort épique, après d'atroces souffrances, que les sangsues posées par le barbier ne parvenaient pas à calmer...

– Notre patriarche pria courageusement jusqu'à ce que le Seigneur le rappelle à Lui. On embauma légèrement son corps. On le revêtit de tous ses ornements et on l'installa sur un trône. Pendant quatre jours, malgré la chaleur, le peuple put ainsi défiler devant lui pour un dernier hommage. L'église grecque-catholique d'Alexandrie étant trop petite, les funérailles solennelles eurent lieu à l'église latine. Mais le corps fut transporté ensuite au Caire par le chemin de fer qui venait d'être inauguré, et Maximos eut droit à de nouvelles funérailles. On l'enterra derrière l'autel de l'église de Darb el Guéneina, l'une des vingt-quatre églises qu'avait fait construire ce grand homme, ce géant, notre premier « patriarche d'Alexandrie, d'Antioche, de Jérusalem et de tout l'Orient ».

Nous murmurions tous en chœur : « d'Alexandrie, d'Antioche, de Jérusalem et de tout l'Orient ». Le Père André nous embrassait sur le front. Sa barbe piquait. Puis il éteignait la lumière et refermait doucement la porte. On entendait ses semelles de crêpe crisser dans le couloir tandis qu'il regagnait le salon...

5

– Faites-moi le plaisir d'accepter cette petite lampe. C'est une ancienne lampe de mosquée...

Édouard Dhellemmes insista avec une telle douceur que Mima Yared finit par dire oui.

Cette visite au magasin de la rue Soliman pacha avait été pour elle un étourdissement. Laissant un employé s'occuper des clients, Édouard lui avait consacré deux heures entières. Il détaillait avec passion chacun des objets exposés. C'était un véritable petit musée, divisé en rayons : l'ancienne Égypte, la période islamique, l'art copte... Le Français avait acquis ces trésors un à un, dans les boutiques du vieux Caire ou lors de ses pérégrinations en Haute-Égypte et dans les couvents du Wadi Natroun.

– Je vous emmène prendre un thé chez Groppi, lança-t-il au bout de deux heures. Ne refusez pas. J'ai dû vous fatiguer...

Édouard commanda une montagne de gâteaux. A quarante-six ans, ma grand-mère avait l'air d'une jeune fille qui sortait en ville pour la première fois. Ils parlèrent de Viviane et de Sélim. De Roger, bien sûr. Et des Batrakani.

– Figurez-vous que Georges s'était mis dans la tête de m'apprendre l'arabe...

Mima fut prise d'un fou rire quand Dhellemmes lui raconta qu'Edmond Touta, qui allait seul au cinéma, louait toujours quatre places supplémentaires – une de chaque côté, une devant et une derrière – pour ne pas être étouffé par le public.

La semaine suivante, ils déjeunaient ensemble chez Groppi.

– Ça fait dix ans que je pense à vous, murmura Édouard.

– Ne dites pas de bêtises !

– En dix ans, j'ai eu le temps de réfléchir. Je n'ai qu'un seul rêve, Mima : que vous soyez ma femme.

Elle eut un regard affolé.

– Vous me trouvez trop vieux peut-être... C'est vrai, j'ai cinquante-trois ans.

– Ne dites pas de bêtises ! Je suis mariée, j'ai des enfants.

– Moi aussi, j'ai été marié. On ne porte pas le deuil toute une vie.

Elle se referma comme une huître, en le suppliant de changer de conversation.

Ils se revirent plus d'une fois au déjeuner dominical chez les Batrakani. Et d'autres fois pour le thé, chez Groppi. Mais jamais elle n'accepta de se rendre à son appartement de Zamalek.

– Ça ne se fait pas...

Édouard n'osait plus lui parler de mariage. Il s'interdisait le moindre geste d'affection, craignant de tout casser. Il s'enferma dans son rôle d'ami qui le frustrait terriblement.

6

J'avais deux ans, en 1947, quand se déclara l'épidémie de choléra. Dans la famille, tout le monde s'était fait vacciner. On désinfectait fruits et légumes. Yolande avait même ordonné au cuisinier de laver la viande à l'eau et au savon...

Le choléra avait mis Edmond Touta en ébullition. Enfin une bonne nouvelle sur le front démographique ! Avec près de dix-neuf millions d'habitants, l'Égypte n'avait-elle pas doublé sa population en cinquante ans ? Cette inconsciente s'obstinait pourtant à éviter toutes les guerres mondiales. Elle ne pouvait s'en sortir par de simples catastrophes ferroviaires ou quelques naufrages minables sur le Nil. Seule une bonne épidémie était en mesure d'opérer la saignée nécessaire.

– Savez-vous que le tiers de la population du Caire a été décimé par le choléra en 1834 ? disait Edmond d'un air gourmand.

Georges bey écoutait d'une oreille distraite les divagations de son beau-frère. Il se disait que le ciel, voulant le punir d'avoir pris deux filles Touta, lui avait collé aussi les deux garçons : ce toqué d'Edmond et Henri le fainéant, devenu actionnaire de la fabrique après le retrait d'Édouard Dhellemmes ; Henri, qui avait été remercié par le Pérou et se posait désormais en consul du Costa Rica, toujours à la même adresse...

– Le choléra survient en Égypte tous les trente ans environ, remarqua Michel. Il y a eu l'épidémie de 1834, puis celle de 1865, puis celle de 1883...

– Celle-là, je l'ai connue, dit Georges bey pensivement. Ou, plutôt, j'en ai beaucoup entendu parler. Mais mon frère Ferdinand s'en souvenait très bien...

A cette époque, le gros Nando était élève au collège de Khoronfish. Il avait toutes les raisons de détester le vendredi, jour maigre avec double ration de prières : en plus de la messe du matin, un salut au Saint Sacrement était organisé l'après-midi dans la chapelle du collège. Les frères des écoles chrétiennes commémoraient ainsi l'épidémie de choléra de 1865, au cours de laquelle ils avaient déployé un zèle remarquable, secourant et baptisant à tour de bras. Par miracle, cette année-là, aucun religieux n'avait été contaminé. On attribua cette protection merveilleuse au Sacré-Cœur de Jésus. Une médaille d'honneur, envoyée par Napoléon III, fut placée en ex-voto dans la chapelle et, depuis lors, chaque vendredi, un salut au Saint Sacrement y était organisé.

Nando Batrakani avait fini par trouver une certaine saveur à ces excursions pieuses. Elles lui permettaient de rêver aux exploits des Très Chers Frères et de s'identifier à ces héros aux noms étranges : Idelfonsus, Cyprien-Pierre, Baptistin-Honorat...

Quand le choléra se déclara à Damiette en juin 1883, Nando, qui avait treize ans, bondit de joie. Son rendez-vous avec l'Histoire semblait fixé. Il se voyait déjà en secouriste, bravant la mort, miraculé et bientôt médaillé. Mais son père l'inquiétait par des affirmations péremptoires :

– Il n'y aura pas de choléra au Caire, assurait Élias. En 1865, les mouches, les moustiques et les rossignols, sentant venir l'épidémie, s'étaient volatilisés. Une sorte de brouillard grisâtre emplissait le ciel. Par moments, on avait du mal à respirer. Alors qu'aujourd'hui, regardez, il n'y a jamais eu autant de mouches et de moustiques. Les *bolbols* chantent et le ciel est d'azur...

Cette prévision avait été renouvelée le 14 juillet de manière catégorique. Le 15, les trois premiers cas mortels de choléra étaient enregistrés au Caire. Le lendemain, il y en avait trois autres. Le surlendemain, quarante-six. Le jour suivant, soixante-neuf. Et la courbe continuait à monter... Le ciel était toujours d'azur et les *bolbols* chantaient.

Élias décréta l'alerte générale. Son fils, ravi, reprenait espoir. Partie de Guiza et de Boulac, l'épidémie gagnait les autres quartiers. Le petit immeuble des Batrakani semblait atteint : selon une rumeur qui courait dans la cage d'escalier, le locataire arménien de l'entresol souffrait de diarrhées.

– Diarrhées seules, je ne dis pas, lança gravement Élias. Mais s'il y a vomissements, c'est le choléra.

On guetta les bruits suspects. Le petit barbarin était chargé d'aller coller son oreille sur la porte de l'Arménien. Celui-ci n'avait ni diarrhées ni vomissements. Mais sa voix était éteinte et sa peau fonçait. Un choléra sec l'emporta en quarante-huit heures, sans laisser à Nando le temps d'intervenir.

Le jour même, deux laveurs à l'air sinistre se présentèrent, avec de grands seaux d'eau phéniquée. Ils aspergèrent le mort et l'emportèrent dans un cercueil goudronné. Nando, posté derrière la fenêtre, vit le corbillard, tiré par un cheval noir, disparaître promptement à l'angle de la rue. C'était son premier mort, et il lui échappait.

Les Anglais avaient fait fermer la grande tannerie et désinfecter les latrines publiques des mosquées. Des feux étaient allumés la nuit pour purifier l'atmosphère. Afin d'éviter la panique, des parcours spéciaux avaient été fixés pour les nombreuses processions funéraires. Des fonctionnaires égyptiens faisaient même du zèle : un soir, on mit le feu à des centaines de cahutes de Boulac après en avoir chassé les habitants. Hommes, femmes, enfants, ânes, chèvres et animaux de basse-cour défilèrent en pleine nuit, sous bonne escorte, pour être conduits en dehors de la ville. Beaucoup s'enfuirent et ne furent pas rattrapés...

Dans le Delta, c'était la pagaille. Les Batrakani recevaient des nouvelles inquiétantes de Damiette qui, sur trente-cinq mille habitants, comptait un bon millier de Syriens. L'un des cousins d'Élias avait réussi à traverser le cordon sanitaire et à prendre un train pour Le Caire. Il leur fit la surprise de s'inviter à la maison le premier dimanche d'août.

– Je ne veux pas qu'il entre ! hurlait Linda Batrakani, enfermée dans sa cuisine.

Élias palabrait avec le cousin à travers la porte d'entrée. Celui-ci jurait sur la tête de sa femme qu'il avait été examiné le matin même par un médecin et n'était pas contaminé. Connaissant l'épouse, on se méfia.

– Jure sur la tête de tes enfants.

La porte finit par s'ouvrir et l'invité eut droit à toutes les phrases de bienvenue traditionnelles :

– *Ahlan wa sahlan !* Tu nous as manqué. Où es-tu, *ya akhi ?* On ne te voit plus...

A table, la conversation porta naturellement sur le choléra.

– Bravo, les Anglais ! lança le cousin. En supprimant les quarantaines pour leurs bateaux des Indes, ils ont introduit le virus en Égypte.

– C'est une accusation que personne n'a démontrée, répliqua Élias qui défendait systématiquement la perfide Albion. Le pays était déjà infecté depuis des mois. Le choléra s'est propagé lentement, sans être reconnu.

– A Damiette en tout cas, toutes les conditions étaient réunies pour une épidémie. Près de l'*okelle* des juifs, il y a un grand puits, plein de matières fécales, qui est curé au moyen d'une machine élévatoire. La merde coule dans des rigoles à ciel ouvert. Elle se déverse dans les égouts des bains publics qui, à leur tour, se jettent dans le fleuve. Et où les habitants vont-ils puiser leur eau, s'il vous plaît ?

– Bon, je vous sers la *molokheya*, dit Linda, pour interrompre ce récit nauséabond.

La serviette nouée autour du cou, la bouche pleine, le cousin poursuivait :

– Les eaux corrompues sont une chose, mais il faudrait parler aussi des viandes infectées. Dans un village près de Damiette, les gens consomment des buffles morts du typhus depuis je ne sais combien de temps. Cette viande presque noire est vendue deux piastres l'*oke* au lieu de douze... Tu sais, Linda, que ta *molokheya* est divine ? Sur la tête de ma femme, je n'en ai jamais mangé de meilleure.

Élias s'étrangla.

– A Damiette, poursuivait le convive, les musulmans continuent à enterrer leurs proches au milieu des quartiers d'habitation. Personne n'ose jeter du chlorure de chaux sur les morts, de peur que, privés de leur chevelure, ils ne puissent être hissés au paradis. Les employés qui sont chargés de sceller les caveaux préfèrent revendre le plâtre. A quoi bon plâtrer, disent-ils, puisqu'il faut rouvrir dans la journée pour enterrer quelqu'un d'autre ? On a interdit l'accès au cimetière arabe. Mais, moyennant une piastre, parfois une demi-piastre ou une simple galette au sésame, des soldats laissent entrer les gens qui veulent prier pour leurs morts.

Le cousin remplissait de nouveau son assiette de riz, de sauce, d'oignons et de poulet, en se rinçant régulièrement la bouche avec du *araki* bien tassé. Nando, écœuré, quitta la table précipitamment pour aller vomir tout son déjeuner... Ce jour d'août 1883, il renonça définitivement au choléra : il entrerait dans l'Histoire par un autre moyen.

7

On venait d'annoncer que l'avion aurait une heure de retard. Les présidents du Conseil syrien et libanais regagnèrent le salon d'honneur, tandis que les notables grecs-catholiques continuaient à papoter sur la terrasse du petit aéroport d'Almaza, face au désert.

Georges Batrakani pestait déjà intérieurement, en pensant au rendez-vous d'affaires qu'il avait dû annuler pour être présent à cette réception. Mais l'arrivée du nouveau patriarche en Égypte lui avait au moins donné l'occasion de passer prendre André au collège et de faire trois quarts d'heure de route avec lui – ce qui était rare. Son fils aîné avait pu ainsi mesurer les qualités de sa nouvelle Citroën 15 CV à traction avant, une vraie merveille.

Sur la terrasse, un prêtre d'Alexandrie, bavard et jovial, aidait ces messieurs à tuer le temps :

– Savez-vous qu'il y a un siècle, c'est notre grand patriarche Maximos Mazloum – paix à son âme ! – qui faisait son entrée en Égypte ? Figurez-vous qu'il arriva à cheval, après des étapes à Acre et à Jaffa. Et comme on était en plein ramadan, il ne put entrer au Caire que de nuit. Il faut dire que c'était en 1836 et que notre Église n'avait pas encore d'existence civile...

On apporta des chaises et un serveur vint prendre des commandes de boissons. Georges bey, résigné, s'assit près de l'ecclésiastique.

– Mazloum passa trois années au Caire, le temps de mettre un peu d'ordre dans la communauté d'Égypte et de faire construire plusieurs églises. Il s'apprêtait à rentrer à Damas quand éclata en Syrie la révolte contre les troupes égyptiennes. Le patriarche était bien embarrassé. Mettez-vous à sa place, monsieur Batrakani. Il ne pouvait se désolidariser de Mohammed Ali qui avait beaucoup fait pour les grecs-catholiques et qui tenait en tout cas la communauté d'Égypte à sa merci. Mais il ne pouvait pas non plus prendre le parti de Mohammed Ali contre le sultan : c'était exposer tous les autres melkites de l'Empire à de sérieuses représailles.

– En effet...

– Sagement, notre patriarche choisit de s'éloigner du champ de bataille : il alla vivre provisoirement à Rome, à Paris et à Marseille.

– Vous oubliez de dire, mon Père, qu'il avait réglé entre-temps l'affaire des coiffures, lança un ancien bâtonnier des tribunaux mixtes.

– Mais non ! La bataille de la *kallousa* n'a été gagnée que des années plus tard. Ça, c'est une autre histoire... A propos, monsieur Batrakani, vous ne fabriquez pas aussi des *kallousas* ?

Mon grand-père éclata de rire :

– Non, *abouna*. Malgré sa forme cylindrique, la *kallousa* n'a rien à voir avec le tarbouche. D'ailleurs, nous n'aurions pas assez de clients...

– Malheureusement, monsieur Batrakani, malheureusement ! On ne peut pas dire que les familles grecques-catholiques se battent pour donner des prêtres à notre Église. Je ne parle pas pour vous, bien sûr...

Georges bey commençait à trouver cet ecclésiastique un peu collant. De là qu'il le tape pour ses bonnes œuvres ou s'incruste dans son automobile pour le voyage du retour... Il s'excusa, prétextant un besoin urgent.

– Allez où le devoir vous appelle ! lança d'une voix sonore le prêtre, amateur de bons mots.

Mon grand-père alla serrer quelques mains dans le salon d'honneur. Quand il revint sur la terrasse une demi-heure plus tard, la foule s'agitait. Des doigts étaient tendus vers un point minuscule dans le ciel. L'avion apparut enfin, salué par des cris...

Le nouveau patriarche n'était pas vraiment un jeune homme : Maximos Saïgh venait de fêter ses soixante-dix ans. En auto, André avait dit à son père tout le bien qu'il pensait de lui ;

– C'est un homme exceptionnel, de la carrure d'un Mazloum. Il l'a déjà démontré comme métropolite de Tyr puis de Beyrouth. Son grand mérite est d'avoir toujours vécu dans la pauvreté.

– La pauvreté, la pauvreté ! s'était exclamé Georges bey. Tu n'as que ce mot à la bouche !

– Mais oui, papa, l'Église doit être pauvre, à l'image du Christ.

– Pas trop, *ya ebni*, pas trop.

– Je n'ai jamais compris pourquoi il y a tant d'or et de marbre dans nos églises, poursuivit André. D'autant que nous ne sommes, après tout, qu'une petite communauté.

– Tu n'as rien compris, *ya ebni.* C'est précisément parce que nous sommes petits que nous devons paraître grands.

Et il lui cita en arabe l'un de ses proverbes préférés :

– Quand un chien est riche, on l'appelle Monsieur le Chien.

André leva les yeux au ciel.

Après avoir salué les personnalités présentes et laissé les notables grecs-catholiques baiser son anneau patriarcal, Maximos IV prit le chemin du Caire, suivi d'un cortège de plusieurs dizaines d'automobiles. La Citroën de mon grand-père emportait André et le prêtre d'Alexandrie.

– Faut-il vous déposer quelque part, *abouna* ?

– Surtout pas de dérangement ! Je vais avec vous jusqu'à la cathédrale.

– Mais le patriarche fait d'abord une visite au palais...

– Qu'à cela ne tienne ! Je vous accompagne au palais.

Maximos IV fut reçu par Abdel Latif Talaat pacha, le grand chambellan, qui avait succédé à Zoulfikar. On lui remit solennellement les deux décrets signés du roi Farouk : l'un, le nommant patriarche des grecs-catholiques en Égypte ; l'autre, lui conférant la nationalité égyptienne.

Quand l'automobile de Maximos arriva à la cathédrale, les cloches sonnaient déjà à toute volée. Le gouverneur du Caire et de nombreux membres du corps diplomatique l'attendaient. Du haut des tribunes, les fillettes de l'école Saint-Thècle d'Héliopolis lâchèrent des pigeons blancs, tandis que la chorale entonnait le *Theos Kyrios*.

– Le matérialisme athée menace l'Orient, déclara le nouveau patriarche. Notre tâche consiste en premier lieu à parer à ce danger. Nous devons agir, non dans un esprit de guerre et de combat, comme le ferait notre ennemi, mais dans un esprit de paix, d'union et d'amour.

– Je t'avais bien dit que c'était un grand bonhomme, murmura André à son père.

Le patriarche poursuivait son allocution, rendant hommage à « notre bien-aimé souverain Farouk Ier dont les judicieux conseils indiquent la voie à suivre ».

– Quels conseils ? chuchota Georges bey à son fils. Des conseils de conduite automobile ou de poker d'as ?

8

L'année 1949 m'apparaît comme la fin d'un monde. Le huitième cahier de Michel, qui couvre cette période, est émaillé de remarques amères et de petits faits inquiétants. Je garde néanmoins une jolie photo de mars 1949 : on m'y voit, âgé de quatre ans et demi, assis sur le capot de la première automobile de mon père, une Topolino. Rachid se tient debout près de la portière. Ses cheveux blancs soulignent la noirceur de sa peau. Il a un sourire un peu fatigué qui masque sa balafre. C'est l'une des rares photos sur lesquelles figure le *soffragui* de mes grands-parents, et sans doute la dernière. Je l'ai glissée entre ces deux pages du journal de Michel :

10 avril 1949

Rachid est mort dans la nuit de vendredi à samedi, aussi discrètement qu'il avait vécu. Nous étions tous bouleversés.

Je le revois encore sur la place de l'Opéra en 1917, le jour des funérailles du sultan. Il avait un œil sur moi, un autre sur Zaki dont l'excitation l'inquiétait. Le lendemain, quand papa a renvoyé le cocher, Rachid n'a rien dit. Je crois qu'il était soulagé.

Aurait-il réagi de la même façon deux ans plus tard ? La mort de son frère lui avait fait détester les Anglais. On n'a pourtant jamais très bien su comment est mort ce type que papa considérait comme un dangereux agitateur.

Nous étions tous au salon dimanche après déjeuner quand on a sonné à la porte. Ne connaissant pas les usages de la maison, le nouveau soffragui a fait entrer le visiteur jusqu'à nous. Sans doute était-il impressionné par l'uniforme de cet officier. Le neveu de Rachid s'est retrouvé ainsi en face de toute la famille. Il avait le visage fermé, comme s'il nous reprochait de bavarder en pleines obsèques.

Le temps que papa se lève et l'emmène au bureau, ce Hassan s'est tourné vers Viviane et l'a regardée dans les yeux de manière étrange. Sélim devait être aussi mal à l'aise que moi.

Au bout de dix minutes, papa est revenu au salon d'assez mauvaise humeur. « Ce malappris a commencé par me réclamer toutes les affaires de son oncle. Comme si j'allais garder les gallabeyas de Rachid ! Visiblement, il nous déteste. Encore un à qui la guerre de Palestine est restée en travers de la gorge ! Quand je pense que j'étais intervenu en sa faveur il y a une dizaine d'années, à la demande de Rachid, pour faciliter son entrée à l'Académie militaire... »

Papa s'est détendu peu à peu. Il nous a rappelé comment Rachid avait été embauché en 1906, pour une affaire de bougies, après avoir eu le visage lacéré d'un coup de fouet. Sa plaie avait suppuré pendant une semaine. La bonne lui mettait des feuilles de vigne sur la joue... Les enfants de Paul ne se lassent pas d'entendre cette histoire, cent fois racontée. Pauvre Rachid !

23 avril 1949

Cette foutue guerre de Palestine a eu des effets désastreux. Les commerçants juifs du Caire ne dorment plus depuis les explosions sanglantes chez Gattegno, chez Benzion et chez David Adès.

Victor Lévy me dit que certaines familles, autour de lui, songent à quitter le pays, Mais le malaise dépasse la communauté israélite. L'autre jour, Nino est arrivé tremblant de rage – et sans doute de peur – à la maison. Il venait d'être traité de « sioniste » dans la rue parce qu'il a les cheveux châtains. Nino parle très sérieusement d'aller s'installer en Europe ! Tout le monde le traite de fou. Seul Paul lui donne raison.

Le Nino dont parle Michel n'est autre que le fameux Antoine Touta, le « cousin d'Amérique ». On raconte que les taches de rousseur qui couvraient son visage avaient fait jaser au moment de sa naissance... A l'heure où Michel écrivait ces lignes, Nino songeait peut-être à partir pour l'Europe. C'est pourtant au Brésil qu'il devait s'installer dès juin 1950, pour s'y faire élire, vingt ans plus tard, gouverneur du Mato Grosso.

– En voilà un qui a eu du nez ! disait Maguy.

Enfant, j'imaginais cet Antoine Touta avec un nez gigantesque, couvert de taches de rousseur...

9

Au début des années cinquante, le bureau de la place de l'Opéra ne ressemblait plus du tout à celui qu'Édouard Dhellemmes avait connu pendant la Première Guerre mondiale. Georges Batrakani s'était progressivement agrandi et occupait maintenant l'immeuble tout entier. S'y ajoutaient la succursale d'Alexandrie et la fabrique de tarbouches à Choubra.

Si les produits pharmaceutiques restaient le pilier de l'affaire commerciale, mon grand-père représentait aussi en Égypte plusieurs marques étrangères de machines-outils et d'horlogerie, sans compter les parfums, la lingerie et la dentelle. Il recevait royalement au Caire les patrons européens de ces firmes, organisant pour eux de grands dîners et des sorties aux pyramides. Une loge leur était réservée en permanence à l'Opéra.

L'affaire comptait une soixantaine d'employés, parmi lesquels quatre directeurs des ventes : deux Syriens, un juif et un Arménien. Quant aux comptables, qui travaillaient sous le contrôle extérieur de Makram, ils étaient tous coptes, à l'exception de mon père.

Paul avait conservé son cabinet d'avocat dans l'immeuble. Mais, depuis la fin des tribunaux mixtes, il travaillait presque entièrement pour l'affaire, s'occupant des questions juridiques et des relations avec les firmes étrangères. Comme Georges bey ne voyageait plus en Europe, c'était lui qui partait, deux fois par an environ. Plus élégant que jamais, il s'habillait et se chaussait aux meilleures enseignes de Londres ou de Milan.

Alex avait été affecté à la fabrique de tarbouches. Personne, à part son père, ne savait exactement ce qu'il y faisait – et, apparemment, il n'y faisait pas grand-chose. Cela permettait néanmoins de lui donner un salaire et de ne pas l'avoir dans les jambes. A la surprise générale, ce jean-foutre avait fait un très beau mariage en 1948, épousant une fille Karam, jolie de surcroît.

L'usine de Choubra tournait à merveille. Depuis la fin de la guerre, la concurrence étrangère n'existait plus. Les 750 000 tarbouches vendus en 1950 étaient tous de fabrication locale et, parmi eux, les deux tiers sortaient des moules de Georges bey. Dans beaucoup de magasins, les clients ne demandaient plus un tarbouche mais « un Batrakani ».

L'armée et la police se fournissaient à Choubra depuis des années. Mon grand-père ne ratait jamais un défilé militaire : de chaque tourelle émergeait un tarbouche de sa fabrication. Par la suite, l'état-major refusa la présence d'un objet aussi voyant sur la tête des soldats. Il fallut faire preuve d'imagination : Georges bey prit de vitesse tous ses concurrents en recouvrant ses tarbouches d'une gaine de toile kaki, avec visière et couvre-nuque...

La revue *Rose el Youssef* consacra deux pages, en juin 1951, à la réussite de la fabrique de Choubra. L'article était joliment intitulé « Tarbouche bey ». Mon grand-père exultait.

Mais, la semaine suivante, un entrefilet vengeur apparut dans une autre publication de langue arabe : l'auteur s'étonnait qu'un objet aussi important que le tarbouche fût produit par « un étranger, même pas musulman ». Georges Batrakani était hors de lui. Il envoya à ce journal une lettre furibonde de cinq pages, portant son numéro de passeport égyptien et la citation du roi Fouad, le faisant bey de première classe « pour services exceptionnels rendus à l'industrie locale ». La lettre ne fut jamais publiée.

10

Édouard Dhellemmes avait invité à déjeuner au Shepheard's un responsable de la section égyptienne du musée du Louvre, de passage au Caire. Le samedi était le jour qu'il réservait à ce genre de rencontres semi-professionnelles, dans un lieu qui l'enchantait. Bien qu'ayant un coquet appartement à Zamalek, avec vue sur le Nil, le Lillois avait laissé son cœur au Shepheard's où il était descendu tant de fois depuis 1916. Le personnel l'y traitait avec déférence, tenant compte de ses années d'ancienneté.

En entrant, vers midi et demi, il alla comme d'habitude saluer le directeur dans son bureau. Celui-ci, avec un sourire, lui tendit l'un des deux livres d'or de l'hôtel qu'il s'apprêtait à remettre dans le coffre-fort :

– Regardez qui nous avons eu cette semaine !

Édouard poussa un sifflement admiratif, puis se mit à feuilleter ce volume qui n'avait aucun secret pour lui. Mais il préférait le tome premier, à la couverture fatiguée, qui était rempli des griffes de personnages de légende : Théophile Gautier, invité en Égypte pour l'inauguration du canal de Suez et condamné à camper sur la terrasse du Shepheard's en raison d'une stupide fracture de la jambe ; ou Stanley, en route pour une énième exploration en Afrique noire, qui avait profité de cette halte pour rédiger ses célèbres *Mémoires d'Émine pacha*...

Quelques minutes plus tard, on appela Édouard au téléphone. C'était le conservateur adjoint du Louvre : il s'excusait de ne pouvoir venir en raison de la tension qui régnait en ville.

Édouard haussa les épaules. Ces Français de France étaient

des nouilles ! Tant pis, il déjeunerait seul, quitte à broyer du noir et à mesurer une fois de plus sa solitude...

La tension en ville ? On s'attendait en effet à un peu d'agitation depuis les événements de la veille. Mais, en arrivant de Zamalek en taxi, Édouard n'avait rien remarqué d'anormal.

Dans la zone du Canal, les forces britanniques affrontaient depuis des mois une guérilla insaisissable. Cette fois, l'attaque avait été plus violente que d'habitude. Furieux de l'attitude ambiguë des autorités égyptiennes, les Anglais s'en étaient pris aux *boulouknizam*, les auxiliaires de la police. L'assaut contre deux de leurs casernes à Ismaïlia avait fait plusieurs dizaines de morts.

Le Français savoura lentement sa caille farcie en gelée, se félicitant de l'avoir accompagnée d'un vin de Ksara. Mais au moment où on lui apportait le gigot, il remarqua une agitation inhabituelle dans le restaurant. Des clients se levaient, regardaient par les portes-fenêtres, appelaient les serveurs, demandaient des explications... Édouard finit par poser sa serviette pour aller aux nouvelles.

– Le cinéma Rivoli a brûlé, lui dit un maître d'hôtel. Et il paraît que le Métro flambe à son tour...

Édouard n'était pas arrivé au bureau du directeur qu'un grand vacarme éclatait dans le hall d'entrée. Des personnes couraient, fuyant le brasier qui venait d'y être allumé. Il aperçut quelques forcenés qui arrachaient des rideaux et empoignaient des meubles pour nourrir le feu.

Édouard se mit à courir lui aussi. Il se retrouva du côté des cuisines, devant un *soffragui* en train d'entasser des couverts en argent dans une nappe. Le domestique, surpris, emporta son butin et se dirigea prestement vers une porte de service.

– Suivons-le ! cria en allemand un client de l'hôtel qui se trouvait dans le même corridor.

Dehors, la foule hurlait des slogans anti-anglais. Elle risquait de se déchaîner en voyant sortir deux étrangers. L'Allemand hésita une seconde puis choisit d'aller vers les manifestants en criant :

– *Ana Almani ! Ana Almani !*

S'il était *Almani*, il ne pouvait être que contre les *Inglisi...* Aussitôt, les hurlements se muèrent en acclamations. L'Allemand fut porté en triomphe, et Édouard en profita pour se fondre dans la foule.

Des flammes s'échappaient déjà de plusieurs chambres de l'hôtel. Hagards, ne comprenant rien à ce qui se passait, des clients s'étaient rassemblés dans le jardin donnant sur la rue Elfi. Parmi eux, une soprano de la troupe lyrique italienne, pieds nus, en déshabillé, arrachée à sa sieste.

Édouard vit avec soulagement des pompiers arriver, déployer leur grande échelle et commencer à asperger le bâtiment de leurs lances. Mais, très vite, celles-ci se turent et se mirent à goutter : les tuyaux, en bas, avaient été tailladés. Hochant la tête, les pompiers redescendirent, sous les acclamations de la foule. Le Shepheard's brûlait, inexorablement.

Détournant les yeux de ce spectacle insupportable, Édouard avança en direction du centre. Il aperçut au loin l'immeuble déjà calciné du cinéma Diana. Par les fenêtres, des émeutiers jetaient des fauteuils qui allaient s'écraser sur la chaussée.

D'autres, armés de haches et de barres de fer, défonçaient la porte du grand magasin Avierino. Ils s'y introduisirent un à un, avec des bidons d'essence, après être allés se fournir à un camion-citerne tranquillement posté au coin de la rue. Le feu prit d'un coup, faisant reculer la foule. On entendit un hurlement, vite étouffé : l'un des incendiaires, n'ayant pu ressortir à temps, était transformé en torche vivante.

Des coups de feu crépitèrent, probablement tirés par des policiers en civil. Édouard vit plusieurs manifestants tomber à terre, ensanglantés. Le rassemblement se disloqua, mais pour aller se reformer un peu plus loin, place Khazindar, devant les magasins Sednaoui.

Réfugié dans l'encoignure d'une porte cochère, Édouard assista, impuissant, à plusieurs scènes de pillage. Des rideaux métalliques étaient soulevés au moyen de barres de fer, des vitres volaient en éclats, et plusieurs personnes s'engouffraient à l'intérieur des boutiques pour en ressortir les mains pleines d'objets de toutes sortes. Il songea brusquement à son magasin qui était fermé comme tous les week-ends...

Insensible au danger qu'il courait, Édouard remonta d'un pas rapide toute la rue Kasr-el-Nil. Les établissements Robert Hughes avaient brûlé. Mais, juste à côté, le Salon Vert était intact, grâce à l'astuce des employés qui avaient hissé le drapeau national en criant : « L'Égypte aux Égyptiens ! » Chez Gattegno, on avait, encore plus simplement, distribué de l'argent aux émeutiers pour qu'ils passent leur chemin.

Arrivé au bout de la rue Soliman pacha, Édouard s'arrêta net. Il ne sentait plus ni ses jambes ni sa tête. Il ne sentait plus rien, et regardait fixement devant lui, comme pétrifié : sa galerie d'antiquités n'était plus qu'un énorme trou noir, éclairé par quelques flammèches.

Dix minutes plus tard, il n'avait pas bougé. Adossé au même réverbère, il fixait ce spectacle d'épouvante d'un air hébété. Le Français finit par avancer lentement vers ce qui restait de son magasin. L'odeur de brûlé le laissa indifférent. Entre ces murs calcinés et ce sol jonché de débris, Édouard cherchait désespérément les objets qu'il avait réunis avec tant d'amour, depuis des années. Il ne restait plus aucun meuble. Pas un tabouret, pas même un paravent.

Sur le mur de gauche, surnommé « le mur copte », les icônes de saint Théodore et saint Basile avaient disparu. Et, avec elles, le lutrin incrusté d'ébène, les cymandres du Wadi Natroun, les brûle-parfums en bronze et mille autres trésors...

En face, le coran enluminé avait dû être emporté par la première étincelle. Mais d'autres objets plus résistants s'étaient envolés aussi : les plateaux de cuivre incrustés d'argent, les pistolets, les mousquets, les armes blanches, les selles de chameaux, les lampes de mosquée...

Édouard regarda machinalement vers le plafond troué. Non, le lustre n'était plus là. Un magnifique lustre hexagonal en bronze fondu à quatre-vingts veilleuses... Le Français, accroupi, déplaçait dans ses mains toutes sortes de débris : un pied de chaise canné, un support de jarre privé de son motif, une demi-gazelle en faïence bleue, un chandelier d'autel tout tordu, le reste d'un coffre à canopes... Il aperçut un éventail en plumes d'autruche, vieux d'une centaine d'années au moins, qui avait été miraculeusement sauvé de ce massacre. Il le prit entre ses doigts, le déplia, le replia, puis l'enfouit dans la poche de sa veste et sortit sans se retourner.

Édouard déambula sans but dans les rues du Caire, indifférent aux gémissements des sirènes et aux coups de feu sporadiques. Rien ne retenait son regard : ni le Groppi dévasté de la rue Soliman pacha, ni le Cicurel éventré de la rue Fouad, ni le Turf Club, rayé du décor, où six Anglais avaient brûlé vifs...

De temps en temps, le Français mettait la main à la poche de sa veste et serrait l'éventail entre ses doigts. Un autre que lui se serait lamenté de n'avoir pas contracté une assurance anti-émeutes. Mais quelle assurance aurait pu lui rendre son lustre en bronze fondu, ses tapis du dix-neuvième, son scribe accroupi en ébène... « J'ai aimé ce pays et il n'a pas voulu de moi », se répétait Édouard.

Il lui restait trois sous en France. Mais l'idée de revivre boulevard Vauban le remplit d'effroi.

Il faisait déjà nuit. Un taxi s'arrêta à sa hauteur. Le chauffeur ouvrit la portière et lui ordonna presque de monter.

Vingt minutes plus tard, Édouard entrait dans son immeuble, comme un somnambule, le costume noirci de suie. Il ne répondit même pas au salut du *bawab*. Dans l'ascenseur qui le conduisait au cinquième étage, il chercha sa clé et tomba sur l'éventail. Une immense tristesse l'envahit.

A bout de forces, il sépara les deux battants de la porte métallique et sortit sur le palier, ne prenant pas la peine de rallumer la minuterie.

Édouard s'arrêta brusquement en voyant une ombre assise sur l'escalier. Son cœur battit à tout rompre.

– Ah, vous voilà enfin ! dit Mima en se levant, le visage éclairé d'un sourire. Je commençais à m'inquiéter...

11

Jeudi 24 avril 1952

Alex jure que Farouk a pleuré le 26 janvier dernier en voyant Le Caire en feu. Peut-être n'étaient-ce pas des larmes de crocodile. Mais on ne m'a toujours pas expliqué pourquoi, ce jour-là, le roi a retenu les chefs de la police au palais d'Abdine pour un interminable déjeuner à l'occasion de la naissance du prince héritier. Les forces de l'ordre attendaient des instructions qui ne venaient pas. En tout cas, le roi a bien profité des événements, faisant porter le chapeau à Nahas pacha et le révoquant immédiatement.

D'après les dernières statistiques, plus de quatre cents établissements auraient été incendiés et pillés au cours du samedi noir. On n'en connaît toujours pas les instigateurs. Le tribunal militaire s'acharne sur des lampistes.

Lundi, Édouard Dhellemmes est allé au gouvernorat où sont exposés les objets retrouvés par la police. Il y avait là des dizaines de fusils et de revolvers, des machines à coudre, une glacière, cent boîtes de sardines, deux photo du roi... Mais pas la moindre icône ou statuette.

Édouard prend tout cela beaucoup mieux qu'on ne l'aurait cru. « Il est presque guilleret, dit papa. Ce garçon m'étonnera toujours. Je lui avais bien dit pourtant de rester dans les tarbouches et de ne pas dépenser son argent en vieilleries. »

Curieusement, Édouard semble être plus affecté par l'incendie du Shepheard's que par celui de son propre magasin. Il paraît que sur les treize coffres-forts de l'hôtel, un seul a été dé-

truit par les flammes. C'était celui du directeur. Il contenait les deux livres d'or.

*

Itinéraire d'un officier, publié en arabe à Dar el Maaref et traduit quelques années plus tard en anglais, n'est pas de la grande littérature. Et il y aurait beaucoup à dire sur certaines affirmations de Hassan, même si, heureusement, le nom de notre famille n'est jamais cité dans son livre. Quelques passages sonnent juste cependant, comme le récit de la nuit du 23 juillet 1952 au cours de laquelle l'Égypte a basculé dans la révolution avec une surprenante facilité.

« La colonne motorisée avançait à petite allure, tous feux éteints, écrit Hassan. Assis à côté du chauffeur, dans le quatrième camion blindé, je consultais ma montre nerveusement : il était minuit et demi, et l'ordre de mission restait toujours aussi imprécis. On se dirigeait vers le quartier général des forces armées, au pont de Koubbeh, sans savoir exactement ce qu'on y ferait... »

Le capitaine Hassan Sabri était ravi d'agir enfin, mais vexé de n'avoir pas été mieux informé par ses supérieurs.

– Préparez vos hommes, ce soir on passe à l'action, s'était contenté de dire le lieutenant-colonel Youssef Saddik qui commandait le premier bataillon motorisé.

Depuis plusieurs jours, un climat de conjuration régnait dans les casernes. Le nom du Comité des officiers libres était sur toutes les lèvres, mais personne ne semblait connaître la composition de cet organe clandestin. On savait seulement qu'il avait réussi à faire élire à la présidence du club des officiers un héros de la guerre de Palestine, le général Mohammed Naguib. Une élection aussitôt annulée par le roi qui avait été humilié par l'échec de son propre candidat.

Le chauffeur freina brutalement pour ne pas emboutir le véhicule qui les précédait.

– Qu'est-ce que c'est ? fit Hassan, la tête hors de la fenêtre.

Il descendit du camion, revolver au poing. La jeep du

bikbachi Youssef Saddik remontait le convoi pour venir aux nouvelles.

Deux hommes en civil, qui sortaient d'une Morris, étaient entourés par les officiers du premier véhicule blindé. On leur avait intimé l'ordre de lever les mains et de ne pas bouger. Mais, quelques instants plus tard, ayant été reconnus par le commandant, ils donnaient des ordres à leur tour :

– L'opération a dû être avancée. Il faut occuper d'urgence le quartier général.

La jeep prit la tête du convoi qui, cette fois, fonça vers son objectif. Hassan parvenait mal à contenir son excitation : l'heure tant attendue du renversement de la monarchie était enfin arrivée.

Il l'attendait depuis dix ans. Depuis ce triste jour de février 1942 où l'ambassadeur britannique était entré au palais d'Abdine avec ses tanks pour imposer à Farouk un autre président du Conseil.

Puis il y avait eu la guerre de Palestine. Une guerre à laquelle Hassan et plusieurs de ses camarades étaient partis dans l'enthousiasme, pour constater très vite que c'était une guerre pourrie : des armées arabes mal coordonnées, des opérations lancées sans préparation, des armes défectueuses dont on devait s'apercevoir par la suite qu'elles avaient fait l'objet de trafics scandaleux auxquels étaient mêlés de hauts responsables, sinon le roi lui-même...

Hassan était rentré au Caire la rage au cœur, prêt à en découdre. Il avait failli rejoindre les Frères musulmans, mais ce mouvement était trop religieux et un peu trop attentiste à son goût. Les soirées à la caserne se passaient en discussions fébriles, jusqu'au petit matin. Hassan était partisan de méthodes radicales : faire sauter l'ambassade britannique ou abattre douze dignitaires du régime... On le jugeait excessif. Il s'énervait alors, qualifiant de *mara* (femmes) ceux qui préconisaient la prudence. Déjà, à l'Académie militaire, il bouillait d'impatience quand des cadets de son entourage passaient des heures entières dans la bibliothèque à lire Clausewitz ou Elgood au lieu de venir s'entraîner au tir. Il constatait avec amertume que ces intellectuels avaient grimpé plus vite que lui dans la hiérarchie.

Depuis un an, Hassan n'hésitait pas à donner un coup de main aux commandos qui harcelaient les troupes britanniques dans la zone du Canal. Certains officiers leur fournissaient des munitions ; lui, il entraînait de petits groupes au combat.

L'incendie du Caire l'avait surpris, sans vraiment le choquer. Sur le coup, il y avait vu un bon moyen de faire table rase de tout ce qui le révoltait ou l'humiliait depuis si longtemps. Ces Batrakani, par exemple, pour lesquels l'oncle Rachid manifestait tant d'indulgence de son vivant... Hassan ne supportait pas de l'entendre dire que « le bey avait fait ceci », que « le bey pensait cela ». Bey de rien du tout : un sale profiteur, pas même vraiment égyptien, qui se permettait d'être le roi du tarbouche...

A la mort de Rachid, Hassan s'était senti encore plus humilié quand Georges Batrakani lui avait dit :

– Rachid était très généreux. Il distribuait autour de lui tout ce qu'il gagnait. J'avais fini par mettre de l'argent de côté tous les mois, en vue de lui donner un jour cette somme... La voici.

Pendant tout l'après-midi, au mess des officiers, Hassan et ses camarades avaient reçu des bribes d'informations en provenance d'Alexandrie où le roi et toute la classe politique étaient en villégiature. Farouk venait de former un gouvernement à sa manière, en faisant une petite farce au président du Conseil désigné. Celui-ci, n'ayant pu imposer le général Mohammed Naguib comme ministre de la Guerre pour apaiser l'armée, s'était résigné à confier ce portefeuille au ministre de l'Intérieur. Mais, au moment où les membres du gouvernement se préparaient à prêter serment, le colonel Ismaïl Cherine, beau-frère du roi, était entré dans la pièce.

– Je vous présente le ministre de la Guerre, avait dit Farouk, en éclatant de rire, à l'assistance sidérée.

« Les blindés du premier bataillon motorisé prirent lentement position autour du quartier général, raconte Hassan dans son livre. Un officier supérieur passa de véhicule en véhicule pour nous donner des instructions. Dès le premier coup de feu, je me sentis des ailes. "Suivez-moi !" avait lancé Youssef Saddik. Quand nous fîmes irruption dans le bureau du chef d'état-major, celui-ci était caché derrière un paravent. Il tira trois coups de feu. Pour l'honneur. Puis il se rendit. Le quartier général était tombé... »

Un peu plus tard, Hassan, surexcité, faisait déplacer quelques véhicules devant le bâtiment central quand un officier se précipita vers lui en hurlant de joie :

– Les chars de Hussein el Chafei contrôlent la gare et la radio !

Ils s'embrassèrent. Tout le monde s'embrassait.

Le quartier général, éclairé *a giorno*, était en liesse. Des jeeps allaient et venaient, transportant de jeunes officiers minces et moustachus, le visage rayonnant. On attendait l'arrivée du général Mohammed Naguib, chef désigné d'un coup d'État dont il n'avait même pas été informé au préalable...

« A trois heures du matin, je sortis faire quelques pas à l'extérieur. Je pensais à mon père, Sabri, mort l'année de ma naissance, lors de la révolution de 1919. Un père dont je n'ai jamais vu le visage, même en photo. Enfant, je ne le connaissais qu'à travers les récits de mon oncle Rachid qui le présentait comme un homme passionné, épris de justice sociale. Plus tard, un ancien ouvrier cigarettier de Sayeda Zeinab m'avait raconté en détail les combats de ce martyr, abattu en pleine rue, comme un chien, pour avoir trop aimé la patrie... » (*Itinéraire d'un officier*, p. 135).

Le capitaine Hassan Sabri regardait d'un air pensif le quartier général illuminé. Il caressa la crosse de son revolver et salua la mémoire du martyr de 1919, atteint d'une balle misérable qui avait troué sa *gallabeya*.

NEUVIÈME PARTIE

Un général très sympathique

1

Mon grand-père ne décolérait pas :

– Ce sont des communistes. Des communistes et des incultes. Ils vont envoyer le pays au diable.

Les militaires qui avaient renversé Farouk le 23 juillet 1952 s'étaient empressés de supprimer tous les titres honorifiques locaux : l'Égypte ne comptait plus ni beys ni pachas. Ce crime-là, Georges bey ne le leur pardonnerait jamais.

– Et dire que mon couillon de beau-frère reste comte, lui ! Comte de mes fesses...

Trois mois plus tard, les incultes aggravaient leur cas en publiant une nouvelle loi agraire. Personne désormais ne pourrait posséder plus de deux cents feddans de terre cultivée.

– Ce n'est pas du communisme, ça ? explosa Georges Batrakani qui en possédait près de quatre cents.

– Dans les pays communistes, on réquisitionne les biens sans contrepartie, répliqua calmement Makram. Toi, tu seras indemnisé.

– Arrête, je t'en prie ! Leurs indemnités seront payées en bons du Trésor amortissables sur trente ans. On ne verra jamais la couleur de cet argent.

– Tu seras indemnisé, je te dis. D'ailleurs, en attendant la réquisition, la loi t'autorise à vendre cent feddans à tes enfants et le surplus à de petits cultivateurs.

– Ne fais pas l'innocent ! Tu sais très bien que le fellah n'a pas de quoi acheter. Il préférera attendre, les mains dans les poches, que l'État lui offre ce qu'il nous aura volé. Comme disait mon frère Ferdinand...

Makram, dont la vue baissait, ne parvenait pas à rouler sa cigarette dans cette pénombre. Il s'approcha de la fenêtre pour profiter de la lumière clignotante de l'enseigne Coca-Cola.

– Tu sais bien, Georges, que la terre est répartie de manière scandaleuse. A eux seuls, une soixantaine de propriétaires possèdent le vingtième de la surface cultivée du pays...

– Je ne fais pas partie de ces soixante.

– Tu fais quand même partie des cinq cents qui détiennent ensemble plus du dixième des terres. Or, il y a deux millions sept cent mille propriétaires terriens.

– Et alors ! Tu es communiste, toi aussi ?

Quand la discussion prenait cette tournure, l'homme en noir préférait se taire. Il repensa à la conversation qu'ils avaient eue dès le 25 juillet dans ce même bureau.

– As-tu remarqué le changement fondamental qui est intervenu ? avait dit Georges.

– Bien sûr, et je m'en réjouis. Pour la première fois depuis des siècles, l'Égypte est dirigée par des Égyptiens.

– Oui, oui... Mais je te parle de quelque chose de plus profond, de plus grave. Ce Naguib, tu n'as pas vu sa tête ?

– Qu'est-ce qu'elle a, sa tête ?

– Il ne porte pas de tarbouche, voyons ! Pour la première fois, un nouveau dirigeant de l'Égypte se présente devant le peuple sans tarbouche.

– Naguib est général. Il porte une casquette, c'est normal.

– Mais non, tu ne comprends pas. Ni lui ni les officiers qui l'entourent n'ont une tête à porter le tarbouche. C'est grave, Makram, très grave. Avec ces gens-là, on ne sait pas où on va.

– On sait en tout cas d'où on vient, et c'est une raison suffisante pour aller de l'avant, répliqua le copte avec un sourire. Moi, j'ai surtout remarqué que ces *bikbachis* sont minces et sportifs. Le règne des obèses est terminé.

– Ne t'inquiète pas, ils grossiront. Comme ton cher Wafd s'est engraissé au contact du pouvoir. Et, aujourd'hui, les officiers réclament son « épuration ».

Révoqué par le roi après l'incendie du Caire, Nahas pacha était allé se refaire une santé à Vichy avec son épouse, la célèbre Zouzou, soupçonnée de divers trafics d'influence et de manipulations sur les cours du coton. Le putsch militaire les avait surpris en pleine cure. Nahas s'était précipité dans le premier avion. Arrivé au Caire à une heure du matin, il frappait en pleine nuit à la porte du général Naguib, persuadé que les officiers allaient lui confier le pouvoir. Pour toute réponse, le Wafd fut invité à « s'épurer » en profondeur, comme les autres partis, et Nahas lui-même à s'abstenir désormais de toute activité politique.

– Tu n'avais pas pris au sérieux mes inquiétudes à propos du tarbouche, dit Georges. Il se confirme que ces communistes veulent décoiffer le pays.

On commençait en effet à débattre du tarbouche. « C'est un vestige du passé », affirmaient certains membres du nouveau régime. Pour leur plaire, des ulémas avaient exhumé de vieilles *fatwas* selon lesquelles les musulmans pouvaient porter le chapeau ou la casquette, du moment que ce n'était pas en signe de mépris pour la religion ou pour la patrie.

– C'est un comble ! commentait mon grand-père. Quand je pense que le tarbouche passait pour le symbole du nationalisme et de l'islam ! Hier, on me reprochait d'en produire sous prétexte que j'étais un *khawaga*. Aujourd'hui, on nous explique que le chapeau à bord a été porté jadis par les Arabes et que le tarbouche est d'origine occidentale, que c'est l'ancêtre du bonnet phrygien !

Chaque matin, Georges ouvrait avec appréhension son journal, barré de gros titres rouges. On ne savait jamais ce qu'annonceraient ces traînées de sang baveuses. Un jour, c'était l'abaissement des loyers de quinze pour cent ; le lendemain, la suppression des biens religieux inaliénables privés, les fameux *wakfs* ; le jour suivant, des arrestations… Le bourreau d'Alexandrie, un patriote, avait télégraphié aux nouveaux dirigeants : « Suis prêt à pendre les traîtres gratis. »

Mon grand-père se maudissait d'avoir publiquement félicité le roi, le 11 février précédent, à l'occasion de son anniversaire. La firme Batrakani et Fils, ainsi qu'une trentaine d'autres sociétés (Gattegno, Misrair, Hannaux, Savonneries Kahla...)

avaient acheté une pleine page du *Progrès égyptien* pour « déposer au pied du trône l'expression de leurs vœux les plus respectueux et de leur immense gratitude ».

– Gratitude pour quoi ? avait ironisé Makram. Pour avoir laissé brûler ou piller quatre cents établissements du Caire le samedi noir ?

L'enseigne Coca-Cola inondait le bureau de rayons rouges et blancs.

– Tu remarqueras que c'est une révolution civilisée, poursuivit le copte : pas une goutte de sang n'a été versée. Et on a laissé Farouk partir pour Capri sur son yacht, avec sa famille, avec sa fortune...

– Ça me fait une belle jambe, parole d'honneur ! Cet imbécile de Farouk avait tout pour réussir. A son arrivée, en 36, il était admiré, adulé. Et même pendant la guerre, malgré ses frasques, les gens l'acclamaient. Mais c'était un malade. Une affaire de glandes...

– Il a été pourri par son entourage.

– Pas seulement par son entourage, Makram effendi ! Je n'oublierai jamais ton Nahas, courbé en deux pour saluer ce gamin de dix-sept ans : « Majesté, j'ai un privilège à vous demander : puis-je baiser votre main ? » Ah, il était beau, ton Wafd !

– Une nouvelle ère s'est ouverte, Georges.

– Eh oui, il n'y a plus de Wafd. Il n'y a plus que des incultes en uniforme qui bouffent des sandwiches de *foul* dans les palais où ils se sont installés et qui vont tous nous envoyer au diable. Au diable, tu entends ?

2

– Chérie, ton sac est ravissant. Tu l'as eu chez Cicurel, je parie.
– Quel Cicurel ! Chez Orosdi, tout simplement.
– Jure-le-moi.
– *Christos Anesti !*
– Oh, Alex ! Je ne savais pas que tu venais déjeuner. On m'avait dit que tu faisais je ne sais quel rallye sur la route d'Alexandrie.
– Mais non, le dimanche de Pâques, c'est sacré. Je ne rate jamais les *caaks* de maman.
– Merci, *habibi*. Vous allez surtout me dire tout à l'heure, les uns et les autres, ce que vous pensez de ma *kobeiba*. J'ai peur qu'Osta Ali l'ait trop salée.
– Tu ne trouves pas, Georges, que ce général Naguib est sympathique ?
– Ce n'est pas Sélim qui te contredira. Il l'adore.
– *De gustibus et coloribus...*
– Naguib fait très britannique avec sa pipe et son stick sous le bras.
– Quel britannique ! Il fait très fellah, au contraire, avec ce nez écrasé et cette peau noire de Saïdien.
– Moi, je trouve Naguib très drôle dans sa Chevrolet jaune décapotable.
– Ça nous change des voitures rouges du roi.
– Il paraît qu'on en a retrouvé quatre cents dans les garages des différents palais.

– Je serais curieux de savoir ce qu'est devenue la Mercedes offerte par Hitler en 38.

– Mima, vous avez un éventail superbe. Ce sont des plumes d'autruche, je parie.

– A propos, André, tu connais ce Mgr Zoghby ? Qu'est-ce que c'est que ce cri d'amour qu'il a lancé à Naguib ? « Nous vous aimons comme nous n'avions jamais aimé personne... Nous sommes prêts à tous les sacrifices pour vous plaire... » Il est fou ou quoi ?

– Pourquoi, fou ? C'est ce que pensent beaucoup de chrétiens.

– André a raison. Le brave Naguib multiplie les gestes d'amitié. Il a l'air de passer ses journées dans les églises. Messe de minuit à Noël chez les coptes-orthodoxes, re-messe pour Pâques, cérémonie de je ne sais quoi chez les maronites...

– Tu as vu, papa, qu'il a reçu l'étudiant chrétien blessé l'autre jour à l'université et qu'il lui a offert un évangile doré sur tranche ?

– La dorure m'avait échappé... Vous êtes jeunes, mes enfants. Vous vous emballez. Moi, ces dirigeants sans tarbouche, ces va-nu-tête, je les ai tout de suite jugés. C'est très beau les excursions de Naguib dans les églises. C'est très beau de l'entendre comparer les minorités à des pierres précieuses... Mais tout ça, c'est du *kalam*. Il faut juger aux actes, comme disait mon frère Ferdinand.

– Ton père a raison. Est-ce que les officiers vont maintenir l'islam comme religion d'État ? Est-ce qu'ils ne vont pas supprimer nos tribunaux confessionnels ? Voilà les vraies questions. Jusqu'à présent, on n'a eu que de mauvaises nouvelles.

– C'est exact. On a eu une loi agraire imbécile qui montre déjà ses limites. On a eu une loi encore plus imbécile sur les conflits du travail, dans le seul but d'emmerder les patrons...

– Moi, j'ai envoyé une lettre importante à Naguib.

– Et il t'a répondu, oncle Edmond ?

– Il doit être encore sous le choc. Avec les chiffres que je lui ai assenés, le pauvre...

– Tu as vu, oncle Edmond, dans *Le Journal d'Égypte*, l'histoire de ces trois sœurs de Mansoura qui ont accouché le même jour et qui ont fait chacune des quintuplés ? Quinze enfants au total.

– Quinze enfants ! Mon Dieu ! C'est affolant, non ?

– Vous ne voulez pas passer à table ? La *kobeiba* n'attend pas. André, mets-toi en face de ton père. Et vous, les jeunes mariés, asseyez-vous l'un à côté de l'autre. Oui, oui, Mima à côté d'Édouard. C'est la tradition.

– Savez-vous qu'au palais quelqu'un tenait un fichier de toutes les poules de Farouk ? Avec les noms, adresses, téléphones, photos et biographies s'il vous plaît !

– Alex, je t'en prie ! Il y a les enfants.

– Attention, je ne dis pas que Farouk était champion dans ce domaine. Il avait besoin de stimulants. On a fait visiter l'autre jour à des journalistes étrangers les collections secrètes du palais de Koubbeh. Les types en sont ressortis, si j'ose dire, sur le cul...

– Alex, je t'en prie !

– Indépendamment de ce dont parle Alex, Koubbeh et Abdine renferment des merveilles. Savez-vous que tout sera mis aux enchères ? On parle de la plus grande vente du siècle.

– *Beati possidentes !*

– Il paraît que Farouk ne collectionnait pas seulement les timbres-poste, les pièces de monnaie et les pierres précieuses, mais les cravates, les pipes, les lorgnettes, même les tarbouches.

– Pourquoi *même* ?

– Pardon, Georges... En tout cas, notre ami Édouard Dhellemmes aura largement de quoi se fournir pour son futur magasin.

– Oui, j'irai à la vente aux enchères avec Mima, quand nous aurons gagné à la Loterie.

– Monsieur Dhellemmes, savez-vous si par hasard on a retrouvé à Koubbeh une série de candélabres représentant les fables de La Fontaine ?

– Non, Michel, mais avec tout ce que Farouk avait subtilisé... J'ai beaucoup ri l'autre jour en apprenant qu'on avait retrouvé dans un coffre du palais l'épée du chah d'Iran.

– Churchill, lui, avait récupéré son bien sur-le-champ. Vous connaissez l'histoire de la montre de Churchill ?

– Non, raconte.

– Maman, ta *kobeiba* est divine. Ce n'est pas ma Samia qui serait capable de cuisiner comme ça !

*

On parlait, on parlait... On parlait à n'en plus finir, et sur tous les tons.

Enfants, nous nous disputions pour rapporter la moindre chute de bicyclette, le plus modeste incident. « Ça, c'est à raconter ! » s'exclamait celui qui vivait un épisode un peu curieux ou un peu drôle. Je crois d'ailleurs que nous ne vivions certaines situations que pour le plaisir de les raconter.

On inventait un peu, on arrangeait. Des faits insipides prenaient dans nos bouches des allures d'épopée. Les mêmes faits étaient racontés cinq, dix, vingt fois – mais ce n'étaient plus tout à fait les mêmes. L'histoire de nos familles est ainsi émaillée d'anecdotes à moitié fausses, devenues pièces de référence à force de rabâchages et de ravalements.

Cette logorrhée s'expliquait peut-être par notre impuissance. Bavardage et vantardise n'étaient-ils pas exactement proportionnels à notre manque de prise sur les événements ? La parole compensait l'inaction et se voyait facilitée par l'emploi de deux ou trois langues à la fois. Au détour d'une phrase, nous pouvions toujours pousser une exclamation en anglais ou conjuguer un verbe arabe au plus-que-parfait. Ne dominant totalement aucune de ces langues, il nous les fallait toutes à la fois. Nous picorions dans les deux ou trois assiettes, selon les besoins du moment. Au lieu de prendre la peine de chercher le mot juste dans une langue, nous recourions à une autre qui nous l'offrait sur un plateau. Cet automatisme permettait de parler, de parler, sans rencontrer d'autre obstacle que le voisin qui brûlait de se déverser à son tour..

3

J'avais huit ans, et j'étais au paradis. Installés à Dekheila depuis les premières chaleurs, nous devions y rester jusqu'à fin septembre au moins. Il y avait là dix ou douze familles, sans compter les amis des amis...

En face de nous, c'était la mer. Derrière, le désert. Sélim et Viviane avaient loué une maison jaune, à l'écart du village. La plupart des autres familles colonisaient l'immeuble voisin. Nous, les enfants, nous habitions les uns chez les autres, sans sonnettes et sans façons, en vrais sauvages. Plusieurs mois de bains, de pêche dans les rochers, d'escalade dans les figuiers et de soldats-voleurs.

Sur la plage, il n'y avait ni cabines ni maîtres nageurs. Seulement des algues, de petites plaques de goudron ou quelques bouteilles gentiment expédiées par des bateaux lointains et qui ne contenaient jamais de messages. Personne pour nettoyer, personne pour surveiller. Par gros temps, malheur aux soldats de la caserne voisine, ces paysans qui ne savaient pas nager ! Mais, le lendemain, tout était effacé par une mer d'huile qui s'offrait aux périssoires et nous bouleversait de bonheur.

A quatre heures de l'après-midi, après la sieste obligatoire, le marchand d'*« ice-cream-gelati »*, polyglotte en saison, arrivait en pédalant sur son triporteur. Ses trésors valaient une piastre pièce, garantis avec colorant. Vingt enfants, léchant leur glace et leurs doigts, allaient l'accompagner dans la suite de sa tournée.

Le reste du temps, on jouait à la guerre. Pour faire un arc

et des flèches, rien ne valait une branche de palmier effeuillée. Et pour se donner un cheval, il suffisait de l'imaginer. Le mien était tout blanc et s'appelait Tarbouche.

Les abords de Dekheila portaient encore les traces des amabilités échangées pendant la guerre entre Rommel et Montgomery. Une véritable aubaine pour les soldats-voleurs et les cow-boys-indiens qui pouvaient retaper des châteaux-forts de béton. Nous nous interrompions en fin d'après-midi pour aller poser sur la voie ferrée des carcasses de boîtes de conserve. Comme elles seraient plates après le passage du petit train ! Un tout petit train, sans passagers, dont personne n'avait jamais su où il allait ni à quoi il servait...

Du lundi au vendredi, Viviane, Lola et leurs amies étaient seules avec les enfants. A la plage, avant de plonger, elles jouaient aux raquettes comme des folles pour ne pas perdre la ligne.

Le samedi, on se postait sur la route du désert pour voir arriver les pères et les invités. C'était un méchant ruban d'asphalte, ramolli par la chaleur, d'où débouchaient de temps en temps, à faible allure, de vieux camions Chevrolet, suant et éternuant à fendre l'âme.

Alex, venu passer un week-end à Dekheila, se tailla un immense succès parmi les enfants. Sa jeep fut entourée, flairée, caressée. On y montait à dix pour faire un tour, secoués comme des pruniers et hurlant de joie A quarante-deux ans, avec ses voitures étonnantes, ses chemises kaki déboutonnées et sa moustache très british, il avait l'air d'un véritable aventurier.

– C'est ton oncle ?

– Parfaitement. Et je te signale qu'il a fait quatre fois le rallye Le Caire-Alexandrie...

Mima aussi venait de temps en temps. Ses robes fleuries lui valaient mille compliments. Nous nous jetions à son cou, l'œil fixé sur Édouard Dhellemmes qui la suivait, souriant, les bras encombrés de trésors achetés chez Pastroudis : des éclairs au chocolat, des millefeuilles à la crème, des babas au rhum...

Avec Édouard Dhellemmes, j'avais un grand-père français.

Cela me remplissait de fierté. Nous l'appelions Bon-papa, les termes habituels de *nonno* ou *gueddo* ne pouvant s'appliquer à un grand-père aux yeux si bleus, à la peau si blanche, qui ne connaissait pas trente mots d'arabe.

Mima, elle, aurait dû être appelée *têta*, selon la tradition. Mais, par un subtil alliage, elle était devenue Tita pour tous ses petits-enfants.

Bon-papa-gâteaux et Tita-à-fleurs devaient rentrer le soir même à Alexandrie. Mais, à force de supplications, nous réussissions à les retenir pour la nuit, parfois même à prolonger davantage leur séjour. A mes camarades de jeu, je rappelais fièrement que j'avais un grand-père français et, en trichant un peu, lui attribuais un pyjama bleu, blanc, rouge qui était censé affirmer un peu plus sa prestigieuse nationalité...

Naturellement, Paul et la Suissesse n'avaient pas envisagé un seul instant de passer l'été à Dekheila, ce trou perdu, sans réputation et sans cachet. Ils étaient installés dans une vaste maison à Agami, sur la somptueuse plage blanche que léchaient des vagues turquoise. Nous leur rendions visite une fois par mois environ. C'était une expédition. La 203 de Sélim s'ensablait immanquablement dans les chemins, et je tremblais de peur, persuadé qu'elle ne repartirait jamais.

Chaque dimanche, un franciscain italien d'Alexandrie venait ouvrir la petite église de Dekheila, nichée sur le bord de la route. Messe latine évidemment. C'était le seul moment de la semaine où nos chemises étaient blanches et nos cheveux peignés.

Au milieu de l'été, toute la famille se retrouvait dans la villa de Georges et Yolande Batrakani, à Sidi Bishr. Il y avait près d'une heure de route. Après le Mex, on passait devant les tanneries, et Viviane se bouchait le nez. Nous, derrière, nous applaudissions, ouvrions les carreaux, nous remplissions les poumons de cette puanteur qui faisait partie des vacances, au même titre que le parfum des algues et du jasmin. Et Sélim klaxonnait, klaxonnait pour saluer l'événement.

A Sidi Bishr, on passait devant la maison-navire de Sésostris bey. Le propriétaire, qui frôlait les quatre-vingt-dix ans, avait toujours le pied marin mais ne recevait plus personne. On le décrivait, seul sur sa dunette, scrutant la mer avec de grosses jumelles de quartier-maître et se faisant apporter des vivres deux fois par semaine.

Dans le jardin des Batrakani, nous jouions au sultan avec nos cousins : son arrivée au collège, le poème récité par Michel, les félicitations... Toutes sortes de chamailleries et de controverses étaient provoquées par les déformations successives de cette histoire au fil du temps.

A la fin des années vingt, ma grand-mère racontait à sa fille Lola :

– Micho avait si bien récité sa poésie que le sultan s'approcha de lui et l'embrassa. Alors, tous les élèves de la classe se mirent à applaudir.

Une vingtaine d'années plus tard, Lola, à son tour, détaillait la scène aux deux fils de Paul :

– Une grande tente avait été dressée dans la cour. Votre oncle Michel récita si bien sa poésie que tous les élèves du collège applaudirent. Le sultan se leva alors de son siège et ordonna à la musique de la garde de jouer *La Marseillaise*...

Dans nos jeux, en 1953 ou 1954, nous nous inspirions généralement du récit d'un des fils de Paul, plus âgé que nous :

– Oncle Micho récitait si bien *Le Laboureur et ses enfants* que toute la ville du Caire en parlait. Le sultan Hussein, qui aimait La Fontaine, voulut entendre ce prodige. On lui organisa donc une visite au collège des jésuites. Après la récitation, il embrassa Michel et l'invita au palais, tandis que les musiciens de la garde sultanienne faisaient une haie d'honneur avec leurs archets.

Parfois, nos débats étaient soumis au principal intéressé :

– N'est-ce pas, oncle Micho, que le sultan était arrivé au collège sur un grand cheval blanc et qu'il t'avait fait monter derrière lui pour t'emmener au palais ?

Mon parrain nous regardait d'un air perplexe, avant de rectifier légèrement. Il ne voulait pas trop nous décevoir. Mais je crois qu'il se sentait un peu dépossédé de son histoire. Ces récits apocryphes, de plus en plus colorés, grignotaient la version officielle, en attendant peut-être de l'éliminer.

Un jour, dans le feu d'une discussion, j'appelai Michel « oncle Soltane ». C'était dit si spontanément que les adultes présents éclatèrent de rire. Le surnom allait être très vite adopté par tous les autres enfants de la famille.

4

Quand Georges Batrakani apercevait de loin une procession mortuaire, il demandait au chauffeur de se garer au bord du trottoir et d'attendre. Le spectacle d'un tarbouche posé sur le cercueil, pour signaler que le défunt était de sexe masculin, l'attendrissait toujours. Malheureusement, cette tradition se perdait. Les assauts contre le tarbouche commençaient à porter leurs fruits pourris.

Mon grand-père s'était désabonné du *Journal d'Égypte* dont le propriétaire, un Syrien, ne savait plus comment faire oublier ses liens passés avec le palais. Dès l'été 1952, ce quotidien avait entonné l'hymne des décapiteurs de la tradition, dénonçant « le fanatisme basé sur le tarbouche », réclamant la suppression de « ce couvre-chef que l'on s'entête à qualifier d'égyptien » et affirmant : « Qu'on le remplace par le sombrero mexicain ou le chapeau de paille... L'essentiel, c'est de se décider à le supprimer. »

– Le sombrero mexicain ! Tu entends, Yola ? Ils veulent un sombrero mexicain, ces couillons !

Le Journal d'Égypte ne faisait que copier des publications de langue arabe, déchaînées contre le tarbouche. « Ce couvre-chef, écrivait *Al Akhbar*, représente une mentalité périmée, réactionnaire et arriérée : celle de la servitude... Tous les maux dont nous souffrons, aussi bien dans nos administrations gouvernementales que dans notre vie de tous les jours, disparaîtront aussitôt que l'on aura détrôné le tarbouche, emblème d'une ère révolue. »

La situation se détériorait de semaine en semaine. A partir

de septembre, le ministre des Finances autorisa ses fonctionnaires à travailler sans tarbouche. Puis, on annonça que la police adopterait le béret *fouadieh*. Entre-temps, la commission chargée d'étudier un nouveau costume national avait publié un projet de loi visant à remplacer le tarbouche et la *gallabeya* par le chapeau et le costume européens. Déjà, certains fabricants de tarbouches avaient interrompu leur production et commandaient de nouvelles machines pour se reconvertir.

Georges bey – tout le monde continuait à l'appeler ainsi, malgré la suppression des titres honorifiques – refusait de suivre le mouvement. Ses derniers espoirs se reportaient sur le recteur musulman de l'Azhar, fermement opposé au chapeau. Il eut une bonne surprise cependant lorsque la presse publia, six mois après la Révolution, la première photo du général Naguib en civil : ce militaire portait un tarbouche !

Mon grand-père se procura la photo. Il la fit agrandir et encadrer, puis il l'accrocha en bonne place au bureau.

– Vous ne trouvez pas que Naguib a l'air moins bête en tarbouche ? lançait-il à ses fils.

Aucun d'eux ne lui était d'un grand soutien dans ce combat. Paul militait depuis longtemps déjà contre les « pots de fleurs ». Michel n'avait, comme toujours, qu'une approche sentimentale et poétique du problème : pour lui, le tarbouche évoquait le sultan Hussein qui le portait avec beaucoup d'élégance, incliné sur le côté... Quant à André, il n'aimait pas voir son père tempêter, injurier la terre entière et se mettre dans de tels états pour une question aussi futile.

– Tarbouche ou pas, disait le jésuite, l'Égypte a besoin de s'assainir et de s'attaquer aux maux qui la minent. Ce ne sont ni les costumes ni les uniformes qui comptent, mais la santé spirituelle et morale de ceux qui les portent.

Alex, lui, toujours imaginatif et constructif, avait proposé à son père de devancer la musique :

– Le peuple égyptien est en admiration devant ses officiers. Il ne demande qu'à leur ressembler. Pourquoi, papa, ne lancerais-tu pas la mode du képi en toile ou même en feutre léger ?

Ce jour là, il faillit recevoir un cendrier sur la tête.

Yolande tremblait pour son mari. Elle n'était pas la seule à craindre un mauvais coup des adversaires du tarbouche : la fabrique avait beau être gardée la nuit, un incendie était si vite arrivé .

*

Pour célébrer six mois de révolution, le 26 janvier 1953, le gouvernement voulut organiser un défilé dans les rues du Caire, avec le concours des grands établissements industriels et commerciaux. A la surprise de son entourage, Georges bey décida d'y participer.

Le jour dit, on assista à un spectacle jamais vu en Égypte. Gattegno, Benzion, Sednaoui et cent vingt autres sociétés faisaient défiler des chars fleuris devant la tribune officielle. Le laboratoire Doche avait réuni quarante mille tulipes. Groppi s'affichait avec une tourte géante et Cicurel exposait une maquette de son nouvel immeuble, inauguré deux mois plus tôt, en remplacement de celui qui avait brûlé au cours du « samedi noir ».

Le char Batrakani arriva presque en dernier. Il y eut un murmure dans la tribune officielle et des cris parmi la foule. Sur un camion entièrement recouvert de roses, Georges bey avait fait installer un tarbouche énorme, démesuré, qui devait bien faire dix mètres de haut. Arrivé devant la tribune, la partie supérieure du tarbouche s'envola doucement dans le ciel, tirée par des ballons de toutes les couleurs, tandis que cent cinquante pigeons étaient lâchés. Toutes les personnalités applaudirent. Le général Naguib retira sa casquette et l'agita plusieurs fois pour saluer les ouvriers, assis dans le char, qui faisaient mine de passer des tarbouches à la forme...

Le lendemain, des journaux enthousiastes publièrent des photos de l'événement, en précisant que chaque pigeon Batrakani avait à la patte un bon d'achat d'une livre égyptienne. Édouard Dhellemmes téléphona dès la première heure, rempli d'admiration :

– C'est formidable, Georges ! Quelle surprise ! Vous avez sauvé le tarbouche.

– Je n'ai rien sauvé du tout, Édouard. Je voulais seulement embêter le monde et conclure en beauté. J'ai décidé de fermer la fabrique.

Le silence de son interlocuteur fit sourire mon grand-père. Il poursuivit d'une voix calme, presque gaie :

– Il faut être réaliste, Édouard. L'Égypte ne portera plus le tarbouche. Elle n'adoptera pas pour autant le chapeau, la casquette ou le sombrero mexicain comme disent ces couillons. Elle sera nu-tête. Nu-tête, pour la première fois depuis des siècles. A ses risques et périls.

5

Paul et la Suissesse se rendirent au collège de la Sainte-Famille un après-midi de février 1954 pour assister à une représentation du *Cid* dans laquelle l'un de leurs fils jouait les seconds couteaux. On accédait au théâtre par un grand hall où trônait naguère le portrait du roi. Depuis la Révolution, les jésuites avaient remplacé ce tableau par une photographie du général Naguib. Mais ils venaient de procéder à un nouveau changement puisque le conseil de la Révolution avait destitué le *lewa*, quelques jours plus tôt, en l'accusant « d'autocratie et d'instabilité psychologique » : c'était désormais le visage carnassier du lieutenant-colonel Gamal Abdel Nasser, l'homme fort du régime, qui dominait le hall.

En attendant le lever du rideau, mon oncle Paul songeait à la remarque féroce d'un professeur de littérature qu'il avait croisé à l'entrée du théâtre :

– Voyez-vous, maître Batrakani, nous avons ici deux sortes d'élèves. Ceux qui préparent le bachot français sont peut-être cultivés mais ne sont pas égyptiens. Et ceux qui préparent le bachot égyptien sont peut-être égyptiens mais ne sont pas cultivés.

Boulos s'ennuya furieusement pendant les tirades du *Cid*. Seuls la brève apparition de son fils et l'inconfort des fauteuils de bois l'empêchèrent de s'assoupir tout à fait. En sortant de la salle, à sept heures du soir, il faillit tomber à la renverse : la photo de Nasser avait disparu, et le brave Naguib trônait de nouveau dans le hall, avec son air débonnaire et ses sourcils en broussaille.

– Attends-moi, je reviens ! lança-t-il à la Suissesse qui ne s'était aperçue de rien.

De la porterie, il téléphona à son frère André qui se trouvait dans la salle des Pères, en compagnie d'autres jésuites.

– Nous sommes en train d'écouter la radio, dit André gaiement. Oui, Naguib est revenu tout à l'heure. Il va reprendre ses fonctions.

Sur le chemin du retour, la voiture de Paul fut bloquée plusieurs fois par de petits groupes de manifestants qui hurlaient joyeusement le nom du *lewa*. La foule grossissait à vue d'œil. Visiblement, les jeunes loups du conseil de la Révolution avaient sous-estimé la popularité de Naguib.

Le lendemain, sous la pression de la foule, il fallut ouvrir les grilles de l'ex-palais d'Abdine, devenu le siège de la présidence de la République. C'était du délire. Pour la première fois de leur vie, mon père, René Abdel Messih et d'autres Syriens du même âge descendirent de leurs balcons pour se mêler aux manifestants.

*

Les mois suivants allaient être euphoriques. On annonça la suppression de la censure et de la loi martiale. Une assemblée constituante était prévue pour mettre en place une véritable République parlementaire. Un accord fut conclu entre Londres et Le Caire pour que les troupes britanniques évacuent la zone du Canal dans un délai de vingt mois. On donna le premier coup de pioche pour la construction du nouveau Shepheard's, au bord du Nil, selon les plans d'un architecte syrien. Et ma grand-mère organisa une belle réception à Garden City en l'honneur d'Alex, classé troisième au rallye Le Caire-Louxor...

Les premiers nuages arrivèrent en octobre, avec l'annonce d'un complot des Frères musulmans, suivie de nombreuses arrestations. Quelques semaines plus tard, Naguib était destitué et placé en résidence forcée. On décrocha de nouveau son portrait dans le hall du collège, pour le remplacer par celui de Nasser. Définitivement, cette fois.

6

Ce fut l'automne des chuchotements. Tous les adultes parlaient entre leurs dents, s'interrompant avec des grimaces dès que l'un de nous approchait. Comme si les fils de Paul ne nous avaient pas tout révélé ! Enfin, tout ce qu'ils savaient ou imaginaient...

– Roland était saoul, il a téléphoné de l'Auberge des Pyramides pour la menacer...

– ... alors elle a eu peur, elle a entassé ses affaires dans trois grosses valises et elle a appelé un taxi.

Ma tante Lola jurait que, pour rien au monde, elle « ne remettrait les pieds chez ce salaud ». La colère allumait des éclairs dans ses yeux, la rendant plus belle encore.

Et dire que son mariage avec Roland, en 1940, avait fait tant d'envieux ! Un don Juan et une vamp, enfants de riches tous les deux. Deux objets de luxe qui semblaient fabriqués sur mesure et parfaitement assortis l'un à l'autre...

Dès la naissance de leur premier enfant, une fille, le grand amour révéla ses fissures. Roland aimait le jeu. Il passait de plus en plus de temps autour de tables enfumées, dilapidant des fortunes au poker. La naissance du fils qu'il réclamait n'y changea rien. Il se mit à boire, devint colérique, parfois violent. Il rentrait de plus en plus tard, imbibé d'alcool, et obligeait sa femme à faire l'amour avec lui. Elle s'exécutait les larmes aux yeux, ou se barricadait dans sa chambre, et c'étaient alors des scènes insupportables.

Georges Batrakani aurait bien remonté les bretelles à son gendre qu'il impressionnait beaucoup. Encore fallait-il être informé exactement de ce qui se passait et ne pas se heurter à Lola. Orgueilleuse et jalouse de son autonomie, celle-ci interdisait à quiconque de se mêler de ses affaires. Jusqu'au jour où, excédée, elle appela un taxi en pleine nuit...

Ignorant les protestations de son mari, Lola engagea une procédure de séparation devant le *magless milli* grec-catholique. Le tribunal rendit sa sentence assez rapidement, confiant les deux enfants à la mère et condamnant le père à lui verser une pension mensuelle de quarante livres.

Un mois plus tard, à dix heures du soir, Roland téléphona à la villa de Garden City et demanda à parler à sa femme.

– Je te signale, lui dit-il, que je me suis fait musulman et que je vais saisir le tribunal *charéi.*

– Saisis qui tu veux et va au diable ! répliqua Lola en lui raccrochant au nez.

Michel, qui était près du téléphone, demanda si Roland avait bu.

– Non, pas du tout, répondit ma tante. C'est même son calme qui m'a énervée.

Le visage de Michel s'assombrit :

– Il faut avertir papa.

Renseignements pris, Roland s'était bien converti à l'islam. Il pouvait saisir le tribunal de droit musulman qui lui donnerait certainement satisfaction. Dans une affaire semblable, survenue quelques mois plus tôt à Alexandrie, les juges *charéis* avaient confié une fillette de huit ans à son père. « L'enfant, déclaraient-ils, doit suivre celui de ses parents qui est dans la meilleure religion ; s'il demeure avec la mère, il risque d'apprendre d'elle le *kofr.* »

– C'est quoi, le *kofr* ? demanda Lola qui enrageait depuis la veille.

– C'est l'impiété, la mécréance, lui expliqua Georges bey.

– Je trouve ça scandaleux !

– Tu as raison, *ya benti.* Mais nous n'avons pas le temps cet après-midi de réformer le système judiciaire égyptien. Attends-nous ici. Nous avons une petite visite à faire.

Escorté de son chauffeur, de l'avocat de la fabrique et de

Paul, mon grand-père sonna chez Roland à l'heure où le soleil se couchait. Il n'y alla pas par quatre chemins :

– Combien voulez-vous ?

Le gendre joua les offensés.

– Combien ? insista l'homme au tarbouche en désignant du regard la mallette que portait son avocat. Je paie *cash*.

Roland s'engagea alors dans un plaidoyer pleurnichard sur ses pertes récentes, la mauvaise tenue de ses actions en Bourse... Voyant que personne ne le prenait au sérieux, il finit par lâcher :

– Dix mille livres, puisque vous insistez...

– Je vous en donne six mille et vous dispense de la pension alimentaire, dit Georges bey d'un ton qui n'appelait pas de contestation. Naturellement, vous pourrez voir les enfants régulièrement, selon les modalités fixées par le *magless milli*. C'est inscrit en toutes lettres dans ce papier. Il y en a deux autres que vous me ferez le plaisir de signer aussi.

Dix minutes plus tard, l'affaire était close. Il ne resterait plus à Lola qu'à engager la longue procédure d'annulation de mariage au Vatican, avec l'appui du Père André.

*

– Et tu penses que ce salaud méritait vraiment six mille livres ? demanda Viviane à sa sœur.

– Si tu crois, chérie, que papa m'a consultée...

Elles étaient aux trois quarts nues, dans la chambre à coucher de mes parents, à Héliopolis. Une jambe posée sur le rebord du lit, chacune d'elles tirait sur la pâte à épiler, en poussant des gémissements. Samia, la bonne, avait raté deux fois cette *halawa*, brûlant le mélange de sucre, d'eau et de citron. Mais à la troisième tentative, la consistance était parfaite.

– Je me demande comment tu as pu vivre onze ans avec ce bandit.

– Tout n'était pas noir, tu sais. Roland a des qualités. Au

lit, quand il n'avait pas bu, c'était un amant merveilleux... Et Sélim, à propos ?

– Ça va.

– Est-ce qu'il te rend heureuse ?

– Puisque je te dis que ça va...

– Réponds, c'est important.

– Disons... qu'il est un peu pressé.

– Mais ça s'apprend, chérie.

– J'ai acheté *Le Mariage parfait*. Il ne l'a même pas ouvert. Sélim ne lit que les journaux et les rapports du bureau.

– Ces choses-là, chérie, ne s'apprennent pas dans les livres. Je vais te dire, moi...

Un quart d'heure plus tard, elles riaient aux éclats, en enduisant leurs jambes endolories d'une crème très douce, parfumée à la rose.

7

Le Père André n'était pas du genre à tenir un journal intime. Mais il conservait soigneusement les textes de ses conférences et, de temps en temps, tapait sur sa vieille Remington à clavier anglo-saxon les comptes rendus détaillés des réunions importantes auxquelles il avait participé. La plupart de ces documents se trouvent aujourd'hui dans trois dossiers d'archives intitulés « André Batrakani s.j., Textes et notes ». Une mine, pour qui voudrait faire œuvre d'historien...

*

– Alors ? demanda le Père Larivière qui était entouré de la plupart des jésuites du collège.

Mais il avait déjà lu la réponse dans le regard sombre de mon oncle. Celui-ci s'assit et, avant même de bourrer sa pipe, révéla d'une phrase l'étendue des dégâts :

– Ils ne veulent rien entendre ; cette fois, ils sont vraiment décidés à appliquer la loi.

La délégation catholique s'était heurtée à un mur. Désagréable, cassant, le sous-secrétaire d'État leur avait lu d'entrée de jeu l'article 17 de la nouvelle loi. Comme s'ils en ignoraient une seule virgule ! « L'école libre donnera à ses élèves égyptiens l'instruction religieuse, à chacun selon sa religion, conformément aux programmes établis par le ministère... » En clair, les établissements catholiques devaient dispenser un enseignement coranique à leurs élèves musulmans.

– Comprenez que c'est impossible, avait dit l'évêque qui dirigeait la délégation : nous sommes des écoles religieuses...

– Vous n'êtes pas des écoles religieuses puisque vous enseignez des matières profanes, avait rétorqué le sous-secrétaire d'État.

Devant la stupéfaction de ses interlocuteurs, sans doute aussi l'embarras de ses propres collaborateurs, il avait rectifié le tir :

– Pouvez-vous m'expliquer pourquoi des établissements religieux n'enseigneraient pas la religion à leurs élèves ?

Le Père André était alors intervenu, de la manière la plus aimable possible :

– Bien sûr, nous enseignons le religion. Mais à nos élèves chrétiens seulement. C'est ce qui se pratique depuis plus de cent ans.

Aux chrétiens seulement... Mon oncle se souvenait pourtant que, lorsqu'il était lui-même sur les bancs du collège, les élèves juifs et musulmans assistaient à la prière du matin et du soir. Ils finissaient par la connaître par cœur, sinon par la réciter avec le reste de la classe. Certains participaient même aux cours de catéchisme, avec l'accord de leurs parents. C'était une autre époque...

Le sous-secrétaire d'État avait pris un air narquois :

– Je ne vois pas pourquoi les élèves chrétiens auraient droit à un enseignement religieux, et pas les musulmans.

– Mais vous savez bien, avait répondu André Batrakani, que nos écoles sont soumises aux règles du Vatican. Ces règles leur interdisent d'enseigner une autre religion que la religion catholique.

L'autre l'avait interrompu, en martelant ses mots :

– Vous êtes en Égypte. Vous devez appliquer la loi égyptienne. Et si vos chefs lointains ne le comprennent pas, c'est à vous à le leur expliquer.

Le Père Larivière écoutait en silence le récit de cette entrevue, réfléchissant à une éventuelle parade. A deux reprises déjà, en 1948 et en 1953, le gouvernement avait institué l'enseignement religieux dans les écoles libres, mais cela n'avait pas été appliqué. Cette fois, c'était sérieux. Restait à savoir si un compromis était possible, comme en Syrie. Là-bas, les écoles catholiques avaient obtenu un *modus vivendi* : elles déclaraient officiellement ne pouvoir enseigner la religion musulmane, puis communiquaient au ministère les noms de leurs élèves musulmans, ainsi que leurs heures libres en semaine ; et c'était le gouvernement qui prenait en charge l'enseignement coranique, dans ses propres locaux.

– Avez-vous cité l'exemple de la Syrie ? demanda le Père Larivière.

– Oui, bien sûr, mais notre interlocuteur n'y a même pas prêté attention.

– Et quelle est votre conclusion ?

André Batrakani débourra longuement sa pipe dans un cendrier sans grâce, avant de marmonner :

– Je pense que nous n'avons plus le choix. Si nous n'obtempérons pas, nous risquons la fermeture ou la réquisition.

Un jésuite suisse réagit vivement :

– Je ne comprends pas votre défaitisme ! Avez-vous mesuré les conséquences d'une acceptation ? Ce serait l'islamisation progressive du collège. Nous commencerions par enseigner la religion aux musulmans. Puis, il faudrait leur offrir un lieu de prière. Mais oui, ne hochez pas la tête, un lieu de prière ! Comment voulez-vous leur enseigner que le Prophète exige cinq prières quotidiennes sans leur donner les moyens d'accomplir cette obligation ? Et, par la suite, le collège devra s'aligner sur les fêtes musulmanes : il n'y aura plus de vacances de Noël, plus de vacances de Pâques...

– Vous allez un peu vite, dit André en souriant.

– Pas du tout, cher Père, pas du tout. Et pensez aux conséquences désastreuses de tout cela sur nos élèves chrétiens. Ils vont se dire : si toutes les religions sont enseignées au collège, n'est-ce pas la preuve qu'elles se valent toutes ?

– Je vous fais remarquer que des écoles coptes dispensent déjà des cours coraniques...

– Laissons les coptes, je vous prie : ne m'obligez pas à manquer de charité. Pourquoi ne pas parler plutôt des écoles protestantes qui, sur cette question, sont d'une fermeté exemplaire ? Vous savez comme moi que la Mission américaine menace de fermer ses portes... Mais nous n'avons besoin ni d'exemples ni de contre-exemples pour constater une évidence : on nous demande d'enseigner une religion que nous croyons fausse ; c'est-à-dire de collaborer à un mal.

– Ce serait une collaboration contrainte. Elle aurait lieu sous l'effet de la loi et de la menace d'un mal plus grave encore, puisque nos élèves chrétiens pourraient être privés de tout enseignement.

– Une collaboration contrainte, si vous voulez, mais active et pas seulement passive. Car il faudrait organiser les horaires, choisir les locaux et même les maîtres.

– Oui, mais nous aurions manifesté notre opinion. Il y aurait malice formelle et non matérielle...

Le Père Larivière mit un terme à cette casuistique en posant brutalement une question à laquelle il n'avait pas lui-même de réponse :

– Dans notre système actuel, les musulmans grandissent sans instruction religieuse. N'est-ce pas aussi un mal ? Vaut-il mieux que nos élèves soient des croyants musulmans ou des musulmans incroyants ?

Il y eut un long silence.

– De toute manière, je crois, comme le Père Batrakani, que nous n'avons plus le choix. Il va falloir se préparer à l'idée d'enseigner l'islam au collège.

*

Un dimanche, à table, le Père André nous raconta un petit épisode survenu au lendemain de la Deuxième Guerre mondiale, lors de la visite du légat du pape en Égypte. Une messe solennelle avait été organisée à cette occasion dans la chapelle du collège. Mal organisée, puisque les célébrants ne cessaient de houspiller les enfants de chœur et de jeter des regards incendiaires à la chorale qui démarrait toujours trop tôt ou trop tard. Mon oncle était au deuxième rang, derrière une brochette de personnalités. Au moment de la communion, un pacha musulman, qui avait joué un rôle de premier plan sous le règne de Fouad, se tourna vers son voisin, le chanoine Drioton, directeur des Antiquités égyptiennes, pour lui lancer à mi-voix :

– Je crois, mon Père, qu'il n'y aurait que vous ou moi ici pour mettre un peu d'ordre dans cette cérémonie.

Le chanoine sourit. Puis, au cours de la petite réception qui suivit la messe, il s'étonna de l'excellente culture liturgique de ce musulman. Le pacha déclina en riant ses états de service : au collège, dans les années 1890, il avait été non seulement enfant de chœur mais maître des cérémonies religieuses...

8

21 septembre 1955

La suppression des tribunaux confessionnels a été annoncée inopinément aujourd'hui. André en est bouleversé. « Les chrétiens d'Égypte, dit-il, voient s'effondrer du jour au lendemain le pilier sur lequel reposait leur statut depuis des siècles. »

Si je comprends bien, un mariage célébré à l'église pourra être cassé par des instances civiles, dans lesquelles siégeront d'anciens juges des tribunaux musulmans qui, eux, ne sont supprimés qu'en apparence. D'ailleurs, la loi musulmane pourra s'appliquer dans certains cas à des conjoints chrétiens : s'ils sont de rite différent, par exemple, ou si l'un d'eux s'est converti à l'islam en cours de route. « De cette manière, dit André, on légalise et on encourage les conversions de convenance, comme celle de Roland. »

Lola l'a échappé belle !

28 septembre 1955

Comme il paraît loin le temps où les orthodoxes étaient qualifiés de schismatiques et invités par nos bons Pères à abjurer leur foi ! Les chefs de toutes les communautés chrétiennes d'Égypte se sont réunis au patriarcat copte-orthodoxe pour rédiger ensemble un télégramme à Nasser, affirmant leur opposition absolue à la nouvelle loi et sollicitant un rendez-vous. Mais, d'après André, ce télégramme est resté sans réponse.

18 décembre 1955

La protestation solennelle que les évêques catholiques ont fait lire ce dimanche dans les églises de tous les rites a eu une conséquence sans précédent : Mgr Zoghby et le vicaire apostolique latin ont été arrêtés dans la soirée et internés à la Citadelle. Grosse émotion.

19 décembre 1955

Les deux évêques seront certainement mis en liberté, mais cette arrestation a incité le saint-synode copte-orthodoxe à rendre publiques des mesures très graves qu'il avait décidées il y a une douzaine de jours et qui étaient restées secrètes jusqu'ici · proclamation d'un deuil général avec sonnerie du glas, jeûne et fermeture de toutes les églises la nuit du Noël orthodoxe, le 6 janvier... Si, malgré tout, la nouvelle loi restait en l'état, les évêques coptes quitteraient leurs résidences et se réfugieraient dans des couvents.

7 janvier 1956

Il n'y a pas eu de « grève de Noël ». Les coptes-orthodoxes se sont dégonflés au dernier moment, faisant état de vagues promesses gouvernementales. Ah, ces coptes !

17 janvier 1956

André est très préoccupé par la nouvelle Constitution, publiée hier et stipulant que l'islam est religion d'État. Cela rend dérisoires, selon lui, toutes les belles affirmations contenues dans ce texte à propos de l'égalité des citoyens.

9

Georges Batrakani avait fait appeler Sélim dans son bureau.

– Assieds-toi. Veux-tu un café ?

Ce n'était pas dans les habitudes du patron... Sans attendre la réponse, mon grand-père décrocha le combiné du téléphone pour demander à sa secrétaire de lui faire monter deux *mazbouts* et de ne lui passer aucune communication.

– Sélim, je voudrais te demander quelque chose.

– Bien sûr, papa...

– J'aime que tu m'appelles papa.

Sélim était mal à l'aise. Ce « papa » lui avait échappé, sans doute en raison du ton inhabituel de son beau-père. Au travail, celui-ci oubliait généralement tout lien familial, même avec ses fils : il était simplement le patron.

Toutes les activités de Georges bey étaient gérées de ce vaste bureau, meublé comme un salon et dont l'un des murs arborait une toile de Manet. Les visiteurs s'enfonçaient dans des fauteuils de cuir moelleux, en s'interrogeant sur la présence, dans un coin de la pièce, d'un vieil appareil photographique sur trépied, avec la poire et le soufflet... Mon grand-père avait retiré, à regret, la photographie du général Naguib en tarbouche qui trônait depuis décembre 1952 au milieu de la pièce, pour la remplacer par un petit portrait de Gamal Abdel Nasser nu-tête.

L'abandon de la fabrique avait libéré deux étages dont le rez-de-chaussée. Plutôt que de louer celui-ci, Georges bey avait proposé à Édouard Dhellemmes d'y héberger gratuitement sa nouvelle galerie d'antiquités. Le Français, très touché par ce geste, s'était volontiers installé place de l'Opéra, malgré la proximité de l'ancien Shepheard's dont l'absence lui serrait le cœur.

La Révolution avait modifié un peu l'activité de la société. Jusqu'en 1952, les licences d'importation étaient libres. Maintenant, il fallait les arracher : le budget réservé aux pots-de-vin avait été doublé. Les banques continuaient à prêter, mais de manière plus restrictive. Mon grand-père aimait savoir à tout moment ce qu'elles pensaient de son entreprise : avec quelques *bakchichs* soigneusement orientés, il avait accès à son dossier et pouvait agir en conséquence.

– Sélim, dit-il sur le ton de la confidence, je ne suis pas mécontent d'avoir liquidé la fabrique de tarbouches. Depuis cette maudite Révolution, les rapports avec les ouvriers étaient devenus insupportables. Ils saisissaient les tribunaux pour un oui ou pour un non, comme si les nouvelles lois du travail, pourtant aberrantes, ne leur suffisaient pas. Je suis heureux de m'être replié sur l'affaire commerciale. C'est un retour à la normale : nous, les Syriens, nous sommes viscéralement des commerçants. Il nous arrive de jouer aux industriels, aux médecins ou aux journalistes, mais c'est aller contre notre nature.

On frappait à la porte. Un gamin d'une dizaine d'années vint déposer un plateau avec des cafés turcs fumants et deux verres d'eau. Sélim lui glissa une petite piastre dans la main. Puis, pour se donner une contenance, il se leva et approcha le plateau de son beau-père.

– Comme tu le sais sans doute, poursuivait Georges bey, je vais avoir soixante-quinze ans dans quelques mois. Il est temps que je change de rythme et que je pense à ma succession.

Mon père, de plus en plus gêné, alluma nerveusement une cigarette.

– André est allé chez les prêtres. Pouvais-je le lui interdire ? Depuis que ce garçon a enfilé une soutane, il rayonne de joie. Va-t'en comprendre ! Michel, lui, est plein de qualités, mais il vit à côté de ses souliers. Peut-être lui aura-t-il manqué une femme... Je ne le vois pas, en tout cas, en train d'engueuler un placier ou de négocier pied à pied avec ces brutes de la douane.

Sélim aspirait son café par petites lampées bruyantes, ce qui lui évitait de regarder son beau-père et de manifester la moindre réaction.

– Paul aurait l'âme d'un patron. Mais il n'aime pas ce pays. En tout cas, il s'est persuadé qu'il le détestait. Il a déjà quitté l'Égypte dans sa tête depuis un certain temps. On ne dirige pas une affaire à distance. Quant à Alex, mieux vaut ne pas en parler... Qui reste-t-il ?

– Lola, Viviane...

– Ne dis pas de bêtises ! Nous avons toi et moi, Sélim, un point commun : nous avons été élevés chez les frères. C'est une éducation sans doute moins raffinée que celle des jésuites, mais elle est mieux adaptée à ce pays. Tu ne trouves pas ?

Puis, changeant brusquement de ton, en écrasant son cigare dans le cendrier de cristal posé devant lui :

– Sélim, tu vas diriger l'affaire.

– Mais, papa... Je ne suis qu'un comptable.

– Et alors ! Qu'est-ce que j'étais, moi, en 1902, quand j'ai loué un cagibi dans cet immeuble pour vendre des médicaments ? Qu'est-ce que j'étais en 1919 quand je me suis lancé, tête baissée – c'est le cas de le dire ! – dans le tarbouche ? Ce métier, *ya ebni*, ne demande pas des diplômes mais du bon sens. Il faut avoir les pieds sur terre. Tu les as. D'ailleurs, je serai là pour te conseiller, si Dieu me prête vie.

– Et Paul ? Et Michel...

– Ce n'est pas ton affaire. Je leur parlerai.

10

Depuis plusieurs années, Maguy Touta vivait retirée, à la manière d'une star de cinéma vieillie, soucieuse de cacher ses rides. Elle avait fermé son appartement de la rue Kasr-el-Nil et s'était installée dans cet hôtel de Hélouan dont j'ai déjà parlé. Ses seules visites en ville se limitaient aux événements familiaux, baptêmes, mariages ou enterrements...

Georges Batrakani fit arrêter sa Chrysler à la porte du parc pour aller à pied jusqu'à la terrasse de l'hôtel. Le docteur Yared lui avait conseillé le maximum d'exercice physique.

Assise sous un eucalyptus, Maguy se laissait bercer par le bruit des cigales. Elle était en pantalon, le visage caché derrière de grosses lunettes noires, un chat angora sur les genoux.

– Georges ! Quelle surprise !

Elle l'embrassa sur les deux joues, puis commanda du thé.

– Quelles nouvelles ?

– Voilà, j'ai fait comme toi. J'ai pris ma retraite. Sélim dirigera l'affaire.

– Bravo ! Tu vas te reposer, tu le mérites. Et tu vas t'embêter, je te connais...

Il fit un geste évasif de la main.

– Comment va Yola ? Elle m'a inquiétée l'autre jour, avec ses baisses de tension. Et je déteste téléphoner, tu le sais...

– Non, non, ce n'était pas grave. Le docteur Yared l'a rassurée. C'est un excellent médecin, tu sais.

Pour se soigner, toute la famille Batrakani avait adopté le frère de Sélim, devenu l'un des personnages importants de l'hôpital Dar el Chifa.

Le *soffragui* de l'hôtel les interrompit en déposant sur la table une théière emmaillotée de laine. Mon grand-père sortit de sa poche un étui, avec quelques gélules jaunes et bleues, prescrites par Roger Yared.

– A propos de Yola, murmura-t-il, je voulais te dire... Elle savait tout.

– Tout de quoi ?

– Tout de nous.

Maguy faillit lâcher sa tasse :

– Tu plaisantes !

– Mais non, je t'assure. Deux ou trois remarques d'elle, récemment, m'avaient frappé. J'ai voulu en avoir le cœur net. Je lui ai demandé...

– Tu es fou !

– Elle savait tout, je te répète, depuis très longtemps.

– Et elle n'avait rien dit !

– Elle l'avait gardé pour elle. Avec beaucoup de sagesse...

Après quelques instants de silence, Maguy retira ses lunettes pour essuyer ses yeux, embués de larmes.

– Pauvre Yola ! Comme elle a dû souffrir ! Et comme elle a dû m'en vouloir !

– Tu te trompes. Elle t'en a sans doute voulu au début. Et à moi aussi. Mais, depuis de longues années, elle n'était pas dans cet état d'esprit. Elle m'a dit : « C'est à la naissance de Paul que je me suis reprise. J'ai pensé que Dieu l'avait voulu ainsi et que, des deux sœurs, c'est moi qui avais eu la meilleure part. »

Maguy pleurait en silence, la tête enfouie dans la fourrure de son chat. Georges approcha la main – une main un peu tremblante, toute tachetée de son – et lui caressa doucement les cheveux. Le soir tombait. Une petite brise s'était levée. On entendait une pompe grincer au fond du jardin.

*

20 juin 1956

Papa est beaucoup plus affecté par la mort de Makram qu'il ne veut le laisser paraître. Je me demande si, en fin de compte, ce n'était pas son meilleur ami.

Leur dernière rencontre avait eu lieu à la maison, le 18 juin, quelques heures après le départ du dernier contingent britannique. Makram était arrivé tout guilleret, dans un superbe costume blanc, un œillet à la boutonnière. Papa n'avait pu s'empêcher de déboucher une bouteille de champagne. Non pour le départ des Anglais, bien sûr, mais parce que Makram avait quitté le deuil au bout de quarante-deux ans... Quitte à lui lancer ensuite : « Le blanc, c'est salissant. Moi, à ta place, j'aurais adopté le kaki. C'est aussi chic, et beaucoup plus dans l'air du temps. » Il s'en veut aujourd'hui de cette ultime méchanceté.

22 juin 1956

Papa bougonne : l'armée a défilé hier avec son nouveau matériel et ses nouveaux uniformes. Pas un seul tarbouche !

Lui, il se fait évidemment un devoir de porter le sien en toutes circonstances. L'après-midi, à la terrasse de Groppi, il nargue du regard quelques retraités de son âge qui ont adopté le béret et les appelle « khawaga » à haute voix.

Le pauvre Makram avait conservé le tarbouche jusqu'au bout. Par habitude, sans doute. Ou alors, tout simplement, pour faire plaisir à papa...

11

Un officier de police au visage de hibou sonna à dix heures du soir.

– *Edward Dilame ? Françaoui ?*

Mima, qui se tenait derrière son mari, n'eut même pas besoin de traduire. La voix de l'homme en uniforme était particulièrement désagréable :

– Il vous est interdit de sortir de chez vous jusqu'à nouvel avis. Avez-vous une radio ?

La question était inutile et la réponse superflue : par la porte entrouverte du salon, on entendait le speaker de la BBC égrener d'une voix monocorde les dernières nouvelles de la bataille du Canal. Ni Mima ni Édouard n'avaient eu le réflexe d'éteindre le poste. Heureusement, ce n'était pas Radio-Israël !

Pendant qu'Édouard débranchait le poste pour le remettre au hibou, ma grand-mère tenta d'engager la conversation : pourquoi cette confiscation ? Et pourquoi leur interdire de sortir ?

– Allez le demander à Ben Gourion ! répondit le policier d'une voix insolente.

Édouard avait vu venir l'orage dès le début de l'été. Le jour où les États-Unis s'étaient brutalement refusés à financer la construction du haut barrage d'Assouan, il avait dit à Mima :

– Les Américains sont fous. Ils vont jeter Nasser dans les bras des Russes.

Le *raïs*, profondément humilié, allait répondre par un coup de poker : le 23 juillet, quatrième anniversaire de la Révolution, il annonçait la nationalisation de la Compagnie univer selle du canal de Suez. L'Égypte, avait-il dit à une foule en délire, n'aura plus besoin d'aller mendier de l'argent à Washington ou à Moscou : elle financera son barrage elle-même, avec les revenus du Canal.

Dekheila était à mille lieues de cette agitation. Pour nous, l'été 1956 semblait encore plus beau, encore plus grisant que les précédents. Les nouvelles du Caire arrivaient le samedi soir, avec Sélim. Des nouvelles d'un autre monde, réservées d'ailleurs aux adultes : le recteur de l'Azhar lançait un appel à la guerre sainte ; plusieurs ministres suivaient un entraînement militaire ; deux cent quarante mille ouvriers adressaient à Nasser un message de soutien écrit avec du sang...

Nous étions déjà rentrés en classe, le 29 octobre, quand Israël lança ses chars dans le Sinaï. Le lendemain, la France et la Grande-Bretagne intervenaient à leur tour « pour séparer les combattants ». C'était la guerre.

On colla du papier bleu sur les vitres. On badigeonna de peinture les phares de la nouvelle Fiat de Sélim. Les grandes vacances recommençaient, avec de vrais soldats cette fois et des avions anglais qui survolaient Le Caire en toute impunité. D'un jour à l'autre, les troupes étrangères, débarquées à Port-Saïd, pouvaient atteindre la capitale.

Salwa, l'amie musulmane de Viviane, voulait partir se battre sur le Canal. Elle était déchaînée contre les Français.

– Qu'est-ce qui te prend ? lui demanda ma mère avec étonnement. Toi, une ancienne élève de la Mère de Dieu, pétrie de culture française... Tu ne parles que des Français. Il y a aussi des Anglais, que je sache.

– L'Angleterre a toujours été notre ennemie. Mais la France, elle, nous a trahis !

*

A la surprise générale, la « triple et lâche » agression tourna court, sur ordre des États-Unis. Les soldats anglais, français et israéliens, stoppés en pleine course, n'avaient plus qu'à plier bagage.

– Quels couillons ! Mais quels couillons ! répétait mon oncle Paul, hors de lui.

– Les États-Unis nous ont sans doute empêchés d'être en porte à faux pour la troisième fois, répliqua pensivement Michel.

– Qu'est-ce que tu racontes ?

– Non, rien, une idée qui me traversait l'esprit...

Michel se disait qu'en 1798, quand Bonaparte avait débarqué en Égypte, les Syriens étaient tombés dans les bras des troupes françaises. Et qu'en 1882, après le soulèvement d'Orabi, ils avaient accueilli l'occupant britannique comme un sauveur. Cette fois, ils se seraient sans doute tenus à plus de réserve, mais auraient-ils vraiment pu cacher leur soulagement si les Américains...

– Les Américains sont des couillons ! répéta Paul.

L'Égypte fêtait bruyamment sa « victoire ». Dans le climat de liesse et de revanche qui régnait, on dynamita la statue de Ferdinand de Lesseps, à l'entrée du Canal.

– Quand je pense que mon père avait assisté à l'inauguration de cette statue en 1899, dit Georges bey.

Yolande en eut les larmes aux yeux :

– J'entends encore ton pauvre papa, avec sa belle voix, raconter cette fête, à notre dîner de mariage.

– Un bal avait été organisé à bord de *L'Indus*. Le khédive Abbas était arrivé sur la passerelle avec, à son bras, Mme de Lesseps.

– Pas la femme de Ferdinand, mais sa belle-fille. Elle portait en sautoir le grand cordon de l'ordre de Marie-Louise...

Yolande lança à l'assistance :

– A propos de canal, savez-vous que le père de Georges avait failli faire fortune pour une affaire de rats ?

*

Ce fut un hibou encore plus insolent que la première fois qui sonna chez Édouard et Mima le 23 novembre 1956 :

– Vous avez dix jours pour ramasser vos affaires et aller rejoindre vos soldats minables en France.

Ils étaient autorisés à vendre leurs meubles. Dès le lendemain, un collègue du hibou se porta acquéreur de tout l'appartement. Ma grand-mère, en larmes, vit disparaître un à un les trésors d'Édouard. Au moment de payer, l'officier leur remit le dixième de la somme promise et, sans leur laisser le temps de protester, monta dans le camion qui démarra aussitôt.

Le jour du départ, Édouard voulut donner un généreux pourboire au portier de l'immeuble. Celui-ci refusa poliment. Édouard insista, connaissant les coquetteries d'usage. Mais le *bawab*, qui ne voulait rien entendre, finit par dire d'une voix douce à Mima :

– Non, aujourd'hui c'est trop triste. Vous me le donnerez le jour où vous reviendrez.

DIXIÈME PARTIE

Ni parler, ni paraître

1

Le départ des Anglais, des Français et de nombreux juifs créait un grand vide.

– On se sent seuls, constatait Viviane qui avait perdu beaucoup d'amis.

Sélim, lui, devenu patron de l'affaire, s'était lancé tête baissée dans la course aux marques étrangères. Des places étaient à prendre dans tous les secteurs du commerce puisque les sociétés occidentales cherchaient à remplacer leurs concessionnaires expulsés.

Au bureau, un an et demi plus tôt, la passation des pouvoirs avait été dramatique. Après s'être volontairement retiré de l'affaire, Georges Batrakani avait donné l'impression de s'y accrocher. C'était tout juste s'il n'accusait pas Sélim de l'en avoir chassé.

Bouleversée par cette situation, Viviane courait de l'un à l'autre, tentant de recoller les morceaux. Mais son père n'était plus le même. Il avait pris un coup de vieux, se montrait bougon et, pour la première fois de sa vie, se négligeait sur le plan vestimentaire. On ne pouvait plus lui parler.

En désespoir de cause, Viviane tomba malade. Elle souffrait d'une forte fièvre, accompagnée de vertiges, qui déroutait le médecin. Sélim, affolé, finit par appeler sa belle-mère au secours.

Yolande Batrakani sut trouver les mots qu'il fallait. En l'espace de vingt-quatre heures, Georges bey redevint lui-même. Il s'habilla, se pomponna, courut au chevet de sa fille et somma le médecin de la guérir, comme en 1927. Une semaine plus tard, Viviane était sur pied, amaigrie de cinq kilos mais radieuse.

Mon grand-père avait profité de son départ de l'affaire pour régler sa succession. Les parts de la société avaient été réparties à égalité entre ses enfants, le Père André offrant la sienne à l'Œuvre des écoles de Haute-Égypte. Mais le problème le plus délicat était la nomination de Sélim à la tête de l'affaire.

L'homme au tarbouche avait mis ses enfants devant le fait accompli. Ni Paul ni Alex n'osèrent s'opposer ouvertement à la nomination de leur beau-frère mais, de toute évidence, ils digéraient mal cette promotion fulgurante. Sélim ne pouvait compter que sur le soutien discret mais peu efficace de Michel et sur la neutralité de Lola qui était sur le point de se remarier avec un médecin de la haute société copte.

Alex harcelait mon père en lançant chaque jour une idée mirobolante : obtenir la concession d'un fabricant d'armes sud-africain, remplacer les placiers par d'aguichantes placières... Un soir, au bord de la crise de nerfs – Alex lui avait téléphoné à minuit moins le quart pour suggérer l'aménagement d'une salle de gymnastique au bureau –, Sélim explosa.

– Pourquoi ne lui donnes-tu pas un poste dans l'affaire ? lui dit Viviane.

– Quoi ! Un poste à ce *bahlawane* !

– Justement...

Au bout d'une nuit de réflexion, mon père offrit à Alex un vague titre de directeur de la prospection, doté d'un salaire très honorable, qui ne comportait aucune obligation. Il était seulement convenu que le titulaire ne s'occuperait pas des secteurs déjà couverts par l'affaire, c'est-à-dire les produits pharmaceutiques, les parfums, la dentelle et les machines-outils : son rôle était précisément d'ouvrir des horizons nouveaux.

Alex fut enchanté par la proposition. Mais, devant participer à un safari automobile en Afrique, il commença par s'offrir un congé de six semaines. A son retour, il consacra six autres semaines à raconter la brousse, les singes et les éléphants. Le directeur de la prospection passait en coup de vent au bureau en fin d'après-midi pour donner des instructions désordonnées à une secrétaire qui les faisait aussitôt annuler par Sélim...

Avec Paul Batrakani, c'était une autre paire de manches. Boulos se voyait depuis longtemps en successeur naturel de son père et ne comprenait pas pourquoi celui-ci lui avait préféré une pièce rapportée. En tant qu'avocat de la société, il en connaissait bien les rouages et pouvait donc contrer toute décision de Sélim avec des arguments plus ou moins justifiés. Mon père dut se résigner à une guerre de tranchées, en attendant des jours meilleurs.

La mort de Makram, en juin 1956, avait apporté un premier changement dans le paysage. Sélim n'était pas très à l'aise avec l'expert-comptable qui continuait à le considérer comme un novice et s'accrochait à ses méthodes traditionnelles. Il était difficile de lui tenir tête, compte tenu de son ancienneté et de sa vieille amitié avec mon grand-père.

Pour le remplacer, Sélim songea immédiatement à René Abdel Messih qui avait un cabinet d'expert-comptable assez modeste mais de bonne réputation. René, l'ami béni qui lui avait permis de rencontrer Viviane un après-midi de juillet 1941 au cinéma Métro ; René, chez qui il l'avait retrouvée deux ans et demi plus tard à une soirée de réveillon...

Naturellement, Paul s'opposa à ce choix. Mais il n'avait personne d'autre à proposer sur-le-champ, alors qu'un contrôle fiscal en cours exigeait de trouver un expert au plus vite. René entra ainsi en fonction.

Dès lors, la plupart des décisions concernant l'affaire furent prises en tête à tête. Si Georges et Makram discutaient dans la pénombre, Sélim et René, eux, bavardaient, sous un plafond illuminé, au milieu du bourdonnement de l'air conditionné. Comme aux entractes du cinéma Métro...

En mars 1957, mon père apprit incidemment qu'un important fabricant allemand de matériel de bureau cherchait à s'implanter en Égypte. C'était une grosse affaire. Il se libéra de toutes ses autres tâches, travailla d'arrache-pied, couchant même plusieurs fois au bureau malgré les protestations de Viviane. Il inonda Édouard Dhellemmes de télégrammes, le persuadant de se rendre à deux reprises à Munich pour plaider sa cause. Puis, grâce à un client égyptien qui avait le bras long, il réussit à obtenir un visa de sortie. Il fit un voyage éclair en Bavière et finit par décrocher le contrat.

On déboucha le champagne place de l'Opéra, en présence de Georges Batrakani qui s'était déplacé pour la circonstance. Même Paul dut convenir que c'était un très joli coup. La position de mon père s'en trouva nettement renforcée.

Peu après, un décret gouvernemental rendit obligatoire l'emploi de l'arabe dans toutes les transactions. Boulos, francophone par principe et par habitude, pesta contre cette mesure, tandis que Sélim en prit prétexte pour changer le fonctionnement du bureau et du conseil d'administration... Il avait enfin le pouvoir.

Le nouveau patron se moulait peu à peu dans le personnage de Georges bey. On le vit fumer des havanes, s'habiller chez le meilleur tailleur du Caire et changer de voiture tous les ans. Sa silhouette s'épaissit légèrement. Un samedi de septembre 1957, Viviane lui arracha en riant son premier cheveu blanc, avant une partie de bridge à l'Heliopolis Sporting Club.

Ayant multiplié ses revenus par dix, Sélim pouvait maintenant réaliser un vieux projet : faire construire à Héliopolis la villa dont son père rêvait en 1924, à la veille de sa mort. Mima en avait conservé les plans au fond d'un placard ; ils ne méritaient que quelques modifications.

La ville inventée par le baron Empain comptait déjà cent mille habitants. Aux alentours de la basilique, les terrains étaient tous occupés depuis belle lurette, mais il y avait encore quelques jolis emplacements dans le quartier des palais.

C'est à trois cents mètres du petit collège des jésuites, presque en bordure du désert, que commença, en octobre 1957, la construction d'une élégante villa, avec une terrasse de pierre à l'ancienne. Sur les sept chambres à coucher, une était réservée à Mima pour le jour où elle reviendrait en Égypte avec Édouard Dhellemmes...

2

Un véritable climat d'espionnite régnait au Caire On croyait voir des micros partout, on se méfiait de ses propres domestiques. Aux déjeuners dominicaux chez mes grands-parents, les conversations s'interrompaient brusquement dès que le *soffragui* entrait dans la salle à manger. Chacun se sentait écouté, épié, et pensait avoir quelque chose à se reprocher : une déclaration d'impôts incomplète, de l'argent transféré en Europe, une exclamation imprudente...

Victor Lévy, contraint la mort dans l'âme de quitter l'Égypte après la « triple et lâche », avait demandé à Michel de ne pas l'accompagner à l'aéroport :

– De là qu'on t'accuse d'être sioniste... Je m'en voudrais tellement de t'avoir causé des ennuis !

Pour communiquer avec un correspondant à l'étranger, il fallait user de ruses de sioux. Georges Batrakani avait rédigé une lettre habile, début 1957, pour informer Édouard Dhellemmes de la vente de quelques objets que celui-ci lui avait discrètement confiés avant son expulsion. Les censeurs du Caire n'y virent que du feu. Mais la lettre allait être retournée à l'expéditeur par les postes françaises parce qu'elle était affranchie avec un timbre célébrant « la victoire » égyptienne à Suez.

Ce jour-là, Georges bey, hors de lui, ignora micros et espions. Il fit trembler les murs qui ont des oreilles en tonnant contre « ces couillons de Français »

*

22 janvier 1957

... que d'énervement pour une lettre retournée ! Après avoir crié et tempêté, papa s'est enfermé dans une sorte de bouderie silencieuse qui ne lui ressemble pas. La vieillesse, sans doute... Hier, une formule amère lui a échappé : « Le passé, lui, avait un avenir ! »

15 février 1957

De plus en plus de Grecs liquident leurs affaires et quittent l'Égypte. C'est un véritable exode. Une nouvelle Alexandrie est, paraît-il, en train de naître dans les faubourgs d'Athènes. Des 120 000 Grecs qui étaient en Égypte avant la guerre, en reste-t-il seulement la moitié ?

13 mars 1957

L'expulsion du Père Chidiac nous a fait un choc. Dire qu'il devait déjeuner à la maison dimanche prochain... Les autorités ont très mal pris son article du « Rayon d'Égypte » dans lequel il dénonçait des licenciements de fonctionnaires et d'employés chrétiens.

30 avril 1957

Le départ des Anglais et des Français a mis les Américains du Caire en vedette. Ils ne savent pas quoi inventer pour se rendre aimables. Certains d'entre eux croient devoir porter le tarbouche ! Même papa trouve ça ridicule...

31 juillet 1957

Un timbre de dix millièmes a été spécialement édité pour l'inauguration du nouveau Shepheard's, près du pont Kasr-el-Nil. Neuf étages, entièrement équipés d'air conditionné. « Je ferai chaque fois un détour pour ne pas voir cette monstruosité », dit papa. Il sera certainement approuvé par Édouard Dhellemmes qui espère toujours obtenir un visa pour pouvoir rentrer en Égypte avec sa femme.

Édouard est allé spécialement à Zurich le mois dernier pour feuilleter le... troisième livre d'or de l'ancien Shepheard's. C'était, paraît-il, la propriété personnelle de Freddy Elwert, directeur de l'hôtel dans les années trente. Il avait emporté cet ouvrage en quittant Le Caire à la veille de la guerre.

22 février 1958

Il n'y a plus d'Égypte, il n'y a plus de Syrie. La République arabe unie est née, et nous sommes tous arabes par décret. « Mabrouk ! » m'a dit le marchand de tapis du Midan Ismaïlia. « Cette union des deux pays doit vous combler, vous les Syriens d'Égypte. » S'il savait... Je constate en tout cas qu'il a remplacé le portrait du sultan Hussein par celui de Nasser.

« S'il savait... » Les dirigeants de Damas, qui n'avaient pas le charme inquiétant de Nasser, ne nous rassuraient nullement. L'Égypte et la Syrie unies, c'était pour nous deux peurs qui s'additionnaient.

Je constate en tout cas que Michel se montrait bien imprudent. Si la police posait des micros et ouvrait les lettres, qui lui aurait interdit d'aller regarder dans un journal intime ? Mon parrain devait être un peu trop dans la lune pour évaluer un tel danger. Ou peut-être, écrivant en français, se sentait-il à l'abri. Comme si son jardin secret ne pouvait être violé par des gens incapables de réciter La Fontaine... Finalement, la police de Nasser semblait moins l'inquiéter que naguère Mlle Guyomard dont les mains fouineuses étaient susceptibles à tout moment de découvrir le cahier caché sous le matelas.

3

Georges Batrakani fut enterré au cimetière grec-catholique du vieux Caire par un bel après-midi d'avril 1958. Il faisait très doux. L'air sentait le printemps, comme pour un mariage. Les bougainvilliers couraient le long de ce jardin en cuvette, planté en son centre de l'immense caveau grillagé des Sednaoui.

Ma grand-mère était encadrée, soutenue, presque portée par Alex et Michel qui la dépassaient d'une tête. Elle n'avait pas assez de ses yeux pour pleurer. Ses deux fils évitaient de la regarder, par pudeur ou par crainte de la contagion... Michel, toujours aussi maigre, paraissait livide. Alex était grave pour une fois, ce qui lui allait mal et le vieillissait.

Je me tenais un peu à l'écart, en haut de la cuvette, observant toutes ces personnes endeuillées. C'était la première fois que je venais au cimetière.

Côte à côte, superbes dans leurs robes noires, Lola et Viviane offraient à l'assistance une nouvelle et troublante version des filles Batrakani. Leurs visages, privés de maquillage, étaient retranchés derrière de grosses lunettes fumées qui les rendaient encore plus désirables.

Paul semblait regarder très loin devant lui. Comme si son avenir n'était plus ici. Depuis quelques mois, il envisageait sérieusement de quitter l'Égypte. La mort de son père l'autorisait en quelque sorte à tourner la page. « Et je te prierai de ne plus jamais venir à la fabrique avec un chapeau sur la tête. C'est insensé ! On n'imagine pas le fils d'Henry Ford rouler en Pontiac ou en Chrysler... » Lors d'un voyage à Berlin, en 1933, Paul avait fait tomber une photo de son portefeuille : un portrait de Georges bey en tarbouche. « Qui est-ce ? » avait demandé l'Allemand qui l'accompagnait. « Non, rien, notre concierge », avait répondu Boulos qui trouvait ce couvre-chef grotesque.

Le Père André officiait d'une voix troublée, un peu distraite. Peut-être pensait-il à ce fameux jour de 1921 où il avait annoncé son intention de devenir jésuite, s'attirant une étonnante réplique : « Une famille comme la nôtre n'est pas faite pour donner des prêtres ; elle est faite pour diriger l'Église. » Il ne pouvait oublier non plus ce cri du cœur, formulé bien plus tard par Georges bey et qui résumait des générations de Syriens : « Tu n'as rien compris, *ya ebni.* C'est précisément parce que nous sommes petits que nous devons paraître grands ! » La première lettre de son père, reçue à Lyon en 1926, était écrite à l'encre verte. Il avait failli s'évanouir de bonheur...

Michel regrettait que, la veille de sa mort, Georges Batrakani n'eût pas convoqué ses six enfants pour leur parler, à la manière du laboureur de La Fontaine. Malheureusement, dans la vie, les choses ne se passent pas toujours comme dans les fables...

Viviane avait passé tout l'après-midi du mercredi au chevet de son père qui n'arrêtait pas de lui sourire en prononçant de temps en temps quelques phrases à peine audibles. Il évoquait, pour la centième fois, la naissance de sa fille en 1922, reprochant à Maguy de ne pas avoir su lui annoncer correctement l'heureux événement.

Bouleversée, Viviane le revoyait débouler dans sa chambre à la maternité de l'hôpital français d'Abbassia, le jour de ma naissance. Le chauffeur suivait, avec une corbeille de roses gigantesque. *« Mabrouk, mille mabrouks... »* Sélim avait été furieux qu'on me prénomme Charles. Il s'était un peu calmé quand le professeur Martin-Bérard l'avait félicité pour ce choix.

Quatre noms étaient gravés sur le caveau. En tête, celui de Linda, mon arrière-grand-mère (1847-1894), première Batrakani de notre lignée à être enterrée en Égypte ; puis, celui d'Élias (1841-1920) qui avait fait construire cette vaste dalle en marbre de Sienne, surmontée d'une colombe ; enfin, ceux de Charles (1909), décédé à la naissance, à qui je devais mon prénom, et de Nando (1870-1934), égorgé comme un mouton...

Édouard Dhellemmes, tenant la main de Mima, regardait fixement le cercueil sur lequel un tarbouche était posé. Il semblait entendre la voix de Georges bey ; « Que voulez-vous, mon cher Édouard, c'est un pays où les gens ont toujours vécu pieds nus et la tête couverte. Ils partent du principe qu'on attrape froid par la tête. Ce qui les autorise, n'est-ce pas, à penser comme des pieds... » Avec mon grand-père, c'était toute une Égypte qui disparaissait, une Égypte douce et tragique, aux traits forcés.

Édouard y était revenu avec Mima dès la réouverture du pays aux citoyens français. Ils avaient trouvé un appartement à Zamalek dans leur ancien immeuble, et le portier les attendait à la porte, les larmes aux yeux. Grâce à mon père, Édouard venait de rouvrir, en plus petit, sa galerie d'antiquités, place de l'Opéra.

« Mon cher Édouard, il y a deux mots que vous devez absolument connaître : le premier est *maalech* qui signifie "ça ne fait rien" ; le second est *bokra* qui veut dire "demain"... » Mais, devant ce cercueil zébré de soleil, qui pouvait dire *maalech* ? Qui pouvait songer à *bokra* ?

Pour cacher son trouble, Sélim regardait les bougainvilliers. Orphelin à l'âge de quatre ans, il l'était une deuxième fois aujourd'hui. « Que pensez-vous de ces millefeuilles ? » lui avait demandé Georges bey lors de leur première entrevue, chez Groppi, en 1944. Et Viviane au téléphone, ce soir-là : « Papa t'a trouvé charmant... »

En traversant le vieux Caire, le cortège funèbre avait essuyé un jet de pierres. Comme pour les obsèques d'un cousin, l'hiver précédent. Cette fois, l'Oldsmobile étincelante de mon père avait été blessée au flanc. Ferait-il remplacer l'aile le lendemain ? Ou en profiterait-il pour changer de voiture et acheter la nouvelle Buick, qui venait d'arriver chez le concessionnaire de General Motors ? Sélim pensa que son beau-père aurait opté pour la deuxième solution. La Buick, il la prendrait rouge, couleur qui n'était plus interdite depuis la Révolution. « Voilà une bonne nouvelle, mes enfants : votre général Naguib, qui nous a tout pris, vient de restituer une liberté essentielle... »

Maguy Touta, les yeux mi-clos, souriait presque en réentendant le refrain de *Valentine*. Elle sentait sur son visage le souffle de cet homme qu'elle avait dans la peau depuis un demi-siècle. Pour la première fois, Maguy ressemblait à une vieille dame. Mais une vieille dame très digne qui s'était juré de ne pas verser une seule larme au cimetière : devant tout ce monde, il appartenait à Yolande seule de pleurer Georges Batrakani. Le matin, les deux sœurs étaient tombées dans les bras l'une de l'autre, sans un mot. Qu'y avait-il à dire ?

Ma grand-mère redoubla de pleurs lorsqu'on retira le tarbouche pour glisser d'abord le cercueil dans le caveau. Ses fils l'entraînèrent doucement vers la sortie. Lola et Viviane prirent la relève, en entourant leur mère de phrases raisonnables et inutiles.

Une petite brise taquinait les bougainvilliers. Le gardien du cimetière faisait mine de refuser les pourboires qu'on lui glissait en passant. Debout près de lui, j'observais ce manège. La vie reprenait son cours. Pour moi, elle ne faisait que commencer

4

Au collège, ces années-là, ma hantise était de croiser le Père André dans les couloirs. Je ne savais alors quelle attitude adopter. En famille, cela ne posait aucun problème : mon oncle prenait lui-même l'initiative de nous embrasser l'un après l'autre, et sa barbe poivre et sel piquait les joues. Mais dans ces couloirs ? Au moindre crissement de ses souliers de crêpe, je me cachais sous terre, fuyant le regard de mes camarades. Le Père André, lui, n'avait pas l'air gêné : il me faisait un geste amical de la main, un léger sourire, et passait son chemin.

Mais, ce mercredi, pour la première fois, André Batrakani ne souriait pas. Aucun professeur ne souriait d'ailleurs. Le collège de la Sainte-Famille, brutalement réquisitionné le 26 janvier 1959, venait de rouvrir ses portes sous la houlette d'un directeur égyptien, nommé par le gouvernement. Ce brave homme, qui s'était installé dans le bureau du Père préfet, n'avait guère rassuré les jésuites en leur déclarant :

– J'aime la culture française. J'ai fait mes études à *la Sorbon*.

Le collège avait été accusé de dispenser « un enseignement incompatible avec les sentiments nationaux des Arabes ». Le délit était matérialisé par plusieurs manuels scolaires, édités à Paris, « glorifiant Israël et propageant l'amour de la France ». Le dénonciateur avait dû accuser les Pères d'être des espions israéliens, puisque des policiers en civil étaient descendus dans les caves à la recherche de postes émetteurs. Naturellement, ils n'avaient rien trouvé.

Après la pose des scellés, les jésuites s'étaient mis à faire l'inventaire, allant jusqu'à compter les petites cuillères. Le Père recteur, un Français, faisait l'objet d'un arrêté d'expulsion. Le nonce apostolique avait finalement réussi à faire annuler cette mesure et lever le séquestre, mais la blessure mettrait du temps à se cicatriser.

*

Le président Nasser arriva au collège dans une Cadillac noire, précédée de six agents en motocyclette. L'ambassadeur de France et le Père recteur, ainsi qu'une grande partie du corps professoral, l'attendaient devant le perron.

Lorsque le *raïs*, entouré des personnalités qui l'accompagnaient, entra dans notre classe de quatrième, les élèves se dressèrent d'un bond. Debout, presque au garde-à-vous, nous osions à peine regarder cet homme imposant, au visage si familier mais auquel il manquait ce matin-là son célèbre sourire.

Le Père Korner descendit de sa chaire pour saluer le président et l'informer que le cours de français portait sur La Fontaine. A voix basse, un inconnu en costume foncé traduisait les propos du jésuite à l'intention du *raïs*. Le Père Korner s'inclina ensuite légèrement, puis se tourna vers la classe en détachant ses mots :

– Michel Batrakani, pouvez-vous...

Mais il se reprit et lança sur le même ton :

– Charles Yared, pouvez-vous réciter à Son Excellence le président de la République *Le Laboureur et ses enfants* ?

Je me levai, prêt à déclamer. Mais Nasser se tourna vers le traducteur et lui lança d'un ton sec :

– Je veux une poésie en arabe.

Debout, les bras ballants, je jetais des regards affolés vers le Père Korner, vers le président, vers l'ambassadeur... Je finis par avouer, d'une voix timide, ne connaître aucune poésie en arabe.

Nasser m'assena un regard foudroyant avant de tourner les talons et de sortir de la classe, suivi des jésuites effarés.

Je me réveillai, en tremblant, le visage inondé de sueur...

*

– Quelle drôle d'histoire ! me dit Michel avec un sourire quand je lui racontai mon rêve.

J'étais d'autant plus troublé que je connaissais, en réalité, deux ou trois poèmes en arabe, étudiés pendant l'année scolaire.

– Tu ne les connais pas vraiment, remarqua mon parrain. Tu sais les réciter, ce n'est pas pareil. Mais il y a pire. Je me souviens de ta tante Lola qui, à treize ou quatorze ans, pour retenir deux lignes en arabe, se les faisait transcrire en français.

Michel lui-même aurait été bien incapable, j'en suis sûr, de réciter un poème entier en arabe. Je l'ai souvent entendu déclamer, en revanche, des strophes entières de poètes égyptiens d'expression française, comme Mohammed Khaïry qu'il avait rencontré jadis dans les salons littéraires d'Amy Kheir ou de Ketty Limongelli :

Ton cœur tremblant, ô narguilé
Quand je bois l'encens de ton âme
Me semble un cœur, un cœur de femme
Qu'un souffle épars aurait troublé.

Ou encore :

Dans l'intense lumière, une ample vision
De palmiers, de bocages, en sites pittoresques,
S'érige au ciel où planent. immense sillon,
Des oiseaux gigantesques

L'arabe, Michel le connaissait suffisamment pour lire *Al Ahram* chaque matin et traiter avec n'importe quel fonctionnaire ou commerçant. Mais pas aussi bien que mon père qui l'avait parlé à la maison pendant toute son enfance, ou qu'André qui s'était replongé, au cours de ses interminables études jésuites, dans les subtilités de la *hamza*, de la *madda* et du *tanwin*.

– Les Syriens d'Égypte sont impardonnables, disait le jésuite. La manière dont beaucoup d'entre eux ont négligé l'arabe est criminelle. J'ai honte d'entendre mes sœurs baragouiner de cette manière avec les domestiques. Quand je pense que ce sont des Syriens qui ont été à la pointe de la renaissance culturelle en Égypte à la fin du siècle dernier ! Notre Khalil Moutran était salué comme le maître incontesté de la poésie arabe contemporaine ! Les frères Takla ont fondé *Al Ahram*. Georges Abyad a créé le théâtre local. Aujourd'hui encore, que serait le théâtre populaire sans un Syrien comme Naguib El Rihani ? Et y aurait-il un cinéma égyptien sans Youssef Chahine ?

L'enseignement de l'arabe avait été renforcé depuis un certain temps au collège, à la demande des familles syriennes qui se rendaient compte que cette langue serait désormais indispensable à leurs enfants. Les coptes et les musulmans n'avaient pas ce souci : leurs enfants connaissant déjà parfaitement l'arabe, ils militaient plutôt pour un développement de l'anglais. Quant aux jésuites, ils défendaient le français.

– Nous ne le défendons pas seulement pour lui-même, expliquait le Père André. Nous le défendons parce que c'est un instrument de formation intellectuelle et d'introduction à d'autres langues. Je me souviens de cette boutade du préfet d'arabe, allant se plaindre au préfet de français : « Mais enfin, mon Père, que font vos professeurs de français ? Nos élèves ne savent plus l'arabe ! »

5

La Suissesse partit pour Saint-Moritz en mars 1959. Paul l'y rejoignit le mois suivant avec les garçons, au moyen d'un visa de tourisme chèrement acquis. Il s'en allait avec deux valises et, pour tout argent, les quelques livres égyptiennes autorisées par la loi. Mais Boulos s'était constitué au fil des ans un capital en Suisse. Il avait pu envoyer à Genève toute une garde-robe et de nombreux meubles de valeur, grâce à un permis d'exportation acheté à un transitaire qui, lui-même, l'avait acheté à un résident italien en partance...

Si le départ de Paul Batrakani n'étonna personne, celui de Jean Yared, le frère de mon père, fit sensation.

– Et où part-il, je t'en prie ?

– Au Canada, chérie.

– Au Canada, mais il est fou ! Il va attraper froid.

Fort de son diplôme de technicien, Jean avait pu obtenir un visa d'immigration : les Canadiens ouvraient volontiers leurs portes aux personnes qualifiées.

Sélim traita son frère d'abruti.

– Qu'est-ce que tu vas faire au bout du monde, dans un pays gelé ? Tu ne tiendras pas deux mois. J'espère au moins que tu as pris un billet aller-retour : c'est moins cher...

Se sentant comme un roi en Égypte, mon père ne comprenait pas tous ces départs. Il était membre du Rotary Club d'Héliopolis et, trois fois par semaine, faisait son bridge au Sporting. Certes, beaucoup de têtes connues avaient disparu ; on ne trouvait plus guère de produits étrangers dans les magasins ; certaines denrées alimentaires étaient même rationnées. Mais la vie restait très douce pour qui avait de l'argent. Et, lui, il n'en avait jamais eu autant. L'affaire florissait, malgré toutes sortes de tracasseries qui ne se réglaient que par des pots-de-vin.

L'union de l'Égypte et de la Syrie avait au moins le mérite de permettre un libre accès à « la province Nord ». Alex Batrakani partit ainsi en famille pour Damas et, de là, n'eut aucun mal à gagner Beyrouth pour s'y installer définitivement.

– C'est l'exode des cerveaux, commentait Sélim gaiement.

Alex ne jurait plus que par le Liban – « le pays de nos pères » – dont le climat de liberté et les bruits de tiroir-caisse l'emballaient. En six mois, il parlait parfaitement arabe à la manière locale, truffant ses phrases de *Chou ?* et de *Wa law !* Lui, au moins, n'était pas repéré à cent mètres par son accent, comme tant d'autres Égyptiens...

Le Père André était en contact avec de nombreuses familles cairotes, par l'intermédiaire du collège et des groupes de foyers. Il désapprouvait cette vague de départs et ne se privait pas de le dire, parlant de démission, voire de désertion. Sa présence aux déjeuners du dimanche créait une grande tension.

– Mais enfin, André, disait Lola, tu ne vois pas que les chrétiens ont de plus en plus de mal à travailler ici ? Même les coptes sont à bout ! Dans la famille de mon mari...

– On est espionné, on n'a plus le droit de parler librement, enchaînait un fils d'Henri Touta. Et, en plus, on n'ose plus montrer sa richesse.

Michel commentait avec un sourire :

– Ni parler ni paraître. On enlève aux Syriens leurs deux plus grands plaisirs dans l'existence...

Mais le jésuite n'avait pas le cœur à plaisanter.

– Le christianisme, disait-il, n'est jamais en danger quand les chrétiens ont moins de privilèges. Au contraire, une Église est forte quand elle est dépouillée.

– Mais enfin, André...

– D'autres chrétiens, dans d'autres pays, souffrent beaucoup plus que nous. Pourquoi ne pas prendre notre part de la souffrance du monde ? En réalité, un siècle de vie facile nous a rendus douillets. Nos ancêtres avaient connu bien pire. Quand je pense à notre grand-mère, Linda, fuyant la mort en 1860 dans les ruelles de Damas éclaboussées de sang... Aujourd'hui, la vie apparaît insupportable dès qu'elle est un peu gênée. On baisse les bras, on cherche à partir, au lieu de lutter.

– Reconnais tout de même que ce n'est pas facile...

– Dans la vie, il y a des saisons. Nous avons connu un long été. Aujourd'hui, c'est l'hiver. Et alors ? Le printemps va arriver...

Sélim hochait la tête. Il approuvait la position du jésuite, tout en étant à mille lieues de ces histoires d'Église, de dépouillement et de saisons... Son beau-père lui manquait.

6

Les deux bergers allemands, enchaînés à leur niche, aboyaient furieusement. Viviane s'approcha de la porte-fenêtre de sa chambre à coucher et écarta le rideau de soie. Elle ne vit qu'une Ramsès noire, garée devant la porte, avec un chauffeur au volant.

– C'est un officier qui demande le *khawaga*, vint lui chuchoter le domestique, visiblement impressionné par l'uniforme, après avoir fait attendre le visiteur dans le hall d'entrée.

L'officier avait gardé ses lunettes fumées. Même lorsqu'il les retira, ma mère mit plusieurs secondes avant de reconnaître Hassan.

Lui ! Comme il avait changé ! Quelle différence avec le *yousbachi* nerveux, humilié par la guerre de Palestine, qui s'était présenté une douzaine d'années plus tôt dans le salon de Garden City ! Ses traits avaient épaissi. Des décorations encombraient sa poitrine. Le neveu de Rachid affichait l'assurance et le sourire suffisant d'un baron du nouveau régime.

– Quelle belle maison ! lança-t-il d'une voix suave. Elle vient d'être construite, j'imagine.

– Qu'est-ce qui nous vaut le plaisir...

– Je viens voir le *khawaga* pour une affaire concernant son travail.

– Mais mon mari n'est pas là. A cette heure-ci, il est au bureau.

Puis elle se rendit compte de l'évidence de sa remarque : pour rencontrer un chef d'entreprise, se rendait-on à son domicile, un mercredi, à dix heures et demie du matin ?

– Quel dommage ! dit le lieutenant-colonel Hassan Sabri. Et moi qui suis venu d'Abbassia...

Ma mère ne put que l'inviter à s'asseoir et commander des boissons au *soffragui*. Avec la ferme intention de ne pas rater son tennis de onze heures à l'Heliopolis Sporting Club.

Gênée par les lunettes noires derrière lesquelles Hassan s'était de nouveau retranché – ces gens-là ne savaient pas vivre – et handicapée par son manque d'aisance en arabe, Viviane s'engagea laborieusement dans un échange de banalités :

– Mon père est mort il y a deux ans.

– Que Dieu lui accorde sa miséricorde !

– Il était dans sa soixante-dix-huitième année...

Une sonnerie de téléphone survint à point pour lui permettre de se libérer.

Comme il avait changé ! Et pourtant... Elle retrouvait le regard noir et l'air combatif de l'enfant en *gallabeya* bleue, venu voir son oncle Rachid à la maison de Choubra. Abou Semsem, la boîte magique.

Ya salam, ya salam
Chouf el forga di kamane...

Elle retrouvait le jeune homme de 1936, au visage taillé en lame de couteau. Il avait sonné, elle avait ouvert. Il portait une chemise blanche, usée au col. Elle en avait rêvé tout un été...

– Quelle belle maison, vraiment ! répéta Hassan quand elle revint dans la pièce.

Viviane crut déceler une certaine ironie dans ses propos. Pour changer de sujet, elle lui demanda ce qu'il devenait.

Hassan montra du doigt ses galons. Il était *bikbachi*, « chargé de missions spéciales ».

Cette ultime précision jeta le trouble dans l'esprit de ma mère. Elle songea aux récents ennuis de Sélim avec le fisc. N'avait-il pas été convoqué le mois précédent au ministère de l'Intérieur pour être questionné, de manière assez désagréable, sur de supposées fuites de capitaux à l'étranger ?

– Bon, je vous quitte, dit l'officier en tendant à Viviane une carte de visite extraite d'un portefeuille en lézard. Que le *khawaga* m'appelle à ce numéro.

Il lui serra la main d'une manière qui la mit mal à l'aise pour le restant de la journée.

7

Cet été 1960 fut celui de la télévision. Pour le huitième anniversaire de la Révolution, des écrans géants avaient été installés dans les lieux publics. Mon père s'était naturellement empressé d'acheter l'un des premiers postes en vente au Caire. Il avait pris le plus grand, le plus cher, celui qui comptait le plus de touches – bien inutiles, à vrai dire, car on captait surtout des grésillements, entrecoupés de discours de Nasser. Le *soffragui* et la bonne étaient fascinés par la boîte à images et paralysés par le regard du président qui semblait s'adresser personnellement à chacun d'eux. Ils se tenaient accroupis devant le poste, des heures entières, en marmottant des prières.

Un programme maigrelet en langue française allait se mettre en place, une à deux heures par jour, avec une chanson fétiche, *Moustapha*, que se disputeraient Bob Azzam et Orlando, le frère de Dalida. Une chanson moitié française moitié arabe, inlassablement fredonnée, avec l'accent égyptien, par tous les élèves des frères, des jésuites, du Sacré-Cœur et de la Mère de Dieu.

Depuis le début de l'année, le vendredi était devenu, dans les écoles privées aussi, jour de congé obligatoire. Alignés tous les matins dans la cour de récréation, nous chantions « *Allah ou Akbar* », après le salut au drapeau, sous l'œil consterné des jésuites. Les plus âgés d'entre nous, en uniforme gris-bleu et guêtres blanches, suivaient un entraînement militaire deux fois par semaine sous la conduite d'un officier : nous chargions et déchargions de vieux fusils italiens, tout huileux, datant d'une autre guerre et apprenions à lancer des grenades dégoupillées au fond de la cour, du côté des pissotières.

Le Père André, accoudé à la fenêtre de sa chambre, au troisième étage, nous observait d'un air pensif, en suçotant une pipe éteinte. Quelques semaines plus tôt, Edmond Touta, moribond, avait failli lui arracher les boutons de la soutane, dans une sorte d'ultime sursaut. Saisissant son neveu par la manche, il s'était dressé sur son lit d'agonie pour lui lancer d'une voix étouffée :

– L'Égypte a dépassé les vingt-trois millions d'habitants. C'est affolant, non ?

La lavallière mauve pendait sur le bras d'un fauteuil... Pauvre oncle Edmond ! Excessif sans doute, extravagant, mais pas si fou que ça, finalement. Son inquiétude ne commençait elle pas à être partagée par de hauts responsables du pays ? Quant à nos familles, elles étaient d'autant plus sensibles à la pression démographique qu'elles se sentaient elles-mêmes moins nombreuses, avec les départs qui se multipliaient.

On fuyait les plages surpeuplées. Il n'était plus question d'aller à Alexandrie en été : Yolande Batrakani avait vendu la villa de Sidi Bishr, tandis que le navire de Sésostris bey, tombé en ruine depuis la mort du propriétaire, était entouré d'immeubles en construction. Même Agami perdait son caractère de paradis pour *happy few*. Le calme, il fallait le chercher beaucoup plus loin : à Marsa Matrouh, par exemple, où Sélim et Viviane avaient loué des chambres à l'hôtel Lido.

Dans cet éden, on se sentait de nouveau entre soi. Les jésuites y avaient une colonie de vacances, et la troupe de scouts catholiques Wadi el Nil, à laquelle j'appartenais, campait dans une palmeraie voisine. Là, on levait les couleurs chaque matin avec beaucoup plus d'entrain qu'au collège.

Enfermée dans cette baie enchanteresse où Rommel avait fait halte pendant la guerre, une mer turquoise s'interdisait la moindre vague. Nos sœurs et nos cousines se pâmaient devant de jeunes athlètes scandinaves, appartenant aux Casques bleus de l'ONU, qui séjournaient en Égypte depuis la « triple et lâche ». Ils avaient parcouru cinq cents kilomètres de désert, à deux sur un scooter, pour venir tremper leurs corps de marbre dans l'eau tiède.

Tous les matins, au petit déjeuner, assis comme un pacha à la terrasse du Lido, Sélim plaignait bruyamment son frère Jean :

– Et dire que cet abruti est allé s'enfermer dans un frigidaire au bout du monde ! Son Canada, qu'il le garde, parole d'honneur ! Je le lui laisse cadeau.

8

Un lundi matin, Viviane prit son courage à deux mains et se rendit au collège des jésuites. Elle était nerveuse, tendue. Dans sa voiture, elle se répétait pour la dixième fois la longue phrase qu'elle avait préparée.

Ma mère redoutait le moment où elle annoncerait la nouvelle à André. Son frère aîné l'avait toujours intimidée. Il n'appartenait pas seulement à un autre monde qu'elle mais à une autre génération. « La génération sultan Hussein », comme disait ironiquement Alex.

On la fit attendre au parloir. Le Père André arriva, au bout de dix minutes, la soutane froufroutante. Il lui piqua les joues – sa barbe sentait le tabac comme toujours – et l'entraîna dans un petit bureau voisin.

– André, je suis venue te dire...

Il la dispensa du reste de la phrase, commentant d'une voix lasse :

– Alors, vous partez ? Vous aussi.

– Sélim est persuadé qu'au Liban...

Elle s'interrompit, se reprit :

– Tu sais, André...

– Je sais.

Ma mère s'attendait à un réquisitoire. Elle n'eut droit qu'à quelques murmures :

– Vois-tu, Viviane, les Syriens d'Égypte se sont trompés. Ils ont cru que la réussite sociale les dispensait d'intégration. Au Liban, ne refaites pas cette erreur : soyez des Libanais à part entière.

A René Abdel Messih et à sa femme, qui étaient venus lui annoncer le mois précédent leur départ pour le Canada, le Père André avait dit de la même façon :

– Soyez des Canadiens à part entière. Et faites pour le mieux avec les enfants. Car vos racines sont ici et l'arbre va pousser là-bas. Attention, ce genre d'arbre peut pousser de manière étrange, ses fruits sont parfois déroutants...

*

Sélim s'était décidé à partir trois mois plus tôt. Une nouvelle visite de Hassan à la villa, en son absence, l'avait convaincu que ce type ne le lâcherait pas. Son enquête sur une vague affaire de pot-de-vin cachait autre chose.

Et puis, même s'il n'en était pas personnellement victime, les premières nationalisations avaient beaucoup inquiété mon père. « Dans notre société arabe et socialiste, il n'y a plus de place pour les millionnaires et les féodaux », déclarait Nasser. Si Georges Batrakani n'avait pas habilement dispersé sa fortune entre ses enfants et mis de côté un peu d'argent en Suisse, où en seraient-ils aujourd'hui ? La presse – nationalisée, elle aussi – publiait les listes « de millionnaires et de féodaux », comme le comte Henri Touta, qui avait vu la police débarquer chez lui quelques minutes à peine après l'annonce des mesures gouvernementales.

On racontait les histoires les plus effrayantes sur la manière dont étaient traités les prisonniers politiques. Au bagne de Tora, tel condamné aux travaux forcés, qui avait eu les jambes brisées sous les coups, devait ramper chaque matin jusqu'à son lieu d'activité. Tel autre était mort sous la torture après avoir été victime de sévices sexuels. D'un médecin que nous connaissions, arrêté pour communisme, on disait :

– Ils lui mettaient un tuyau dans le derrière, ils lui remplissaient le ventre d'eau, puis ils marchaient sur son corps...

Toutes ces histoires, mon père ne voulait pas les entendre jusqu'à l'automne 1960. Mais sa perception des choses avait changé. Il s'était mis à acheter toutes les semaines *La Revue du Liban* et ne se lassait pas d'y parcourir les mondanités illustrées « Président Chamoun » par-ci, « Cheikh Pierre » par-là.. Non seulement les chrétiens libanais jouissaient d'une entière liberté économique et politique, mais ils étaient aux commandes. Le travail ne manquait pas à Beyrouth, et on pouvait y commercer avec les émirats du Golfe. Tous les Égyptiens installés au Liban semblaient enchantés. Même ce jean-foutre d'Alex avait trouvé le moyen d'ouvrir un garage dans la banlieue de Beyrouth. Sa mère, partie lui rendre visite, n'était plus rentrée au Caire... Le Liban apparaissait de plus en plus à Sélim comme la Terre promise.

Viviane, elle, avait surtout été ébranlée par deux départs : celui de Michel, pour la France ; et celui de Salwa, qui était allée rejoindre son mari en poste à l'ambassade de Bonn.

Michel avait perdu ses points de repère depuis un certain temps. Il en était resté aux beaux jours des thés d'anciens au collège, des conférences-débats chez les Essayistes et des soirées littéraires chez Amy Kheir ou Ketti Limongelli. Apprenant, à l'automne 1961, que la statue de Soliman pacha serait retirée de la place qui portait son nom, mon parrain jugea n'avoir plus rien à faire dans ce pays.

Salwa, elle, ne reviendrait pas de sitôt. Comme son mari, elle détestait la nouvelle bourgeoisie militaire qui s'était emparée de tous les postes. Son côté « vieille famille turque » avait resurgi, face à des parvenus qu'elle fréquentait de trop près pour pouvoir les supporter. Même Nasser ne trouvait plus grâce aux yeux de cette musulmane féministe. Son patriotisme était intact, mais elle préférait l'exercer provisoirement loin de la patrie.

Mon père savait qu'il n'obtiendrait jamais un visa de sortie sans le feu vert du dangereux Hassan. Cette histoire le tourmentait de plus en plus. Il en avait des insomnies, accompagnées de douleurs d'estomac. Viviane, elle, faisait des crises de larmes, ce qui n'arrangeait rien. Un soir, vers minuit, n'y tenant plus, elle lui lança :

– Demain, je vais voir Hassan. Je vais lui demander un visa.

– Tu es folle ! Tu veux nous envoyer au diable ? Ce type est un pervers...

Le lendemain, à dix heures, ma mère pénétrait, toute tremblante, dans une caserne d'Abbassia. On la toisa des pieds à la tête, avant de l'introduire dans le bureau du *bikbachi*.

Surpris par cette visite et désireux de se mettre en valeur, Hassan s'agita pendant un bon quart d'heure. Il appelait des subalternes, les engueulait, insultait le planton, hurlait des ordres au téléphone... Finalement, il alluma une cigarette et daigna écouter ma mère.

– Je suis venue vous demander un service...

Sa propre voix la troubla. Elle avait l'impression de se prostituer.

– Nous voudrions aller voir de la famille au Liban cet été...

– Ce n'est pas moi qui délivre les visas, répondit-il sèchement.

– Je sais. Mais j'ai pensé..

Elle se sentait toute nue.

Hassan quitta lentement son siège et fit le tour du bureau pour venir vers elle. Affolée, Viviane se leva brusquement, avec l'intention de courir jusqu'à la porte. Elle se retint de justesse.

Ils étaient face à face, les yeux dans les yeux. Un sourire imperceptible se dessinait sur le visage de l'officier. C'est alors qu'elle lui lança, en criant presque :

– Votre oncle Rachid faisait partie de notre famille. Il me considérait comme sa fille.

Hassan, désarçonné, ne sut que dire. Viviane en profita pour pousser son avantage, demandant d'une voix ferme, presque impatiente :

– Alors, pour ce visa, je peux compter sur vous ?

Elle ne comprit jamais pourquoi Rachid avait surgi au milieu d'eux et pourquoi le *bikbachi* Hassan Sabri s'était incliné si facilement.

9

Dans le hall de l'aéroport, des papiers gras traînaient par terre.

– C'est le monde à l'envers, disait Édouard Dhellemmes d'une voix aussi enjouée que possible. Vous quittez l'Égypte, et moi je reste...

Près de lui, Mima était blanche comme une morte. Le départ de Sélim, venant après celui de Jean, la bouleversait. Son fils s'en allait comme un voleur, laissant l'affaire à un directeur des ventes qui n'attendrait même pas quelques heures pour s'emparer de la caisse ou avertir la police. Mais c'étaient surtout les projets de l'aîné, Roger, qui tourmentaient ma grand-mère : n'envisageait-il pas de s'installer aux États-Unis, quitte à refaire des études pour obtenir une équivalence de son diplôme de médecine ? A quarante-six ans !

Les douaniers de l'aéroport n'avaient pas la réputation d'être tendres. Ils fouillaient systématiquement les voyageurs en partance et ne se privaient pas de vider entièrement leurs valises. Les fraudeurs étaient bons pour la prison. Mes parents, obsédés par ce passage en douane, avaient passé une nuit blanche.

Le Père André était venu nous dire au revoir, accompagné par un chauffeur du collège. Viviane, qui tripotait nerveusement ses lunettes fumées, s'inquiétait pour lui :

– Il n'y aura pratiquement plus de Batrakani en Égypte. Et la plupart des gens que nous connaissons sont partis. Tu vas rester seul...

– Oui, seul, avec vingt-huit millions d'habitants, répondit le jésuite d'une voix amusée.

– Vingt-huit millions ! fit Édouard Dhellemmes en s'épongeant le front avec un mouchoir. C'est affolant, non ?

André et Sélim éclatèrent de rire, en se forçant un peu. Ma mère fondit en larmes.

ÉPILOGUE

Journal de Michel

Châtel-Guyon, 6 mai 1964

Mes séjours ici me sont de plus en plus doux. J'aime à savoir que le sultan Hussein y faisait une cure chaque année, avant l'autre guerre. A Châtel-Guyon, je me sens chez moi. Chacun de nous ne s'est-il pas refait un nid à sa manière ? Étranges parcours de ceux qu'on appelait Syriens en Égypte, qui se font traiter aujourd'hui d'Égyptiens au Liban et qui se présentent comme Libanais en Europe.

Lola elle-même semble s'être stabilisée à Beyrouth. Si l'on peut dire... Je me demande comment André a accueilli l'annonce de son troisième mariage. « Tu vas finir comme ta tante Maguy », lui disait-on jadis. Mais Maguy collectionnait les amants alors que Lola s'applique à épouser ses prétendants

Déjeuner chez Paul et la Suissesse à Genève, dimanche dernier. Sans molokheya, bien entendu. Boulos a mis définitivement une croix sur l'Égypte. Il se refuse même à en parler. Et quand on l'interroge en arabe, il répond en français, avec ce petit accent d'ici auquel je n'arrive pas à m'habituer. La Suissesse, en revanche, est intarissable sur Le Caire, tandis que les enfants n'arrêtent pas de me questionner.

« Au fond, oncle Soltane, m'a lancé le petit dernier, personne ne nous a obligés à quitter l'Égypte. »

Je l'ai regardé, un peu pris de court, avant de répondre : « C'est vrai, habibi, personne ne nous a obligés à quitter l'Égypte, alors que d'autres en ont été expulsés. On a seulement fait en sorte que nous nous poussions nous-mêmes dehors. Et ça, vois-tu, c'est beaucoup plus douloureux qu'un coup de pied au cul ! »

Je ne suis pas sûr qu'il ait bien compris. Étais-je moi-même satisfait de ma réponse ? Les formules lapidaires s'adaptent mal à une histoire en demi-teintes comme la nôtre. Nous n'avons pas été expulsés. Nous ne nous sommes pas poussés dehors. La vérité est entre deux. Nous avons toujours été entre deux : entre deux langues, entre deux cultures, entre deux Églises, entre deux chaises... « Ce n'est pas toujours très confortable, mais nos fesses sont faites ainsi », disait papa. Et pour peu qu'on ait été, comme moi, marginal dans sa propre communauté...

Étant entre deux, nous aurions dû servir de trait d'union. La vérité oblige à dire que nous n'avons pas souvent joué ce rôle, préférant être à part et rester au-dessus de la mêlée.

Pour les funérailles du sultan, nous étions au balcon. « C'est de là qu'on voit le mieux », m'avait dit papa lorsque j'étais monté les rejoindre au bureau. Finalement, nous aurons passé la plus grande partie de notre vie au balcon : à regarder passer les autres... Le balcon donnait de la hauteur mais surtout de la distance ; il empêchait de recevoir des coups et de se salir les mains. C'était un certificat de résidence, un signe d'enracinement : on était chez soi, tandis que d'autres, en bas, venus d'ailleurs, s'aventuraient en terrain inconnu. Je crois que le balcon présentait aussi l'avantage d'être parfaitement ambigu : de là-haut, on pouvait passer aussi bien pour des admirateurs que pour des spectateurs indignés, ou de simples voyeurs. Avons-nous jamais été plus à l'aise que dans l'ambiguïté ?

Non, habibi, personne ne nous a obligés à quitter l'Égypte. Mais l'air y devenait irrespirable. Ce n'était plus la même Égypte. Nous sommes partis de notre propre gré, sur la pointe des pieds, sans tarbouche ni trompette.

Qui aurait imaginé jadis une telle issue ? Rien ne pouvait nous arriver. Rien ne pouvait nous arriver puisque le sultan aimait La Fontaine...

« Nous ne sommes rien », répétait naguère le comte Henri, entre deux exclamations en latin. On ne savait pas très bien si

ce constat le préoccupait ou, au contraire, le soulageait. Papa, lui, résumait la situation de manière plus fine : « Nous ne sommes pas syriens, nous ne sommes pas égyptiens : nous sommes grecs-catholiques. »

André pense que les Syriens n'ont pas fait l'effort de s'intégrer en Égypte. Ce n'est qu'à moitié exact. Pour s'intégrer, il fallait une autorisation. Or, on ne nous a jamais vraiment considérés comme des Égyptiens. Tout juste des égyptianisés...

Mais André, lui, est à part. Il a toujours été entier. Il a beaucoup troublé papa qui, malgré son admiration pour lui, n'arrivait pas à le reconnaître tout à fait comme son fils.

Je soupçonne mon filleul de préparer à Sélim une surprise du même genre, quoique plus profane... On me dit qu'au Liban, Sélim est plus seigneurial que jamais. Ses affaires sont florissantes. Il serait sur le point de décrocher la concession d'une grande marque de voitures allemandes. Sa ressemblance avec papa frappe tout le monde. Dans les milieux égyptiens de Beyrouth, on ne l'appelle plus que « Sélim bey ». Mais son fils aîné le désespère : Charles veut faire une licence de philosophie et ne rêve que de la France. De là qu'on m'accuse de l'avoir détourné des affaires...

A la sortie du cimetière, le jour des funérailles de papa, Charles se tenait près du gardien. Il ne pleurait pas, il nous dévisageait l'un après l'autre. J'ai posé une main sur son épaule, sans rien dire, et nous nous sommes dirigés vers les voitures.

« Pourquoi, m'a-t-il demandé en marchant, cette colombe au-dessus du caveau de la famille ? » Je ne m'étais jamais posé la question. Et j'ignore toujours aujourd'hui quelle fantaisie avait saisi mon grand-père en commandant cette dalle en marbre de Sienne. Une dalle bien plus vaste, en tout cas, que celle des familles voisines. Élias Batrakani avait vu trop grand : sans doute prévoyait-il des places pour plusieurs générations, oubliant notre qualité de nomades.

Ou alors, ce n'était pas une colombe, habibi, mais un pigeon voyageur...

Table

DU MÊME AUTEUR

Les Nouveaux Chrétiens
Seuil, 1975

Le Défi terroriste
Seuil, « L'Histoire immediate », 1979

Le Sémaphore d'Alexandrie
Seuil, 1994
et « Points », n° P236

La Mamelouka
Seuil, 1996
et « Points », n° P404

L'Égypte, passion française
Seuil, 1997
et « Points », n° P638

Les Savants de Bonaparte
Seuil, 1998
et « Points », n° P885

Alexandrie l'Égyptienne
(en collaboration avec Carlos Freire)
Stock, 1998

La Pierre de Rosette
(en collaboration avec Dominique Valbelle)
Seuil, 1999
et « Points », n°1185

Mazag
Seuil, 2000
et « Points », n° P916

Dictionnaire amoureux de l'Égypte
Plon, 2002

Voyages en Égypte
(en collaboration avec Marc Walter
et Sabine Arqué)
Chêne, 2003

Le Grand Voyage de l'Obélisque
Seuil, 2004
et « Points Histoire », n° H360

Fous d'Égypte
(en collaboration avec Pierre Corteggiani,
Jean-Yves Empereur et Florence Quentin)
Bayard, 2005

Bonaparte à la conquête de l'Égypte
Seuil, 2006

L'Égypte d'hier en couleurs
(en collaboration avec Max Karkégi)
Chêne, 2008

IMPRESSION : CPI BRODARD ET TAUPIN À LA FLÈCHE
DÉPÔT LÉGAL : JUIN 2009. N° 99886 (52954)
IMPRIMÉ EN FRANCE

RICHEST OF POOR MEN

The Spirituality of St Francis of Assisi

JOHN R. H. MOORMAN

DARTON, LONGMAN & TODD

First Published in Great Britain in 1977
by Darton, Longman and Todd Ltd
89 Lillie Road, London SW6 1UD

This edition 1982

ISBN 0 232 51562 X

Acknowledgment

The author gratefully acknowledges the permission of the The Franciscan Herald Press to quote passages from *The Writings of St Francis* edited and translated by Placid Hermann and Benen Fahy.

Printed in Great Britain by the Anchor Press Ltd
and bound by Wm Brendon & Son Ltd
both of Tiptree, Essex

RICHEST OF POOR MEN

The Spirituality of St Francis of Assisi

CONTENTS

FOREWORD

In this book no attempt is made to tell the story of the life of St Francis, as this has been done so often. All that is attempted here is to describe certain aspects of his life and his personality and ideals, using mainly the sources written by himself, or by those who actually knew and loved him or who wrote about him shortly after his death. Most of these sources will be found in the *Omnibus of Sources*, edited by Fr Marion Habig, O.F.M. (Chicago, 1973). Earlier translations of most of these documents had been published in previous years, but some of them are now difficult to obtain. I have, in one or two places, slightly altered the English text either for the sake of greater clarity or for some other reason.

The title of this book is taken from a passage in Celano's *First Life* (76) where he calls Francis '*ditissimus pauper*'. This I have translated as 'richest of poor men'.

I wish to express my thanks to Fr Denis Marsh, S.S.F., who very kindly read my manuscript and made some most valuable suggestions.

Durham. 4 October 1976 JOHN R. H. MOORMAN

CHRONOLOGY OF THE LIFE OF SAINT FRANCIS

(N.B. Some of the early dates must be regarded as conjectural)

1182	Francis born in Assisi. Son of Peter Bernardone and his wife, Pica. Baptised John, but nicknamed Francesco by his father.
1202	Francis taken prisoner in war against Perugia and spends a year in prison. This followed by serious illness.
1204	Sets out to fight in Apulia on behalf of the Pope; but sees vision at Spoleto and returns home.
1206	Undergoes what is known as his 'conversion'. Receives a message from the crucifix in church of San Damiano. Gives everything back to his father. Rebuilds church and lives with the lepers.
1208	Hears Gospel read in the church of St Mary of the Angels, or the Portiuncula, and sets out as itinerant preacher of penitence.
1208-9	Joined by first disciples.
1209	Writes Primitive Rule which he takes to Rome and receives the blessing of Pope Innocent III. This followed by preaching missions in Italy.

1212	Reception of St Clare at the Portiuncula.
1214-15	Journey to Spain.
1217	General Chapter of friars held in Assisi. Missions planned to Germany and other countries. Provinces set up and ministers appointed.
1219	Francis goes to Egypt and pays his visit to the Soldan.
1220	Francis returns to Italy and finds tension among the friars. Resigns leadership of the Order.
1221	Writes Rules for the friars and for members of the Third Order.
1223	Composes Second Rule in order to meet the needs of those who want some relaxations in the life of the friars. Midnight Mass at Greccio.
1224	Francis, on La Verna, receives Stigmata.
1225	Stays for a time at San Damiano and writes '*Canticle of the Sun*'.
1226	Suffers much from sickness and blindness. Crude attempts to cure him are of no avail. Is taken to Assisi, first to the house of the Bishop and then on to the Portiuncula. Dies there on 3 October.
1228	Canonisation of St Francis.
1230	Translation of his body to new basilica.

REFERENCES

W.	*The Writings of St Francis of Assisi*, translated by Benen Fahy (London, 1963)
S. P.	*Speculum Perfectionis*, known in English as *The Mirror of Perfection*. See *St Francis of Assisi: his Life and Writings as recorded by his Contemporaries*, translated by Leo Sherley-Price (London, 1959)
3 Soc.	*Legenda Trium Sociorum*, known as *The Legend of the Three Companions*. English translation by Nesta de Robeck in *Saint Francis of Assisi: Omnibus of Sources*, ed. Marion A. Habig (Chicago, 1973)
1 Cel.	*The First Life of St Francis by Thomas of Celano*, translated by Placid Hermann (ibid.)
2 Cel.	*The Second Life of St Francis by Thomas of Celano*, translated by Placid Hermann (ibid.)
Bon.	*Major Life of St Francis*, translated by Benen Fahy (ibid.)
L. F.	*The Little Flowers of St Francis*, translated by Thomas Okey (several editions)
N. F.	*A New Fioretti: a Collection of early stories about St Francis of Assisi hitherto untranslated*, edited and translated by John R. H. Moorman (London, 1946)

1. FRANCIS

St Francis is a much-loved figure; but he was, in fact, a very terrifying person. This is due to the fact that he set himself to achieve an ideal which demanded immense courage and determination; and he could be very severe with anyone who tried to persuade him to take a rather smoother path. His ideal was to be 'conformed in every act with that of our Blessed Lord', which meant that he took every recorded word of Christ at its face value, and set himself to obey every command, however great the cost. His early biographer, Thomas of Celano, says that 'he set out upon the way of total perfection'; and so far did he get along that rugged road that Ernest Renan, the French historian, could describe him as 'after Jesus, the only perfect Christian'.

Francis set out alone and single-handed on his particular way of discipleship; but, after a few years, he was joined by others who admired what he was doing, and felt that they wished to do likewise. From then onwards the little band of itinerant preachers, living in total poverty and simplicity, dependent for their very existence on the charity of their fellow-men, grew so rapidly that, by the death of St Francis, some eighteen years later, the Order contained several thousand friars scattered over most countries of Europe. In this rapid growth lay the seeds of division, for it was impossible to ensure that the high standards which Francis and his first disciples had accepted, and which they were prepared to fight and to suffer for, were always maintained. Francis did his best, in the early years, to examine every aspirant; and he had no hesitation in refusing men who, he thought, would not be able to stand the strain. He was also ruthless in reprimanding any brother who failed in any way to conform to his ideals. Celano tells us of a brother who

> went in the winter to a certain nunnery on an errand of sympathy, not knowing the saint's strong will about not going on such visits. After the fact had become known to the saint, he made the brother walk several miles naked in the cold and deep snow. (*2 Cel.* 206)

Many similar stories have been recorded as Francis fought desperately for his ideal.

Francis knew that to live a life based on absolute obedience to every word of Christ would lead to great hardship and suffering and might easily end in an early and painful death. This was the price which he was prepared to pay. He could do this only because of his deep faith and his habit of continuous prayer. How he combined the practice of the presence of God with unflagging activity in caring for the souls of men is the secret of what might be called his 'spirituality'.

2. FRANCIS AND GOD

The Father

There must have been very few moments in the life of St Francis, especially after what is called his 'conversion', when he was not thinking about God. Every detail of his daily life demanded divine guidance and approval. Often he would become rapt or in ecstasy, when he would be quite unaware of what was happening around him, as if he were literally in some other place. Celano writes of him as being 'often suspended in such sweetness of contemplation that, caught up out of himself, he could not reveal what he had experienced because it went beyond all human comprehension'; and he goes on to tell a story of how Francis was once riding on an ass to a certain leper-house by a route which would take him through the city of Borgo San Sepolcro. He goes on:

> From all sides men and women came to see him, wanting to touch him out of devotion to him. What then? They touched him and pulled him about and cut off little pieces of his tunic to keep. The man seemed insensible to all these things, and paid no attention to the things that happened, as though he were a lifeless corpse. At length they came to the place and, though they had long left the city behind, that contemplator of heavenly things, as though returning to himself from

> some other place, solicitously enquired when they would come to the city. (*2 Cel.* 98)

Francis was, in a sense, perpetually in and out of heaven. At times he was completely absorbed in what he was doing on earth, whether it were preaching, or tending the lepers, or giving advice to his brethren; and then, perhaps without much warning, he would drift into contemplation of heavenly things and become completely lost to the things of this world. Celano tells us that, towards the end of his life, Francis appointed certain of the brothers to take charge of him so that he might 'direct his attention more fully to God, and, in frequent ecstasy, wander about and enter the workshops of the blessed mansions of heaven and present himself with an abundance of grace on high before the most kind and serene Lord of all things'. (*1 Cel.* 102) After such expeditions Celano says that 'he seemed like a new man, one from another world' (*1 Cel.* 82); and shows how the long hours spent in the presence of God led him to a kind of 'divine familiarity'. (*1 Cel.* 91)

Francis felt all the time the rival claims of a life given entirely to contemplation and a life given to preaching and the service of mankind. So great was his love of God, and his desire to live permanently in the 'workshops of the blessed', that he was very seriously drawn, on several occasions, to abandon his preaching and practical ministry and retire to a life of continuous meditation and intercession. The problem caused him so much distress and anxiety that, at an early stage in his ministry, he discussed it with his friends.

> 'Which do you think is better,' he said, 'that I should devote all my time to prayer, or that I should go about preaching? I am a poor and worthless religious. I have no education and I am inexperienced in speaking; I have received the gift of prayer rather than that of

> preaching . . . Prayer helps to purify the desires of the heart and unites a person to the one, true and supreme Good, while giving an increase in virtue. The labour of preaching allows dust to enter into the soul and involves a lot of distraction and relaxation of religious discipline. In prayer we talk to God and listen to him and live a life worthy of the angels, with the angels for our companions. When preaching we have to descend to the level of human beings and live among them as one of them, thinking and seeing and hearing and speaking about human affairs.' (*Bon. xii*, 1)

Francis felt too humble to try to solve this problem by himself, so he decided to send Masseo to two people whose judgement he greatly respected – Clare and Sylvester. Masseo saw each one separately, and each gave the same reply. When Masseo returned, Francis

> received him with great charity: he washed his feet and prepared a meal for him. And after he had eaten, St Francis called Brother Masseo into the woods. And there he knelt down before Brother Masseo, and baring his head and crossing his arms, St Francis asked him: 'What does my Lord, Jesus Christ, order me to do?' Brother Masseo replied that Christ had answered both Brother Sylvester and Sister Clare and her companion and revealed that 'He wants you to go about the world preaching, because God did not call you for yourself alone but also for the salvation of others'. And then the hand of the Lord came over St Francis. As soon as he heard this answer and thereby knew the will of Christ, he got to his feet all aflame with divine power and said to Brother Masseo with great fervour: 'So, let us go, in the name of the Lord'. (*L.F.* 16)

Francis, therefore, lived a kind of dual life in which the 'middle wall of partition' between earth and heaven was very flimsy and fragile. For long periods he would retire to some lonely place – an island, or a lake, or a secluded cave, and eventually the rocky summit of La Verna – to spend the time alone with God in prayer and contemplation. Then he would return to a life of great activity, journeys all over Italy and into Spain, Egypt, and the Holy Land, preaching wherever he went, tending the sick and the leprous, guiding his brotherhood in all its difficulties and uncertainties, writing the Rule by which they were to live. But it would be a mistake to think that these two aspects of his life were separated from each other. In the midst of all this activity, carried out in the rigours of travelling everywhere on foot, begging his food, sometimes being mocked and ill-treated as a madman, often in dire sickness, Francis was never far from the mansions of the blessed and from the presence of the God whom he loved so dearly and whose love he so greatly cherished.

> The moment he heard the love of God being mentioned [wrote Bonaventura], he was aroused immediately and so deeply moved and inflamed that it seemed as if the deepest chord in his heart had been plucked by his words. He used to say that to offer the love of God in exchange for alms was generosity worthy of a nobleman, and that anyone who thought less of it than money was a fool. The incalculable worth of divine love was the only thing that could win the kingdom of heaven. He used to say: 'Greatly to be loved is his love who loved us so greatly'. (*Bon.* ix, 1)

So important to St Francis was this love of God that he wrote it into the early Rule of 1221 in these words:

> In that love which is God, I entreat all my friars, ministers and subjects, to put away every attachment, all care and solicitude, and serve, love, honour and

adore our Lord and God with a pure heart and mind. This is what he seeks above all else. We should make a dwelling-place within ourselves where he can stay, he who is the Lord God Almighty, Father, Son and Holy Spirit. (*W.* 48–9)

In response to God's love man must show, in every possible way, his love for God. Again in the Rule of 1221 (unfortunately omitted in the formal and official Rule) he wrote:

> With all our hearts and all our souls, all our minds and all our strength, all our power and all our understanding, with every faculty and every effort, with every affection and all our emotions, with every wish and desire, we should love our Lord and God who has given and gives us everything, body and soul and all our life. It was he who created and redeemed us, and of his mercy alone he will save us; wretched and pitiable as we are, ungrateful and evil, rotten through and through, he has provided us with every good and does not cease to provide for us.
>
> We should wish for nothing else and have no other desire; we should find no pleasure or delight in anything except in our Creator, Redeemer and Saviour; he alone is true God, who is perfect good, all good, every good, the true and supreme good, and he alone is good, loving and gentle, kind and understanding; he alone is holy, just, true and right; he alone is kind, innocent, pure, and from him, through him, and in him is all pardon, all grace, and all glory for the penitent, the just and the blessed who rejoice in heaven.
>
> Nothing, then, must be kept back, nothing separate us from him, nothing come between us and him. At all times and seasons, in every country and place, every day and all day, we must have a true and humble

> faith, and keep him in our hearts, where we must love, honour, adore, serve, praise and bless, glory and acclaim, magnify and thank, the most high, supreme and eternal God, Three and One, Father, Son and Holy Spirit, Creator of all and Saviour of those who believe in him, who hope in him, and who love him; without beginning and without end, he is unchangeable, invisible, indescribable and ineffable, incomprehensible, unfathomable, blessed and worthy of all praise, glorious, exalted, sublime, most high, kind, lovable, delightful and utterly desirable beyond all else, for ever and ever. (*W*. 51–2)

One of the things which helped Francis to feel the closeness of God was his ability to see God in all that was lovely or majestic.

> In everything beautiful [wrote Bonaventura] he saw him who is beauty itself, and he followed his Beloved everywhere by his likeness imprinted on creation. (*Bon*.ix,1)

Just as Francis wanted, above all things, to give praise to God, so he called on all God's created things to join in this praise.

Much has been written about the great 'Canticle of the Sun' which Francis wrote towards the end of his life when he was lying, blind and in great suffering, both physical and mental, in a little hut in the garden of the Poor Clares at San Damiano just outside Assisi. No one can say for certain whether Francis was calling upon man to praise God for all his creation, or whether he was exhorting all the creatures to give praise to God. The Italian word *per* which he uses is ambiguous, as it can mean either 'for' or 'by'. Whichever way we take it, the Canticle is intended to draw together all creation in the ceaseless praise which must ascend, at all times, from earth to heaven.

Most High, Almighty, good Lord,
Thine be the praise, the glory, the honour
and all blessing.
To thee alone, Most High, are they due,
And no man is worthy to speak thy Name. (*S.P.* 120)

He then calls upon Sun, Moon and Stars, and the four elements of Earth, Air, Fire and Water, to join in this praise. It is perhaps curious that, apart from a vague reference to 'all thy creatures', everything which he invokes is inanimate. There is no call to animals, birds, flowers, or even men (except in the penultimate stanza which was added later). Francis is really concerned here with the universe and the elements of which it is composed. What he is trying to do is to emphasise the grandeur and the wonder of God himself. If sun, moon and stars, shining around us, are objects of awe and reverence, how much greater must be the glory of the Lord which shines around his children.

Francis's intense interest in the living things of creation comes out elsewhere in his writings and in the story of his life. That Francis was a great lover of all created things (not only those most attractive to man) is well known; but in order to understand Francis's attitude to nature we need to see that this was founded upon two conceptions – one, that anything created by God should remind us of God because it belonged to him; the other, that certain things were worthy of our special love and reverence because they symbolised aspects of the nature and activity of God.

Francis saw everything created by God as part of his craftmanship and as one of his possessions. There are, as we know, many very charming stories of his love for the creatures by which he was surrounded – animals and birds, flowers and trees – and it is this aspect of his personality which has proved so attractive to men and women of this century. But it is easy to get this out of proportion. Francis certainly preached to the birds on several occasions; but this was to him of far less importance than his preaching to men to save them from their sins. Francis rescued lambs from the slaughter; but it was far more important to him to rescue lepers from rotting to death uncared for by their fellow-men. Francis calmed and tamed the savage wolf of Gubbio; but he was much more concerned to tame and pacify the backbiting and quarrelsome men and women in the Italian cities through which he passed.

But although we must be careful not to be led away into thinking that Francis was primarily a nature-lover, a suitable patron saint of animal welfare societies and pets' services, we know that he had a great devotion for all living things, and a great tenderness towards them just because they were made by God and belonged to him. 'We who were with him', wrote one of the friars, 'have seen him take inward and outward delight in almost every creature; and when he handled or looked at them his spirit seemed to be in heaven rather than on earth.' (*S.P.* 118). 'Every creature', Francis once said, 'proclaims "God made me for your sake, O man".' (ibid.)

This feeling of close affinity with nature moved Francis to great tenderness. He loved to rescue creatures which would otherwise have been put to death; he made friends with falcons and cicadas; he sang duets with a nightingale; he fondled hares, pheasants and waterfowl. In some strange way Francis, like many other saints before him, was able to create a relationship with an animal founded on mutual trust and affection. The same sort of affinity was felt for trees, which he hated to see felled, and for fire, which he would never willingly put out.

It is not surprising [says the *Mirror of Perfection*] that

fire and other creatures sometimes obeyed and revered him, for we who were with him often saw how much he loved them, and what pleasure he took in them. Indeed, his spirit was stirred by such love and compassion for them that he would not allow them to be treated without respect. He used to speak to them as if they were rational creatures with such inward and outward joy that at times he was rapt in ecstasy. (*S.P.* 115)

The other important thing to realise about St Francis's contact with nature is that he saw so many things as symbols of God. He always walked very tenderly over rocks because they reminded him of 'that rock which was Christ'. He had a particular affection for lambs because they symbolised the Lamb of God, the Christ. Trees were symbols of the cross, lights represented the Light of the World, flowers were connected with the lilies and roses of the Song of Songs, worms had to be picked up and taken to safety because the Psalmist called himself 'a worm and no man'. Thus everything in the natural world led Francis's mind and heart to God.

Living almost entirely in the open air, surrounded all the time by the works of God in nature, stimulated to ecstasy by the sight of a living creature or by some inanimate object which reminded him of its Creator, Francis was at all times very close to the heavenly places. The indescribable glory of God and the depth of his love and goodness were ever present in his mind, calling upon him and all men to give praise and thanksgiving.

After the awe-inspiring events on La Verna in 1224, when Francis received the wounds of Christ in his own body, his close friend, Brother Leo, who was at the time suffering from great sadness, hoped very much that the saint would write something encouraging for him. He did not dare to ask Francis to do this; but Francis sensed his need and said: 'Bring me some parchment and ink for I want to write down the words of the Lord and his praises which I have meditated upon in my heart'. This is what Francis wrote:

> Thou art holy, Lord God, who alone workest wonders. Thou art strong. Thou art great. Thou art most high. Thou art the almighty King, Thou, holy Father, King of heaven and earth. Thou art the Lord God, Triune and One; all good. Thou art good, all good, highest good, Lord God living and true. Thou art charity, love. Thou art wisdom. Thou art humility. Thou art patience. Thou art security. Thou art quietude. Thou art joy and gladness. Thou art justice and temperance. Thou art all riches to sufficiency. Thou art beauty. Thou art meekness. Thou art protector. Thou art guardian and defender. Thou art strength. Thou art refreshment. Thou art our hope. Thou art our faith. Thou art our great sweetness. Thou art our eternal life, great and admirable Lord, God Almighty, merciful Saviour. (*Writings of St Francis,* ed. Paschal Robinson, 148–9)

Leo kept this scrap of parchment until his death. It can now be seen, just as Francis wrote it, in the great church in Assisi.

The Son

To God the Father endless praise should be offered. It is he who has made us and the universe in which we live. It is he who loves us with a love past all understanding, and who demands our love in return. This was basic to Francis's spiritual life.

His relationship with Christ, the Son, was more intimate and more personal. 'No man has seen God at any time'; but a number of people saw Jesus of Nazareth and reported on his words and works, so that it is possible to form a mental picture of what he was like. To Francis, the Son was adorable because he had shared our nature, had been one of us, because he had been 'tempted like as we are', because he had 'emptied himself and had taken the form of a servant, humbling himself and being obedient even unto death, the death of the cross'. As Francis wrote in his 'Letter to all the Faithful':

> How glorious, how holy and wonderful it is to have a Father in heaven. How holy it is, how beautiful and lovable to have in heaven a Bridegroom. How holy and beloved, how pleasing and lowly, how peaceful, delightful, lovable and desirable above all things it is to have a Brother like this, who laid down his life for his sheep. (*W.* 96)

Francis read the Gospels with great fervour and diligence. Everything that Jesus said or did was of the utmost importance to him since he wished to follow and obey him in every detail. Christ was his exemplar and model; and he wanted to live as he imagined Jesus had lived and do the things that Jesus did. He wanted to be despised and reviled; he wanted to have nowhere to lay his head; he would like to have been crucified, for he wanted above all things to lay down his life for Christ and his fellow-men.

What are sometimes known as the 'hard sayings' of Christ presented no problem to him. Jesus is reported to have said that it was a blessing to be poor and hungry, that it was better to weep than to laugh, and that it was a good thing when people hate you and exclude you from their company. When we read these words we realise, perhaps with some shame, that these are not the sort of things which we normally regard as desirable. We may not be money-grubbers, but we like to have enough to live on. We may not be gluttons, but we want enough to eat. We may not be hedonists, but we want to enjoy life and be happy. We may not be sycophants, but we like the respect and esteem of our neighbours. Not so St Francis. To him poverty was an ideal to be sought at all costs; hunger was an offering to God; he wept so much that he went blind; he knew that when he was rejected and reviled he was being true to his profession. So it was with everything that Christ said. If he was reported as telling people to renounce everything that they possessed, to give to anyone that begged from them, to take no thought for the morrow, and to take up the cross and follow him, then Francis regarded these as his marching orders, to be obeyed literally and without argument or compromise. 'Obey the voice of the Son of God,' he wrote in a letter to the friars; 'keep his commandments whole-heartedly and practise his counsels with all your minds.' (*W.* 104)

Francis lived with the image of Jesus always before his eyes and the words of Jesus always in his ears.

> No human tongue [wrote Bonaventura] could describe the passionate love with which Francis burned for Christ, his Spouse. He seemed to be completely absorbed by the fire of divine love like a glowing coal. . . The memory of Christ Jesus crucified was ever present in the depths of his heart like a bundle of myrrh, and he longed to be wholly transformed into him by the fire of love. . . He loved Christ so fervently, and Christ returned his love so intimately, that he seemed to have his Saviour before his eyes continually, as he once privately admitted to his companions. (*Bon.* ix, 1–2)

So Francis walked with Christ, watching his every move and listening to his every word. 'Surely he was the most Christlike of men,' wrote Bonaventura; 'his only desire was to be like Christ and to imitate him perfectly.'

But if, to Francis, Christ was the perfect example of how a man should live, he was also the incarnate Son of God, the Word made Flesh, an object of adoration and praise.

> To all the friars, so reverend, so well-beloved, [he wrote] Brother Francis, the least of your servants, worthless and sinful, sends greetings in him who redeemed and cleansed us in his most precious blood. At the sound of his name you should fall to the ground and adore him with fear and reverence, the Lord Jesus Christ, Son of the Most High, is his name, and he is blessed for ever. Amen. (*W*. 103–4)

Just as, with thoughts of God the Father, Francis was liable to be carried away into the rapture of contemplation, so it was with the name of Jesus.

> When he pronounced the word 'Jesus' [says Bonaventura] or heard someone say it, he was filled with joy and he seemed to be completely transformed, as if he had suddenly tasted something marvellous or caught the strain of a beautiful harmony. (*Bon*. x, 6)

An example of this occurred at the celebration of the Nativity at Greccio in 1223, when Francis preached to the people and

> spoke charming words concerning the nativity of the poor King and the little town of Bethlehem. Frequently too, when he wished to call Christ 'Jesus' he would call him simply the 'Child of Bethlehem', aglow with overflowing love for him; and speaking the word 'Bethlehem', his voice was more like the bleating of a sheep. His mouth was filled more with sweet affection than with words. Besides, when he spoke the name

> 'Child of Bethlehem' or 'Jesus' his tongue licked his lips, as it were, relishing and savouring with pleased palate the sweetness of the words. (*1 Cel.* 86)

Just because Francis lived so close to Jesus it is, perhaps, surprising to learn that there were times when the Master seemed far away and unapproachable. This was, no doubt, due to Francis's humility and sense of unworthiness. He felt himself continually surrounded by, and in conflict with, hosts of devils who tried to come between him and Christ and undermine his confidence. So it was that, after a long period of diabolic persecution in a little chapel on La Verna, Francis

> came out of the church and entered into a forest that was nearby. And there he gave himself to prayer. And praying and weeping and beating his breast, he sought Jesus Christ, the spouse and delight of his soul. And at last he found him in the secret depths of his heart. And he spoke to him reverently as to his Lord. Then he answered him as his Judge. Next he entreated him as a father. Then he talked with him as with a friend. (First Consideration on the Stigmata)

The words 'at last' are significant. Nothing in Francis's life was easy. Even contact with his beloved Jesus was sometimes to be made only by great perseverance and determination.

Francis had no doubt that, not only at crucial moments in his life but also in his day-to-day movements, Christ was leading him, talking to him, telling him what to do. The first great event of this kind was when, at Spoleto, he was told to abandon his knightly journey to Apulia, and the second when the crucifix spoke to him in the little ruined church of San Damiano.

While he was walking near the church, an inner voice

> bade him go in and pray. He obeyed; and kneeling before an image of the crucified Saviour, he began to pray most devoutly. A tender, compassionate voice then spoke to him: 'Francis, do you not see that my house is falling into ruin? Go and repair it for me'. Trembling and amazed Francis replied: 'Gladly I will do so, Lord'. He had understood that the Lord was speaking of that very church which, on account of its age, was indeed falling into ruin. (*3 Soc.* 13)

It was not long, of course, before Francis realised that when Christ spoke of 'repairing the church' he was not talking about San Damiano or any other building, but of the whole Church which was sorely in need of renewal. But he never had the slightest doubt that, through the picture of the crucified Saviour, painted on a wooden cross, Christ himself had spoken to him and directed his footsteps. Shortly afterwards, in the church of St Mary of the Little Portion, when he still felt uncertain as to how he was to set about repairing Christ's Church, the Lord spoke to him through the reading of the Gospel. It was the feast of St Matthias and the Gospel for the day told how Christ sent out his disciples to preach.

> Francis, hearing that the disciples of Christ should not possess gold or silver or money, nor carry along the way scrip, or wallet, or bread, or a staff; that they should not have shoes, or two tunics; but that they should preach the Kingdom of God and penance, immediately cried out exultingly: 'This is what I wish; this is what I seek; this is what I long to do with all my heart'. Then the holy father, overflowing with joy, hastened to fulfil that salutary word he had heard, nor did he suffer any delay to intervene before beginning devoutly to perform what he had heard. (*1 Cel.* 22)

And so it was all through his life. Sometimes the

message came through the reading of Scripture; sometimes a voice was heard, sometimes a thought came into his mind. But, whatever the means, Francis had not the slightest doubt that Christ was constantly speaking to him, encouraging him, giving him the power to fulfil all that he had set himself to do in his life of total and uncompromising obedience.

> Christ [writes Bonaventura], the Power of God and the Wisdom of God, whom the Spirit of God had anointed, was with his servant Francis in everything that he did, lending him eloquence in preaching sound doctrine and glorifying him by the extraordinary power of his miracles. (*Bon.* xii, 7)

Francis was, naturally, immensely moved by the events which surrounded the birth and the death of Jesus. He meditated at length on the scene of the Nativity, which reminded him both of the humility of the Son of God, leaving the courts of heaven for the hardships, sorrows, and sufferings of human life, and also of the poverty into which he was born in the dirt, darkness and discomfort of the stable.

> The birthday of the Child Jesus [writes Celano] Francis observed with inexpressible eagerness over all other feasts, saying that it was the feast of feasts, on which God, having become a tiny infant, clung to human breasts. Pictures of those infant members he kissed with thoughts filled with yearning, and his compassion for the Child flooded his heart and made him stammer words of sweetness after the manner of infants. His name was like honey and the honeycomb in Francis's mouth. When the question arose about eating meat that day, since that Christmas day was a Friday, he replied, saying to Brother Morico: 'You sin, brother, calling the day on which the Child was

born to us a day of fast. It is my wish', he said, 'that even the walls should eat meat on such a day, and if they cannot, they should be smeared with meat on the outside'. On this day Francis wanted the poor and the hungry to be filled by the rich, and more than the usual amount of grain and hay given to the oxen and asses. (*1 Cel.* 199–200)

The story of how Francis celebrated Christmas at Greccio is well known. Anxious to teach people, not so much by word as by action, about the circumstances of Christ's birth, he got a friend to prepare a stable like the one at Bethlehem in which a Mass could be said in honour of the Christ Child.

> If you want us to celebrate the present feast of our Lord at Greccio [he said] go with haste and diligently prepare what I tell you. For I wish to do something that will recall to memory the little Child who was born in Bethlehem and set before our bodily eyes in some way the inconveniences of his infant needs, how he lay in a manger, how, with an ox and an ass standing by, he lay upon the hay where he had been placed. (*1 Cel.* 84)

Large numbers of friars arrived and joined with the peasants of the neighbouring country in this midnight Mass, where 'simplicity was honoured, poverty was exalted, humility was commended, and Greccio was made, as it were, a new Bethlehem'. This dramatisation of the meaning of the incarnation was just the sort of thing which gave Francis immense pleasure. No wonder Celano can tell us that 'the saint of God stood before the manger, uttering sighs, overcome with love, and filled with a wonderful happiness'. (*1 Cel.* 85) It was, as we should expect, the fact that Christ had chosen to be born in poverty which appealed most to St Francis. As he wrote in his 'Letter to all the Faithful':

> Our Lord Jesus Christ is the glorious Word of the Father, so holy and exalted, whose coming the Father made known by St Gabriel the Archangel to the glorious and blessed Virgin Mary, in whose womb he took on our weak human nature. He was rich beyond measure and yet he and his holy Mother chose poverty. (*W.* 93)

Meditation upon the circumstances of Christ's birth was naturally mingled with Francis's devotion to the obedience and love of the Virgin Mary.

> Toward the Mother of Jesus [we are told] he was filled with an inexpressible love because it was she who made the Lord of Majesty our brother. He sang special Praises to her, poured out prayers to her, offered her his affections, so many and so great that the tongue of man cannot recount them. (*2 Cel.* 198)

The 'special Praises' which Celano mentions are known as the 'Salutation of the Blessed Virgin' and have survived as one of the authentic works of the saint.

> Hail, holy Lady, most holy Queen, Mary, Mother of God, ever Virgin; chosen by the most holy Father in heaven, consecrated by him, with his most holy, beloved Son and the Holy Spirit, the Comforter. On you descended, and in you still remains, all the fulness of grace and every good. Hail, his palace; hail, his tabernacle; hail, his robe; hail, his Handmaid; hail, his Mother; and hail, all holy virtues, who, by the grace and inspiration of the Holy Spirit, are poured into the hearts of the faithful, so that, faithless no longer, they may be made servants of God through you. (*W.* 135–6)

The humility, simplicity and obedience of the Virgin was a source of endless admiration in Francis's heart.

> He embraced the Mother of our Lord Jesus [wrote St Bonaventura] with indescribable love because, as he said, it was she who made the Lord of Majesty our brother, and through her we found mercy. After Christ, he put all his trust in her and took her as his patroness for himself and his friars. In her honour he fasted every year from the feast of Saints Peter and Paul until the Assumption. (*Bon.* ix, 3)

But, over and over again, he was moved by the thought of her poverty. Francis was convinced (though it is a little difficult to know on what evidence) that the Holy Family were desperately poor, and, on this account, to be greatly honoured.

> Once during a meal a certain brother remarked that the Blessed Virgin was so poor that she had hardly anything to set before her Son our Lord. On hearing this, Francis sighed, deeply moved, and, leaving the table, he ate his bread sitting upon the floor. (*3 Soc.* 15)

Francis realised that the life of Christ, from his birth at Bethlehem onwards, was surrounded by danger and suffering; and he wished, so far as it was possible, to share in these sorrows and hardships. He would never accept a life of even the most modest ease and comfort knowing that 'the Son of Man had not where to lay his head'. He would be ashamed to look for respect and security when his Master had been 'despised and rejected of men'. He would think himself totally unworthy of his calling if he did not long for martyrdom when his Lord had 'set his face to go to Jerusalem', knowing full well what would happen to him there.

Francis wanted to imitate Christ in all things, especially in laying down his life for his friends. The desire for martyrdom was with him all through his life as the fitting climax to a ministry of total self-offering. The sense of commitment and of urgency runs all through the narratives. 'Burning intensely with the desire for holy martyrdom', we are told, Francis set out to go to Syria to preach the Christian faith to the Saracens. 'He was', we are told, 'carried along by so great a desire that, at times, he left behind his companion on the trip and hurried to accomplish his purpose, drunk as it were in spirit.' (*1 Cel.* 55–6) To give his life, 'to offer himself to God as a living victim by the sword of martyrdom' would be his way of 'repaying Christ for his love in dying for us and inspiring others to love God', (*Bon.* ix, 5) It was only through suffering that he could be fully 'transformed into Christ'.

It was, then, the passion of Christ which formed the basis of Francis's thought. This began on the day when the painted figure of Christ on the cross spoke to him in the church of San Damiano, and it continued for the whole of his life.

> From that hour [say the Three Companions] his heart was stricken and wounded with melting love and compassion for the passion of Christ; and, for the rest of his life, he carried in it the wounds of the Lord Jesus. (*3 Soc.* 14)

Shortly afterwards we are told that he was found

> roaming about alone near the church of St Mary of the Angels, weeping and lamenting aloud. A certain God-fearing man heard him and, thinking he must be ill, asked pityingly the reason for his distress. Francis replied: 'I weep for the passion of our Lord Jesus Christ; and I should not be ashamed to go weeping through the whole world for his sake'. (*3 Soc.* 14)

Francis was very quickly moved to tears by the thought of Christ's death upon the cross. Outward symbols, like a couple of twigs in a hedge, would immediately remind him of the cross and reduce him to tears.

> Sometimes [we are told] he would pick up a stick from the ground, and laying it on his left arm, he would draw another stick across it with his right hand like a bow, as though he were playing a viol or some other instrument; and he would imitate the movements of a musician and sing in French of our Lord Jesus Christ.

Then he would see the position of the two sticks in the form of a cross and

> all this jollity would end in tears, and his joy would melt away in compassion for the sufferings of Christ. And at such times he would break into constant sighs, and in his grief would forget what he was holding in his hands and be caught up in spirit into heaven. (*S.P.* 93)

On another occasion we are told that he was found 'weeping aloud over the passion of Christ as if he were seeing it with his own eyes'. (First Consideration on the Stigmata). Nor did he allow his friars for one moment to forget the passion.

> Christ's cross [says Bonaventura] was their book; and they studied it day and night at the exhortation, and after the example, of their father who never stopped talking to them about the cross. (*Bon.* iv, 3)

Francis's absorption in the passion of Christ was so great that it made him almost totally indifferent to his own sufferings. Christ had done so much for him that he always felt that he ought to have done, and endured, more for Christ.

> So fervent were the love and compassion of blessed Francis for the sufferings and sorrows of Christ, and so deep was his inward and outward grief over the passion of Christ day by day that he never considered his own infirmities. (*S.P.* 91)

And yet, as we know, these were very great.

At some stage in his life Francis wrote an 'Office of the Passion' which he used to say regularly with his friars. This consists of seven Hour Services for each day, from Compline to Vespers. There are five sets, drawn up in such a way as to cover practically the whole year. Each office consists of psalms interspersed with an antiphon addressed to Our Lady. There are no readings from the Bible, and no collects, though we are told that when Francis used this office he always began with the Lord's Prayer and the Sanctus. The important thing, therefore, is the use of the psalms. Although two psalms are quoted in full (13 and 70) each of the others is what is called a 'cento' or collection of verses chosen from the Psalter as a whole. For this he draws on thirty-six psalms, the one most frequently used being Psalm 96. This is interesting because this particular psalm has no allusions to the passion. It is, in fact, a song of praise, calling upon the whole earth to worship God, rather like the *Canticle of the Sun.* The second most frequently used is Psalm 22, which is the great psalm of the passion, beginning with Christ's great cry from the cross: 'My God, my God, look upon me; why hast thou forsaken me?' In a sense these two psalms sum up what Francis was trying to do: to remind people of the indescribable sufferings of Christ on the cross and to encourage the whole of creation to give praise and glory to God for his great love.

Francis's meditations on the cross, his desire to conform to the life of Christ in every possible way and to share in his sufferings, reached their climax on La Verna, the mountain-top in the Apennines given to the saint by Orlando of Chiusi. Francis was, at the time, very much in need of a place to which he, and others of the friars, could retreat from time to time, a place where they could be sure of the privacy which they required. Francis had been told that it was the will of God that he should follow the active rather than the contemplative way, the way of service to man; but he still needed times of peaceful meditation if he was to fulfil what he knew to be his special calling.

It was in August 1224 that Francis, with a few companions went to La Verna – a somewhat inhospitable, rocky, wooded plateau – in order to meditate in depth on the sufferings of Christ. This was to cover a period of some six weeks from the Feast of the Assumption to Michaelmas; and for most of this time Francis was entirely alone on a solitary rock which could be reached only by a footbridge which the friars had made.

For the first few weeks of his retreat Francis thought over and over again about Christ's sufferings, longing in some way or other to be allowed to share in them. He had always wanted his life to be a complete and faithful imitation of the life of Christ, and he had hoped that it would end by his being martyred by the enemies of the cross. It was fairly clear now that this was not to be. He had made at least three attempts to reach the infidel, but each time his life had been spared. Although he was now only forty-two years of age he was worn down with such illness and weakness that he knew that he had not very long to live. Was there, he wondered, any way in which he could actually feel in his own body some of the pains which Christ bore on the cross?

On the feast day of the Holy Cross [14 September] Francis, sometime before dawn, began to pray outside

> the entrance of his cell, turning his face to the east. And he prayed in this way: 'My Lord, Jesus Christ, I pray you to grant me two graces before I die: the first is that during my life I may feel in my soul and in my body, as much as possible, the pain which you, dear Jesus, sustained in the hour of your most bitter passion. The second is that I may feel in my heart, as much as possible, that excessive love with which you, O Son of God, were inflamed in willingly enduring such suffering for us sinners'. And remaining for a long time in that prayer, he understood that God would grant it to him, and that it would soon be conceded to him to feel those things as much as is possible for a mere creature. Having received this promise, St Francis began to contemplate with intense devotion the Passion of Christ and his infinite charity. And the fervour of his devotion increased so much within him that he utterly transformed himself into Jesus through love and compassion. (Third Consideration on the Stigmata)

Then, after a vision of an angel who 'had the likeness of a crucified man' he knew that his prayer was to be miraculously and mysteriously answered, and that he was to be transformed into the likeness of Christ crucified. The narrative continues:

> For soon there began to appear in the hands and feet of St Francis the marks of nails such as he had just seen in the body of Jesus crucified.

Francis lived for another two years after this, but always in great pain. In an attempt to hide the Stigmata, even from his closest friends, the wounds were never properly attended to. The bandages which covered them were changed each day, and this brought a little ease; but, very typically, Francis refused to have them changed on a Friday because 'for the love of Christ, on the day of the crucifixion he wished to hang, truly crucified with Christ in the sufferings of the cross'.

Francis was not martyred in the usual sense of the term, though he must have come very near to it when he walked out into no-man's land which lay between the embattled armies in Egypt; nor did he die of hunger and exposure, though there were times, especially in the early days, when the friars came very near to starvation. God reserved for him a special form of suffering which brought him very close to his crucified Lord. For two years he was in continuous, and sometimes agonising, pain as he lived, often in damp caves and filthy leper-houses, with five open wounds in his hands and feet and side. In addition to this he suffered from blindness, dropsy, and terrible stomach ulcers. Yet in all this he was full of joy because he knew that, however great might be his pain, it was never to be compared with the pain that Jesus had suffered on our behalf.

As time went on his pains grew worse. Celano takes up the narrative:

> As his infirmity increased, all his bodily strength failed; and, destitute of all his powers, he could not move himself at all. Still, when he was asked by a certain brother what he would prefer to bear, this lingering and long illness or the suffering of a severe martyrdom at the hands of an executioner, he replied: 'My son, that has always been and still is most dear to me and more sweet and more acceptable which pleases the Lord my God most to let happen in me and with me, for I desire always only to be found conformed and obedient to his will in all things. Yet, this infirmity is harder for me to bear even for three days than any martyrdom. I am not speaking of the reward, but only of the intensity of suffering it causes'. (*1 Cel.* 107)

This intense suffering was a kind of martyrdom, a lingering death brought on by the hardships which he had so willingly accepted in his determination to follow, in every detail, the teaching of the Master whom he so dearly loved.

The Holy Spirit

When Francis was twenty years old there died, in the far south of Italy, the prophet called Joachim of Fiore, whose writings were to have a considerable influence upon the Church in later years, not least among some of those who owed their inspiration and their loyalty to St Francis. Joachim had divided up the history of the world on a Trinitarian basis, the first period being the Age of the Father, covering the years from Creation to the birth of Christ. The second period, the Age of the Son, began with the Nativity and continued down to about the year 1200 during which the Church, as the Body of Christ, had continued his work. This was to be superseded by the Age of the Spirit which was about to be inaugurated by the appearance of new kinds of religious orders, as a result of whose example and teaching great changes would take place in the life of the Church which would now become less organised and hierocratic and consequently more spiritual.

It is extremely unlikely that Francis had ever heard of Joachim, and even more unlikely that he had ever read any of his works. Francis was not really interested in that kind of prophesying with its theological basis and its wide vistas. But he would have welcomed the call to a new kind of Christian life in which the Holy Spirit would take control of man and lead him to higher levels of devotion and service. Francis did not, in fact, talk much about the Holy Spirit, though he was always very much aware of his presence and of his activity. To Francis, God the Father was the creator and originator of all things, the fount of love and the object of all praise and devotion. Similarly God the Son was the teacher and pattern, who gave us the example of the life of perfect obedience to the will of the Father. So it might be said that God the Holy Spirit was the personification of the love which passed between the Father and the Son, the Interpreter of the Word, the Advocate and Comforter by whose wisdom and power man was able to enter into the fulness of God's love and enjoy the blessedness of redemption.

When Francis refers to the Holy Spirit it is mostly in conventional phrases such as an ascription to the Trinity or the rounding off of a prayer. But he fully understood the 'personality' of the Spirit whom, at one point, he declared to be the true Minister General of the Order (*2 Cel.* 193), while, in his last injunctions to St Clare, he begged her and her sisters to 'espouse themselves to the Holy Spirit.' (*W.* 76).

So far as his own life was concerned, Francis might well have used a verse from Psalm 31 to express his dependence upon God the Holy Spirit. 'Thou art my rock and my fortress,' says the psalmist, 'for thy name's sake lead me also and guide me.' Francis certainly saw the Holy Spirit as both a fortress and a guide. In the very difficult and demanding life which he had chosen he needed a place of refuge, somewhere to which he could go for the wisdom and strength which he knew the Holy Spirit of God would provide for him.

> Francis [we are told] learned in his prayer that the presence of the Holy Spirit for which he longed was granted more intimately when he was far from the rush of worldly affairs. Therefore, he used to seek out lonely places in the wilderness and go into abandoned churches to pray at night;

and Bonaventura goes on to describe a fearful hand-to-hand fight with the devil which Francis won only by means of the strength which God supplied through his Holy Spirit. (*Bon.* x, 3). Or again:

> Francis would never let any call of the Spirit go unanswered. When he experienced it he would make the most of it and enjoy the consolation afforded him in this way for so long as God permitted it. If he was on a journey, and felt the near approach of God's Spirit, he would stop and let his companions go on while he drank in the joy of this new inspiration. He refused to offer God's grace an ineffectual welcome. He was often taken right out of himself in a rapture of contemplation, so that he was lost in ecstasy and had no idea what was going on about him, while he experienced things which were beyond all human understanding. (*Bon.* x, 2)

If Francis found the Spirit his 'rock and his fortress' he made him also his 'leader and his guide'. There were a great many occasions in his life when guidance was needed. From the time of his 'conversion' right through to the end, Francis knew that he was being guided, step by step, by the Holy Spirit whom he depended upon as interpreter of the will of the Father and of the demands of the Son. He knew that it was only by the power of the Spirit that he had had the courage to go forward into the unseen and unknown, and to accept the risks involved in such things as getting rid of all his possessions, of refusing to touch money, of living with lepers, or setting out to walk across the battlefields and into the tent of the Soldan.

Francis was very conscious of the Holy Spirit at his shoulder at all times to tell him what to say and what to do. This comes out particularly in his preaching which he always regarded as the most important of his activities. At the very beginning of his ministry, when he had accepted the call to renunciation and poverty, he set out to tell people about God and to inspire them to penitence.

> Divinely inspired, he began to speak in public very simply of penitence and the life of evangelical perfection. His words were not treated with ridicule, neither were they spoken in vain; for they possessed the strength of the Holy Spirit and went straight to the hearts of the listeners rousing them to vehement astonishment. (*3 Soc.* 25)

As time went on, vast crowds came to hear him preach. Francis fully realised the responsibility which this involved, and, on such occasions, we are told that he learned to depend entirely upon the guidance which he knew would be given to him. Celano tells us that

> when he so very often preached the word of God to thousands of people, he was as sure of himself as though he were speaking with a familiar companion. He looked upon the greatest multitude of people as one person, and he preached to one as he would to a multitude. Out of the purity of his mind he provided for himself security in preaching a sermon, and, without thinking about it beforehand, he spoke wonderful things to all and things not heard before. When he did give some time to meditation before a sermon, he at times forgot what he had meditated upon when the people had come together, and he knew nothing else to say. Without embarrassment he would confess to the people that he had thought of many things but could remember nothing at all of them; and suddenly he would be filled with such great eloquence that he would move the souls of the hearers to admiration. At times, however, knowing nothing to

say, he would give a blessing and dismiss the people, feeling that from this alone they had received a great sermon. (*1 Cel.* 72)

The most striking instance of his reliance on the inspiration of the Holy Spirit was when he had the rather unexpected privilege of preaching before the pope and the cardinals.

When St Francis was due to preach before Pope Honorius, he had his sermon all prepared on the advice of [the Bishop of Ostia afterwards Pope] Gregory; but when he began to speak he could not remember a word. Then he told them: 'Someone wrote a sermon for me, and it was a profound sermon which I was to preach to you. But now I have forgotten all of it. If you will wait a little while I shall pray to God and he will give me something to say'. Then he gave himself to prayer, and he preached a marvellous sermon. (*Bon. Opera Omnia*, ix, 579)

Bonaventura stops at this point; but Celano, from whom the story comes, adds certain details which Bonaventura perhaps thought it better not to mention.

He spoke with such fervour of spirit [says Celano] that, not being able to contain himself for joy, when he spoke the words with his mouth, he moved his feet as though he were dancing, not indeed lustfully, but as one burning with the fire of divine love, not provoking laughter but drawing forth tears of grief. For many of them were pierced to the heart in admiration of divine grace and of such constancy in man. But the venerable Lord Bishop of Ostia was kept in suspense by fear, and he prayed with all his strength to the Lord that the simplicity of the blessed man would not be despised, since the glory of the saint would reflect upon himself as would his disgrace, inasmuch as he had been placed over Francis's family as a father. (*1 Cel.* 73)

There is no doubt of Francis's constant realisation of the presence and guidance of the Holy Spirit, and of the strength and courage which was given to him. Life for him was very hard, very dangerous, very exacting. He was deeply conscious of his responsibility to those who had given up so much to follow him, and he used often to say that 'it behoved him to be a model and an example for all the brethren'. His standards were so high that he knew that he would never reach them unless he learned to depend, at all times, on divine grace. As Celano writes:

> Therefore the blessed Francis was being daily filled with the consolation and the grace of the Holy Spirit; and with all vigilance and solicitude he was forming his new sons with new learning, teaching them to walk with undeviating steps the way of holy poverty and blessed simplicity. One day, when he was wondering over the mercy of the Lord with regard to the gifts bestowed upon him, he wished that the course of his own life and that of his brothers might be shown him by the Lord, he sought out a place of prayer, as he had done so often, and he persevered there for a long time with fear and trembling standing before the Lord of the whole earth, and he thought in the bitterness of his soul of the years he had spent wretchedly, frequently repeating these words: 'God, be merciful to me, a sinner'. Little by little a certain unspeakable joy and very great sweetness began to flood his innermost heart. He began also to stand aloof from himself, and, as his feelings were checked, and the darkness that had gathered in his heart because of his fear of sin dispelled, there was poured into him a certainty that all

> his sins had been forgiven, and a confidence of his restoration was given him. He was then caught up above himself and absorbed in a certain light; the capacity of his mind was enlarged, and he could see clearly what was to come to pass. When this sweetness finally passed, along with the light, renewed in spirit he seemed changed into another man. (*1 Cel.* 26)

Francis expressed all this in the prayer with which he concluded his letter to the friars meeting together in Chapter:

> Almighty, eternal, just and merciful God, grant us in our misery that we may do, for thy sake alone, what we know thou dost want us to do, and that we may always want what pleases thee; so that, cleansed and inwardly enlightened and fired with the ardour of the Holy Spirit, we may be able to follow in the footsteps of thy Son, our Lord Jesus Christ, and so make our way to thee, Most High, by thy grace alone, who livest and reignest in perfect Trinity and simple Unity, and art glorified, God all-powerful, for ever and ever. Amen. (*W.* 108)

3. FRANCIS AND THE CHURCH

The Church

By the time when St Francis had brought together a band of disciples and so laid the foundation not only of a new religious Order but of a new type of religious, there was a good deal of dissatisfaction and unrest among churchpeople, and talk of the need for reform. People complained that the Church was too centralised, too authoritarian, too rich and too powerful, and that it was not giving to the general public the spiritual help which they needed.

There were very large numbers of clergy about the place, but many of the abler men were enticed or ordered into the service of the State or of the law and so were unable to attend to the needs of the people whom they were intended to serve. Many of the richer clergy, especially those connected with the ruling families, were pluralists on the grand scale, rectors of many parishes and rarely seen in any of them. Of the clergy who actually lived among the people, many were ill educated and some were idle. They mostly had a hard struggle to live on the very low incomes which they managed to get, and they often became involved in disputes with their parishioners over things like the payment of tithes. There were, of course, many good and faithful priests, like Chaucer's 'poor parson' of a later age; but the standards of the parochial clergy around the year 1200 were not very high.

Meanwhile the monastic Orders, which attracted a large number of men, were, by their very nature, cut off from the people. Isolated and secure in their vast abbeys, often independent of episcopal jurisdiction and interference, the monks occupied themselves either with literary work or with the management of their large estates and households and took little interest in the affairs of the laity who were not really their concern.

This feeling of being neglected and ill served had led to the creation of a number of sects whose members were very critical of the Church, which they tended to regard as beyond reform. Their only hope was to cut themselves off from the Church and start something of their own. Groups like the Cathari and the Waldenses were attracting people by the radicalism of their teaching and the hope of better things. They told people not to obey bishops and priests, not to pay their tithes, not to attend the services of the Church or receive the sacraments. All these things, they said, were acting against the will of God by drawing people away from the simple teaching of the Gospel.

Francis was just as much aware of the need for reform and renewal as were any of the heretics. He knew that people wanted to hear the word of God, and that the poor were often neglected. But never for one moment did he think of setting up something which would want to act against the authority of the Church. His doctrines of humility and obedience, as essential to all Christian behaviour, made this impossible. To him the Church was everything. It was the instrument through which God's work was done and no good work could be done without it. So when the number of his disciples had risen to twelve, the first thing he did was to set off for Rome in the hope of arousing the interest of the Pope in what they were trying to do, and of receiving his blessing on their mission to the world.

> Blessed Francis said: 'I will go and entrust the Order of Friars Minor to the holy Roman Church. The rod of her authority will daunt and restrain those who wish it ill, and the sons of God will everywhere enjoy full freedom to pursue their eternal salvation. Let her sons acknowledge the kindly blessings of their Mother, and embrace her sacred feet with particular devotion.
>
> 'Under her protection no harm will come upon the Order, and the son of Satan will not trample over the vineyard of the Lord with impunity. Our holy Mother will herself imitate the glory of our poverty, and will not permit our observance of humility to be overshadowed by the cloud of pride. She will preserve unimpaired the bonds of love and peace that exist between us, and will impose her gravest censure on the unruly. The sacred observance of evangelical poverty will ever flourish before her, and she will never allow the fragrance of our good name and holy life to be destroyed.' (*S.P.* 78)

Francis wanted, if possible, to work in collaboration with the parish clergy, since he and they were trying to do the same thing.

> Blessed Francis [says the *Mirror of Perfection*] wished his sons to be at peace with all men and to behave themselves humbly to everyone; but he showed them by his own words and example to be especially humble to the clergy. For he said: 'We have been sent to help the clergy in the salvation of souls, so that we may supply whatever is lacking in them. But men will not be rewarded according to their office, but their work. Remember, my brothers, that the winning of souls is what pleases God most, and we can do this better by

working in harmony with the clergy than in opposition'. (*S.P.* 54)

It would have been very easy for some of his followers to become critical of the clergy, for their faults and inadequacies were obvious; but this Francis would never allow. Because God had called and ordained a man to the priesthood, and had given him power to turn the bread and wine into the Body and Blood of Christ, a priest was a man to be respected even if his private life was dissolute. As Francis wrote in his *Testament*:

God inspired me, and still inspires me with such great faith in priests who live according to the laws of the holy Church of Rome, because of their dignity, that if they persecuted me I should still be ready to turn to them for aid. And if I were as wise as Solomon and met the poorest priests of the world, I would still refuse to preach against their will in the parishes in which they live. I am determined to reverence, love and honour priests and all others as my superiors. I refuse to consider their sins because I can see the Son of God in them, and they are better than I. I do this because in this world I cannot see the most high Son of God with my own eyes, except for his most holy Body and Blood which they receive and they alone administer to others. (*W.* 67)

Again, he wrote, in an Admonition to the friars:

Blessed is that servant of God who has confidence in priests who live according to the laws of the holy Roman Church. Woe to those who despise them. Even if they fall into sin, no one should pass judgement on them, for God has reserved judgement on them to himself. They are in a privileged position because they have charge of the Body and Blood of our Lord Jesus

> Christ, which they receive and which they alone administer to others; and so anyone who sins against them commits a greater crime than if he sinned against anyone else in the whole world. (*W*. 86)

or, in the 'Letter to the General Chapter':

> Listen to this, my brothers: If it is right to honour the Blessed Virgin Mary because she bore him in her most holy womb; if St John the Baptist trembled and was afraid even to touch Christ's sacred head; if the tomb where he lay for only a short time is so venerated; how holy, and virtuous, and worthy should not a priest be. He touches Christ with his own hands, Christ who is to die now no more but enjoy eternal life and glory, upon whom the angels desire to look. (*W*. 105)

All this is very different from the sort of thing which was being said by those who wished to draw people away from their allegiance to the Church. Francis never tired of impressing upon people the importance of showing respect to the priests. And this he did to prevent any possible risk of his community being regarded as in any way opposed to the established hierarchy and the appointed ministry of the Church.

Francis also had a great love for church buildings. We are told that, in the very early days of his conversion, he loved to buy vases and other objects pertaining to the service and adornment of churches, and to send them secretly to poor priests. We know also that, after the vision in the church of San Damiano he worked for some time repairing ruined churches. Later we read of him going about with a broom to sweep out churches which were dirty because he always felt sad when he found any church neglected or uncared for. A church was to him a place where God was always to be found, and his heart was uplifted whenever he saw one.

> If a church were standing in any place whatsoever [wrote Celano] even though the brothers were not present there but could see it only from a distance, they were to prostrate themselves upon the ground in its direction and, having bowed low with body and soul, they were to adore Almighty God, saying: 'We adore thee, Christ, here and in all thy churches' as the holy father had taught them. And, what is no less to be admired, wherever they saw a crucifix or the mark of a cross, whether upon the ground, or upon a wall, or on trees, or in the hedges along the way, they were to do the same thing. (*1 Cel.* 45)

The Bible

It is not always realised how greatly the medieval man loved and respected the Bible. Of course he did not read it regularly, as people have done in later generations, partly because the common man could not read at all, and partly because Bibles, having always to be written out by hand, were extremely expensive. But those who possessed or had access to Bibles often knew them extraordinarily well. In the published sermons of the great fifteenth-century Franciscan preacher, Bernardino of Siena, there are quoted nearly 4,000 different texts from the Old Testament and 2,600 from the New.

St Bonaventura tells us that St Francis 'had never studied Sacred Scripture' (*Bon.* xi, 1); but, if this is true, he certainly became well acquainted with it in later life. We have only to look at the Offices which he compiled to see how his mind was steeped in the Scriptures. Or again, in the six letters which he wrote, which now cover fifteen pages of print, we find no less than fifty-three texts from the Bible – fifteen from the Old Testament and thirty-eight from the New. When he came to write the

Primitive Rule in 1209, the one which he proposed to present to the Pope as a pattern of how he and his followers intended to live, he wrote it, as Thomas of Celano says, 'simply and in a few words, using mainly the precepts of the holy Gospels, to whose perfection he earnestly aspired' (*1 Cel.* 32). Because this was so, the Rule was extremely demanding; and it was, perhaps, not surprising that Innocent III, who was naturally suspicious of new communities being formed, thought that this little band of itinerant evangelists were setting their standards too high, and was very reluctant to give them his approval. He would probably have sent them away empty-handed had not one of the cardinals said: 'We must be careful. If we refuse this beggarman's request because it is new or too difficult, we may be sinning against Christ's Gospel, because he is only asking us to approve a form of Gospel life. Anyone who says that a vow to live according to the perfection of the Gospel contains something new or unreasonable or too difficult to be observed, is guilty of blasphemy against Christ, the Author of the Gospel'. (*Bon.* iii, 9)

Francis's whole way of life was based on the teaching of Jesus which he wished to observe in every detail. It was, therefore, to the Gospels that he turned again and again when he needed guidance. When the opulent and distinguished Bernard of Quintavalle suddenly declared that he wished to follow Francis in a life of poverty and humility, the saint rushed to the Bible for help. He took Bernard along to a church in Assisi, where, after earnest prayer, they solemnly opened at random the Gospel book on the altar only to find written: 'If you will be perfect, go, sell what you have and give to the poor'. A second and third opening gave two further texts: 'Take nothing for your journey' and 'If any man will come after me let him deny himself'. Francis was so certain that he could hear God speaking to him personally through the Scriptures that he used this method of communicating with him on several occasions. Once, towards the end of his life, when he was passing through a time of great anxiety and suffering, he again sought God's help and advice.

> By divine inspiration [wrote Bonaventura] he learned that if he opened the Gospels, Christ would reveal to him what was God's will for him and what God wished to see realised in him. And so Francis prayed fervently and took the Gospel book from the altar, telling his companion, a devout and holy friar, to open it in the name of the Blessed Trinity. He opened the Gospel three times, and each time it opened at the Passion, and so Francis understood that he must become like Christ in the distress and agony of his Passion before he left the world, just as he had been like him in all that he did during his life. (*Bon.* xiii, 2)

It was because Francis had such reverence for the Scriptures that he always wanted to treat Bibles with the greatest possible respect. In a letter to the friars he wrote:

> I urge all my friars and I encourage them in Christ to show all possible respect for God's words wherever they may happen to find them in writing. If they are not kept properly, or if they lie thrown about disrespectfully, they should pick them up and put them aside, paying honour in his words to God who spoke them. God's words sanctify numerous objects, and it is by the power of the words of Christ that the sacrament of the altar is consecrated. (*W.* 107)

Celano tells us that

> He was filled with love that passes all human understanding when he pronounced your holy name, O holy Lord; and, carried away with joy and purest gladness, he seemed like a new man, one from another

> world. Therefore, whenever he would find anything written, whether about God or about man, along the way, or in a house, or on the floor, he would pick it up with the greatest reverence and put it in a sacred or decent place, so that the name of the Lord would not remain there or anything else pertaining to it. One day when he was asked by a certain brother why he so diligently picked up writings even of pagans, or writings in which there was no mention of the name of the Lord, he replied: 'Son, because the letters are there out of which the most glorious name of the Lord God could be put together. Whatever is good there does not pertain to the pagans, nor to any other men, but to God alone, to whom belongs all good'. (*1 Cel.* 82)

Francis, then, taught his friars to treat the Bible with great reverence since it was the word of God and the book of rules which they were bound to obey. Poverty made it impossible for them to own Bibles, but they clearly had the use of them, though charity sometimes induced them to part with what they regarded as their most cherished possession. Once they were given a New Testament which they used for saying the Offices; but when a poor woman came begging for alms for the love of God, Francis told Brother Peter that, as they had nothing else to give, they must give her the book. 'Give the New Testament to our mother', he said, 'so that she can sell it for her needs. I am sure that this will please our Lord and the Blessed Virgin better than if we were to read from it.' (*S.P.* 38)

Francis himself was often praised for his wisdom in interpreting the Scriptures. The *Mirror of Perfection* tells us that

> while he was staying in Siena he was visited by a Doctor of Theology from the Order of Preachers, a man

who was both humble and sincerely spiritual. When he had discussed the words of our Lord with blessed Francis for some time, this doctor asked him about the passage in Ezekiel: 'When I threaten the sinner with doom of death, it is for thee to give him word and warn him'. And he said: 'Good father, I know many people who are in mortal sin, and do not warn them of their wickedness. Will their souls be required at my hand?' Blessed Francis humbly answered that he was no scholar, so that it would be more profitable for him to receive instruction from his questioner than to offer his own opinion on Scripture. The humble doctor then added: 'Brother, although I have heard this passage expounded by various learned men, I would be glad to know how you interpret it'. So blessed Francis said: 'If the passage is to be understood in general terms, I take it to mean that a servant of God should burn and shine in such a way by his own life and holiness that he rebukes all wicked people by the light of his example and the devoutness of his conversation. In this way the brightness of his life and the fragrance of his reputation will make all men aware of their own wickedness'. Greatly edified, the doctor went away, and said to the companions of blessed Francis: 'My brothers, this man's theology is grounded on purity and contemplation, and resembles a flying eagle while our knowledge crawls along the ground on its belly'. (*S.P.* 53)

Francis's reply to the learned Dominican reveals his conviction that preaching to sinners was not likely to do much good by itself. What would impress (and warn) them was to see a man living a life of holiness and self-discipline. This is typical of Francis's attitude towards the Bible: it was always there to teach people about God and to encourage them to live as God would have them live. It was for this reason that he was very suspicious of those who boasted of their knowledge, and very hard on friars who wanted to possess books in order to become more learned. In one of his *Admonitions* to the friars Francis said:

> St Paul tells us that 'The letter kills, but the spirit gives life'. A man has been killed by the letter when he wants to know quotations only so that people will think he is very learned and he can make money to give to his relatives and friends. A religious has been killed by the letter when he has no desire to follow the spirit of Sacred Scripture, but wants to know what it says only so that he can explain it to others. On the other hand, those have received life from the spirit of Sacred Scripture who, by their words and example, refer to the most high God, to whom belongs all good, all that they know or wish to know, and do not allow their knowledge to become a source of self-complacency. (*W.* 81)

Nevertheless, he wanted his brethren to read and study the Bible as much as was possible, so long as they did not sin against the principles of poverty and humility. As Bonaventura tells us in one of his letters:

> In order that you may know how much St Francis approved of Bible-reading, let me tell you what I heard from a certain friar. He told me that when a copy of the New Testament was given to the brethren, and since it was impossible for them all to read it at once, St Francis divided it up into single sheets and gave one page to each brother, in order that all might study it and none interfere with another. (*N.F.* 48)

Not, perhaps, a very intelligent way to read the Bible; but Francis would have no doubt that, by this means, God would convey some precious message to his erring children.

The Eucharist

Francis's devotion to Christ was, as we know, the very centre of his life. He had set out to follow Christ and to obey each one of his commands, however costly this might be. In many ways he felt as close to his Master as the first disciples had felt. Everything that Jesus had said and done was familiar to him, made so by his constant meditation on the Gospels. He felt particularly close to Christ in everything that was connected with his sufferings, and he prayed that he might share in them (so far as such a thing was humanly possible) and was rewarded by the long agony of the Stigmata.

Francis's passion to be with Christ in all that he did, and in the life which he had chosen to live, gave him a special devotion to the Eucharist, which he saw as a unique meeting-place with Christ where he came as near as it was possible to see and to touch him. Jesus had told his disciples that the bread and wine of the Eucharist were, in fact, his Body and his Blood, his physical being; and Francis had taken this literally. That was why he was so insistent that people should show respect for the priests, and especially to their hands, since it was they who made possible this physical contact with the Risen Christ.

> Francis [said Celano] burned with a love that came from his whole being for the sacrament of the Lord's Body, and he was carried away with wonder at the loving condescension and the most condescending love shown there. Not to hear at least one Mass each day, if he could be there, he considered no small contempt. He frequently received Holy Communion, and he did so with such devotion that he made others also devout. (*2 Cel.* 201)

It was in one of his *Admonitions* to the friars that he worked out the theology of his devotion to the Eucharist.

> Sacred Scripture [he wrote] tells us that the Father dwells in light inaccessible and that God is spirit; and St John adds that no one at any time has seen God. Because God is a spirit he can be seen only in spirit: it is the spirit that gives life; the flesh profits nothing. But God the Son is equal to the Father, and so he too can be seen only in the same way as the Father and the Holy Spirit. That is why all those were condemned who saw our Lord, Jesus Christ, in his humanity but did not see or believe in spirit in his divinity, that he was the true Son of God. In the same way now, all those are condemned who see the sacrament of the Body of Christ which is consecrated on the altar in the form of bread and wine by the words of our Lord in the hands of the priest, and do not see or believe in spirit and in God that this is really the most holy Body and Blood of our Lord, Jesus Christ. (*W*. 78)

And he went on to say:

> Every day Jesus humbles himself just as he did when he came from his heavenly throne into the Virgin's womb; every day he comes to us and lets us see him in abjection, when he descends from the bosom of the Father into the hands of the priest at the altar. He shows himself to us in this sacred bread just as he once appeared to his apostles in real flesh. With their own eyes they saw only his flesh, but they believed that he was God, because they contemplated him with the eyes of the spirit. We too, with our own eyes, see only bread and wine; but we must see further and firmly believe that this is his most holy Body and Blood, living and true. (ibid.)

In the early days the Franciscan brotherhood was a community of laymen. But it was not long before the Order attracted men who were in priest's orders, with whom Francis pleaded that they should never forget how great was the honour and privilege which had been bestowed upon them. Writing in later years to the priest friars, he poured out his concern that they should treat the Sacrament with the greatest possible respect:

> Kissing your feet with all the love that I am capable of [he wrote], I beg you to show the greatest possible reverence and honour for the most holy Body and Blood of our Lord Jesus Christ, through whom all things, whether on earth or in heaven, have been brought to peace and reconciled with Almighty God. And I implore all my friars who are priests now or who will be priests in the future, all those who want to be priests of the Most High, to be free from all earthly affection when they say Mass, and offer single-mindedly and with reverence the true sacrifice of the most holy Body and Blood of our Lord Jesus Christ with a holy and pure intention, not for any earthly gain or through human respect or love for any human being, not serving to the eye as pleasers of men. With the help of God's grace, their whole attention should be fixed on him, with a will to please the most high Lord alone, because it is he alone who accomplished this marvel in his own way. (*W*. 104)

And to the friars as a whole he wrote:

> Our whole being should be seized with fear, the whole world should tremble and heaven rejoice, when Christ the Son of the living God is present on the altar in the hands of the priest. What wonderful majesty! What stupendous condescension! O sublime humility! O humble sublimity! That the Lord of the whole uni-

verse, God and the Son of God, should humble himself like this and hide under the form of a little bread for our salvation. (ibid.)

4. THE FOUR FOUNDATION-STONES

Francis was convinced that to be a Christian was to be like Christ, and that to be a perfect Christian was to follow Christ in every possible way. Christianity was, as he knew well, a faith, a matter of belief. No one could call himself a Christian unless he were wholly committed to belief in God – Father, Son and Holy Spirit. We have already looked at the faith of St Francis: what it meant to him to believe in God. But Francis was also convinced that if you believe in God in this sort of way, then your life must be a reflection of your faith. It was Francis's greatest desire to stir up in people a firmer belief in God; but he realised that this was not going to be done just by preaching moving sermons and uttering powerful admonitions. He knew well enough that people were far more likely to be roused by example than by words; and that was why he set out to show, as far as it was possible, what the full Christian life really meant.

Francis knew that God did not expect all his children to live the same sort of life. Human life is complex and multifarious, and each man has his own vocation. Some, he believed, were called to voluntary poverty; but this was not the only way to fulfil one's vocation, or civilisation could not go on. Some were called to forgo the joys of family life; but this could not apply to all, or life would come to an end. Some might even be called to martyrdom; but this was obviously a very specialised form of service and self-sacrifice which only very few could make.

As the result of a series of experiences in his youth, it became clear to Francis that God had called him to a special type of Christian life, a type which would demand great courage and determination and which would carry with it great hardship and pain. The life which he chose might have ended in an early death from hunger, disease or exposure, or even, perhaps, at the hands of cruel men. This was something which Francis accepted as the price which he was willing to pay out of his treasury of love and obedience. And when other men came to him and said that they wished to go with him, he made it clear to them that the standards which he had accepted were paramount and could not be reduced or mitigated in the smallest degree. As he wrote in his *Testament*:

> When God gave me some friars there was no one to tell me what I should do; but the Most High himself made it clear to me that I must live of the Gospel. (*W* .68)

By this he meant that every recorded word of Christ was to be taken at its face value, and, if it was in the form of a command, it was to be obeyed at whatever cost. There could be no arguing with the voice of God.

So it came about when, in later years, attempts were made by some of the friars to persuade Francis to allow some concessions, especially in the field of scholarship, he laid down what he regarded as the four essentials or foundation-stones on which his ideal of the Christian life was built. As Brother Leo writes:

> The most holy father did not wish his friars to hanker after learning and books, but taught them to build their lives on holy Humility, to practise pure Simplicity and devout Prayer, and to love Lady Poverty, on which the saints and first friars had established themselves. He used to say that this was the only sure road to their salvation and the edification of others,

> because Christ, whom we are called to follow, showed and taught us this way alone by his teaching and example. (*S.P.* 72)

Leo goes on:

> Looking into the future, the blessed father knew through the Holy Spirit, and often told the friars, that in the hope of edifying others, many would abandon their vocation, which is holy Humility, pure Simplicity, Prayer and devotion, and the love of Lady Poverty. He said: 'Because they will think themselves more gifted, more filled with devotion, fired with love, and enlightened by divine knowledge through their study of the Scriptures, they will, as a result, remain inwardly cold and empty. Consequently, they will be unable to return to their first vocation because they will have wasted the time when they should have been following this vocation in useless and misguided study. I fear that even the grace that they seemed to possess will be taken away from them, because they have completely neglected the grace that had been given to them, which is to hold to and follow their true vocation'. (ibid.)

Francis then went on to speak of the 'holy, poor, humble and simple brethren' who were faithful to their calling.

> These [he said] are my Knights of the Round Table, who remain hidden in deserts and lonely places in order to devote themselves more completely to prayer and meditation, lamenting their own sins and the sins of others, living simply and behaving humbly, whose sanctity is known to God, and at times to other friars, but unknown to the world. When the angels present their souls before God he will show them the fruit and

> reward of their labours, namely, the many souls that have been saved by their prayers and tears. And he will say to them: 'My dear sons, these souls have been saved by your prayers, tears and example, and since you have been faithful over little things, I have great things to commit to your charge. Other men have preached and laboured with their words of wisdom and learning, but through your merits I have brought about the fruit of salvation. So receive the reward of your labours, and the fruit of your merits, which is an everlasting kingdom gained by your humility and simplicity, and by the power of your prayers and tears'. (ibid.)

Finally, Francis declared:

> Those who have cared for nothing except to know and point out the way of salvation to others, and have made no effort to follow it themselves, will stand naked and empty-handed before the judgement-seat of Christ, bearing only the sheaves of confusion, shame and grief. Then shall the truth of holy Humility and Simplicity, of holy Prayer and Poverty, which is our vocation, be exalted, glorified and proclaimed. (ibid.)

Three times in this passage reference is made to the four qualities of Humility, Simplicity, Poverty and Prayer. It was upon these foundations that the Franciscan way of life was built.

Humility

In Francis's eyes humility had a twofold character; there was the inner humility which a man feels in his heart, and the outer humility which he shows to the world. Humility must, therefore, control your inmost thoughts and also the way in which you live your life.

Like all great saints, Francis was intensely aware of his own failings, his inability to reach the standards of perfection which he had set himself, his hidden pride, his desire sometimes to dominate, his occasional lapses in charity. No one can ever have confessed his sins with greater earnestness, begging God to pardon one whom he knew to be a sinner. Francis himself explained this to one of his friends.

> When the time of the Chapter was approaching, blessed Francis said to his companion: 'It seems to me that I would not be a true Friar Minor unless I were in the state that I will describe to you. Suppose that the friars invite me to the Chapter with great respect and devotion, and, touched by their devotion, I go to the Chapter with them. During the assembly they ask me to proclaim the word of God and preach before them, so I rise and preach to them as the Holy Spirit moves me. Suppose that after my sermon they all cry out against me, saying: "We will not have you to rule over us. You have not the necessary eloquence, and you are too stupid and simple. We are very ashamed to have such a simple and contemptible Superior over us. Henceforth do not presume to call yourself our Superior". So they depose me with abuse and contempt. It seems to me that I should not be a true Friar Minor unless I were just as happy when they abused me and deposed me in disgrace, unwilling that I should remain their Superior, as when they held me in respect and honour, for in either case their welfare and usefulness is my first desire. For if I was happy when they praised and honoured me in their devotion – which may well be a danger to my soul – I ought to rejoice and be far happier at the benefit and health brought to my soul when they abuse me, for this is a sure spiritual gain'. (*S.P.* 64)

It is very unlikely that anything of this kind ever took place, as the friars had such love for Francis and such devotion to him that they would be very unlikely ever to treat him in that sort of way, or say such unkind things to him. But there was one Chapter Meeting when Francis met with considerable opposition and had to speak very sternly to the friars who, he thought, were in danger of losing their humility and simplicity.

This was what is called the 'Chapter of the Mats', at which an attempt was made to persuade Francis to abandon the very hard Rule which he had drawn up and accept one of the standard Rules of the monastic Orders, Benedictine, Augustinian or Cistercian. Only so, thought some of the brothers, could the Order of Friars Minor fit itself into the life of the Church and give the service which was needed. What, in fact, they wanted was that more opportunity should be provided for study, so that, like the followers of St Dominic, the friars could become more of a preaching Order and join in the battle against heresy which, they thought, was poisoning the life of the Church. So some of the senior members enlisted the help of Ugolino, the Cardinal Bishop of Ostia, to try to persuade Francis to withdraw his own Rule and allow them to accept something less demanding and less rigid, something which would make it possible to have at least access to books and places in which to read them.

Francis was deeply shocked. He saw that anything of this kind would undermine his most cherished beliefs. He did not want his friars to be learned preachers. All he wanted was that they should live the Christian life as he understood it in all its fulness, and thereby call people to penitence. This is the account of what happened.

> The cardinal repeated to blessed Francis all that they had said in the form of advice; but, without making any answer, he took the cardinal by the hand and led him before the brothers assembled in Chapter. And he

> spoke to them in the fervour and power of the Holy Spirit, saying: 'My brothers! My brothers! God has called me by the way of simplicity and humility, and has in truth revealed this way for me and for all who are willing to trust and to follow me. So I do not want you to quote any other Rule to me, whether that of St Benedict, St Augustine or St Bernard, or to recommend any other way or form of life except this way which God, in his mercy, has revealed and given to me. The Lord told me that he wished me to be a new fool in this world, and he does not want us to live by any other wisdom but this'. (*S.P.* 68)

To be sincerely humble; to know in the depths of your being that you were a fool and a sinner; to weep for your wickedness and insufficiency; to plead daily and hourly for God's mercy; to turn all the praise and devotion of men into contrition and penitence for having so disastrously failed them – this was something essential to Francis.

The *Little Flowers* has a story of how

> one day, as St Francis was returning from his prayers in the wood, at the entrance to the wood Brother Masseo met him; and, wishing to test how humble he was, asked in a mocking manner, saying: 'Why after thee? why after thee? why after thee?' St Francis replied: 'What is it thou wouldst say?' And Brother Masseo answered: 'Tell me, why is it that all the world comes after thee, and everybody desires to see thee, and to hear thee, and to obey thee? Thou art not a man either comely of person, or of noble birth, or of great knowledge. Whence then comes it that all the world runs after thee?'
>
> Hearing this St Francis, filled with joy in his spirit, raised his face to heaven and remained for a great while with his mind lifted up to God; then, returning

to himself, he knelt down and gave praise and thanks to God; and then, with great fervour of spirit, turning to Brother Masseo, he said: 'Wouldst thou know why after me? Wouldst thou know why after me? why all the world runs after me? This happens to me because the eyes of the most high God, which behold in all places both the evil and the good, even those most holy eyes have not seen amongst sinners one more vile, nor more insufficient, nor a greater sinner than I, and therefore to do that wonderful work which he intends to do he has not found on earth a viler creature than I; and for this cause he has elected me to confound the nobility and the grandeur and the strength and beauty and wisdom of the world; that all men may know that all virtue and all goodness are of him and not of the creature, and that none should glory in his presence, but that he who glories should glory in the Lord to whom is all honour and glory in eternity'. Then Brother Masseo, at this humble and fervent reply, feared within himself and knew certainly that St Francis was grounded in humility. (*L.F.* 10)

Francis took up this question of humility in one of his *Admonitions to the Friars.*

What have you to be proud of? he asked. If you were so clever and learned that you knew everything and could speak every language, so that the things of heaven were an open book to you, still you could not boast of that. Any of the devils knew more about the things of heaven, and knows more about the things of earth, than any human being, even one who might have received from God a special revelation of the highest wisdom. If you were the most handsome and richest man in the world, and could work wonders and drive out devils, all that would be something extrinsic to you; it would not belong to you and you could not boast of it. But there is one thing of which we can all boast; we can boast of our humiliations and in taking up daily the holy cross of our Lord Jesus Christ. (*W*.80–1)

And again:

We can never tell how patient or humble a person is when everything is going well with him. But when those who should cooperate with him do the exact opposite, then we can tell. A man has as much patience and humility as he has then, and no more. (*W*. 83)

Just as Francis was terrified of praise, so he was delighted when people spoke of him with contempt. Although, in the later part of his life Francis was very much revered and popularly known as 'the Saint', in the early days he was often misunderstood and despised. There is an account of how he once preached in the centre of Terni in the presence of the bishop and a large crowd of people. The bishop (not knowing his man) tried to say something appreciative of what Francis had done, though he did not, perhaps, choose his words very wisely.

In this latest hour [he said] God has glorified his Church in this poor and despised, simple and unlettered man. For this reason we are bound always to praise the Lord, knowing that he has not done thus for any other nation.

Francis was delighted. Nothing could give him greater pleasure than to be called, in public 'poor, despised and simple'.

When the saint heard these things [we are told] he accepted it with wonderful kindliness that the bishop had judged him to be contemptible in such express words. And when they were entering the church, he fell at the feet of the bishop, saying: 'In truth, lord bishop, you have done me a great favour, for you alone kept the things that are mine unharmed, whereas others take them away from me. Like a discerning man, you have separated, I say, the precious from the worthless, giving praise to God and ascribing to me my worthlessness'. (*2 Cel.* 141)

Francis was determined that he and his friars should not only *feel* humble, but that they should also *live* humbly. They were to be called Friars Minor because he wanted them to be subordinate and inferior to all, to live among the outcasts of society, to rough it with the poor and the homeless, to be overlooked, neglected and despised, to be regarded as stupid, worthless, incompetent, simple-minded men for whom the world could have no respect. That was why he refused to allow the friars to apply for any kind of privilege or honour, even if it were done in order to increase their efficiency and their usefulness. God knew what he was about. He had told Francis how he and his disciples were to live. All that was needed was that they should be faithful to his call.

There were three ways in which the friars were expected to exercise humility – in working, in begging, and in tending the lepers.

When a number of men had thrown in their lot with St Francis, had parted with everything that they possessed, and had vowed themselves never, in any circumstances, to accept any money, the question soon arose as to how they were to get enough to eat. The obvious thing was to offer their labour wherever it was wanted; but this could be done only on condition that they accepted no wages. Food and lodging of a simple kind were permissible, but no money was ever to change hands. So, in the early days, before people came to love and respect the friars, they lived by working on farms or in houses and gardens or anywhere else where there was work to be done. We read of St Francis working in the scullery of a monastery and of Brother Giles carrying faggots of wood or beating walnut-trees. That domestic and other kinds of labour were the normal life of the friars in the early days is clear from the Rule of 1221 where Francis lays down:

> The friars who are engaged in the service of lay people for whom they work should not be in charge of money or of the cellar. They are forbidden to accept positions of authority in the houses of their employers, or to take on any job which would give scandal or make them lose their own souls. They should be the least and subordinate to everyone in the house. The friars who have a trade should work at it, provided that it is no obstacle to their spiritual progress and can be practised without scandal. Everyone should remain at the trade and in the position in which he was called. In payment they may accept anything they need, except money. (*W*. 37)

If they failed to find work then the friars were to resort to begging, which Francis used to call 'the table of the Lord'. This was, indeed, a test of their humility. For a man like Brother Bernard of Quintavalle, who had been a wealthy and highly respected citizen of Assisi, or Brothers Peter and Sylvester who were priests, to be seen going from door to door with a beggar's bowl collecting a few crusts and scraps of food was something which some of the friars must have found very hard to accept. But Francis was insistent that every friar should do this, whatever the cost.

> The blessed Francis [says Celano] frequently said that a true Friar Minor should not be long without going out to beg alms. 'And the more noble my son is,' he

said, 'the more ready should he be to go, for in this way will merits be heaped up for him.' (*2 Cel.* 75)

On another occasion [we are told], when blessed Francis was at St Mary of the Portiuncula, a friar of true spiritual poverty was coming along the street on his way back from Assisi with alms, and as he walked he was cheerfully singing God's praises in a loud voice. As he drew near the church of St Mary, blessed Francis heard him, and at once went out to meet him with the greatest fervour and joy. He ran up to him in the road and joyfully kissed the shoulder on which he was carrying a bag with alms. Then he took the bag from his shoulder, laid it on his own shoulders, and thus bore it into the friary. And he told the brethren: 'This is how I want a friar of mine to go out and return with alms, happy, joyful, and praising God'. (*S.P.* 25)

To beg was humiliating to the man who had to do it; but Francis pointed out that to give to those who had plenty an opportunity of providing food for the poor servants of Christ was, in fact, doing them a great kindness.

The third test of humility was, undoubtedly, the hardest of all, for this meant actually living among lepers and looking after them. Everyone hated and feared a leper; and even Francis confessed that, in his youth, if he saw a leper in the distance, he would make off as quickly as possible to avoid the disgust and horror which this disease produced. But when he gave his life to God he knew that he must overcome this repugnance and face the prospect of actually living in the filth and stench of a leper-house.

This conquest of himself was something which Francis felt very strongly, as he refers to it in the opening words of his *Testament*.

This is how God inspired me, Brother Francis, to em-

> bark upon a life of penance [he wrote]. When I was in sin, the sight of lepers nauseated me beyond measure; but then God himself led me into their company, and I had pity on them. When I had once become acquainted with them, what had previously nauseated me became a source of spiritual and physical consolation for me. After that I did not wait long before leaving the world. (*W.* 67)

To overcome the fear and loathing which he had felt at the sight of a leper, and actually to go into their filthy huts to eat and drink and sleep with them and to tend their sores, this was what Francis meant by humility. And what he had done he demanded also of all those who would follow him.

> From the first days of his conversion [we read] blessed Francis, like a wise builder, established himself with God's help on the firm rock of the perfect humility and poverty of the Son of God. And because of his own profound humility, he called his Order that of Friars Minor.
>
> So at the beginning of the Order he wished the friars to live in leper-houses to serve them, and by doing so to establish themselves in holy humility. For whenever anyone, whether noble or commoner, entered the Order, among the other instructions given to him, he was told that he must humbly serve the lepers and live with them as was laid down in the Rule. (*S.P.* 44)

Humility, internal and external, was, then, the first foundation-stone of the Franciscan way of life, and Francis was always grateful to anyone who reminded him of this and warned him not to think of himself more highly than he ought to think. As Celano writes:

> Not only did the man of God show himself humble

before his superiors; but also among his equals, and those beneath him, he was more ready to be admonished and corrected than to give admonitions. Wherefore when one day he was riding on an ass, because, weak and infirm as he was, he could not go by foot, he passed through the field of a peasant who happened to be working there just then. The peasant ran over to him and asked solicitously if he were Brother Francis. When the man of God humbly replied that he was the man he was asking about, the peasant said: 'Try to be as good as you are said to be by all men, for many put their trust in you. Therefore I admonish you never to be other than you are expected to be'. When the man of God heard this, he got down from the ass and threw himself before the peasant and humbly kissed his feet, thanking him for being kind enough to give him this warning. (*2 Cel.* 142)

Simplicity

Thomas of Celano describes Francis's love of simplicity in these words:

> The saint was zealous with more than usual care to show forth in himself, and he loved in others, holy simplicity, the daughter of grace, the sister of wisdom, the mother of justice. Not all simplicity, however, was approved by him, but only that simplicity which, being content with its God, considers everything else as of little value. This is that simplicity that glories in the fear of God, that knows not how to do or to speak evil. This is that simplicity that, examining itself, condemns no one by its judgement; and that, surrendering due authority to a better, seeks no authority for itself. This is that simplicity that, in all the divine laws,

> leaves wordy circumlocutions, ornaments and embellishments, vain displays and curiosities, to those who are marked for a fall, and seeks not the bark but the pith, not the shell but the kernel, not the many things, but the much, the greatest and the lasting good. (*2 Cel.* 189)

This simplicity expressed itself in many ways. In the first place it meant a very simple approach to the words of Christ. Francis would never wish to argue over any reported saying of Christ; still less to try to adapt it to suit his own convenience or that of his brethren. For example, on hearing that Jesus had forbidden his disciples to possess two coats, Francis expected all his friars to do the same, though, in course of time, some concessions had to be made if these men were to survive the colder climates of places like Scotland and Scandinavia. But Francis never really approved of this. In his *Testament* he declares that, in the early days, he and his companions had always been satisfied with but one habit, even if, sometimes, it had been totally inadequate to resist the cold winds of the Apennines. A little-known story tells how St Francis

> when walking along a road in a biting wind, felt himself becoming fainthearted. So he summoned up courage and, climbing a hill, took off his clothes and turned to face the wind. Then he told himself that it would be well for him if he had even one habit. (*N.F.* 30)

So it was with everything that Christ had said. Francis would willingly have cut off his hand or his foot if he thought they were leading him to destruction; and he took Christ's command to 'take no thought for the morrow' with the utmost seriousness.

> While blessed Francis was with the first friars [says the *Mirror of Perfection*] he lived with them in such poverty that they observed the holy Gospel to the letter in all things and through all things, from the very day when our Lord revealed to him that he and his friars were to live according to the pattern of the holy Gospel. He therefore forbade the friar who cooked for the brethren to put dried beans into warm water in the evening, as is usual, when he intended to give them to the friars to eat on the following day. This was in order to observe the saying of the holy Gospel: 'Take no thought for the morrow'. So the friar delayed putting them to soften until after Mattins on the day when they were to be eaten. Many friars, especially in towns, continued to observe this custom for a long time, and would not seek or accept more alms than were necessary to support them for a single day. (*S.P.* 19)

Another mark of the simplicity of St Francis was his innocence. There was, in his eyes, no distinction to be drawn between the deserving and the undeserving poor. Anyone who came and asked for his help was rewarded so long as he had anything to give. He was remarkably shrewd in his attitude to the friars, often reading their thoughts with uncanny accuracy, and spotting any sign of insincerity or hypocrisy on their part; but towards people in general he was always extremely generous, believing the hard-luck stories of the beggars and seeing Christ in every man who was in need of help.

Again, he had a very simple faith in the providence of God. When something like five thousand friars assembled at the Portiuncula, some people became very anxious as to how they were to be fed. But Francis had no worry on that score. God will provide; and, of course, he did by sending crowds of men and women down the hill from

Assisi loaded with bread, and fruit and fish for the use of the friars. On one such occasion so much food was provided that the friars had to stay on for an extra two days to eat it all up.

This kind of simple faith shows itself very clearly in his behaviour in the East. He had travelled to Egypt in order to try to put an end to the Crusades by converting the Soldan to the Christian faith. To do this he would have to talk to the Soldan personally; and this would mean leaving the Christian lines and crossing the open country in order to penetrate into the camp of the Saracen army. When Francis announced that this was his intention he was laughed to scorn. Everyone knew that any Christian who fell into the hands of the Moslems would be instantly killed. But Francis had no fear. The Lord would look after him if he approved of his mission, as he must surely do. Francis did not succeed in converting the Soldan to the Christian faith; but he said what he wanted to say to him and was given a safe-conduct to ensure his return to the Christian lines unharmed.

And so it was all the time. Francis had put himself into the hands of God, and God would take care of him if he had work for him to do. The one essential thing was that Francis's trust should never falter. All the rest he could leave safely to God.

There was no battle which Francis found it harder to fight under the banner of Simplicity than the struggle against those of his friars who wanted more opportunity for study in order that the friars might, as they thought, become more qualified as preachers and so of greater service to the Church and to mankind. Francis was not opposed to scholarship, but he was quite sure that this was not an essential ingredient of the way of life to which he and his disciples were called. Other Orders, like the Order of Preachers, could deal with that. But not all his friars agreed with him. In the early days the brotherhood was composed almost entirely of laymen; but, as the years went by, more and more priests and scholars joined it. Many men who had been educated, even up to the standard then required for the priesthood, would want to continue their studies to some extent; while some of those who became Friars Minor were among the most learned scholars in the world, men like Bonaventura, Roger Bacon, Duns Scotus, and many more. These were men who had much to give in the realm of teaching and of preaching; but they could not give of their best unless they had access to books and places in which to read and write. So, for most of Francis's life, there was considerable tension between those pleading for the modest requirements of the trained teacher and those who were determined that this should not be allowed for the sake of simplicity.

The way of life which Francis had chosen really made any kind of serious scholarship virtually impossible, since it was bound to transgress the restrictions of total poverty. But Francis saw it also as a breach of simplicity. His friars were called to be 'unlearned and subject to all'. He did not want them to be praised for the brilliance of their sermons or for the wisdom of their writings.

> Blessed Francis [we are told] was very grieved whenever he found virtue neglected in favour of the sort of learning that brings pride, especially if anyone was not persevering in the vocation to which he had first been called. He used to say: 'Friars of mine who are seduced by a desire for learning will find their hands empty in the day of trouble. I would rather have them grow stronger in virtue, so that when the time of trial comes, they will have God with them in their struggle. For a troublous time is coming when books will be no good for anything and will be cast aside in windows and corners'. He did not say this because the study of Holy Scripture displeased him, but to restrain all the friars from a useless preoccupation with lear-

> ning. He would rather have them excel in charity than in strange forms of knowledge. (*S.P.* 69)

and in his 'Praises of all the Virtues' he wrote:

> Pure and holy Simplicity puts all the learning of this world, all natural wisdom, to shame. (*W.* 133)

Francis thought that the learning which a man had acquired was one of the things which he ought to be prepared to surrender if he accepted the call to be a Friar Minor. As he once said:

> A great cleric must in some way give up even his learning when he comes to the Order, so that, having renounced such a possession he may offer himself naked to the arms of the Crucified. (*2 Cel.* 194)

In Francis's eyes poverty, humility and simplicity were all at risk if a man wanted to devote his time to scholarship even on a modest scale. He was convinced that the only way to teach people about God was to live an exemplary life based on the teaching of Jesus; and all that this required was access to the Gospels. So, all through his life, Francis struggled to maintain what was, to him, a fundamental issue. His opponents were strong, led by Cardinal Ugolino, the Protector of the Order, who persuaded some of the friars to plead with Francis for some relaxation. Ugolino was anxious to use the immensely influential force which Francis had created for the greatest benefit of the Church. To have a number of good scholars and teachers who were prepared to live a simple life and to go anywhere to fulfil their ministry was an opportunity not to be lightly thrown away. But Francis knew his own mind and would not give in.

Angelo Clareno, a later disciple of St Francis, wrote:

Some French friars once came to St Francis and told him that, at Paris, the brethren had appointed as their master a learned professor of theology who had greatly edified both clergy and laity. But when St Francis heard this he sighed and said: 'I am afraid, brothers, that such men will end by killing my little plant. The true masters are those who set a good example to their neighbours in good works and kindness; for a man is learned just inasmuch as he loves God and his neighbour; and he is a good preacher just inasmuch as he knows how to do good works, faithfully and humbly'. (*N.F.* 14)

These words, recorded more than a century after St Francis had lived, show why he had this dread of learning, the chief enemy of his beloved Simplicity.

Poverty

To most people poverty is essentially a negative thing. To be poor means to be without the things which most people seek after – money, the necessities of life, security, respectability, and so on. To accept poverty cheerfully might be regarded as virtuous; to desire poverty might be thought abnormal and eccentric; while to make poverty an ideal to be fought for with all your strength would be considered unintelligible.

Francis was brought up in a wealthy home; but gradually step by step, he was led to give up everything and adopt a life of such extreme poverty that he literally owned nothing. He was not, of course, alone in this. There have always been people who are virtually without anything that they can call their own – slaves, tramps, paupers – but all of these have been regarded as unfortunate, the dregs of society, whether their poverty is brought about by their failures or by the evil done to them by other men.

Francis discovered poverty by means of a series of experiences spread over some years. His future became clear when he heard the words of Christ read to him in the little church of the Portiuncula on the feast of St Matthias, and it arose out of his conception of obedience. By this time he had already made up his mind to obey every command of Christ, however difficult this might be, and however great the cost. Jesus had warned people over and over again of the danger of riches, and he had called on those who wished to follow him to get rid of their possessions. 'Whosoever of you does not renounce all that he has cannot be my disciple', he had said. Francis saw this as a statement which cannot be explained or ignored. And so, gradually, he proceeded to get rid of everything that he possessed, ending up by giving back to his father not only his money but also his clothes, so that, for a moment, he stood naked and totally destitute until the kindly Bishop of Assisi wrapped him in his own cloak.

Francis was determined, from then onwards, to show the world that absolute poverty was something that man could enjoy. It was not, in his mind, something negative, still less something to be avoided. To him poverty became an ideal, a state of bliss to be worked for and paid for. Just as it took hard work, effort and concentration in order to get rich, so it required the same qualities in order to get poor and to stay poor. Francis had seen the trouble to which his father had gone to make money, and he was prepared now to take just as much trouble to become poor. 'Poverty', said St Bonaventura, 'was his profession', something to work for, something which demanded skill and intense application.

Once Francis had accepted poverty as an ideal, he began to clothe it with the language of imagination and romance. To be destitute was to cast oneself upon God, to depend upon him as a small child depends upon its parents for everything. While other men were tied down by the burden of making a living, Francis was free to enjoy what God gave him. As the Franciscan poet, Jacopone of Todi, wrote in later years:

> Poverty is to have nothing,
> And to desire nothing;
> And yet to possess everything,
> In the spirit of liberty.

or, as Bonaventura wrote:

> Among the supernatural gifts which Francis received from God, the generous Giver, his love for absolute poverty constituted a special privilege which enabled him to grow rich in spiritual wealth. He saw that it had been the constant companion of the Son of God, but that now it was scorned by the whole world, and so he espoused it in undying love. For poverty's sake he abandoned his father and his mother and divested himself of everything that he had. No one was so greedy for gold as he was for poverty; no treasure was guarded so jealously as he guarded this Gospel pearl. (*Bon.* vii, 1)

To Francis, then, poverty was not only an ideal but a source of joy. Poverty brought one into union with God in a special way. It had been the companion of Christ in his earthly life, and commended by him as the way of discipleship. Poverty was, therefore, the highest form of life which anyone could hope to achieve. All this comes out in the thirteenth chapter of the *Little Flowers* which records how Francis and Brother Masseo, when they were on a missionary journey, stopped at a town to beg for some food as they were very hungry. When they had collected a little food, Francis cried out: 'O Brother

Masseo, we are not worthy of so great treasure'; to which Masseo replied:

> 'Father, how can this be called treasure, when we are in such poverty, and lack the things of which we have need; we, who have neither cloth, nor knives, nor plates, nor bowl, nor house, nor table, nor manservant nor maidservant?' Then said St Francis: 'This is what I call a great treasure, that there is nothing here provided by human industry, but everything is provided by Divine Providence, as we may see manifestly in this bread which we have begged, in this stone which serves so beautifully for our table, and in this so clear fountain; and therefore I desire that we should pray to God that he would cause holy poverty, which is a thing so noble that God himself was made subject to it, to be loved by us with our whole heart'. And when he had said these words, and they had made their prayer, and partaken for bodily refreshment of the pieces of bread, and drunk of the water, they arose and went on their way. (*L.F.* 13)

Shortly afterwards Francis added these words:

> My brother, let us go to St Peter and St Paul and pray them to teach us and to give us to possess the immeasurable treasure of holy poverty, inasmuch as it is a treasure so exalted and so divine that we are not worthy to possess it in our vile bodies, seeing that this is that celestial virtue by which all earthly and transitory things are trodden under foot and all impediments are lifted away from the soul, so that she can freely unite herself to the eternal God. And this is the virtue which makes the soul, while still retained on earth, converse with the angels in heaven, and this it is which accompanied Christ to his cross, with Christ was buried, with Christ was raised up, with Christ

> ascended into heaven; which, being given in this life to the souls who are enamoured of it, facilitates their flight to heaven, seeing that it guards the arms of true humility and charity. And therefore let us pray the most holy apostles of Christ, who were perfect lovers of this pearl of the Gospel of Christ, that they will beg for us this grace from our Lord Jesus Christ, that by his most holy mercy he would grant us the merit to be true lovers, observers and humble disciples of this most precious, most lovable, evangelical poverty. (ibid.)

Poverty, then, was, to St Francis, a treasure to be sought, the 'pearl of great price', something so valuable and desirable that a man will sell all that he has in order to obtain it. This jewel Francis went on to clothe with human flesh. Poverty became to him the 'Lady Poverty', the object of his love and devotion. As the romantic poets and the troubadours sang the praises of their beloved – the most beautiful and most desirable of all women – so Francis spoke of his Lady Poverty, not only as the lady most worthy of our love, but also as the person most deeply loved by Christ.

Celano writes:

> At times the saint would repeat: 'In as far as the brothers depart from poverty, insomuch will the world depart from them; and they will seek', he said, 'and will not find. But if they embrace my Lady Poverty, the world will provide for them, because they have been given to the world unto its salvation'. (*2 Cel.* 70)

Francis liked to feel that there was a kind of contract or bond between the friars and Lady Poverty. She was their patron, the one whom they must love and serve faithfully and diligently. So long as they did this all would go well; but if they deserted her, or broke their contract, then evil would fall upon them. Francis fought for poverty all through his life. It was a hard battle, for the demands of Lady Poverty were great and not easily to be met. But Francis won through; and when he lay dying on the rough floor of a little hut near the church of the Portiuncula he made the friars take away all his clothes so that he could lie 'naked upon the naked earth'. It was then that his spirits rose to their highest pitch and he 'was glad out of the gladness of his heart, for he saw that he had kept faith with Lady Poverty to the end'. (*2 Cel.* 215)

This romantic courtship between Francis and Lady Poverty was the theme of what is believed to be the first tract written about him after his death. It was called *The Holy Converse of Francis with Lady Poverty* and is a romantic story of how Francis sought out the poor, despised and hated Lady Poverty and made her his bride. He loved her dearly, not only for her own virtue and beauty, but because she had been Christ's most faithful friend, the only one who stood by him to the end. Francis addresses her in these terms:

> You alone clung to the King of Glory when all his chosen and loved ones timidly abandoned him. You, however, a most faithful spouse, a most tender lover, did not for a moment leave him; what is more, you clung to him all the more faithfully the more you saw him despised by all others. You were with him when all the Jews reviled him, when the Pharisees insulted him, when the chief priests cursed him; you were with him when he was buffeted, spat upon and scourged. He who should have been respected by all was mocked by all, and you alone comforted him. You did not leave him unto death, even to death on a cross. And on the cross itself, when he hung there naked, his arms outstretched, his hands and feet pierced, you suffered with him, so that nothing in him should appear more glorious than you. (*Holy Converse,* 20–1)

This, of course, was written after Francis's death; but, had he seen it, he would have accepted it as a faithful interpretation of his love for poverty, the Bride of Christ.

Like all high ideals, poverty was something which demanded great self-sacrifice and endless care. Francis knew how easy it would be to lose track of his beloved, to drift away from her embraces, to fail in his devotion. In the early days, when the brotherhood consisted only of a handful of men, inspired by the example of Francis and willing to suffer anything in the pursuit of their ideal, it was fairly easy to keep faith with Lady Poverty. They were often hungry and cold. They had only very scanty clothing and nowhere to find shelter except in caves, huts and empty churches. They never knew where their next meal would come from, or even whether there would be a next meal. They might easily have died of starvation in those early days when no one understood what they were trying to do. But they were determined to go forward, even if it led them to a painful death.

At one point the Bishop of Assisi thought it right to warn them of the dangers which they were facing.

> 'It seems to me', he said, 'that it is very hard and difficult to possess nothing in the world.' To this blessed Francis replied: 'My lord, if we had any possessions we should also be forced to have arms to protect them, since possessions are a cause of disputes and strife, and in many ways we should be hindered from loving God and our neighbours. Therefore in this life we wish to have no temporal possessions'. The Bishop was greatly pleased by these words of God's servant; and indeed Francis despised all passing things, especially money, so much so that he laid the greatest stress on holy poverty and insisted that the brothers should be most careful to avoid money. (*3 Soc.* 35)

Francis realised that if any of the friars accepted

money then the contract with Lady Poverty would be broken and her trust in them betrayed. As Celano says:

> That friend of God despised very greatly all the things of this world, but he cursed money more than all other things. Consequently, from the beginning of his conversion, he held it in special contempt and always said that it was to be shunned as the devil himself. (*2 Cel.* 65)

This hatred of money became something of an obsession in Francis's mind, and any friar who, for whatever reason, touched a coin was liable to be severely punished either by Francis or by God himself. A friar, finding some money left by some well-wisher on the altar of the church of the Portiuncula, picked it up and threw it on to the window-sill. Francis, hearing of this, ordered him to take the money in his mouth and put it on a heap of dung outside. Another friar who picked up a coin lying in the road in order to give it to some lepers, lost his speech. (*2 Cel.* 65–6) Francis expressed his wishes very clearly in the Rule of 1221:

> All the friars, no matter where they are or where they go, are forbidden to take or accept money in any way or under any form, or have it accepted for them, for clothing or books, or as wages, or in any other necessity, except to provide for the urgent needs of those who are ill. We should have no more use or regard for money in any of its forms than for dust. Those who think it is worth more or who are greedy for it, expose themselves to the danger of being deceived by the devil. We have left everything we had behind us; we must be very careful now not to lose the kingdom of heaven for so little. (*W.*38)

Needless to say, this had to be somewhat relaxed in

later legislation when the Order had grown so large and problems had arisen which Francis had not conceived of in the early days.

To Francis, poverty was an ideal to be worked for, guarded, and cherished. There were several reasons for this. In the first place, it was the way of life chosen by Christ, and therefore the highest and noblest of all professions; as St Francis described it, 'naked to follow the naked Christ'. Secondly, it was a form of self-sacrifice, a denial of the normal human instincts in order that life may be offered to God. Thirdly, it made man dependent upon God rather than upon his own resources, so deepening his trust. Lastly, it gave other people the opportunity of showing charity to those who had adopted this way of life.

Francis's battle against those who would not accept this ideal was long and painful. As the Order grew and became more stabilised, some security became necessary. The friars soon found that they had to have somewhere to live. Francis wanted them to live, summer and winter, in little huts which they made out of the branches of trees; but this became impossible when the Order spread into northern Europe, and when it became more clericalised and academic. But Francis put up considerable resistance to those who would not do as he wished. Arriving one day at Bologna, and finding that a house had been specially built for the friars, he refused to go into it and ordered all the friars living there to leave immediately including the sick. At the Portiuncula, which St Francis carried in his heart as the most sacred place of all, he found that the people of Assisi, out of their goodwill towards the friars, had built them a house made of stone and mortar. When he discovered this, he climbed on the roof and started to dismantle the place until he was stopped by some armed men who told him that the building belonged to the Commune of Assisi and not to the friars. (*S.P.* 6–7) At one of the centres to which the friars resorted, one of them made the mistake of putting up for Francis a little wooden hut where he could go to say his prayers. When Francis arrived, he took one look at it and refused to go near it. 'This cell is too fine', he said. 'If you wish me to stay here, have a cell made with branches and ferns as its only covering inside and out.' So this was done, and Francis was persuaded to stay for a bit. But when another of the friars, in talking to Francis, innocently referred to 'your cell', Francis was extremely indignant and exclaimed: 'Because you have called it mine, someone else shall use it in future and not I'. (*S.P.* 9)

So it was with food and clothing, furniture and bedding. Francis insisted that the friars should have only the barest food, begged often from the houses of the poor and therefore little more than they would have thrown out to the birds. He was adamant that the clothes which the friars wore should be ragged, patched and shabby as he felt it a disgrace to appear better off than the poorest person he might chance to meet on the road. Beds were not allowed, and the friars slept on a little straw spread on the floor.

Such was the ideal; but it was not always observed as rigidly as Francis would have wished. One of the friars tells the following story:

> When one of the Friar-Ministers had visited blessed Francis in order to keep the feast of Christmas with him in the friary in Rieti, the friars prepared the tables rather elaborately and carefully on Christmas Day in honour of the Minister, putting on fair white linen and glass vessels. But when the Father came down from his cell to eat, and saw the tables raised up from the ground and prepared with such great care, he went back secretly and took the hat and staff of a poor beggar who had arrived that day. And calling in a low voice to one of his companions, he went out of the door

of the friary unseen by the brethren in the house, while his companion remained inside near the door. Meanwhile the friars came in to dine, for blessed Francis had ordered that, whenever he did not come at once at mealtime, the friars were not to wait for him.

When he had stood outside for a while, he knocked on the door and his companion immediately opened to him. And entering with his hat on his back and his staff in his hand, he came like a stranger or beggar to the door of the room where the friars were eating, and called out: 'For the love of God, give alms to this poor, sick stranger'. But the Minister and the other friars recognised him at once. And the Minister replied: 'Brother, we are poor as well, and because we are so many, the alms that we have only meet our needs. But for the love of God which you have invoked, come in and we will share with you the alms which the Lord has given us'.

When he had entered and stood before the friars' table, the Minister handed to him the plate from which he was eating, and also some bread. And taking it, Francis humbly sat down on the floor beside the fire in the sight of the friars sitting at the table. Then he sighed and said to the brethren: 'When I saw the table elaborately and carefully laid, I felt that this was not the table of poor religious who go around for alms from door to door each day. Dearest brothers, we are under a greater obligation than other religious to follow the example of Christ's humility and poverty, for it is to this end that we have been called and professed before God and men. So it seems to me that it is I who am sitting like a Friar Minor, because the feasts of our Lord and the Saints are better honoured in the want and poverty by which these Saints won heaven, than in the luxury and excess by which a soul is estranged from heaven'. (*S.P.* 20)

On another occasion Francis found himself invited to sit down to a meal in Rome with the Bishop of Ostia. Here was a new kind of problem and perhaps a new opportunity for Francis to show his devotion to Lady Poverty. When the time for dinner drew near

> he went out for alms, and returning placed some of the scraps of black bread on the bishop's table. When the bishop saw this he was somewhat ashamed, above all because of the newly invited guests. The father, however, with a joyous countenance distributed the alms which he had received to the knights and chaplains gathered about the table. All of them accepted the alms with wonderful devotion, and some of them ate them, others kept them out of reverence. When the dinner was finished, the bishop arose; and, taking the man of God to an inner room, he raised his arms and embraced him. 'My brother,' he said, 'why did you bring shame on me in the house that is yours and your brothers, by going out for alms?' The saint said to him: 'Rather I have shown you honour, for I have honoured a greater lord. For the Lord is well pleased with poverty, and above all with that poverty that is voluntary. For I have a royal dignity and a special nobility, namely, to follow the Lord who, being rich, became poor for us'. And he added: 'I get more delight from a poor table that is furnished with small alms than from great tables on which dainty foods are placed almost without number'. Then, greatly edified, the bishop said to the saint: 'Son, do what seems good in your eyes, for the Lord is with you'. (*2 Cel.* 73);

and the Lord was indeed with him, giving him courage and grace to fulfil his ambition and to keep faith with Lady Poverty to the end.

Prayer

Humility and Simplicity were states of mind, and Poverty was a way of life. All three demanded great industry and application, so great that Francis knew well enough that there was no hope of achieving them without the help of God. It was inevitable, therefore, that the fourth foundation-stone of his life should be Prayer – the constant and, indeed, virtually continuous contact with God – upon which everything else depended. Bonaventura writes:

> Saint Francis realised that he was an exile from the Lord's presence as long as he was at home in the body, and his love of Christ had left him with no desire for the things of this earth. Therefore he tried to keep his spirit always in the presence of God, by praying to him without intermission, so that he might not be without some comfort from his Beloved. Prayer was his chief comfort in this life of contemplation in which he became a fellow-citizen of the angels, as he penetrated the dwelling places of heaven in his eager search for his Beloved, from whom he was separated only by a partition of flesh. Prayer was his sure refuge in everything that he did; he never relied on his own efforts, but put his trust in God's loving providence and cast the burden of his cares on him in insistent prayer. He was convinced that the grace of prayer was something that a religious should long for above all else. No one, he declared, could make progress in God's service without it; and he used every means he could to make the friars concentrate on it. Whether he was walking or sitting, at home or abroad, whether he was working or resting, he was so fervently devoted to prayer that he seemed to have dedicated to it not only

his heart and his soul, but all his efforts and all his time. (*Bon.* x, 1)

and Celano says:

His safest haven was prayer; not prayer of a single moment, or idle or presumptuous prayer, but prayer of long duration, full of devotion, serene in humility. If he began late, he would scarcely finish before morning. Walking, sitting, eating or drinking, he was always intent upon prayer. He would go alone to pray at night in churches abandoned and located in deserted places, where, under the protection of divine grace, he overcame many fears and many disturbances of mind. (*1 Cel.* 71)

As a member of a religious Order, Francis felt himself committed to saying the daily Offices of the Church. In the early days this was not always easy. Absolute poverty made it impossible for the friars to possess Office-books; and they had, therefore, to depend upon finding the books they needed in parish churches or elsewhere. Some of the friars found this very inconvenient. Priest-friars naturally wanted to keep their vows; and breviaries were not always to be found in the country churches which they passed on their travels. But Francis was adamant on this point, three times reproving a young friar who asked for permission to have a copy of the Psalter which he could call his own. (*S.P.* 4) Yet, somehow or other, Francis managed to say his Offices with regularity and devotion.

Although he had been troubled for many years by his infirmities [writes the *Mirror of Perfection*] Francis was so devout and reverent at prayer and the Divine Office that whenever he was at prayer or reciting the Divine Office he would never lean against a wall or support.

He always stood upright and bareheaded, although he sometimes knelt. Indeed, he devoted the greater part of the day and night to prayer, and even when he was travelling around on foot, he would always halt when he wished to say the Hours. But if he were riding because of his infirmity, he would always dismount to say the Office.

One day it was raining heavily, and he was riding because of his infirmity and pressing need. And although he was already drenched to the skin, he dismounted from the horse when he wished to say the Hours, and said the Office standing in the road with the rain pouring down on him, as though he had been in a church or cell. And he said to his companion: 'If the body likes to take its food in peace and at ease, although it becomes food for worms, how much greater should be the soul's reverence and devotion when it receives the food which is God himself'. (*S.P.* 94)

In later years some relaxation on the question of Office-books seems to have been made; for, in the Rule of 1221, Francis lays it down that the friars 'may have those books which are necessary for their religious exercises'. (*W.34*) He himself actually acquired a breviary in later life, given to him by two of the brothers.

When he was well [writes Brother Leo] he liked to say the Office regularly, as is written in the Rule. And when he was ill and could not say it, he liked to hear it said. This he kept up as long as he lived. Moreover, he had the Gospels written out; and when, either through sickness or for any other obvious reason, he could not hear Mass, he had read to him the Gospel for the day as it was read in church. . . And when the blessed Francis had either read or heard the Gospel he always used to kiss the book with the utmost reverence. (*N.F.* 49)

Inevitably the prayer-life of the friars had to be different from that of other religious. Members of the monastic Orders were provided not only with churches in which they could pray, but also with the necessary books for their Offices; while Bibles, commentaries and books of devotion were normally to be found in their libraries. But the friar had none of these facilities, since he was an itinerant preacher who carried nothing with him. Most of his praying must therefore be spontaneous and personal. When Francis sent out his disciples he said to them:

> Take the road two and two in the name of the Lord. Be humble and sincere. Keep silence from dawn until after Terce, praying to God in your hearts, and do not indulge in idle and unprofitable conversation. Although you are travelling, let your words be as humble and devout as in a hermitage or a cell. For wherever we are, or wherever we go, we always take our cell with us; for Brother Body is our cell, and our soul is the hermit who lives in it, constantly praying to God and meditating on him. If the soul cannot remain quiet in its cell, then a cell made with hands is of little value to a Religious. (*S.P.* 65)

Francis himself liked to find quiet places in which to pray; but, when this was not possible, he was able to detach himself completely from what was going on around him and pray with total absorption. As Celano says:

> He always sought a hidden place where he could adapt not only his soul but also all his members to God. When he suddenly felt himself visited by the Lord in public, lest he be without a cell he made a cell of his cloak. At times when he did not have a cloak he would cover his face with his sleeve so that he would

not disclose the hidden manna. Always he put something between himself and the bystanders lest they should become aware of the Bridegroom's touch. Thus he could pray unseen even among many people in the narrow confines of a ship. Finally, when he could not do any of these things, he would make a temple of his breast. (*2 Cel.* 94)

Francis never made any decision, however trivial, without prolonged prayer. Often he would spend a whole night in prayer. From time to time he would retire to some quiet place – a cave in a wood, or an island, where he knew that he would not be disturbed – and there prayed for long hours on end. These 'retreats' generally lasted for five or six weeks, occupying the whole of Lent or the period from the Feast of the Assumption until Michaelmas. Much of the time would be spent in what Bonaventura called 'the restful ecstasy of contemplation' (*Bon.* xiii, 1), but Francis would also devote himself to intercession for the brothers, or people whom he knew to be in need, or for the Church. Sometimes he expressed his petitions in the form of words, sometimes silently. At times he cried aloud: 'filling the woods with sighs, watering the ground with his tears and striking his breast with his hand'. (*2 Cel.* 94) Often he would just repeat a short phrase over and over again throughout the night, rapt in contemplation of the glory and majesty of God and of his own shortcomings. When Bernard of Quintavalle invited Francis to spend a night with him in his house in Assisi, he lay awake all night while Francis knelt on the floor saying nothing but 'My God and my all'. (*L.F.* 2) On another occasion he prayed for a very long time saying only 'God be merciful to me a sinner'. (*1 Cel.* 26) Again, he once spent a whole night saying nothing but 'O most holy Lord, I long to love thee. O most sweet Lord, I long to love thee'. (*N.F.* 51)

Often his prayers took the form of a violent struggle

with the powers of evil, for Francis felt himself to be surrounded at all times by devils trying to drag his soul into hell. During many of his long vigils he would be so much battered and bruised that he could scarcely stand.

> Not only [says Celano] was this man attacked by Satan with temptations, but he even carried on a hand-to-hand battle with him. Once when he had been asked by the Lord Cardinal Leo of the Holy Cross to stay with him for a little while in Rome, he chose a certain secluded tower that was divided by nine arched vaults into what looked like small cells for hermits. The first night, therefore, when he wanted to rest, after he had poured out his prayers to God, the devils came and made preparations for a hostile struggle with the saint of God. They beat him for a long time very severely and in the end left him as though half dead. After they had gone and he had recovered his breath, the saint called his companion who was sleeping under one of the other arched vaults and said to him when he came: 'Brother, I would like you to stay near me because I am afraid to be alone. For the devils beat me a little time ago'. The saint was trembling and shaking in his members, like a person suffering a severe fever. (*2 Cel.* 119)

Apart from the short prayers which Francis is known to have spoken in his long periods of vigil, we know very little of what words came to him in his prayers. Among his writings there is a prayer which says:

> May the power of your love, O Lord, fiery and sweet as honey, wean my heart from all that is under heaven, so that I may die for love of your love, you who were so good as to die for love of my love. (*W.* 161)

But there is very little evidence that this is an authentic

work of the saint. The prayer which begins with the words: 'Lord, make me an instrument of thy peace' and which is often called 'The Prayer of St Francis' is, in fact, a modern compilation which has no immediate connection with St Francis, though, in many ways, it expresses ideas very much in keeping with his teaching.

It is, perhaps, not surprising that we know so little about the way in which St Francis prayed. Apart from the daily Offices, his devotions did not normally take the form of set prayers. This was not his style. We know that sometimes he repeated short sentences over and over again; but, for much of his praying, words were not necessary. In his prayers, petition, adoration and contemplation were all fused together. Thomas of Celano describes his prayers in these words:

> All his attention and affection he directed with his whole being to the one thing which he was asking of the Lord, not so much praying as becoming himself a prayer. (*2 Cel.* 95)

5. OBEDIENCE AND JOY

Life, for St Francis, was extremely complicated. He set out to live, alone, a life based entirely on the teaching of Christ as recorded in the Gospels. This made great demands on his courage and his faith, but he was fully prepared to pay the price. It was, however, not long before he found that there were others, both men and women, who declared themselves ready to join him in his great adventure. This created new problems. Would they be able to face the dangers and bear the pains and humiliations which he bore? Francis tested each one individually, and accepted them only if he was satisfied of their integrity and determination. The real trouble, however, arose when large numbers of men flocked to join his little company of itinerant preachers, each one of whom was vowed to total poverty and humility, with the result that a large religious Order, with settlements all over Europe, sprang into existence, creating immense problems of organisation and discipline. Was it now conceivable that the abnormally high standards would continue; or was there bound to be some relaxation? Could an army of some five thousand men (and a considerable number of women) continue to live without property or security of any kind? Francis was determined to preserve his ideals of Poverty, Humility and Simplicity if it was humanly possible. But he was fully aware of the difficulties and dangers as his little brotherhood grew almost out of all recognition.

Francis saw that the key to hold them all together and save the Order from drifting into mediocrity, or even worse, was the virtue of Obedience – obedience to God, obedience to the ideals which Francis had adopted, and obedience to authority in the Order whether spoken or written. In his 'Praises of the Virtues' he wrote:

> Holy Obedience puts to shame
> all natural and selfish desires.
> It mortifies our lower nature
> and makes it obey the spirit and our fellow men. (*W*. 133)

Only when a man had surrendered his life to God, and, at the same time, had gained complete mastery over himself could he understand the virtue of Obedience.

In the Rule of 1221 Francis wrote:

> No matter where they are, the friars must always remember that they have given themselves up completely and handed over their whole selves to our Lord Jesus Christ; and so they should be prepared to expose themselves to every enemy, visible or invisible, for love of him. (*W*. 44)

And in one of his letters he pointed out that the obedience which man owes to God is none other than the obedience which Christ gave to the Father.

> Our Lord Jesus Christ [he wrote] gave his life rather than fail in the obedience he owed to his most holy Father. (*W*. 108)

The first obedience, then, was obedience to God. Whatever Francis thought to be the will of God, that he wished to obey at all costs. Life, apart from this, meant nothing to him. He regarded the flesh and all its natural desires as the enemy of the soul, something against which to strive continuously, watching with the greatest vigilance for every approach of the forces which were trying to make him give ground.

> Everyone [he wrote] has his own enemy in his power, and this enemy is his lower nature which leads him into sin. Blessed the religious who keeps this enemy a prisoner under his control and protects himself against it. As long as he does this, no other enemy, visible or invisible, can harm him. (*W*. 82)

To some of us, living only in the spiritual lowlands, Francis's war against his own body may seem exaggerated and even unnatural and unwise. But to him it was essential, partly out of love for Christ who had suffered so much on our behalf, and partly to set a good example to those who looked to him as their leader. As St Bonaventura writes:

> When Francis saw that great numbers of lay people were being inspired by his example to embrace Christ's cross fervently, he took heart; and, like a brave leader in Christ's army he determined to carry off the prize of victory by practising virtue to a heroic degree. Recalling the words of St Paul, 'those who belong to Christ have crucified nature with all its passions, with its impulses', he mortified his lower appetites so strictly that he scarcely took enough food or drink to stay alive. In this way he would clothe himself with the armour of the Cross. He used to say that it was hard to satisfy one's material needs without giving in to the inclinations of sensuality. As long as he enjoyed good health he scarcely ever ate cooked food. When he did, he mixed it with ashes or destroyed its taste, usually by adding water. He never drank enough water even when he was burning with thirst –

> not to mention taking wine – and he devised ways of practising even greater self-denial, becoming better at it day by day. He was already perfect in every way, but still he was always beginning afresh, just as if he were only starting, and he castigated his natural desires by punishing his body . . . More often than not his weary body had only the bare earth for a bed, and he usually slept in an upright position with a piece of wood or a stone at his head. He was content with one worn habit as he served God in cold and nakedness. (*Bon.* v, 1)

A friar once asked him how obedient he had found his body when he expected so much from it. Francis replied:

> I bear witness concerning it, son, that it was obedient in all things; it spared itself in nothing, but rushed almost headlong to obey all my commands. It shirked no labour, it refused no discomfort, so long as it could do what was commanded. In this I and it agreed perfectly that we would serve the Lord Christ without any reluctance. (*2 Cel.* 211)

Yet there were moments when he had to admit that he had been a hard taskmaster of what he liked to call 'Brother Ass', and that he had sometimes laid too heavy a load on its back.

> Our most holy Father [says the *Mirror of Perfection*], knowing that the body was created to serve the soul, and that bodily actions were to be performed for spiritual ends, used to say: 'In eating, sleeping, and satisfying the other needs of the body, the servant of God should make sensible provision for his Brother Body so that it may not have cause to complain and say "I cannot stand upright and continue at prayer, nor can I be cheerful in my troubles or do other good

> things, because you do not provide for my needs". But if the servant of God satisfies his body wisely, adequately, and suitably, and Brother Body wants to be careless, fat, and sleepy in prayer, vigils, and other good works, then he must punish him like a fat and idle beast, because he wants to eat but not to be useful and carry his load'. (*S.P.* 97)

While it was possible for an individual with Francis's determination and courage to keep up a high standard of self-discipline in obedience to what he claimed to be the will of God, it was obviously more difficult for those who followed him, especially those who had seen the Franciscan way of life only at second-hand. That was why it was essential to have a Rule and why that Rule had to be obeyed.

> Blessed Francis [we are told], who observed the Holy Gospel perfectly and zealously, earnestly desired that all friars should observe the Rule, which itself is nothing other than a perfect observance of the Gospel; and he gave his especial blessing to those who are, and will be, zealous in this.
>
> He used to tell his followers that our profession was the book of life, the hope of salvation, the pledge of glory, the heart of the Gospel, the way of the cross, the state of perfection, the key of paradise, and the compact of the eternal covenant. He wanted the Rule to be understood and accepted by all, and wished the friars to discuss it in their conferences, and meditate on it frequently by themselves, in order to remind them of their guiding vows. He also taught them that the Rule should be always before their eyes as a reminder of the life they should lead and had bound themselves to follow. And, in addition, he wished and taught the friars that they should die with it before them. (*S.P.* 76)

Obedience – to God, to the Gospel teaching, and to the ideals of St Francis as set out in the Rule – was essential if God's work was to be done; and Francis was determined to set an example which others could imitate.

> As often as the severity of his life was reproved (writes Celano) he would reply that he had been given to the Order as an example, that, as an eagle, he might encourage his young ones to fly. (*2 Cel.* 173)

And it was through obedience that Francis found joy, the inner joy of knowing that he was doing the will of God.

Francis described this spiritual joy in the following way:

> If the servant of God strives to obtain and preserve both outwardly and inwardly the joyful spirit which springs from purity of heart and is acquired through devout prayer, the devils have no power to hurt him, and they say: 'We can find no way to get at him or hurt him because this servant of God preserves his joy both in trouble and in prosperity'. But the devils are delighted when they discover means to quench or disturb the devotion and joy which springs from true prayer and other holy practices . . . Therefore, my brothers, since this spiritual joy comes from cleanness of heart and the purity of constant prayer, it must be your first concern to acquire and preserve these two virtues, so as to possess this inward joy that I so greatly desire and love to see both in you and in myself, and which edify our neighbour and reproach our enemy. For it is the lot of the devil and his minions to be sorrowful, but ours always to be happy and rejoice in the Lord. (*S.P.* 95)

Francis, therefore, liked his friars to go about showing

a sense of joy, the joy which comes from forgiveness of sins and dedication to the service of God and man. One of the nick-names which Francis gave to them was *joculatores Domini*, 'the Lord's minstrels'; and he liked to think of them going about the world singing songs to the glory of God and showing how joyful they were.

It would, however, be a mistake to think of St Francis as a jolly man, the sort who has a smile for everyone and who regards it as his mission to spread conviviality and happiness. Quite the opposite. It is true that Francis wanted his friars to look cheerful – 'Always do your best', he said, 'to be cheerful when you are with me and the other brethren; it is not right for a servant of God to show a sad or gloomy face to his brother or to anyone else.' But Brother Leo goes on to say:

> It should not be imagined that our Father, who loved dignified and sensible behaviour, wished this spiritual joy to be shown in levity or empty chatter, for these things are not evidence of spiritual joy, but of emptiness and folly. He greatly disliked laughter and idle gossip in a servant of God; in fact, he preferred him not to laugh, and to avoid giving others any occasion for hilarity. In one of his Counsels he gave an even clearer definition of the nature of spiritual joy in a servant of God, saying: 'Blessed is the Religious who has no pleasure or joy except in the most holy sayings and works of the Lord, and by these inspires men to the love of God in joy and gladness. And woe to the Religious who takes delight in idle and foolish talk, and by them provokes men to laughter'. (*S.P.* 96)

Francis himself was always far more likely to be found crying than laughing. It was, in fact, largely through constant weeping that, in later life, he lost his sight. As Bonaventura said:

He had attained extraordinary purity of soul and body, yet he never ceased from purifying his spiritual vision with floods of tears, and thought nothing of the fact that this was costing him his sight. (*Bon.* v, 8).

Yet the inner, spiritual joy was always there, the joy that triumphs over weariness and sickness, over the mockery and hostility of others, over misunderstanding and betrayal on the part of his friends. In what is perhaps the most moving chapter of the *Little Flowers* we read as follows:

As St Francis went once on a time from Perugia to St Mary of the Angels with Brother Leo, in the winter, they suffered greatly from the severity of the cold; and St Francis called to Brother Leo, who was going on a little in advance: 'O Brother Leo, although the Friars Minor in these parts give a great example of sanctity and good edification, write it down and note it well that this is not perfect joy'. And having gone a little further, he called to him the second time: 'O Brother Leo, even though the Friars Minor should give sight to the blind, and loose the limbs of the paralysed, and though they should cast out devils, and give hearing to the deaf, speech to the dumb and the power of walking to the lame; and although – which is a greater thing than these – they should raise to life those who had been dead four days, write that in all this there is not perfect joy'. And going on a little while, he cried aloud: 'O Brother Leo, if the Friars Minor knew all languages and all the sciences and all the Scriptures, and if they could prophesy and reveal not only things in the future but the secrets of consciences and of men's souls, write that in all this there is not perfect joy'. Going still a little further, St Francis called aloud again: 'O Brother Leo, thou little sheep of God, even though the Friars Minor spoke with the tongues of angels, and knew the courses of the stars, and the virtue of herbs, and though to them were revealed all the treasures of the earth, and though they knew the virtues of birds and of fishes and of all animals and of men, of trees, also, and of stones and roots and waters, write that not in this is perfect joy'. And going yet a little while on the way, St Francis called aloud: 'O Brother Leo, even though the Friars Minor should preach so well that they should convert all the infidels to the faith of Christ, write that herein is not perfect joy'.

And as he spoke in this manner during two good miles, Brother Leo, in great astonishment, asked of him and said: 'Father, I pray thee, for God's sake, tell me wherein is perfect joy'. And St Francis replied to him: 'When we shall have come to St Mary of the Angels, soaked as we are with the rain and frozen with the cold, encrusted with mud and afflicted with hunger, and shall knock at the door, if the porter should come and ask angrily: "Who are you?" and we replying: "We are two of your brethren" he should say: "You speak falsely; you are two vagabonds who go about the world stealing alms from the poor; go your way"; and if he would not open the door to us, but left us without, exposed till night to the snow and the wind and the torrents of rain, in cold and hunger; then if we should bear so much abuse and cruelty and such a dismissal patiently, without disturbance and without murmuring at him, and should think humbly and charitably that this porter knew us truly, and that God would have him speak against us, O Brother Leo, write that this would be perfect joy. And if we should continue to knock, and he should come out in a rage, and should drive us away as importunate villains, with rudeness and with buffetings, saying: "Depart from this house, vile thieves; go to the poor-house, for you shall neither eat nor be lodged here"; if we should sustain this with patience, and with joy, and with love, O

Brother Leo, write that this would be perfect joy. And if constrained by hunger, and the cold, and the night, we should knock yet again, and beg him with many tears, for the love of God, that he would open to us and let us in, and he should say yet more angrily: "These are importunate rascals, I will pay them well for this as they deserve", and should come out furiously with a knotted stick, and seize hold of us by our hoods and throw us to the earth, and roll us in the snow, and beat us all over our bodies; if we should bear all these things patiently and with joy, thinking on the pains of the blessed Christ, as that which we ought to bear for his love, O Brother Leo, write that it is in this that there is perfect joy. Finally, hear the conclusion, Brother Leo: above all the graces and gifts of the Holy Spirit, which Christ has given to his friends, is that of conquering oneself, and suffering willingly for the love of Christ all pain, ill-usage and opprobrium and calamity; because of all the other gifts of God we can glory in none, seeing they are not ours, but God's; as said the Apostle: What hast thou that thou hast not received of God? And if thou hast received it of God, why dost thou glory as if thou hadst it of thyself? But in the cross of tribulation and affliction we may glory, for these are ours; and therefore, says the Apostle, I will not glory save in the cross of our Lord Jesus Christ'. (*L.F.* 8)

In spite, therefore, of all his troubles and tribulations, of the agony of his wounds, the pain of his sicknesses, and the sadness of his heart, Francis could say on his deathbed: 'I have done my duty; may Christ teach you yours'; and, as Celano tells us, 'he accepted death singing'.

FOR FURTHER READING

Paul Sabatier	*Life of St Francis of Assisi* (an English translation of the famous life by the French writer, published in 1894).
Fr Cuthbert	St Francis of Assisi (a standard life, first published in 1912).
G. K. Chesterton	St Francis of Assisi (a sketch rather than a formal life, but well worth reading).
Omer Englebert	St Francis of Assisi – a new translation by Eve Marie Cooper of a French life of the saint, with an excellent Bibliography of over 100 pages.
John R. H. Moorman	Saint Francis of Assisi (new edition, 1976).

This book is one of a series on spiritual masters for today.
Other titles in the series are:

Servants of Love, *the spirituality of Teresa of Avila*
by Elizabeth Hamilton

The Voice of the Spirit, *the spirituality of John of the Cross*
by Elizabeth Hamilton

Fire of Love, *the spirituality of John Wesley*
by Gordon Wakefield

Ways of the Spirit, *the spirituality of Cardinal Suenens*
by Elizabeth Hamilton – with a foreword by the Archbishop of Canterbury

Among other titles planned is one on Ignatius of Loyola by Michael Ivens S.J.